十七年历史剧创作
话语形态论

象征行为

民族寓言

温潘亚——著

图书在版编目（CIP）数据

象征行为与民族寓言：十七年历史剧创作话语形态论 / 温潘亚著 . -- 北京 : 生活 · 读书 · 新知三联书店，2015.5
ISBN 978-7-108-05205-6

Ⅰ . ①象… Ⅱ . ①温… Ⅲ . ①话剧剧本—历史剧—文学研究—中国—当代 Ⅳ . ① I207.34

中国版本图书馆 CIP 数据核字 (2014) 第 285981 号

责任编辑　伍　众
封扉设计　朱丽娜　张　红
责任印制　卢　岳
出版发行　生活 · 讀書 · 新知 三联书店
（北京市东城区美术馆东街 22 号）
邮　　编　100010
网　　址　www.sdxjpc.com
经　　销　新华书店
排版制作　北京红方众文科技咨询有限责任公司
印　　刷　北京市松源印刷有限公司
版　　次　2015年5月北京第 1 版
2015年5月北京第 1 次印刷
开　　本　880毫米 × 1230毫米　1/32　印张 12.75
字　　数　294千字
定　　价　48.00元

（印装查询：010-64002715；邮购查询：010-84010542）

目录

序一

丁帆

作为断代的门类文学史研究，无疑，潘亚此书的出版对17年历史剧的宏观把握与微观重读都有着十分重要的意义。长期以来，对17年历史剧创作的研究多集中在单个作家作品的格局之中，其方法也主要采用政治/艺术二元对立的研究视角。而潘亚的这部专著却从有限的创作中抓住要害进行整体性的分析，发掘出了“20世纪中国文学史上的一个极为独特的现象”，为文学史的重估做出了应有的贡献。对这些作家作品的重新发掘与评估，乃是20世纪历史剧创作发展历史进程中不可或缺的历史环链。潘亚选择话语形态理论为视角，将17年历史剧概括为4种特征是有充分的理论依据的：

“17年历史剧是在一种泛政治化创作语境下生成的，它负载着强烈的政治理念和意识形态使命，因而，被打上了深刻的时代烙印。

它是在现代话剧特别是历史剧创作传统以及对中国传统戏曲有所借鉴并努力民族化的基础上，在革命文学、左翼戏剧、延安文艺及前苏联戏剧的直接启示下生成的。”“既认同与归附于权威话语与主流意识形态，又有一定偏离的独特的话语形态体系。”这种对于创作背景的分析大体是准确而客观公允的，17 年历史剧从源头来说是带有“左翼”色彩的，但就具体的作家作品来说，又呈现出不同的美学特征和个性风格。时代与政治，共性与个性，就像形影不离的孪生兄弟一样紧紧附着在 17 年文学之中，其历史剧当然是更为凸显的艺术门类。

“它作为 20 世纪中国文学史进程中的一个独特的现象，是现代剧作家们在建国初，面向现实题材进行创作话语转型失败后，形成的政治无意识升华的一种集体的‘社会的象征性行为’。在泛政治化的创作语境下，史剧家们选择历史剧的形式进行话语言说，充分体现出对 17 年中主流意识形态的顺应或反抗，亦即以其符号形式的建构体现出自身独特的意识形态功能，表现出现代剧作家们强烈的现实关怀，即试图通过重新编写历史故事把历史经验复活起来，以达到‘古为今用’的目的。”我以为潘亚的这一论点从某种程度上是击中了 17 年历史剧创作中作家主体性的要害，为揭开 17 年历史剧的精神面纱给出了准确的答案！这个答案虽然是常识性的解释，但是，由于多少年来我们习惯了用“左”眼去看戏剧，很难看见它们的本质特征。如今，我们顺着他指引的理论视点看过去，便可透过历史的雾霭，一眼望穿它的真实内涵。“它作为一种历史叙事，史剧家们选择令今人会产生共鸣的历史事件、人物、关系和冲突，在历史的视野中，采用独特的叙事策略和叙事规则，对其重新进行调动和安排，从而再评价他们的得与失、荣与辱，以达到‘教育’人民的作用。所以，它在一定程度上还影响了当代中国人的精神构成。”对于17年文学所构成的精神影响，我是向来没有低估的，但是，我始终认为这其中的精华与糟粕却是这个物化时代的人难以廓清的哲学命题。这种潜移默化的“教化”作用是夹杂着可卡因成分的，是需要我们的历史学家和文学批评家做出客观公允的价值判断的艰难命题。

“这25部历史剧深深地凝聚着17年中，特别是1958—1962年间中国社会政治文化所赖以生成的信息基因，流露出特定年代权威话语和主流意识形态的动机，构成了特定社会历史时期的镜像。它既折射出权威话语及时代流行的政治理念和工农兵文学创作模式的规训、制约与影响，又真实地体现出特定年代中国人民的精神生态与价值向度，昭示着史剧家们内心世界潜隐着的种种矛盾的心理与欲望。”无疑，潘亚对此“镜像”式文本的理解是深刻的，是有自己的价值理念统摄的，但是，关键是看他在具体的论证过程中采取的是什么样的立场和方法。围绕着作者设定的4个板块，我以为其论著的主体构架是有理论意义和价值的。纵览其结论，虽然我尚有不完全同意的观点，但是，基本的价值判断是一致的。我最为欣赏的是全书对第二板块的分析，其结论中有着深邃思考：

“在文体形态上，我认为17年历史剧主要有三种不同的‘历史’呈现方式，即‘尊古写剧’、完全虚构、‘失事求似’，但由于历史‘现实观’的强烈制约，亦即对‘古为今用’的特别重视，使得它尤为强调‘失事求似’。而构成历史剧的历史性、当代性、主体性三种文本形成了共渗互动的关系。由于强调‘人民创造历史’的观念，使得17年的历史悲剧普遍不悲，与表现现实题材的工农兵文学相一致，历史喜剧很少运用‘讽刺’和‘幽默’的手法，多以大团圆的结局呈示喜剧性，因而在情节开展方式上是忌悲忌喜，正剧统一；在结构模式上，17年历史剧创作大多采用情节推进式冲突结构，这其实是现实生活中日益强化的阶级冲突、斗争意识在历史剧创作中的折射。由于政治理念的侵蚀，许多史剧在结构上出现了‘非整一性’问题，并将历史个体意志间丰富多元的矛盾冲突简化为二元对立的单一结构，普遍采用与颂歌叙事相一致的历史‘苦难’叙事模式；在人物形态上，17年历史剧创作形成了以扁平型为主的人物形象谱系，立体型人物屈指可数，而历史人物之间的关系是好/坏、善/恶的阵线分明，且均具有各自的代码与功能。男性史剧家们通过‘拟代女性写作’方式刻画女性人物形象，以历史女性形象演绎政治理念，回归爱情本体的女性话语是少之又少，女性话语呈现出一种‘缺失’状态；在语言系统中，由于对语言风格的探索与追求不会触及权威话语的禁忌，使得17年的许多史剧在实现双重超越的基础上，普遍采用‘历史/现代’形态的语言媒介系统，形成了亦古亦今、化古为今的独特语言风格，以曹禺、老舍为代表的一些史剧家还在语言的探索中回归了自我。但在总体上仍是以宣传说教型语言为主,普遍采用政治性的语汇。”这无疑是在给17年历史剧“点穴”，通过微观分析所得出的宏观结论完全符合历史的真实与历史的必然，是从历史现场抽绎出来后，经过现代性价值理念的过滤与思考后的结晶。

而对第三板块的分析,我却尚有不完全一致的意见。作者说:“我认为17年历史剧在承载强烈的意识形态功能的同时，许多史剧还潜隐着史剧家们对历史与生活的独特思考，即在历史中重建启蒙话语，包括借历史‘干预生活’，对人与自我的关注与呼唤和对国民性弱点的揭露与反思；有些史剧家甚至在用生命感受历史，如郭沫若的‘蔡文姬就是我’，田汉‘长与英雄共魂魄’，师陀在《西门豹》中表现出的孤独而痛苦的灵魂，等等。”如果说在17年文学中尚有个别作家还保有残存的现代“启蒙”自觉意识的话，那么，绝大多数的作家是没有、也不会有“在历史中重建启蒙话语”的主体意识的，启蒙意识更多的是被强大的主流意识形态遮蔽和淹没了，而凸显出来的是却是普遍的“奴性意识”。尤其是作者以郭沫若为例，就显得更不合适了。

总之，此书的出版是对17年文学中历史剧的一次重新价值定位和理论爬梳，其文学史意义是大于纯学术意义的，因为，它在学理层面的建构是改变以往不切实际的历史性选择：“我选择‘17年历史剧创作话语形态论’为题，是为了考察17年历史剧创作话语所遗存的对新时期历史剧乃至话剧的影响，并从中阅读出有益于我们未来文化发展的精神资源。它并不仅仅是出于我个人的兴趣爱好与学术积累，更重要的是适应21世纪中国文学研究学术发展的需要，并立足于新世纪的中国文学建设而做出的理性思考。”从中，我们可以看出作者的学术动机——那种对重新建构文学精神资源的理性思考——这才是真正的学术根基所在。

温潘亚是一个勤勉的学者，他不但勤于思考，而且出手也快。从他的学术成果来看，不仅数量颇多，而且质量也高。三年的博士后经历，使他在学术上更加成熟了，其学术收获颇丰，值得欣慰。但我总以为潘亚如果能坚持在学术的板凳上再坐上个十年八载，一定会出更多的学术成果，取得更高的学术成就，可惜他的行政事务缠身，在很大程度上牵扯和制约了他的学术突飞猛进的发展，但愿他在百忙之中能抽出时间来坐在学术的板凳上保持自己的学术追求。

是为序。

2013年12月30日于紫金山南麓

序二

杨洪承

温潘亚教授的专著《象征行为与民族寓言——17 年历史剧创作话语形态论》即将付梓，他希望我写一篇序。这是每位学生都会向老师提出的要求，又是每位老师难以拒绝的事情。传统观念下师徒如父子，现代理念以人为本，互相尊重，师生如朋友。因此，由古至今此“序”非写不可矣！

此书是潘亚以我所指导的博士论文《泛政治化语境中的历史叙事》为基础撰写的博士后出站报告。从 2003 年确立选题，到现在的定稿出版，历时 11 年，无数次的调整和修改，其间的努力与艰辛一定是非常可观的。回想我指导的三年，我就颇有感慨，可以说从选题到写作，乃至最后答辩的过程，与其说是导师的指导，倒不如说是师生共同交流讨论的过程。实际上，导师不过是论文的第一读者，而且是必须给作者提供反馈意见的读者罢了。客观地说，这部文稿的酝酿、写作，乃至最后的定稿，我指导的很少，督促、批评的时候多，但是，今天回念这一段的时光，深感已进入永久记忆的师生情缘，可能就是在这一过程中慢慢“牵手”的。

当初，潘亚与我商量这个选题的时候，我是很矛盾的：第一，我觉得近年来中国当代文学研究，尤其是对17年文学重新进行反思性的研究多集中于文艺思潮、小说、诗歌等，对17年历史剧的整体性观照研究却是一个很少被涉及的课题，特别是系统的整理和重评更是付之阙如。在当前博士论文选题难的情况下，潘亚初次向我谈选题想法时，我从心里较为赞同，但也有一定的顾虑；第二，别人不做的课题并不等于别人没有发现，关键是研究对象本身的资源和价值何在？ 17年历史剧创作中代表性作家作品的研究成果还是比较多的，文学史研究中未提到的其他历史剧作品究竟还有多少？这查找起来十分困难，选题有一定的风险。这是其一。其二，17年历史剧创作服务于现实政治，缺乏文学性的基本定位似乎也是有共识的，那么，该选题能有新的研究角度吗？在开题前，我将这些想法与潘亚进行了一次认真的交流，并且明确指出这两点，即如果选择了这个选题，那么最重要的是在已有同类成果基础上要有明显的推进，形成的研究成果对以后其他再思考17年历史剧创作的得与失时应该是必须阅读的文本，并且潘亚个人也必须由此课题的研究确立自己以后的学术致思方向。另一方面这一选题能否在已有论及较多的单个历史剧文本的基础上，再收集到其他的同期作家作品，新的史料的挖掘对于该课题的研究突破至关重要。

潘亚最终还是选择了这个极具挑战性的研究课题。他不拘囿于郭沫若的《蔡文姬》《武则天》，田汉的《关汉卿》《文成公主》，曹禺（执笔）、梅阡、于是之的《胆剑篇》，老舍的《神拳》等文学史已有定评的几部历史剧，首先从资料入手，先后去了北京图书馆、南京图书馆、南京大学图书馆、南京师范大学图书馆以及中央戏剧学院、上海戏剧学院等图书馆，遍查我国1950、1960年代的期刊和出版物目录以及相关报纸、杂志、文艺创作集、剧本等，发现了一批少有人提到的历史剧作品，使研究对象的作品总量达到了25部。更重要的是，随着研究对象的逐渐扩大，他在重读已经熟悉的文本中又获得了一种新的历史视阈，即1950—1965年间创作的25部历史剧作品，从总量看并不大，但却构成了既是一个独立完整的研究对象，又是超文本的历史现象。以往的当代文学史研究对某部历史剧作品或某个作家的解读，虽然局部或个别较为深入，但是从历史整体形态把握作家作品的丰富而复杂的文化内涵却明显不够。17年历史剧创作是一个整体的历史性文本，又是一个具有丰富内涵的政治隐喻性的复杂文本。自然，直接以社会学、政治学或者纯文学的方式来解读这些文本，或做简单否定和肯定的判断均是不足取的。

这样，找到适合"17年历史剧创作"研究的最佳切入角度和理论方法，是潘亚接下来又一个用心探究的问题。某种程度上，也是这个课题的难点所在。我们现在看到的"话语形态"视角，应该是较为吻合研究对象的，因为潘亚在对该理论的理解和消化上颇下了一番工夫。在"导论"中，他从历史剧创作主体、历史剧的意识形态性、17年泛政治化创作语境、话语形态视角的内涵这4个层面，将"17年历史剧创作"与"话语形态"之间的关系和基本元素做了比较清楚且系统的界定。尤其对"17年历史剧创作话语形态"进行了全面系统的论述，话语生成论、话语构成论、话语价值论和话语消隐论等 4 个板块的构架与思路呈现出其理论思辨的缜密和勾勒线索的清晰。他将“17 年历史剧创作”纳入中国当代文学思潮和 17 年文学主流形态中来考察，以“话语”理论的巨大覆盖性和文化历史隐喻性剖析和解构 17 年这一独特时段的历史剧现象，突破了以往仅注重单个作家作品解析研究的格局，最大限度地避免了“17 年历史剧创作”在文学与政治之间的历史尴尬，从而相对客观地还原了“17 年历史剧创作”的文学史本真。

基于对 17 年历史剧作品的深度阅读和新理论的科学运用，潘亚的 17 年历史剧创作研究获得以下几方面的重要推进：一、对 17 年社会历史语境下的历史剧创作进行了合理的整体性描述和归纳。对“泛政治化创作语境”侧重于“内在构成”的细致分析，还有对历史剧作家创作主体的“思维定势与创作心态”的深入解剖，对历史剧创作传统和创作实际主客观因素的辨析等方面,这使得“17 年历史剧创作”首先被一个较为丰厚而开阔的文化场域烘托，并且它是属于与剧作家创作与生存环境联系着的文学史“文化场域”。这一场域不单纯是客观社会历史氛围，民族的、国家的政治实体所在，还有剧作家隐现的复杂的精神世界,民族的、国家的精神隐喻和象征等；二、从文体、结构、人物、语言这 4 个方面对“17 年历史剧创作”内在结构图式进行细致的展现。这里不仅仅是“17 年历史剧创作”一般特征的把握和创作规律的总结，而且通过具体的文本和作家创作实践的表现，在历史剧创作自身结构中揭示出历史的现实隐喻与戏剧的艺术想象之间的矛盾性和超越性，其意义是来自创作本身的分析，既使得新理论视阈落到了实处，又深化了“17 年历史剧创作”的认知。比如，历史叙事究竟如何拓展艺术想象的空间？戏剧家们丰富开阔的艺术想象力是怎样超越现实题材的？作者一一通过具体文本中的文体、结构、人物、语言的解剖，实证性地诠释了“泛政治化语境下作为一种历史叙事”的“17年历史剧创作”；三、通过历史语境的还原和历史叙事的图式分解，较好地摆脱了一些长期困扰“17年历史剧创作”研究的理论和实践问题。17年历史剧创作引发的“历史真实”的讨论，即基于历史剧的艺术独特性而强调“历史事实”的真实和基于历史剧的艺术普遍性而强调“历史精神”的真实。同时，还有几种观念形态的冲突，即“历史真实与艺术真实统一论”“古为今用”论、“人民群众创造历史观”论等等。潘亚对历史叙事的阐释，旨在追寻“叙事背后的叙事”，揭示出17年历史剧创作背后所隐含的真正的现实精神，所讲述的“民族寓言”的内在含义。他并不在观念问题上做过多的纠缠，而是力图为17年历史剧自身的“精神”和“寓言”获得合理的阐释，因为只有这样才有可能真正发现历史与艺术之间的理论、观念问题在不同历史时期辐射所构成的特殊意义。

潘亚在论文写作过程中花了较大气力深入文本和叙事理论，现有的收获与他自身的专业基础和理论素养是分不开的。他在入学攻读博士学位之前就已经具备了教授水平，在文学史理论研究方面出版了两部学术专著，独立主持过江苏省“九五”和“十五”哲学社会科学规划项目各一项，并且在《文学评论》《文艺研究》《文艺理论研究》《江海学刊》等刊物上发表论文40余篇。他扎实的专业基础和很强的独立科研能力最突出地表现在他学习和研究20世纪中国文学中的开阔的视阈、重视理论与文学史实践的结合、自觉的学术眼光。在这部专著中，潘亚将福柯的知识考古学、卡冈的“艺术形态学”、伽达默尔的文学阐释学和弗里德里克·詹姆逊的“民族寓言”说，以及弗洛伊德的现代心理学等多种现当代西方理论共冶一炉，足见一斑。正是由于他擅长理论的思辨，也就形成了他的论文的独特之处，即将整体框架的缜密建构与创作特征的细致解剖相结合，特殊语境下历史剧创作的诸多外缘关系的甄别梳理与历史剧具体文本丰富而复杂的精神内涵的完整把握相统一。他对“话语形态”的具体内涵及其理论的建构，并结合研究对象所做的积极探讨，使得他专著的新见迭现，其学术意义表现在他发现了“对17年历史剧的研究不是仅仅封闭于文本之内，或与文本的简单相遇；相反，在历史语境中，文本作为研究对象是开放的，文本因为与文本之外的文化法则和政治逻辑相连通，而使对文本的研究与超文本的研究连接起来，从而获得对于17年历史剧创作话语的历史性的、整体性的视野”。“对17年历史剧创作整体的研究有可能成为20世纪中国文学史研究的一种类型。”本书的这些立意较高的总结性观点给我们以很大的启发性，廓清了一些17年历史剧创作研究中的迷雾。自然，客观地整体审视本书，如果说还有什么不足之处，那么恰恰也是因潘亚对理论设计的偏爱，过分追求理论结构的周密，对于部分文本对象和个别文学史现象的解读有先入为主之嫌。今天，中国现当代文学研究在亟待寻求新视角、新方法、新课题的突破，很容易滋生焦虑心态下的偏激，但旨在创新的科学研究通常是能够接受“深刻的片面”的，而不希望人云亦云的平庸之见。

说了这么多的话，只是第一个读者对本书的一些意见，陈述师生一起交流讨论的过程，也算是与潘亚博士毕业以后的再一次“叙旧”吧。这均是个人的理解和感受，充其量属于我们师生间的对话。

现在潘亚的专著即将出版面世，个人的学术成果就要放到广大读者面前了，尤其是要接受学界同行专家和熟悉其研究对象的读者审读。我的阅读感受和潘亚的学术观点也将受到不同读者的检验，期盼我的意见能够得到读者的认同。学术专著的问世如果能够引起读者兴趣和同行的讨论和批评，那么何尝不是作者的幸事呢！

是为序。

2013 年 7 月高温酷暑中于皖江城

前言

长期以来，对 17 年历史剧创作的整体进行系统的研究是我国学术界尚未给予充分关注的一个文学史问题，已有的研究多集中于郭沫若的《蔡文姬》《武则天》，田汉的《关汉卿》《文成公主》，曹禺（执笔）、梅阡、于是之的《胆剑篇》，老舍的《神拳》等少数几部单篇作品，主要采用政治 / 艺术二元对立的研究视角，得出的结论也以批判和否定为主。其实，就我目前已收集到的 25 部作品来说，17 年历史剧的数量还是较为可观的。而且其中的许多作品已达到了较高的水平，更有一些作品被学术界公认为经典之作。这些历史剧主要是以现代剧作家们构成创作的主体，大部分创作和发表于 1958—1962 年间，从而形成了 20 世纪中国文学史上一个极为独特的现象。

当然，本书无意于走向另一个极端，即对其进行全面的肯定。丁帆先生在《研究“17 年文学”的悖论》一文中明确提出应改变思维方式，重新审视当前对17年文学研究的三种方式。首先是“简单地重新审视，重排座次，更新翻案”的重新遴选的思维方式；其次是“用虚无主义的方法，干脆把一段文学史全部淘汰出局，抹掉文学史上的任何痕迹”；第三是“一种貌似客观中性的史实性叙述，取消修史者的人文价值立场”，“光有史料的堆砌”。[1]丁先生所说的第二种方式尤应值得我们重视，因为对17年历史剧创作的研究面临的便是这样一种局面，这显然不是一种历史唯物主义的治学态度，即便是“文本质量很低的作品，它作为20世纪中国文学乃至历史剧创作发展历程中不可或缺的历史环链，它们的‘活化石’意义并不少于那些文学史中的精品，我们可以从中寻觅到进一步推动文学史向更高层次发展的宝贵历史经验，因为，在文学史研究者的眼中，研究的价值并不取决于研究对象质量的优劣，而是研究对象历史内容含量的多少。就此而言，‘17年文学’和‘文革文学’绝对是一个少有人开采的富矿”[2]。诚哉斯言。如果我们跳出1980年代流行的政治/艺术二元对立的评价模式，从话语理论视角切入17年的历史剧研究，就可发现其作为一种独特的话语形态，具有很高的研究价值和独特的文学史意义。本书以17年历史剧创作整体为研究对象，选择话语形态理论为视角，经过全面深入的分析与研究后认为它具有以下4个方面的特点：

1. 17年历史剧是在一种泛政治化创作语境下生成的，它负载着强烈的政治理念和意识形态使命，因而，被打上了深刻的时代烙印。它是在现代话剧特别是历史剧创作传统以及对中国传统戏曲有所借

[1] 丁帆：《研究“17年文学”的悖论》，《江汉论坛》2002年第3期。
[2] 同上。

鉴并努力民族化的基础上，在革命文学、左翼戏剧、延安文艺及前苏联戏剧的直接启示下生成的。是由郭沫若、田汉、老舍、曹禺、丁西林、师陀等为代表的现代剧作家构成创作主体，年轻史剧家积极参与的，既认同与归附于权威话语与主流意识形态，又有一定偏离的独特的话语形态体系。

2. 它作为20世纪中国文学史进程中的一个独特的现象，是现代剧作家们在建国初，面向现实题材进行创作话语转型失败后，形成的政治无意识升华的一种集体的“社会的象征性行为”。在泛政治化的创作语境下，史剧家们选择历史剧的形式进行话语言说，充分体现出对17年中主流意识形态的顺应或反抗，亦即以其符号形式的建构体现出自身独特的意识形态功能，表现出现代剧作家们强烈的现实关怀，即试图通过重新编写历史故事把历史经验复活起来，以达到“古为今用”的目的。

3. 它作为一种历史叙事，史剧家们选择令今人会产生共鸣的历史事件、人物、关系和冲突，在历史的视野中，采用独特的叙事策略和叙事规则，对其重新进行调动和安排，从而再评价他们的得与失、荣与辱，以达到“教育”人民的目的。所以，它在一定程度上还影响了当代中国人的精神构成。

4. 这25部史剧深深地凝聚着17年中，特别是1958—1962年间中国社会政治文化所赖以生成的信息基因，流露出特定年代权威话语和主流意识形态的动机，构成了特定社会历史时期的镜像。它既折射出权威话语及时代流行的政治理念和工农兵文学创作模式的规训、制约与影响，又真实地体现出特定年代中国人民的精神生态与价值向度，昭示着史剧家们内心世界潜隐着的种种矛盾的心理与欲望。

关于17年历史剧的研究，需要学术界厘清和阐释的问题我认为主要集中在以下几个方面：

1. 17年历史剧所赖以产生的历史语境和文化机制、独特的创作主体及其源于政治无意识的象征行为、特殊的话语形态，包括历史剧这一形式自身的意识形态性的内在构成及其意义与价值。它与主流意识形态话语的相互关系及其对现代历史剧创作传统具有怎样的继承与发展，等等。此乃本书研究与考察的最为重要的组成部分。

2. 17年历史剧的创作主体是在1920、1930年代便已登上文坛，且已取得很高创作成就的现代剧作家们，他们中许多人在现代戏剧创作特别是历史剧创作中已是硕果累累，声名卓著。那么，是什么原因导致他们在1949年以后进入了一段较长的历史剧创作空白期，并积极参与了建构主流话语、表现现实题材的红色叙事或颂歌话语创作呢？这种创作转型失败及其文学史的意义何在？在新旧嬗变之中现代剧作家们的文化与创作心理具有怎样的形态？为什么在1957年以后又不约而同地以群体的姿态投入了历史剧创作，并取得了令人瞩目的极具文学史和思想史意义的成就？所建构的历史剧话语形态与1930、1940年代的历史剧话语有何异与同以及有何继承与发展？与主流意识形态话语之间有何运作关系？等等。这一切不仅构成了上述现代剧作家文学创作甚至人生道路上的一个极重要的组成部分，需要将它置于他们的创作道路整体之中加以深入细致的考察与研究，也构成了20世纪中国文学史上跨越1949年，亦即新旧时代剧变之时的一种独特的、颇具典范意义的文学风景线。需要今天的学者们在大文化背景下，从文本出发，深入创作主体的心灵进行深入的艺术透视。

3. 17 年的历史剧创作高潮主要出现在 1958 至 1962 年之间，这是新中国社会发展进程中的一个极为复杂、变化迅速的过渡时期。从 1958 年历史剧创作的不期而至，来势突然，气势磅礴，并迅速进入文学潮流的中心地带，到 1962 年又悄然而去，几乎同时退出中心，回归边缘。其发生与消隐的内在与外在原因何在？它需要我们在努力追寻其文学话语形态形成与构成的内部机制，进行微观透视的同时，还需要从主流文学话语的规训与制约机制入手做全面系统的综合研究。其中，我认为以朱晓进先生近年来所建构的“政治文化视角，即由政治心理、政治意识、政治态度、政治价值观等层面所组成的观念形态体系”[1]来观照 17 年半整合模式的泛政治化创作语境中的历史剧创作是一个极为科学、颇具创新意义，且很契合研究对象特点的观照视角。因为政治文化构成了 17 年历史剧话语转换与形成之外部因素中最重要的力量，它作用于现代剧作家们的创作心理及其政治无意识这一中介，终呈现在历史剧话语形态之中。从终极意义而言，一切事物都是政治的，具体到 17 年的中国当代文学，任何消解、掩盖、解构、否定、无视政治文化对文学的渗透与影响，主流意识形态权力话语对文学话语的支配与整合，都是不科学的，都是一种不够实事求是的态度，所得出的结论必然是偏颇的，甚至是荒谬的。愿望终究不能代替现实，政治从未缺场，区别仅在显隐之间。对 17 年文学而言，政治有时甚至跨越了它与文学之间的各种中介，直接登台，无数次以文学为角斗场的政治运动，党的各种文艺思想、

---

[1] 朱晓进：《从政治文化的角度研究 30 年代文学》，《中国现代文学研究丛刊》1999 年第 1 期。

文艺政策等等，均构成了种种直接的、明白的政治规范，通过作家主体在文学，也包括在历史剧的话语模式、文本的叙事方式上烙下其深深的印记。因而，有必要以 1958 至 1962 年这一特殊的年代为历史文化背景和创作语境，考察其对现代剧作家们创作心理的渗透及其对历史剧创作话语形态的影响。

4. 对 17 年历史剧创作话语形态的研究，无论是对现代剧作家们各自的创作道路（这是他们的一生之中心灵世界冲突最为复杂剧烈的时期，也是他们各自的创作道路上最为特殊的时期），20 世纪戏剧包括历史剧的创作发展而言，还是对 17 年文学乃至 20 世纪中国文学的总体进程而言，都不是一项可有可无、无足轻重的工作，它为后人提供了透视特定时代的文化尤其是文学变迁的最为特殊的典范性文本，所以需要学术界尽可能地回到话语讲述的年代，追寻并展示其原生态的文学史风貌，考察其对中国文学特别是当代戏剧发展进程的结构功能意义，探索其对新世纪中国文学走向所具有的种种启示意义，这是构建 20 世纪中国文学研究系统与整体观的一个极重要的组成部分。

可见，对 17 年历史剧创作整体进行系统的考察与研究，并不是一项可有可无的工作，它作为一种独特的话语现象，所具有的丰富而复杂的内涵及价值已昭示出研究的迫切性与必要性。

本书主要由 4 个板块（话语生成论、话语构成论、话语价值论、话语消隐论）共 8 章组成，另有导论和结论各一。导论主要是对本书的研究对象与内容、所涉及的各种概念与方法等加以梳理和阐释；结论则对本研究所形成的结论及其创新与价值进行说明。

第一个板块：话语生成论。我认为 17 年历史剧创作所承继的传统主要有中国古典戏曲“以曲为史”的倾向和从“五四”到抗战时期所形成的戏剧历史化的创作模式，1949—1957年间历史剧创作的沉寂是因为建国初激情岁月对现实题材的强烈召唤和对历史题材的拒斥，以及对戏改中“反历史主义”创作倾向的批评，它在对历史剧创作造成强大压制力量的同时，也使史剧家们产生了强烈的期待心理，并开始逐步形成创作的政治无意识积淀。而1958—1962年间出现的历史剧创作热潮，其外部原因当是创作语境的松动与权威话语的召唤，而内在的也是最为根本的原因是史剧家们长期积淀的政治无意识得到了升华,历史剧创作构成了一种“社会的象征性行为”。它在总体上呈现出对内讲述民族寓言，而在具体寄寓层面又表现出对历史的“多样化”解读的特征。

第二个板块：话语构成论。本书选择了最能彰显17年历史剧创作话语特征的文体、结构、人物、语言这4个方面，考察与追寻话语的具体构成和特殊规律。在文体形态上，我认为17年历史剧主要有三种不同的“历史”呈现方式，即“尊古写剧”、完全虚构、“失事求似”，但由于历史“现实观”的强烈制约，亦即对“古为今用”的特别重视,使得它尤为强调“失事求似”。而构成历史剧的历史性、当代性、主体性三种文本形成了共渗互动的关系。由于强调“人民创造历史”的观念，使得17年的历史悲剧普遍不悲，与表现现实题材的工农兵文学相一致，历史喜剧很少运用“讽刺”和“幽默”的手法，多以大团圆的结局呈示喜剧性，因而在情节开展方式上是忌悲忌喜，正剧统一；在结构模式上，17年历史剧创作大多采用情节推进式冲突结构，这其实是现实生活中日益强化的阶级冲突、斗争意识在历史剧创作中的折射。由于政治理念的侵蚀使得许多史剧在结构上出现了“非整一性”问题，并将历史个体意志间丰富多元的矛盾冲突简化为二元对立的单一结构，普遍采用与颂歌叙事相一致的历史“苦难”叙事模式；在人物形态上，17 年历史剧创作形成了以扁平型为主的人物形象谱系，立体型人物屈指可数，而历史人物之间的关系是好 / 坏、善 / 恶的阵线分明，且均具有各自的代码与功能。男性史剧家们通过“拟代女性写作”方式刻画女性人物形象，以历史女性形象演绎政治理念，回归爱情本体的女性话语少之又少，女性话语呈现出一种“缺失”状态；在语言系统中，由于对语言风格的探索与追求不会触及权威话语的禁忌，使得 17 年的许多史剧在实现双重超越的基础上，普遍采用“历史 / 现代”形态的语言媒介系统，形成了亦古亦今、化古为今的独特语言风格，以曹禺、老舍为代表的一些史剧家还在语言的探索中回归了自我。但在总体上仍是以宣传说教型语言为主，普遍采用政治性的语汇。

第三个板块：话语价值论。我认为 17 年历史剧在承载强烈的意识形态功能的同时，许多史剧还潜隐着史剧家们对历史与生活的独特思考，即在历史中重建启蒙话语，包括借历史“干预生活”，对人与自我的关注与呼唤和对国民性弱点的揭露与反思；有些史剧家甚至在用生命感受历史，如郭沫若的“蔡文姬就是我”，田汉“长与英雄共魂魄”，师陀在《西门豹》中表现出的孤独而痛苦的灵魂，等等；17 年历史剧还具有其独特的艺术审美特征，这主要有三点：对革命的政治想象与对历史的理想化，由政治出发的“现实所指”与宏大叙事，表现“重大”历史题材与单一的崇高风格；较之 17 年话剧形式重于内容的民族化，历史剧的民族化在对此加以反拨的同时还取得了较高的成就。

第四个板块：话语消隐论。对1963年以后历史剧创作进入萧条期的原因、戏剧功能的扭曲进行了必要的考察与分析。

总之，本书围绕“17年历史剧”“话语形态”“现代剧作家”“泛政治化创作语境”“历史叙事”这几个关键词，以历史剧文本为中心，从话语形态的角度，逐步考察其各自所具有的内部规定性和丰富复杂的内涵，努力梳理出它们之间共渗互动的关系。所以，我选择“17年历史剧创作话语形态论”为题，是为了考察17年历史剧创作话语所遗存的对新时期历史剧乃至话剧的影响，并从中阅读出有益于我们未来文化发展的精神资源。它并不仅仅是出于我个人的兴趣爱好与学术积累，更重要的是为适应21世纪中国文学研究学术发展的需要，并立足于新世纪的中国文学建设而做出的理性思考。

导论

17年历史剧创作的概念梳理与界说

人类历史是一条不见首尾的滔滔长河，历史、现实与未来仅是人们习惯和相对的划分，其实并没有绝对的界限。可以说，在绵延无尽的时间之链上，“此刻”之前便是历史，昨天是今天的历史，今天又将是明天的历史。当然，历史因为有了作为主体的人的参与，又呈现出她的丰富多彩和神奇诡秘。

历史的存在是三重的，首先，它存在于过去的时空之中，即它的客观的、原初的存在，我们称之为原生态的历史；其次，历史虽然已消失在日益增厚的层累之中，但在书籍、文物、人类的生活与思维方式以及民族的文化—心理结构之中仍留存着过去的足迹与印记，这便是历史的第二重存在；[1]第三就是历史还依赖于主体（包括史学家和史剧家们）对这些存留物的理解来复现，“一切被保存下来的历史遗存，在离开了产生它的环境背景之后，往往会变成一个封闭的复合的没有指称的意义总体，从而为阐释学留置了广阔的空间”[2]。对人类而言，时间意义上的原生态历史因其不可再现性，使得历史成了一种记忆，一种不断复现的记忆，于是，通过各种渠道和方式“书写”历史便成了记忆历史的一条主要途径，可见，作为一种文类的“历史”，其实就是话语的历史。而且，从古到今，人类对自己心目中历史的迷恋与“书写”从未中断。历史剧创作便是其中的一种颇为独特的“书写”方式，后人对历史的种种诠释与复现的努力，必然表达着主体对历史的种种理解，同样，历史剧创作必然也贯注着史剧家们强烈而深刻的主体意识或主体精神。

所谓历史剧，最为简单而抽象的定义便是以历史为题材创作的戏剧。阐释学的定义则认为历史剧是一种寓言于历史的戏剧，是史剧家们按照严格的生活逻辑和不苟的历史精神对真实的历史过程进行科学思辨的外化形式，是创作主体以戏剧为手段对历史做出的理解与阐释。其最基本的要素和最本质的特征便是通过对历史事件的状述和对历史人物的塑造，传达出时代的风貌、情致与神韵，以及当代人的情感与愿望，表达史剧家的主体意识和对历史的审美评价。现代意识是历史剧创作的灵魂，它是现实中的时代精神与史剧家主体的自我意识交融的产物，是渗透于对象之中，由史剧家传达出来的现代眼光、现代观念、现代方式和现代心态等价值的总和，缺少了现代意识，历史题材不过

[1] 温潘亚：《文学史学》，内蒙古人民出版社2000年版，第1页。
[2] 王钟陵：《文学史新方法论》，苏州大学出版社1993年版，第86页。

是无灵无性的僵死材料，永远成不了有血有肉的历史剧。历史题材不是为过去的人而存在，唯有注入了现代意识，历史剧才可能在自己的基本观众——现代人中激起共鸣。可以说，历史剧就是一种代表着社会发展之时代精神的现代意识，通过艺术家主体的自我，同历史不断进行的对话。

历史剧作为戏剧文学中的一个重要品种，在我国有着悠久的历史。在宋元杂剧以来数以万计的剧目中，历史题材的占大多数，“元明清三代的杂剧和传奇其可称为历史剧者，居过半强”[1]。其实，自“五四”以来，历史剧这一概念主要是指话剧中描写上古（有史以来）至清末民初之间的人和事的历史题材古装戏。它是适应“五四”新文化运动而产生，于1930、1940年代发展成型的一种戏剧样式。毛泽东同志曾经指出：“今天的中国是历史的中国的一个发展；我们是马克思主义的历史主义者，我们不应当割断历史。从孔夫子到孙中山，我们应当给以总结，承继这一份珍贵的遗产。这对于指导当前的伟大的运动，是有重要的帮助的。”[2]本书所研究的“历史剧”便是以有史以来到清末民初的历史时空为故事发生背景进行叙事，由现代剧作家们构成创作主体，在17年中特别是1958到1962年间所创作的一大批历史题材的话剧作品，本书要研究的是其在泛政治化语境下作为一种历史叙事的创作话语形态。

17年历史剧的创作历程可以分为三个阶段：

1949—1957年为沉寂期，共有4部作品，即田汉的《朝鲜风云》

[1] 茅盾：《关于历史和历史剧——从〈卧薪尝胆〉的许多不同剧本谈起》，《文学评论》1961年第5期。

[2] 毛泽东：《中国共产党在民族战争中的地位》，《毛泽东选集》（第2卷），人民出版社1991年版，第306页。

（1950），冰毅的《卓文君》（1950），朱契的《郑成功》（1956），刘克的《1904 年的枪声》（1957）。

1958—1962 年是兴盛期，主要有 17 部作品，即田汉的《关汉卿》（1958），王中和、王德仁的《詹天佑》（1958）（下称王本），郭沫若的《蔡文姬》（1959），钱才松、李子敏、章甫秋、李仲达编剧，章甫秋执笔的《文成公主》（1959）（下称章本），郭沫若的《武则天》（1960），老舍的《神拳》（1960），田汉的《文成公主》（1960）（下称田本），李恍、朱祖贻的《甲午海战》（1960），马少波的《岳云》（1961），丁西林的《孟丽君》（1961），曹禺（执笔）、梅阡、于是之的《胆剑篇》（1961），段承滨的《义和团故事组剧：黑宝塔传奇》（1961—1962），石凌鹤的《汤显祖》（1962），包尔汉（维吾尔族）的《战斗中血的友谊》（1962），师陀的《西门豹》（1962）和《伐竹记》（1962），濮思温、刘振烝的《詹天佑》（1962）（下称濮本）。

1963—1966 年是萧条期，仅有 4 部作品，即胡仲实的《楚汉春秋》（1963），汪钺的《岳飞》（1963），费克（执笔）、郁夫的《天京风雨》（1963），刘肖芜的《解忧》（1964）。

25 部作品（是指我目前已收集到的，不一定全面）中包括了石凌鹤的诗剧《汤显祖》，因为“话剧与诗剧的表演虽然也离不开音乐、舞蹈、美术等艺术的烘托和陪衬，但它的主体结构，是由人体表演与语言的艺术——文学这两大艺术要素组成的”[1]。即诗剧与话剧的审美特征趋同，是用诗体写的具有诗剧形式的话剧，区别仅在于诗剧中的对白用的是韵文而已。本书的研究对象中不包括建国初戏曲改革中整理、改编的大量历史题材的传统戏曲，因为其重心在整理和改编，而不在于创造。

[1] 董健、马俊山：《戏剧艺术十五讲》，北京大学出版社 2004 年版，第 44 页。

不包括历史题材的戏曲创作，因为它与话剧的审美特征迥异。也不包含历史题材的歌剧，因为其重心在音乐与歌唱，文学因素并不占据主导地位。至于取材于民间或野史的历史传说戏和神话戏、取材于古典文学作品中的人物戏和情节戏以及大量的现代革命历史题材戏等，均不属于本书的研究范畴。

一般而言，戏剧学有两大分支，以剧本文学为核心的戏剧学（Dramaturgie）和以剧场艺术为出发点的戏剧学（Theaterwis-senschaft）。前者最为常见，即将戏剧史写成戏剧文学史，“由于中国历史上文学的崇高地位，文人记录书写的戏剧文本的重要性，是最早得到重视与肯定的。因此在一个相当长的时期内，人们就很自然地将剧本视为戏剧最主要的载体，甚至视为戏剧唯一重要的载体”[1]。这种将戏剧文学方面的发展历程视为戏剧领域最为核心的发展历程，以及将戏剧文学方面获得的成就作为最重要的戏剧成就的观念，是非常深入人心的。后者的外延则相当广，既包括文学性之外的形体表演、舞台美术等，也包括艺术性之外的剧团体制、剧场管理等。本书选择的是前一种戏剧学，即把剧本文学当作一种独特的文类来研究，关注的焦点在其狭义的戏剧性。即剧本虽属于语言艺术的范畴，具有可以脱离戏剧演出而独立存在的文学审美价值，但它毕竟是供戏剧演出用的文学“脚本”，因而好的剧本应具有双重价值，即文学的价值和戏剧的价值。但两者又不是并列的，对于剧作家而言，写剧本首先应该考虑的是它的舞台性，戏剧文学与其他文学样式的根本区别就在于其戏剧价值，剧本首先属于戏剧。因而本书虽然以 17 年的历史题材话剧剧本为研究对象，但核

[1] 傅谨：《新中国戏剧史：1949—2000》，湖南美术出版社 2002 年版，第 4 页。

心却在它的戏剧价值。

一　创作主体：现代剧作家

在17年的25部历史剧中，影响较大的有十三四部。在对史剧家队伍的构成进行考察时，我发现1920、1930或1940年代登上文坛，并已取得很高文学成就、包括戏剧乃至历史剧创作成就的现代剧作家们构成了其中的主体，他们是郭沫若、田汉、老舍、曹禺、丁西林、师陀、马少波、石凌鹤、包尔汉、刘肖芜等10位，他们的史剧创作无论在数量上还是在质量上均明显超过解放后登上剧坛的年轻史剧家们；且他们的17年历史剧创作多集中在1958—1962年之间，是一次集体亮相，从而构成了当代文坛上一个极为独特的话语现象。

发生于泛政治化创作语境中的历史剧创作是一种多极思维活动，与一般现实题材的创作思维活动有所区别，历史剧表现的是已经发生过的事，现实题材描写的则是正在和可能发生的事，即它的认识客体是永不重演的过去，不像现实题材具有重新实践的可能。同时，作为认识中介的史料也不与我们处于同一认识水准。这样的多极思维特点无疑加重了作为话语主体的史剧家理性审思的任务，它需要史剧家们在具备一个作家、一个戏剧家的各种才能的同时，还应不断提高自己对历史材料的认识水平和思辨能力，才有可能纠正众多历史信息中存在的种种谬误，并敏锐感知史料中潜隐的各种与时代精神相通的东西并把它表现出来，在复杂的历史生活面前保持清醒的自主审美能力和化史为剧的能力。

其中，丰富的史料、正确的史识构成历史剧创作的基础，把“历史的资料”或“只有一个简单轮廓”的“历史故事”变成生动精彩的戏剧艺术，即如何“化史为剧”是历史剧创作的关键。著名学者钱锺书对此有一段精辟论述，他认为：“史家追求真人实事，每须遥体人情，悬想事势，设身局中，潜心腔内，忖之度之，以揣以摩，庶几入情合理，盖与小说、院本之臆造人物，虚构境地，不尽同而可相通。”[1]这段话说明，历史学家即便是追求真人实事，也需对历史事件和历史人物进行“入情合理”的“以揣以摩”。著名戏剧家张庚说：“写作历史剧对历史事实既有删减就必须有所增益，因此就要有虚构。为了更集中、更典型化，虚构是不可避免的。”[2]“问题是只有对历史事实有了透彻的认识、分析之后，虚构起来方能自由，所以虚构也必须建立在对历史事实科学分析的基础上。”[3]可见，只有吃透了历史事实方能自由虚构。当然，虚构的目的绝非为了削弱历史事实，而是为了加强历史事实。所以，黑格尔说：“从这方面来看，我们固然应该要求大体上正确，但是不应剥夺艺术家徘徊于虚构与真实之间的权利。”[4]亦即化史为剧的能力。

史料、史识与化史为剧的能力，对历史剧创作来说缺一不可。17年中，年轻史剧家们由于上述三方面的不足，使得他们很难超越甚至赶上现代剧作家们的历史剧创作成就，这是形成“新不如旧”现象的根本原因。那么，17年历史剧创作主体具有怎样的内在特征呢？

---

[1] 钱锺书：《管锥编》（第1册），中华书局1983年版，第166页。

[2] 张庚：《古为今用——历史剧的灵魂》，《张庚戏剧论文集》，文化艺术出版社1984年版，第286页。

[3] 同上。

[4] 黑格尔：《美学》（第1卷），朱光潜译，商务印书馆1979年版，第353-354页。

首先是具有强烈的政治思维定势和“非主体意识”。[1]1930、1940年代的史剧家们大致可以分为三种类型：政治型、由艺术型转变为政治型、艺术型。[2]郭沫若、欧阳予倩、阿英、阳翰笙、夏衍、陈白尘、老舍、茅盾等应属政治型；田汉、洪深、丁西林、曹禺、李健吾等则属于由艺术型向政治型转变的；属于艺术型的仅有宋春舫、王文显和杨绛等少数几位。建国后，艺术型史剧家失去了创作的土壤，基本退出了史剧乃至整个话剧创作领域。田汉、丁西林、曹禺的转变业已完成，同属政治型成为17年史剧家们共同的特征，且这种特征的构成又是基于他们早已形成的共同的政治思维定势。由于20世纪上半世纪的中国始终在进行着民族战争与阶级革命，对社会政治问题的强烈关注与普遍实践便自然成为时代意识的中心，政治掩盖、渗透、压倒甚至替代了一切，史剧家们的创作追求不可能例外。就是在这一不断强化政治意识的发展历程中，史剧家们的政治思维定势渐趋形成。

政治思维定势强化的结果便是导致史剧家们的“非主体意识”，其特点有三：否定人探索和思考世界的主体性与独立性，强调人在精神和灵魂上皈依某种权威话语，并按照这种权威话语规定的统一的原则和价值判断进行分析和判断。排斥人独立的精神和自由的思想。视历史剧为一种手段而非一种目的，要求史剧家们放弃通过历史表达自己对现实社会或人生世界的独立的体验与感受，而为政治服务。以固定的、权威的价值标准对历史上的人与事进行符号化的价值衡估，不尊重历史人物形象与历史事实的客观性和原生态，史剧的冲突结构模式化，这一切在17年的话剧乃至历史剧创作中不但未得到抑制，反而进

[1] 贾冀川：《解放区戏剧艺术得失谈》，《山西大学师范学院学报》2000年第2期。
[2] 施旭升主编：《中国现代戏剧重大现象研究》，北京广播学院出版社2003年版，第94页。

一步得到了强化和张扬。郭沫若被称为“党喇叭”，解放后他以大众言说代替了个性化、边缘化的写作，由激情浪漫的诗人变为浪漫激情的政治家，究其原因，很大程度上是因为政治发展的大势所趋，而并不仅仅由个人的选择所致。建国初，老舍在谈改造思想时就说：“一个作家若能够克服知识分子的狂傲的优越感而诚诚恳恳地去向人民学习；丢掉资产阶级的名利思想，而全心全意地为人民服务；并且勤恳地学习政治，改造自己，或者才可以逐渐进步，写出一些像样子的作品来。”[1]至于曹禺的《明朗的天》、老舍的《红大院》、田汉的《十三陵水库畅想曲》之类的创作及其失败便是这种政治思维定势张扬到极致的具体表现。

其次是面对颂歌浪潮的话语紧张与焦虑。建国初，面对新中国工农兵文学中涌起的颂歌浪潮，现代剧作家们的创作心态主要呈现出紧张与焦虑、忏悔与自责的特征。面对无休止的政治运动，党对知识分子的不断改造和工农兵文学全新的创作模式，明显的不适应和强烈的落伍感使得他们一再地忏悔与自责，并以一种矛盾复杂且不稳定的政治型心态投身工农兵文艺，进行自身的创作转型，其效果可想而知。曹禺、老舍、石凌鹤、丁西林、马少波等的表现现实的剧作绝大多数是配合政治宣传的急就之章、应景之作，不堪卒读。以至于即使是进入了话语空间相对宽松的历史剧领域，这种创作心态仍不时流露出来。

再就是放弃个人话语，皈依集体话语。新中国成立后，由于国家实行了“以阶级斗争为纲”的国策，意识形态的斗争被置于“或一言兴邦，或一言毁邦”的举足轻重的地位，文学艺术也被视为“阶级斗

[1] 徐德明编：《老舍自传》，江苏文艺出版社 1995 年版，第 285 页。

争的晴雨表”，进而提出了“文学艺术必须置于党的绝对领导与监督下”的要求，文学艺术创作问题被列入从中央政治局到各级党组织的议事日程，也成为国家计划的重要组成部分，从而纳入了“计划化”的轨道。权威话语更以战争文化思维模式作为整合与规训偏离或背离者的工具与武器，且多以运动的形式一次次地实施，对此，刘小枫曾从知识社会学的角度称之为政党伦理建构其合法性的社会行动步骤。规训的结果便是剧作家们的政治意识日益得到强化，他们不得不放弃个人话语，皈依集体话语。权威话语要求他们站在人民大众的立场，做人民忠实的代言人。这里的“人民”显然是个复合的概念，“人民”无法要求史剧家为他们代什么“言”。于是，权威话语作为人民利益的集中体现者，便代表人民对史剧家提出了要求，要求史剧家在新的时代表现新的历史观念、新的时代精神和符合这一时代要求的新道德，史剧家主体的个性特征则在这一要求中被忽略了。在 20 世纪的中国文学史上，最能代表文学现代性的应是“人的文学”，它出现在“五四”时期，与中国文学现代性的发生与形成是一致的。而基于战争文化思维的《在延安文艺座谈会上的讲话》(下称《讲话》)却以“资产阶级的市民文学”指称“人的文学”，以“人民文学”来扬弃与发展“人的文学”，这种集体的、集合的概念无疑是以放弃人性、人的个体性、人的私密性以及与之相适应的文学多元化等为代价的。

福柯认为，主体行为对权力话语的反抗是一面，同时又以受体的身份对权力话语表现出认同或屈从的立场。因而权力功能具有某种二重性：一方面权力话语压抑或限制了主体性的施展，由此激发了主体的反抗；另一方面权力话语又迫使主体认同或屈从权力的文化立场，从而依照自己的文化标准来建构或塑造主体。建国初期的权威话语或战争文化思维模式对现代作家的规训与整合，使得他们不约而同地选择表现时代共名，投身颂歌浪潮，向工农兵文艺模式进行创作转型，但就创作实绩而言，这一转型无疑是失败的。他们不甘心失败，1957年以后，一旦主流意识形态话语的规训机制略有松动，他们立刻选择了历史剧这一形式进行言说。由于历史剧形式自身强烈的意识形态性，它所呈现的复杂的话语形态又极为充分地折射出创作主体政治无意识积淀的具体内容。

二　历史剧：形式的意识形态性

17年历史剧的创作热潮出现在1958至1962年间，而不是创作环境相对宽松的建国初期，在1963年之后又突然归于沉寂和萧条。那么，现代剧作家们为什么突然在1958至1962年之间不约而同地选择历史剧这一形式进行话语的言说呢？而他们中的许多人此前并不擅长历史剧甚至戏剧创作，如田汉在《关汉卿》之前仅写过一部很不成功的历史剧《朝鲜风云》，曹禺在《胆剑篇》之前从未写过历史剧，丁西林也是如此，老舍的《神拳》是他解放后20余部话剧中唯一的历史剧，师陀此前甚至未写过剧本，还有刘肖芜的《解忧》、包尔汉的《战斗中血的友谊》均是他们一生中创作的唯一的历史剧。至于年轻史剧家们所创作的历史剧，就目前已收集到的资料看，各自也都仅有一部而已，1963年以后均陷入了停顿。出现这种独特现象的一个很重要的原因当是历史剧这一形式自身所蕴含的意识形态性。

美国当代著名的马克思主义文化批评家弗里德里克·詹姆逊（Fredric Jameson）在他的《政治无意识——作为社会象征行为的叙事》一书中提出了一个著名的“形式的意识形态性”的概念，他说“由不同符号系统的共存而传达给我们的象征性信息，这些符号系统本身就是生产方式的痕迹或预示”。[1]亦即文体话语类型之间的生成转换不仅具有形式方面的意义，同时也是意识形态内容重新编码的结果，文学研究就是要通过这种阐释机制对文学形式进行“解码”，以此挖掘和分析文学形式所蕴含的种种“政治无意识”。其实，最早注意并研究形式中直接隐含着历史和社会因素的是卢卡契，他曾对传统的文学社会学仅把形式视为现存内容的表达、修饰的外在“包装”的观念提出批评。福柯则提出任何文学形式的生成和存在绝非偶然，其实均与权力形式——意识形态密切相关。詹姆逊对文本意识形态的分析表现为三种视界：一是把文本视为象征性建构，就是对不能解决的社会矛盾和问题置于想象中予以解决；二是将文本视为个人话语的言说，要从个人话语之中揭示出阶级依据；三是将把文本视为文本意识形态交锋的场所并加以阐释，而这又是生产方式发展不平衡造成的。在这三种视界中，詹姆逊是把阶级及其斗争视为意识形态产生之源，历史则根据自身所需对意识形态加以重新编码。其实贯穿三个视界的仍是对形式的意识形态分析，通过分析，以找出其蕴含的意识形态性和所积淀的意识形态，进而将意识形态研究置换成叙述形式——政治无意识的研究。因为任何文本都是某种历史困境的象征性反应，所以就要在社会历史与观念之间建立起叙事中介，并将美学趣味的变化置于社会历史变化的大背景

[1] 弗里德里克·詹姆逊：《政治无意识——作为社会象征行为的叙事》，王逢振、陈永国译，中国社会科学出版社 1999 年版，第 65 页。

之下。对历史剧而言，由于历史作为缺场的原因，它只能以文本的形式接近我们，我们对历史和现实的接触必然要通过宏观世界的事先文本化，即它在政治无意识中的叙事化，发现隐匿于文本即历史剧这一形式内部的具有典型意识形态特征的历史真实。

首先，在具体的形式层面上，历史剧的艺术符号体系无疑凝聚着17年中，特别是1958至1962年间推动中国社会政治文化生成的信息基因，进而表现出特定历史时代中国人民的思维和情感表达方式，以及权威话语与主流意识形态的内在动机，从而构成了17年这一特定社会历史时期的镜像；其次，作为一种社会象征行为，以历史剧形式进行话语言说，在一定程度上体现出对当时既定意识形态的顺应或反抗，这种符号形式的建构，本身就体现出一种强烈而独特的意识形态功能，那就是现代剧作家们以历史剧创作作为社会象征行为的强烈现实关怀。所谓象征行为，弗洛伊德精神分析学认为，人的意识对存在于潜意识中的“力比多”构成一套完整的压抑机制，人们往往通过象征方式使被压抑的“力比多”得以宣泄。由此出发，詹姆逊提出意识形态是一种阻遏人们认识现实真相、获取人生意义的思想策略，它构成了对人生意义的压抑与遮蔽。所以，文学艺术对人生意义的揭示必然是一种政治无意识的“社会的象征性行为”，[1]它以象征方式既遮蔽又想象性地解决现实中无法解决的重大矛盾，这是詹姆逊“政治无意识”学说的核心。对置身于17年中的许多现代剧作家们来说，历史剧形式构成了他们实现政治无意识积淀升华的最佳途径，他们在1958至1962年间以历史剧创作为中心的一次集体亮相，实际上就是一种政治无意

[1] 弗里德里克·詹姆逊：《政治无意识——作为社会象征行为的叙事》，王逢振、陈永国译，中国社会科学出版社1999年版，第8页。

识压抑得到升华的“社会的象征性行为”，它有两方面的含义，一方面是本文要对世界做些什么，因而它确是一种行为；另一方面，它又没有实际触动世界，因而又仅仅是一种象征性行为。具体而言便是本文一方面针对现实中不可忍受的巨大矛盾而发，同时又只是对那个矛盾的象征性解决。所以，本文实际上是对现实中不可解决的真实矛盾的想象性解决。

因此，追寻17年历史剧这一“有意味的形式”中所蕴含的意识形态性便构成了本书的一个主要的致思方向。

三　17年：泛政治化的创作语境

17年文学是指1949年至1966年间的文学创作，如今已成为我国学术界日益关注的一个重要话题。事实上，“17年”并不仅仅是一个物理学上的“时间概念”，而且是一个在20世纪中国文学史上具有特定内涵与功能的所指。它作为20世纪中国文学演进历程中的一个关键阶段，在精神指向、文学观念、创作方法等方面可谓是1940年代解放区文学的延伸。由于在社会形态发生了根本性的转换以后，文学却未能区别战争年代与和平时期、战争内容与经济建设题材、敌我矛盾与生产关系矛盾等的不同，作家们未能相应地调整好自身的精神向度与创作方式上的内在矛盾，以及群体与个体、物质与精神、社会理性与生命感性、自我牺牲与个体利益的矛盾，等等，使得17年文学包括历史剧创作仍然在一种泛政治化的语境中进行。“这样的生存环境严重局限了人的艺术想象力和创造力，使戏剧艺术变成了政治斗争的工具。”[1]很显然，17年历史剧创作与政治的关系比现代历史剧要密切得多，其自身的兴衰起伏伴随着政治运动的连绵不断而升降起伏着，这使得历史剧在一定程度上为配合政治而丧失了自身，严重影响了自身的健康发展。当然，17年历史剧作为一种历史叙事，同时也真实地折射出特定年代中国人民的精神生态与价值向度，昭示着史剧家们内心世界潜隐着的种种矛盾的心理与欲望，在一定程度上还影响着当代中国人的精神构成。

朱晓进指出："谈到'17年'这个特定时段影响文学的最最紧要的因素，即对这一特定时段文学的生成原因、生存状况和主要特征的形成起着决定作用的因素，人们不难想到'政治'这两个字。"[2]的确，"17年文学中，许多重要的文学作品都明显表露出在题材上的政治化特征，在题旨上的意识形态化倾向，文学的生产流通中也时时隐含着一种政治权力运作的机制，这些是毋庸讳言的"。[3]不管今天我们是如何厌恶谈论政治，只要我们能基本做到客观、冷静与理性，用可靠的事实叙述去替代预设的理论论证，那么，17年的历史剧创作发生在一种泛政治化的创作语境中便是一个不容置疑的客观存在。

总体而言，两者的关系是：泛政治化语境中的文学是一种政治深深地制约并影响文学，而文学又从属并服务于政治的文学。17年时期的文学实际上是与国家政治融为一体，密不可分，且发挥着鲜明而独特的政治作用的。"泛政治化"起初仅是一个社会学概念，意即在一个复杂多维的社会系统结构中，政治往往占据着支配性或主导性地位，

[1] 董健：《戏剧与时代》，人民文学出版社2004年版，第64页。
[2] 朱晓进：《重新进入"17年文学"的几点思考》，《当代作家评论》2002年第5期。
[3] 同上。

甚至是万流归宗的核心位置，与此相关的经济、文化、社会生活等则处于从属地位，它们将政治目标作为自己的目标，以政治运行规则作为自己的运行规则，这就是政治主导型社会。在这种不平衡并向政治强烈倾斜的社会结构中，文学成了时代脉搏的显示器，敏感地显示着时代的精神特征与政治状况。国家的政治风云、政府的文学政策以及官方倡导的意识形态理论等政治性因素对文学发生着广泛、深刻、持续的影响，并规范着文学的发展进程、演变趋势，制约着文学的基本内容、一般形式乃至作家作品的命运与荣辱。而文学又深深地渗进国家政治生活，成为一种超文学存在。特征有三，即文学体制政治化、文学工作者组织化、文学思潮与文学思想意识形态化，17 年文学极为典型地呈现出上述特征。朱晓进先生提出的半整合模式政治文化社会形态中文学与政治的 4 种结缘方式[1],其实是对 17 年泛政治化创作语境内在构成最为全面精当的概括，指出这种半整合模式政治文化社会形态“导致了诸多特殊文体的流行”[2]。

建国初，戏剧所赖以发生的文化环境较之建国前发生了三点变化：首先是建立了高度统一且具有权威性的全国性戏剧领导机构，戏剧家队伍被高度地组织化、行政化，本应是多元化的戏剧创作观念和演出活动被一体化，党的各种戏剧方针、政策、理论能迅速地得到贯彻执行；其次是以解放区戏剧为基础，制定新中国所有戏剧家们必须遵循的指导思想和戏剧创作总方针，解放区的戏剧创作原则和实践经验得到普及与推广，戏剧创作开始进入一体化轨道；再就是 17 年戏剧创作

[1] 朱晓进、杨洪承等：《非文学的世纪——20 世纪中国文学与政治文化关系史论》，南京师范大学出版社 2004 年版，第 9-10 页。

[2] 同上。

队伍发生整体更迭，年轻剧作家们进入了创作中心地带，他们更为活跃，在文学观念上开始从传统的重学识、重才情、重文人传统，向重政治意识、重社会政治生活经验等倾斜，从重视表现市民和知识分子向重视表现工农兵生活变化。在此语境中，那些试图游离或摆脱政治性的个人化文学话语，开始遭到不断的批判或围攻，攻击者所使用的词语便是来自战争文化中的，如“战线”“战斗”“反击”“进攻”“打击”“摧毁”“消灭”等等。其实，有许多作家本无摆脱或游离之意，仅是因为对政策的理解不够准确，略有偏差，也遭到了攻击或批判，明显属于“忠而被谤”“忠而被逐”。老舍的遭遇就是如此。还有被称为“党喇叭”的郭沫若，他在写了大量应景与歌颂之作的同时，内心仍潜隐着强烈的忧虑。“文革”后所公布的他与陈明远的书信便呈现出一个与当时所公开报道的完全不同的郭沫若，一个复杂的精神世界。[1]如果这些文字完全属实的话，则可看出郭沫若的内心与灵魂世界的斗争是多么复杂激烈。这其实也是许多置身于17年泛政治化创作语境中的现代剧作家们复杂内心世界的真实写照。

在整个1950年代，戏剧一直占据着“潜中心”的位置，到1960年代初甚至进入了主流意识形态的中心地带，它导源于权威话语对戏剧宣传功能的高度重视，所谓“戏剧的兴盛，是政治文化需求的结果。在某种程度上可以说，戏剧的兴盛，正是政治的兴盛”。[2]在位移的过程中，戏剧的教化与战斗功能不断得到强化，但它的批判功能及“干预”生活的力量却不断被削弱或消解，仅以工农兵为歌颂对象，公式化、概念化严重。在此背景下，1958年至1962年，历史剧浪潮的涌起，在

[1] 丁东 :《从五本书看一代学人的晚年》,《黄河》1996年第4期。
[2] 朱晓进、杨洪承等 :《非文学的世纪》，南京师范大学出版社2004年版，第25页。

一定程度上迟滞了戏剧向配合政治任务和政治宣传这个方向一边倒的步伐，这与当时党的文艺政策的调整、权威话语表现出的某种松动是分不开的。但在“夹缝”中挣扎与抗争的历史剧创作并不能扭转戏剧中心化的发展大趋势，随着毛泽东“两个批示”（1963年12月12日和1964年6月2日）[1]的发表，中国社会政治生活中“左”倾思潮渐趋泛滥，历史剧作为“异端”受到了批判与清理，它很快退出了中心，进而是长久的告别。中国人民不得不接受“八亿人看八个样板戏”的荒唐现实。对戏剧宣传功能的过于“重视”或强化，终于使它走向了反面，即在观众的审美疲劳和极度厌倦中丧失了它更多的功能。

四　话语形态：观照视角的选择与内涵

朱晓进先生认为：“中国现代文学研究的真正突破，在很大程度上取决于我们是否对每一个研究对象的独特性给予了足够的重视，我们是否真正为每一个研究对象找寻到了最合适的研究角度。”[2]“事实上，在观照任何事物时，都有一个最佳角度的问题，即只有从这一角度才能看清事物的真相，才能了解最接近事物本质的特征。”[3]也就是要做到研究对象的独特性与所运用的方法、视角本身的相融性。由于“国家话语对社会意识及无意识领域严丝合缝的统御……这种统御不仅体现为文

[1] 载《红旗》杂志1967年第9期。
[2] 朱晓进：《找寻中国现代文学史研究的独特角度》，中国文联出版社2003年版，第1–2页。
[3] 同上。

化监察制度和对于新闻言论的种种限定，而且意味着使想象域、各种表意系统和神话生产过程本身，一律成为意识形态国家机器的组成部分”。[1]因此，运用话语理论等方法和视角观照17年的历史剧创作当是一种较为科学的选择。

1. 话语形态理论。话语是“人与人之间通过语言而从事沟通的具体行为或活动，即一定的说话人和一定的受话人之间，在特定的语境中，通过本文而展开的沟通活动”[2]。通俗而言，话语是一种有意味的言说形式，话语形态则是这种有意味的言说形式的具体效应和动态展现。

话语理论是从20世纪60年代初出现的，当时西方学术文化界开始出现对人文社会科学理论进行解构和用“话语”（discourse）一词替代“理论”一词的趋势，实证主义（包括功能主义）的理论与方法受到了深刻的反思与批判。但学术界对“话语”一词的定义却多种多样，莫衷一是，如在逻辑学和语言学中，话语被看作是用来对语言进行定量分析的单位，它比“句子”长，比“段落”短；在现象学中，话语用来指涉“逻各斯”的原义；解释学则强调话语是事件和意义的结合；在考古学与系谱学中，福柯却赋予“话语”一词在文化分析中的政治学含义，将权力的概念运用于日常生活实践的分析之中——权力既生产知识又生产实践，不存在一种不受权力影响的话语，且其基本特征在于它是一种权力关系，而不是思想的自由表现。

福柯明确指出：话语是一种事件，“必须将话语看作是一系列的事件，看作是一种政治事件：通过这些政治事件才得以运载着政权，并由

[1] 孟悦：《性别表象与民族神话》，《二十一世纪》1991年第4期。
[2] 童庆炳：《文学理论教程》，高等教育出版社1989年版，第59页。

政权又反过来控制着话语本身”。[1]所以，在特定环境中的“话语”是由一个或几个特定的人，也就是说或写的主体围绕一个或几个特定的问题，为了特定目的，采取特定形式、策略和手段，向特定对象说出或写出的言语或言谈。这是一个包含着产生和扩散的历史过程、相关的认知过程、相关的社会关系、特定的思想形式，以及环绕着它的一系列社会力量及其相互争斗与勾结。当福柯将知识视为话语时，其分析重点就是知识在特定社会文化环境中的产生机制及蕴含其中的复杂社会斗争，以及一系列社会文化力量的较量过程及其策略、计谋和手段。

很明显，福柯知识考古学感兴趣的就是对近代知识的历史形成机制进行解剖，揭露近代知识的论述性质，即揭示近代知识是在什么样的历史条件下，通过一系列社会规则所界定、规定和安排，使之只能如此这般地说当时人们所感兴趣的某些事情，而不是以别的论述方式去说别的事情或别的事物。这里实际上隐藏着知识生产过程中的秘密操作程序，隐藏着某种“黑箱作业”，隐藏着知识同社会特定力量的勾结和策略。简单地说，福柯是要把知识的形成当成“一种历史事件”，在其中，始终被传统所掩盖的社会机制，必须彻底地揭露出来。

其实，德国当代诠释家伽达默尔在其所著的《真理与方法》中，就曾深刻分析了特定历史中的人与历史自身不可分割的关系。他认为话语本身就是一种“功效历史”，包含着某种“历史功效意识”，它可以在历史特定场域中产生强大的实际功效，特定历史中的人无可逃避地分享着该历史阶段的精神及其意识，历史功效要靠语言学意义上的话语来传播、传递和再生产。这种话语必然凝缩着与其相关的历史中的

[1] Foucault, M. Ditsetecrist, Ⅲ, Paris: Gallimard,1994, Ⅲ .p.465.

一切相关因素，也构成其相关历史的象征与化身。较之萨特的存在主义，伽达默尔更为关注现代话语对于人的扭曲问题。

总之，话语系统的结构性、潜在性和先验性的强制规则，决定了话语承担者的言说范围与限度，决定了评判的标准与裁决的力量。话语实践既是一种共时性结构体系，又具有历时性的维度。据此理论，可以说文学史就是各种不同的话语实践形式的排列与斗争，是不同话语权力与话语结构体系的嬗变史。每一种话语体系都构成了一套规则与程序，控制着特定指涉领域内的言说与书写。话语及其实践不但形成了一个庞大的文化档案馆，供人们进行知识与精神考古，而且形成了一种群体性潜意识支配作用，决定了人们的言说与书写方式。因此，从话语形态的视角研究 17 年的历史剧创作，不仅对 20 世纪中国文学史的建构具有哲学价值，还从微观层面丰富了它的肌质与血脉。

所以，福柯的这种权力 / 实践其实就是阿尔都塞所谓的意识形态的质询（interpellation 或 hailing），也就是话语（知识）中所包含的意识形态控制机制。对于文本、言语等语言学或叙事学的概念来说，“话语”一词无疑具有涵盖性，并因之成为文学考察的一个基本范畴，话语一方面指涉语境特征，由此把文学话语与社会语境勾连起来，另一方面指涉言说动机，由此把文学话语与历史语境连接起来。所以，话语形态理论便构成了研究 17 年历史剧创作的出发点和观照视角。

本书拟在深入透视主流意识形态话语以及泛政治化的创作语境对现代剧作家创作心理的转变进行规训与影响的同时，努力揭示这种转换对 17 年历史剧创作话语形态的选择与运用的影响，追寻其与主流文学话语之间的联系与疏离及其文学史意义，系统考察现代剧作家们在 17 年历史剧创作中所形成和建构的话语形态，力求做到以小见大。韦勒克在阐释自己文学研究的理论意图时曾经说过："我们要记住……只有以哲学（即概念）为其基础，理论的问题才能得以澄清。在方法上有一个明确的认识，将影响到未来研究的方向。"[1]中国现代文学的研究已步入21世纪，从某种意义上说，由哲学性认知框定的话语实践是能够使我们最大程度地认识17年历史剧创作的本真程度的，同时也决定了17年历史剧创作以何种面貌呈现于人们的精神世界和学术视野，以何种身份进行当代的文化和社会参与。

"文学艺术包括历史剧创作作为一种话语，它包括以下五个要素：一是说话人，即体现在本文中的叙述者或抒情者角色和史剧家因素，这是话语活动的主体之一；二是受话人，即阅读和聆听本文的接受者角色或读者因素，这是话语活动的另一主体。"[2]对戏剧而言，包括剧本的读者和剧场里的观众；三是"本文，即供阅读和聆听的以便达到沟通的特定语言构成物，这是话语活动的媒介，包括剧本；四是沟通，即说话人与受话人之间通过本文阅读或聆听而达到的相互了解或融洽状态，这是话语活动的目的；五是语境，即上下文，指说话人与受话人的话语行为所发生于其中的特定语言关联域，及其与他们的具体社会生存境遇相联系的那些方面。这是话语活动得以进行的带有支配性力量的文化或社会背景。话语不同于'语言'、'语言系统'、'言语'或'本文'等概念。语言是人类最重要的社会交际工具，'话语'则是其具体的运用形态。'语言系统'和'言语'分别指社会普遍规律性语法系统和个人的语言行为，而话语则比两者的总和更丰富、更复杂。'本文'仅仅是指供阅读的特定语言构成物，'话语'则不仅包括'本文'，还包括

---

［1］ R. 韦勒克：《批评的诸种概念》，丁泓、余徽译，四川文艺出版社1987年版，第1页。
［2］ 张慧全：《论文学作为一种话语》，《石家庄职业技术学院学报》2001年第1期。

说话人、受话人、沟通和语境等。所以，文学艺术包括历史剧不是‘语言’，不是‘言语’，也不是‘本文’，而是‘话语’。”[1]而本书的研究则是研究主体以有意味的文本为中介，与过去的文学事实，即现代剧作家们的17年历史剧创作对话的记录。

文学创作可以理解为是一种特殊的话语生产。首先是它往往会突破语言学意义上的语法结构和逻辑要求，更为强调个人的感情色彩和表达风格。它不用作说理的手段和对具体事物的指称，而作为描写、表现、象征的一种符号体系，它常常通过用语的变形和适当的背离，以及采用隐喻、暗喻、转喻、暗示、象征等手法来表现客观世界，表达内在情思，有时甚至刻意追求和使用阻拒性语言，潜隐文学话语所指涉的意义；其次，作为内指性的文学话语，它要指向文学本文中的艺术世界，要与整个艺术世界氛围相统一，不一定要符合现实生活和日常话语的逻辑；第三，文学话语还具有心理情感蕴涵性，它蕴涵了作家们丰富的知觉、想象和浓烈的情感体验。可见，当文学话语摆脱了普通话语的具体、凝固所指，而成为漂浮游动的能指后，便获得了无限生成和蕴涵的意义。同理，17年历史剧创作也以其特定话语形态蕴涵了多重复杂意义或是将多重复杂意义蕴涵在特定的话语形态之中，包括剧作家、读者，还有观众，都均是通过这种话语蕴涵参与到了文学活动之中，不同的是剧作家创造蕴涵，而读者或观众力求阅读、理解或欣赏剧作家们创造的话语蕴涵。所以说，文学是一种具有意义无限生成可能性的特殊的话语，是一个具有丰富内涵与复杂底蕴的可变函数，为人们提供识别文化和知识形态的“基本信码”“历史先验物”

[1] 张慧全：《论文学作为一种话语》，《石家庄职业技术学院学报》2001年第1期。

与“认识的实证无意识基础”，从而解释某些特定的关于事物的言说与书写方式产生的历史环境与文化知识背景。

本书所使用的话语理论在侧重于福柯的知识考古学和系谱学概念的同时，也尊重文学话语自身的特性，强调对17年历史剧话语形态的系统分析，不仅仅满足于对语篇内衔接与连贯的描述，以及对真实世界里事件的客观描述，而是在描述纯粹事实的同时传达某种态度。即本书不仅研究现代剧作家们在17年历史剧创作话语中隐蔽的或公开的思想、表象、概念或主题，更关注17年历史剧创作话语的内部构成和它如何受制于“生产—经济—政治—社会”及其制度与策略，探究贯穿于各种不同作品中的话语规则，并加以系统的追寻与考察。

卡冈在他的《艺术形态学》一书中是这样解释“形态学”的：“这是关于结构的学说；在本书中它指的不是艺术作品的结构，而是艺术世界的结构”，“从发生学的观点研究这个系统形成的过程：历史研究——研究这个系统不断演变的过程，预测研究——研究它可能发生的变异的前景。”[1] 至于理论研究，则要揭示艺术系统形成的规律性。这对于我从话语视角切入17年历史剧创作并建构其形态的内在和具体构成以作为致思的对象是极有启发的。当然，这种建构必须以戏剧形态的构成要素为基础。具体而言，文学话语中所使用的“形态”概念，一般来说主要有两种情况：其一是指称作品的形式，即form；其二是取其生态学意义，即Morphology，指文学作品中特别是17年历史剧创作话语中的感性的和物质的存在形态。前者相对强调其静态、稳定以及相对独立的特点；后者则更多地强调以形态为中心的内外关系。所以，形态

[1] [苏]莫·卡冈著：《艺术形态学》，凌继尧、金亚娜译，三联书店1986年版，第15-16页。

是内容达向形式的中介，是融统文学内容与形式并使文学成为文学的内在凝聚点。就形式而言，它既是一种特殊的语言形态，又是一种组织化的结构形态；就内容而言，它是一种生存修辞化的意识形态。为了较全面地考察17年历史剧创作的艺术追求，有机地揭示历史剧话语形态的内在构成和外缘关系，对它的丰富内涵和复杂表征做出完整把握与深层揭示，本书选择后一种形态的概念，即从生态学意义的形态概念来观照17年历史剧创作话语——其外缘关系应该包括它与创作主体的关系，与历史事实和现实生活形态的关系，与1949年以前历史剧创作传统的关系；其内部构成肌理则包括意蕴与激情、结构与体式、文体与文本、叙事与人物、语言的风格等相关问题——由此考察17年历史剧创作在处理这些关系时特殊的结构方式和解决这些问题时的个性化答案，在此基础上得出我个人的价值判断。

2. 多元综合的方法。本书在运用“话语形态理论”这一总体的宏观视角的同时，还具体运用以下几种研究方法：

创作心理学。这是一门研究作家对现实印象进行创造加工的心理特点，作为创造者的个性心理，处于动态之中（从构思产生到作品完成）的艺术作品的创造过程的普通和局部的规律的学科。本书所关注的是现代剧作家们在17年这一泛政治化语境中及创作历史剧时的心理状态。

作家的心态可分为两个层次：一是先在心态，二是即时心态。它们均是作家的人生观、创作心理、审美理想、艺术追求等多种心理因素交汇融合的产物，是由客观的生存环境与主体的生理机制等多方面因素综合作用的结果。1949年以后现代剧作家的心态复杂多样，其中既有兴奋与欣喜、激情与狂热，也有审慎与疑虑、忏悔与自责，更有痛苦与彷徨、怨愤与抗争，具有多面性、矛盾性、变异性等特点。其主导心理动机呈现于创作活动时的外在形态有政治型心态、人文型心态、超然型心态三种，而以政治型心态为主，这在他们 1949—1957 年面对现实题材与 1958—1962 年进行历史剧创作时均得到了充分的外化。对历史剧创作而言，从原生态的已然历史到创作“为今所用”的历史文学文本，这一转换过程就是从原生历史—心理历史—审美心理历史的转换过程。所谓历史文学真实，“严格说来就是历史心理化与心理历史化的有机统一，是后人以社会心理为中介，以自我实现为目的的对历史真实的一种富有理性的现代转换”。[1]

象征行为。弗洛伊德的心理学理论的核心是：由于人的意识层面构成一套完整的压抑机制，于是存在于潜意识领域的“力比多”，只能以象征的方式获得宣泄。受此启发，詹姆逊提出人的意识与“力比多”的关系就像社会意识形态与历史真实，也就是现实矛盾的关系，它们之间构成一种压抑与被压抑、掩盖与被掩盖的关系。意识形态作为一种阻遏人们认识现实真相却并不外显的思想策略，它造成的结果就是必然把社会的真实矛盾以及解决矛盾的愿望一齐压抑到社会集团的潜意识之中。而潜意识的对象并非“力比多”，而是各种真实的社会矛盾，其所有者也不是生理—心理的人，而是政治—经济群体，所以被称为“政治无意识”。很显然，历史和“力比多”之间其实没有什么相似之处，相似的仅是它们与各自对立范畴之间的关系，所谓历史像“力比多”一样，并不会因人们的遗忘或无视而不存在；相反，它永远在政治无意识中蠢蠢欲动，寻找宣泄、表现、满足的机会。事实上，正是因为政治无意识的这种表现、释放或宣泄引发和推动了 17 年历史剧的创作。

---

[1] 吴秀明：《从历史真实到现代消费的两度创造——论历史文学真实的现代转换》，《文学评论》1998 年第 2 期。

弗洛伊德把文学创作解释为白日梦，厨川白村称之为苦闷的象征，詹姆逊则从马克思主义的角度称文学本文是政治无意识的一种社会象征行为，它以象征的方式既掩盖又解决现实中无法解决的重大矛盾。所以，对“象征行为”可以作两方面理解：一是本文要对世界做些什么，因而它的确是一种行为；同时，它对世界又没有实际触动什么，因而这种行为又仅仅是一种象征。简单地说就是：本文既是对现实生活中不可忍受的巨大矛盾有感而发，同时又仅仅是对这些矛盾的象征性解决。所以，本文实际上是对现实中不可解决的矛盾的一种想象性解决。事实上，文学就是一种行为、一个事件、一种发展过程。维特根斯坦也说过“言辞即行动”。从这一角度看，文学与社会或文化之间的互动关系，恰恰是以语言的方式和作品的形式出现的，而社会现实与文本现实的一致性刚好体现在结构上。因此，我对 17 年历史剧与文化或社会的关系的考察将集中在对文学话语形态的生成、结构和价值的研究上。

詹姆逊的方法颇像一种“症状分析”，他把文学创作看作一种临床症状，由潜在的历史及复杂的意识形态原因引起的。我们要理解作为这种象征行为的本文，就必须追寻其政治无意识根源和所积淀的内容，弄清楚它为什么和受到怎样的压抑，分析本文是怎样象征地解决了现实矛盾，进而满足了政治—经济群体的潜在愿望等诸多问题。其实症状分析与精神分析是有着本质差异的，即后者旨在揭示个人心理创伤及性本能与精神症状之间的关系，而前者是要厘清和解释特定历史、意识形态与本文之间的关系。两者方法相近，却不可套用。

民族寓言。1986 年，詹姆逊在《处于跨国资本主义时代中的第三世界文学》一文中解读包括鲁迅的《狂人日记》《药》《阿 Q 正传》在内的许多第三世界作家作品时明确提出：“所有第三世界的文化都不能被看作是人类学所称的独立或自主的文化。”[1]“所有第三世界的本文均带有寓言性和特殊性：我们应该把这些本文当作民族寓言来阅读。”[2]“第三世界的本文，甚至那些看起来好像是关于个人和‘力比多’趋力的本文，也总是以民族寓言的形式来投射一种政治：关于个人命运的故事包含着第三世界的大众文化和社会受到冲击的寓言。”[3]亦即在殖民主义语境下第三世界国家的文学都面临着艺术文本意义分裂的境况，因为在艺术构造中他们还必须承担着对国家存亡、民族境遇的政治性反思。以此为视角观察建国初主流意识形态建构主流文学话语的过程，及其对非主流话语的拒斥，文学中涌起的颂歌浪潮与展开的红色叙事，我们称此时的文学创作为“民族寓言”可以说是恰如其分。

在长期积弱、极度落后的半封建半殖民地的旧中国废墟上建立起来的新中国，内需稳定，迅速强大，取信于民，外拒强敌，以美英为首的西方列强奉行敌视中国的政策，在实行禁运与封锁、伺机颠覆中共政权的同时，在文化上奉行文化渗透与歪曲丑化中国的政策，台湾文学中的“反共八股”、香港文学中的绿背文化浪潮，均与美国的资助有关。在此文化语境中的中国当代文学亟须在建构与确立主流文学话语的过程中塑造一个民族的自我形象，用以代表一个崭新的现代民族国家，并以之作为文学叙事乃至象征的对象，这个形象便是以毛泽东为代表的中国共产党。于是建国初文学的红色叙事、颂歌话语便围绕着这一形象展开，在表现现实生活的同时，还进行着强烈的政治性宣喻，

[1] 弗里德里克·詹姆逊：《晚期资本主义的文化逻辑》，陈清桥等译，三联书店 1997 年版，第 521、523 页。

[2] 同上。

[3] 同上。

因为民族寓言的根本特征是文本的意义指涉于文本之外。

以郭沫若、老舍、田汉、曹禺等为代表的现代剧作家们，在欣喜与惶惑、真诚与不安、希望与失落等错综复杂的心理状态下先后创作了一大批表现现实生活题材的颂歌之作。如郭沫若的《新华颂》《百花齐放》，老舍的《龙须沟》《春华秋实》《女店员》《全家福》《西望长安》《红大院》，田汉的《慰问前线小唱》《十三陵水库畅想曲》，曹禺的《明朗的天》《我们的春天》《迎春集》，夏衍的《考验》，阳翰笙的《北国江南》，欧阳予倩的《和平鸽》，陈白尘的《纸老虎现形记》，洪深的《这就是"美国的生活方式"》等，积极参与主流话语的建构和民族寓言的讲述，但是较之来自解放区和解放后登上文坛的年轻作家们的创作实绩而言，他们的创作转型基本失败，完全被边缘化。而他们各自在1920、1930、1940年代创作的辉煌，包括历史剧的巨大成就，自身丰富的知识储备和创作积累，使他们不甘心被置换出文坛的"中心"位置，加之1958年特定的时代文化氛围和主流话语的召唤，终于使他们释放出自己长期被压抑的政治无意识积淀，其外化的形式便是不约而同地开始了历史剧的创作。历史剧这一戏剧形式本身便具有一定的寓言性，其所"寓"之"言"在17年众多优秀的历史剧目之中当然不尽相同，但作为现代剧作家们象征行为的历史剧创作的整体而言，这一转型无疑是成功的，并使他们从边缘回归到了中心。

从"象征行为"的升华到讲述"民族寓言"，在詹姆逊的这一系列理论建构中，我们不难看出他从本文、意识形态、历史真实这几个不同层面出发所建构的文学研究解释学理论体系。从"象征行为"这一理论出发，观照1958年以后现代剧作家群体历史剧创作的突然爆发，我们还是很容易找出其中的具体对应物的。即现代剧作家所承继与开创的中国古代文人“兼济天下”的传统与“五四”时代的启蒙精神加之丰厚的知识积累与1930、1940年代历史剧创作的巨大成就，长期积淀于他们的潜意识之中，形成一种“政治无意识”。1949年以后，面对强大而严密的主流意识形态话语系统，他们积极认同与归附，努力尝试运用和表现现实生活题材来建构本文，借以参与讲述“民族寓言”，渴望进入主流话语的中心地带，领创作之风骚，执时代之牛耳，再现昔日的辉煌，再享昔日的荣光，但并不显著的创作实绩无情地击碎了他们的梦想，从而进一步压抑了他们的政治无意识，他们渴望宣泄与表现。1958年前后，表现现实题材受阻，主流话语对历史剧的提倡，文学“抒情”时代的到来，三者的共同作用终于为现代剧作家们长期受到压抑的政治无意识提供了释放与升华的机会，“历史剧”成了他们不约而同的选择，构成了他们集体的一种“社会象征行为”。他们借寓言于历史，“象征”地解决了一些现实矛盾。一系列受到主流话语和广大读者充分肯定的历史剧作，在一定程度上满足了现代剧作家这一群体的潜在愿望。本书拟从历史剧创作自身的话语系统，现代剧作家对主流意识形态话语系统的认同与疏离、历史剧创作中的历史真实与艺术真实问题几个层次及其相互关系入手，对现代剧作家们“集体的”“社会象征行为”进行系统而深入的分析与研究。

历史叙事。历史剧创作其实是以历史为建构对象的一种叙事，海登·怀特认为“它们通过假定的因果律，运用真实系列事件与约定俗成的虚构结构之间的相似性提供多种渠道，还成功地赋予过去系列事件以超越这种理解之上的意义。正是通过将一个系列事件建构成一个可理解的故事，历史学家才使得那些事件具有可理解的情节结构的象征意义”。“通过对特定系列历史事件进行不同的情节建构，历史学家赋予历史事件以各种可能的意义，这也是其文化的文学艺术能够赋予它们的东西。”[1]历史学家尚且如此，作为一种叙事的历史剧创作更不可能例外,且这种特征还应得到进一步的彰显。而17年的历史剧创作，作为一种独特的话语形态，它具有强烈的叙事性，它既不回避“虚构性”，又必须接受真实性标准的检验，即赋予“历史真实”以意义的能力。

“在现代叙事学看来，叙事与其说是一种文学——审美形式或结构，不如说是一个具有结构特征的认识范畴，是我们在认识和表征自身赖以生存的这个世界时所采用的抽象形式之一。举凡史诗、小说、电影、戏剧、绘画、芭蕾舞、广告设计乃至轶闻趣事，都可以从中发现叙事的影子。”[2]不过，就戏剧本体而言，有人曾反对将戏剧归入叙事文学范畴，亚里士多德认为戏剧是用动作来表达事件的，史诗则用语言去叙述事件。别林斯基也认为 :“尽管在戏剧中，也像在叙事诗中一样，有着事件，但戏剧和叙事诗在本质上是南辕北辙的。”[3]但我认为，关键是如何理解叙事。如果将叙事理解为讲述一个故事或事件的过程，那么，戏剧用“行动”叙事，电影、电视用画面和声音叙事，文学用语言叙事，它们在表现手段上区别于其他艺术样式，而戏剧是用人物行动叙事的一种艺术；其次，由于本书的研究更多侧重于17年历史剧的剧本，研究史剧家们在历史剧创作中通过历史叙事所建构的话语形态，重心落在文学构成上而较少涉及它的舞台呈现，在这个意义上，学术界长

---

[1] 海登·怀特 :《后现代历史叙事学》，陈永国、张万娟译，中国社会科学出版社2003年版，第182页。

[2] 姚建斌 :《意识形态，作为马克思主义阐释学的核心》,《文艺理论与批评》2003年第2期。

[3] 别林斯基 :《别林斯基选集》第三卷，满涛译，上海译文出版社1979年版，第14页。

期以来较为一致的看法也是将剧本文学归入叙事文学的范畴。当然它也有其自身的特点，即“戏剧中的抒情是被客观叙事化了的抒情，同理，它的叙事也是被主观抒情化了的叙事”[1]；第三，其实本书所要表达的最根本的意思是，17年中，史剧家们进行历史剧创作的过程就是一种历史叙事的过程。所谓“叙事正是历史本身的自我意识的呈现”[2]，是提供一种“幻象”（Illusion）的行为，是对现实中问题的一种想象态的解决，含有一种意识形态性。其实，从字源学来看，“历史”这个词有两层含义，一是指实际发生的事件或事实，它存在着，但不言说。那么，人们如何才能完全洞悉如此纷纭复杂、迷离恍惚的历史事件或事实呢？这就有赖于历史学家们以语言去了解、归纳、陈述和记载，这就是叙事，因而历史的第二个字面含义就是历史叙事。所以，17年历史剧中的历史，它作为一种戏剧题材，既是历史的组成部分，又是对历史的理性透视，本身就是一种叙事。

应当说本书对叙事的理解是比较宽泛的，即“叙事不是关于这个世界的（编造的）故事，而是把世界本身当作故事并进而理解这个故事的手段。世界以故事的形式呈现在我们面前”[3]。换言之，就是人类是通过叙事化和文本化进入世界的。为此，詹姆逊提出“真实的历史事件被转换成叙事，有特殊地位的叙事，通过这种叙事便能重新理解现在”[4]，在这种转换中努力凸显和强调一切叙事的背后都有一个历史。而“政治无意识”这一概念中的“无意识”是指人类对自己赖以生存的社

[1] 董健、马俊山：《戏剧艺术十五讲》，北京大学出版社2004年版，第121页。
[2] 王一川：《语言乌托邦》，云南人民出版社1994年版，第306页。
[3] 陈永国：《文化的政治阐释学》，中国社会科学出版社2000年版，第190页。
[4] 弗里德里克·詹姆逊：《后现代主义与文化理论》（精校本），唐小兵译，北京大学出版社1991年版，第148页。

会中的基本历史矛盾的本体否定和压抑，叙事便构成了“集体无意识”中压抑历史矛盾的特殊机制，它以审美—艺术的形式为人类把握自己赖以生存的世界，它既要尊重和受制于特定的社会历史现实，同时又必须对后者加以吸纳、加工、整理和变形，从而创造或编撰被遏制的现实。所以叙事既是对世界的澄明，也是对它的遮蔽，意识形态因素在其中的作用和影响是显而易见的。

这一点也体现在符号学对叙事的研究中。即它注意研究对叙事起支配作用的种种规则，而这种种规则又分属两个组织层次：（1）任何事件系列构成的故事形式都必须服从一定的逻辑制约，否则就会让人无法读懂，这些规律反映的就是这些逻辑制约；（2）除了这些对任何叙事作品都适用的逻辑制约以外，“各种特殊的事件系列由具有一定的文化、一定的时代、一定的文学体裁、一定的作者风格，甚或仅仅这个叙事作品本身规定的特性。因此，这些规律除了反映那些逻辑制约以外，还反映这些特殊叙事领域本身具有的约束”[1]。这种种规则的“制约”或“约束”，便是某些权力话语或意识形态因素对叙事的作用和影响。

此外，叙事与阐释又是须臾不可分离的，詹姆逊就曾提出这样的命题：“叙事即意味着对阐释的召唤。”[2]而他所谓的阐释就是要“寻求显意背后的隐意”[3]，“用更基本的阐释符码的更有力的语言去重写文本的表面范畴”。[4]叙事作为一种社会象征行为必然内含着不为人类所知的意识形态神秘化的东西，阐释的出场就是为了去神秘化，通过阐释

[1] 叶舒宪编选：《结构主义神话学》，陕西师范大学出版社 1988 年版，第 264 页。
[2] 弗洛伊德：《梦的解析》，孙名之等译，国际文化出版公司 1996 年版，第 168 页。
[3] 同上。
[4] 同上。

以揭示意义及其生产和增殖过程。对历史剧而言，既然历史以文本化叙事的形式走向我们，那么，我们也只有对叙事进行阐释，追寻“显意背后的隐意”“叙事背后的叙事”或“故事背后的故事”，这样才有可能揭示出 17 年历史剧创作话语形态背后所隐含的真正的现实精神，所讲述的“民族寓言”的真正含义。

对发生于泛政治化创作语境中的 17 年历史剧创作，权威话语或主流意识形态要求其历史叙事淡化文学的功能，强化为政治服务。就叙事倾向而言，它要求历史剧创作与其他文学样式一样担负紧跟时代、以古颂今、以古证今、配合中心任务等简单明了的宣传任务，这就是 17 年历史剧历史叙事显意背后的隐意，至于其具体的内涵与构成、史剧家们的反抗与背离，本书拟在以后做进一步的阐述。

第一章

17 年历史剧创作话语生成论

17 年历史剧创作作为一种在泛政治化语境下生成的复杂而独特的话语形态体系，对其产生的原因与过程的考察自然离不开构成文学话语的 5 个要素，即说话人、受话人、本文、沟通、语境，具体而言就是：泛政治化的创作语境；作为说话人的 17 年历史剧创作主体；受话人或接受者，即 17 年历史剧的读者与观众，本书主要关注其在特定语境中形成的共同的期待视野；本文与沟通，这两个要素是话语活动的媒介，也是本书研究的重心和基础。本章拟从 17 年历史剧创作所承继的传统，1949—1957 年间历史剧创作的沉寂，1958—1962 年间出现历史剧创作热潮，这三个方面加以考察与分析，努力归纳出它在总体呈现和具体寄寓这两个层面上的双重意蕴。

第一节　历史剧创作语境论

17 年历史剧创作是在一种泛政治化的创作语境中发生的。董健先生说："在刚刚过去的一百年当中，人的精神生活的生存环境是相当狭窄的，其氛围是紧张而恶劣的。频仍的'阶级战争'与'民族战争'，充斥暴力与恐惧的生存环境，把人高度政治化，把艺术也高度政治化了。就像作家老舍所说的那样：'东方人无暇管文艺，他们要炸弹与狂呼。'在这样的生存环境之下，戏剧舞台首先不是向人提供审美的'艺术享受'，更谈不上通过戏剧实现人在精神领域的'对话'与'交流'，以沟通人的生活体验并帮助人养成健全的现代人格。这样的生存环境严重局限了人的艺术想象力和创造力，使戏剧艺术变成了政治斗争的工具。"[1]朱晓进先生在《非文学的世纪》一书中则称之为政治文化影响下的半整合模式阶段。尽管詹姆逊认为政治视角构成了"一切阅读和解释的绝对视域"，"一切事物都是社会的、历史的，事实上一切事物'说到底'都是政治的。"林克欢说："广义上说，一切戏剧都具有意识形态属性和政治立场。"[2]有人甚至归纳出文学必须为政治服务的 7 个理由：由文艺的上层建筑性质决定的；由文艺的阶级性决定的；由作家的阶级性决定的；是文艺创作本身的规律决定的；是马列主义关于文艺的党性原则的必然要求；建国后文艺斗争的成就证明了这种关系；从文艺

[1] 董健：《戏剧与时代》，人民文学出版社 2004 年版，第 64 页。

[2] 林克欢：《戏剧表现论》，中国社会科学出版社 1998 年版，第 141 页。

发展的历史看，文艺为政治服务也是一种客观事实。[1]但一旦对历史剧中政治因素的过分强化使得思想与艺术失去了平衡，不能充分认识和尊重戏剧艺术的特殊规律，轻视戏剧艺术上的开掘和建设，即在对剧中人物的性格、心理、个体性的塑造上，过于强调人物的政治和阶级性，使得剧中人的形象普遍平面化或单一化，那么，这种戏剧的艺术财富必然是不够丰厚的。很显然，17 年历史剧创作与政治的关系比现代历史剧要密切得多，其自身的兴衰起伏当然是伴随着政治运动的连绵不断而升降起伏着，它使得历史剧在一定程度上为配合政治而丧失了自身，严重影响了自身的健康发展。

一　*泛政治化创作语境的内在构成*

文学创作虽是一种完全个性化的操作过程，但要想完全摆脱政治的影响，沿着自身一体化的方向发展则几乎是不可能的。伊格尔顿就认为："利用文学来促进某些道德价值，它不可能脱离某些思想意识的价值，而且最终只能是某种特定的政治形式。"[2]有人提出的"非政治文学"只能是一种神话，它反而会更有效地推进政治对文学的利用。在中国文学史上，政治对文学的控制一般有三种情况：

"一是政治没有能力对文学实行强控制，如春秋战国时期；二是政治具有强控制能力而不对文学实行强控制，像唐代即表现得比较典型；

[1] 汤学智整理：《建国以来有关文艺与政治关系问题的讨论概况》(上)，《文艺理论研究》1980 年第 3 期。

[2] 特里·伊格尔顿：《当代西方文学理论》，王逢振译，中国社会科学出版社 1988 年版，第 299—300 页。

三是政治为了自身的需要，对文学采取必要的控制手段，作为维护整个大系统有序发展的一种外部制约机制。”[1]17 年中，我们党为了使文艺成为促进无产阶级革命事业的发展和实现其社会主义目标的一种积极力量，便常常对文艺发展采取一种适时制定方向和方针政策的制导手段。毛泽东说："我们共产党人，多年来，不但为中国的政治革命和经济革命且为中国的文化革命而奋斗：一切这些的目的，在于建设一个中华民族的新社会和新国家。在这个新社会和新国家中，不但有新政治、新经济，而且有新文化。这就是说，我们不但要把一个政治上受压迫、经济上受剥削的中国，变为一个政治上自由和经济上繁荣的中国，而且要把一个被旧文化统治因而愚昧落后的中国变为一个被新文化统治因而文明先进的中国。一句话，我们要建立一个新中国。建立中华民族的新文化，这就是我们在文化领域中的目的。”[2]毛泽东还在详尽论述中国文化的历史特点和总结“五四”前后文化革命经验和教训的基础上，特别强调了“五四”以后完全崭新的中国文化生力军向帝国主义文化和封建文化展开英勇进攻的实绩，“这支生力军，就以新的装束和新的武器，联合一切可能的同盟军，摆开了自己的阵势，向着帝国主义文化和封建文化展开了英勇的进攻。这支生力军在社会科学领域和文学艺术领域中，不论在哲学方面，在经济学方面，在文学方面，在艺术方面（又不论是戏剧，是电影，是音乐，是雕刻，是绘画），都有了极大的发展。二十年来，这支文化新军的锋芒所向，从思想到形式（文

[1] 刘克宽：《时代政治对文学一体化的制导作用——当代十七年文学一体化思考之一》，《岱宗学刊》2000 年第 2 期。

[2] 毛泽东：《新民主主义论》，《毛泽东选集》（第 2 卷），人民出版社 1991 年版，第 663、697-698 页。

字等）无不起了极大的革命，其声势之浩大，威力之猛烈，简直是所向无敌。”[1]可见文化在社会发展中所具有的不可取代的作用。不过，政治的干预就像一柄双刃剑，其正面效应与负面影响是同时存在的，亦即在17年中，由于对文学与政治关系的庸俗与机械理解，对文学与政治服务的功能进行过分强化，使得“文学与政治的关系可以称作‘父子’关系。其基本特点是，狭义的‘服务’说、‘从属’说、‘工具’说占主导地位，文艺的相对独立性、文艺创作的规律和特征受到轻视和排斥”。[2]总之，在17年中，文艺为政治服务始终被认为是一条不可动摇的原则，也就是毛泽东所指出的：“一切文化或文学艺术都是属于一定的阶级，属于一定的政治路线”[3]，“无产阶级的文学艺术是无产阶级整个革命事业的一个部分”[4]，必须“服从党在一定革命时期内所规定的革命任务”[5]。在这里，政治压倒了一切，掩盖了一切，冲淡了一切。文学始终围绕着政治中心展开，文学服务政治，服从政治，文学自身的个性当然得不到很好的实现，除了宣传政治思想，其他的思想启蒙也就谈不上开展了，以至于形成了17年中国文学一种特殊的情形：置身于和平时期却斗争频仍，上下倾力推动却频显颓势。

文学创作陷入了泛政治化的语境之中，历史剧创作同样不能例外。建国初，戏剧所赖以发生的文化环境较之建国以前发生了三点变化：首

[1] 毛泽东：《新民主主义论》，《毛泽东选集》（第2卷），人民出版社1991年版，第663、697-698页。

[2] 汤学智整理：《建国以来有关文艺与政治关系问题的讨论概述》（上），《文艺理论研究》1980年第3期。

[3] 毛泽东：《在延安文艺座谈会上的讲话》，《毛泽东选集》第3卷，人民出版社1991年，第865-866页。

[4] 同上。

[5] 同上。

先是建立了高度统一且具有权威性的全国性戏剧领导机构，戏剧家们被高度地组织化和行政化，多元化的戏剧创作观念和演出活动归为一体，党的各种戏剧方针、政策、理论能迅速地得到贯彻执行；其次是在解放区戏剧的基础上，制定了全国戏剧家们应予遵循的总的戏剧创作方针和指导思想，解放区的戏剧创作实践和经验得到了推广和普及，戏剧创作逐渐纳入了一体化的轨道；再就是17年的戏剧家队伍构成发生了整体性的更迭。即年轻的剧作家们进入了中心地带，创作更为活跃，在文学观念上表现为从比较重视学识、才情、文人传统，到向重视政治意识和社会政治生活经验倾斜，从较多注意市民、知识分子到重视工农业生活的变化。发生上述整体位移的原因当然主要还是泛政治化的创作语境。17年泛政治化创作语境的特点主要有4个方面，即“文学地位主流化、文学功能政治化、文学思想政策化、文学创作革命化”[1]。朱晓进先生则归纳为“文学体制的政治化与建国后文艺工作者的组织化”，“17年的文学思潮与政治思想的意识形态化”。[2]总之，17年历史剧创作泛政治化语境的形成，主要是通过对“文艺为工农兵服务”方向的一再强化，文艺为政治服务政策的坚决贯彻，对文艺进行政治批判的不断开展而一步步实现的。

二　建国初戏剧家们政治型心理结构的形成

在组成创作语境的诸要素中，作为历史剧创作话语主体的史剧家们深层的文化心理和思维机制与创作语境之间其实是一种相互影响与

[1] 郝明工：《“17年”文学运动形态刍议》，《重庆师院学报》2000年第3期。
[2] 朱晓进、杨洪承等：《非文学的世纪》，第3页。

相互推动的关系，它一方面体现为这种种文化心理与思维机制的形成是受时代的政治、经济、文化思潮的影响、制导或规律机制的作用；另一方面这种种文化，心理与思维机制又影响推动并强化着泛政治创作语境中的各种要素的形成。

建国初，戏剧家们的心理结构是由人文型心态和超然性心理向政治型心理进行整体的转型的。发生这种转型的原因一是17年现实政治力量的推动与权力话语的召唤，即中国传统文人业已形成的政治型心理积淀的影响（非制度性规约），这是积淀于中国作家主体意识中的一种文化本能。著名人类学家博厄斯说："作为一个整体来把握一种文化的意义这种愿望，迫使我们设法把标准化行为的描述也仅仅当作迈向其他问题的垫脚石。我们必须把个体理解为生活于他的文化中的个体；把文化理解为由个体赋予其生命的文化。无论如何，有关这些社会心理学问题的兴趣与历史的方法并不相左。反之，它揭示了文化变革所固有的动态进程，从而使我们能够评价通过对于相关文化的详尽比较所得到的证据。"[1]17年历史剧创作话语的生成、发展与演进在某种程度上很好地佐证了这一观点。

"五四"时期，戏剧家们追问的是"我是谁？"抗战时期，追问的是"我何为？"追问内容的变化其实暗含着戏剧家对自身的思考从存在论转向了工具论。转向根源于特定年代战争文化的影响，加之《讲话》的进一步明晰与规范，使得历史剧创作服务于现实政治的心理同样渐趋强烈。1942年中宣部发布的《关于执行党的文艺政策的决定》明确提出："在目前时期，由于根据地的战争环境与农村环境，文艺工作各部门中

[1]［美］弗兰兹·博厄斯：《文化模式·序》，王炜等译，三联书店1988年版，第2页。

以戏剧工作与新闻通讯工作为最有发展的必要与可能，其他部门的工作虽不能放弃或忽视，但一般地应以这两项工作为中心。内容反映人民感情意志，形成易演易懂的话剧与歌剧（这是熔戏剧、文学、音乐、舞蹈甚至美术于一炉的艺术形式，包括各种新旧形式与地方形式），已经证明是今天动员与教育群众坚持抗战发展生产的有力武器，应该在各地方与部队中普遍发展。其已发展者则应加强指导，使其逐渐提高。各根据地有演出与战争完全无关的大型话剧和宣传封建秩序的旧剧院者，这是一种错误，除确为专门研究工作的需要者外，应该停止或改造其内容。”[1]这一形成于战争年代的文艺政策，其主导精神一直沿用到17年，而且还被不断地强化。它构成了推动戏剧家们形成政治型心理的最直接和最主要的原因。曾有人追问知识者（包括史剧家们）为什么会接受政治改造或以政治为目标进行自我改造呢？归纳的原因有三条："从知识者与大众的位移看，知识者从代言者走向了准代言者"；"从对文艺的认识看，文艺的工具理性认识代替了文艺的本质主体认识"；"从言说方式看，非个人化言说成为知识者言说的主要方式"。[2]建国初期激情燃烧岁月的巨大感召力和感染力使得无论是来自国统区还是解放区的戏剧家们，面对1949年中国革命胜利这一极具传奇性的巨大"事件"，在深感震撼、惊奇、神秘……的同时，不仅关注那个始终存在而且极为强大的操纵个人、民族、国家命运的神秘力量，而且关注短短的28年，中国共产党何以成长为时代的巨人，进而追寻其历史的精神源泉，此乃戏剧家关注历史题材的原因之一。还有其共同的价值取向，即对历史巨变的崇敬乃至膜拜，在它的作用下，多元化的创作心

[1] 李准、丁振海主编：《毛泽东文艺思想全书》，吉林人民出版社1992年版，第1119页。
[2] 文贵良：《大众话语：对20世纪30、40年代文艺大众化的论述》，《文艺研究》2003年第2期。

态开始向政治化心理进行一元化转型，史剧家个人的性格、个性、情感、意志、动机等等，均应臣服于主导历史巨变的主流意识形态的规范和训诫，而且作品中史剧家们个体之间的心理差异、独特个性日趋减少，与此对应的是群体的思想和观念的统摄力、凝聚力在不断增加。由此可见，1958 年，当他们以群体的姿态进入历史并以此目的为出发点重建历史叙事是带有鲜明的意识形态目的的。郭沫若、田汉、曹禺、老舍、师陀等老作家均是如此。

推动转型的另一个极重要的原因是一种历史精神遗传，它是积淀于中国知识分子潜意识深处的集体无意识，也就是内圣外王的传统文化心理，即如何将内心的道德修养与外在的政治实践融为一体。它表现出两种不同的价值指向：一种是以屈原为代表的"铁肩担道义"和"上下求索"的社会批判与追求，启示真理的"入世"及"知其不可为而为之"的向度。其实，这两个向度有时并不是泾渭分明的，只是"穷"或"达"时变通的表现形式。[1]它导源于源远流长的宗法家族制度与大一统国家制度长期共存并产生同构效应的宗法一体化结构，这一结构通过儒家学说、科举制度和宗法纲常这三张大网将知识分子的身心紧紧地笼罩起来，使之丧失独立人格而成为黏附于官僚政治的人格化的工具。体现在文学创作上便是约束个体创造动机而以时代政治作为圣道崇拜的艺术思维特征。"五四"个性解放思潮对现代剧作家们的这种传统思维定势一度有所冲击，但经过 1920、1930 年代的阶级与民族斗争，特别是 1940 年代战争文化中的回复，这一传统文化精神在历史剧中又借着表现时代精神的表象复活了。17 年中，主流意识形态和权威话语

---

[1] 姜波：《艰难的探索　痛苦的抉择——对现当代知识分子命运的内审与观照》，《克山师专学报》2001 年第 2 期。

的强势出击，使文学领域在某种意义上形成了古代经学的泛政治化创作语境，因而大一统的思维方式和观念形态便很自然地从诸多方面呈现出来。即历史剧的题材选择和表现充满了经学气息，话语形态日趋雷同化，个人风格不断被消解，创作风格趋于一体化，思维模式群体化，政治主导的审美理性规范至为鲜明，以正剧和歌颂作为历史剧创作的主要审美形态。

总之，17 年历史剧创作主体中占主导地位的是实用功利性的政治心态，强烈的现实责任感和政治使命感使他们自觉遵循“文学为政治服务”的原则，努力为新时代、新政权等追寻历史的参照等，并加以歌颂。同时，史剧家们也逐渐为社会生活中产生的某些新的弊端或问题而忧虑，不时生出欲借历史进行言说或劝谕的“冲动”，这种矛盾的心态在一定程度上纠正了建国初戏剧家们政治化创作心理结构单一化的局面，尽管这种“冲动”非常有限和短暂。

三　现代中国严峻的政治环境

文学工具论作为 20 世纪中国文学的主流话语，主要包括三种建构：启蒙工具论、革命工具论和救亡工具论。[1]三者的内涵与构成均有着各自的演进与发展的过程，启蒙工具论：从“新民”到改造国民性；革命工具论：从阶级斗争武器到为政治服务，再到为社会主义服务；救亡工具论：从亡国灭种的忧患到抗日救亡的号角。如果我们细加审察便不难看出，真正贯穿 20 世纪中国文学发展历程的仅有革命工具论

[1] 尹康庄：《20 世纪中国文学工具论的形成与流变》，《文学评论》2002 年第 5 期。

话语，这其实是与现代中国严峻的政治环境相辅相成的，即“政治的意识形态化与文化变更的倾向，深深地左右着新文学的基本形态的构成及其走向：政治文化不仅作为一种整体的社会文化形态，它不仅成为新文学生成的重要动力系统，并且内在地规定了文学发展的本质存在”[1]。

革命工具论文学话语产生于辛亥革命，1927 年以后，由于尖锐的阶级对垒，它得到了空前的滋长，左翼文学应运而生，并成为新的文学主潮，此之谓将文学用作阶级斗争的武器阶段；到了 1940 年代出现了新的走向，即开始强调文学为政治服务。毛泽东在《讲话》中提出：“在现在世界上，一切文化或文学艺术都是属于一定阶级，属于一定的政治路线的，为艺术的艺术，超阶级的艺术，和政治并行或互相独立的艺术，实际上是不存在的。”[2]“革命的思想斗争和艺术斗争，必须服从于政治斗争。”[3]这里所谓的政治显然是一种狭义的“为政党服务”的政治了。

更为突出的是在 17 年中，政治运动成为中国共产党用来塑造革命化社会权威与秩序的一种重要手段与方式，此前的以夺取政权为标志的武装斗争的成功，只不过是“万里长征走完了第一步”。从 1949 年开始，政治运动开始替代武装斗争，成为实践社会革命的主要方式。有资料表明，从 1949—1976 年，全国性的运动就有 70 多次，而地区一级的运动还要多十倍以上。[4]它不仅深刻地影响着新中国的发展历程，

[1] 朱晓进、杨洪承等：《非文学的世纪》，第 68 页。
[2]《毛泽东选集》第 3 卷，人民出版社 1991 年版，第 865-866 页。
[3] 同上。
[4] 理查德·马德森：《毛泽东时代的群众动员》，见萧延中主编：《外国学者评毛泽东》，中国工人出版社 1997 年版，第 101 页。

而且经由政治运动所播散的政治话语本身也成为构建这一历史的重要力量。其实，当战时的危机转化为落后的焦虑时，政治运动、群众动员仍是摆脱这一焦虑的主要方式，它们强调的仍是统一的意志和高度的组织化。文学包括历史剧创作也就理所当然地处在这种统一的结构之中。在这种泛政治化的语境中，那些试图游离或摆脱的个人化的文学话语，必然遭到不断的批判或围攻，攻击者所使用的词语便是来自战争文化中的，如“战线”“战斗”“反击”“进攻”“打击”“摧毁”“消灭”等等。其实，有许多作家本无摆脱或游离之意，仅是因为对政策的理解不够准确，有偏差而已，也遭到了攻击或批判，明显属于“忠而被谤”“忠而被逐”。老舍的遭遇就是如此，与老舍长期合作的著名导演焦菊隐是这样称赞老舍高昂的政治热情的：“作为剧作家，老舍先生在建国以来十年当中，热烈地歌颂党，歌颂新社会，歌颂翻身做主的、怀着无比兴奋和感激的人们的忘我劳动，歌颂党对于各阶层人民的伟大的教育和改造。……作者的政治热情是极高的，解放以后一直坚持写作。十年以来，仅仅就话剧来说，就写了有十部左右，而且每一部话剧都及时地配合和反映了当前的政治运动。每部作品都通过人物的欢腾鼓舞，表现出作者对于党的敬爱和拥护。在许多作品的许多人物口中，时常出现这样的对话：‘党和人民政府给了我力量，我干得更带劲！’的确，正是因为党和政府给了作家力量，作家也干得更带劲。”[1]但老舍并未摆脱作品不断被批判的命运。

1957年，按照作协的布置，曹禺上交了今后十年的创作规划，想表现的题材占全了新社会的主体结构或时兴领域：“写资本家改造的剧

[1] 陈徒手：《人有病 天知否——1949年后中国文坛纪实》，人民文学出版社2000年版，第83—84、77页。

本，57 年、58 年；写农民生活的剧本，60 年至 62 年；写大学生或高级知识分子，63 年；写工人生活，64 年至 66 年；想写关于岳飞和杜甫的历史剧。”[1]这个规划自然未见落实。作为解放后进入庙堂的地位最高的文人，被称为“党喇叭”的郭沫若，在写了大量应景与歌颂之作的同时，内心仍潜隐着强烈的忧虑。在“文革”后所公布的他与陈明远的书信中[2]便呈现出一个与当时所公开报道的完全不同的郭沫若，一个复杂的精神世界。如在 1963 年 11 月 14 日的信中说：“来信提出的问题很重要。我跟你有同感。大跃进运动中，处处‘放卫星’、‘发喜报’、搞‘献礼’，一哄而起，又一哄而散；浮夸虚报的歪风邪气，泛滥成灾。……‘上有好之，下必甚焉’。不仅可笑，而且可厌，假话、套话、空话，都是新文艺的大敌，也是新社会的大敌。”在 1965 年 9 月 20 日的信中又说：“现在哪里谈得上开诚布公。两面三刀、落井下石，踩着别人肩膀往上爬，甚至不惜卖友求荣，大有人在。我看不必跟那些无聊文人去纠缠了。因此，我劝你千万不要去写什么反驳的文章，那不是什么‘学术讨论’，你千万不要上当！”在 1965 年 5 月 5 日、12 月 22 日的两封信中，他再次剖白心迹说：“至于我自己，有时我内心是很悲哀的。”“我的那些分行的散文，都是应制应景之作，根本就不配称为什么‘诗’！”“建国以后，行政事务缠身，大小会议、送往迎来，耗费了许多时间和精力”，“我说过早已厌于应酬、只求清静的话，指的是不乐意与那帮无聊之辈

[1] 陈徒手：《人有病 天知否——1949 年后中国文坛纪实》，第 83—84、77 页。

[2] 在 90 年代，围绕郭沫若和陈明远这些书信的“真伪”问题出现了不同意见，参加争论的文章有：舒人的《郭沫若致陈明远书信质疑综述》、肖露丹的《周尊攘访谈纪要》、钱若的《关于〈郭沫若书信集〉》、陈明远的《答郭平英的公开信》、田达威的《莫让疑团误后人》、刘素明的《关于郭沫若致陈明远书简》和叶新跃的《以群保存的郭沫若书简》等。这些针锋相对、各执一词的文章，为我们研究郭沫若 17 年中充满矛盾的思想世界，提供了极其重要的资料。

交往。”[1]如果上述文字完全属实的话，则可看出郭沫若的内心与灵魂世界的斗争是多么的复杂激烈。

这其实也是17年历史剧创作中，许多置身于泛政治化创作语境中的现代剧作家们艰难的创作环境和复杂的内心世界的真实写照。

四　权威话语对戏剧宣传功能的高度重视

在人类历史上，任何一个国家政权的建立，首先面临的是政权的合法性（legitimacy；一译义理性）问题。在广大民众看来，政权只有具备了较高认同率，权力才具有权威性，人民的服从才会变成义务，政权才能具备合法性。在西方社会里，政权合法性经历了由宗教或上帝来证明到以体制合理性为内容的认同过程。在中国几千年的封建社会，封建皇权更迭的合法性是以血统是否正统来衡量的。在权力合法性理论看来，政权合法与否，关键是必须解决两个问题：一是形而下的体制合理，二是形而上的价值本源，也就是意识形态问题。

由于中国革命取得的巨大成功，新中国政权的体制合理与价值本源（意识形态）随之一举获得确认。从体制合理来说，工人阶级领导的以工农联盟为基础的人民民主专政国家是历史选择的必然，因为从1840年鸦片战争开始，一直到1911年的资产阶级民主革命，中国人民的强国梦均以破灭告终，所有的途径都试过，但都失败了，现在，“资产阶级的民主主义让位给工人阶级领导的人民民主主义，资产阶级共和国让位给人民共和国”[2]。这是历史的必然选择。从价值本源，亦即意

[1] 丁东：《五本书看一代学人》，《黄河》1996年第4期。

[2] 毛泽东：《论人民民主专政》，《毛泽东选集》（第4卷），人民出版社1991年版，第1471页。

识形态性来说，马列主义的辩证唯物主义和历史唯物主义、社会主义和共产主义等构成了我们的价值本源，它带有鲜明而强烈的意识形态属性，“它裹挟着摧毁旧的政治制度、改朝换代的雄风，一开始就以强势社会意识的姿态，造成了一种巨大的历史惯性，这在当时是任何一种意识形态也无法与之抗衡的”[1]。即便如此，权威话语仍需要借助叙事来争夺话语权和历史阐释权，它当然可以通过以资料为基础的历史书写和文件记录来完成，但更为有效的途径莫过于以文学文本来“化大众”，因为它更为贴近群众的阅读与欣赏习惯。而在众多的文学形式中，中国共产党最为重视戏剧的宣传功能，认为它是教育大众、激励大众、组织大众的最直接、最有力的艺术形式。共产党人曾这样阐释戏剧的本质：“（一）戏剧是最合集团主义的艺术。（二）戏剧的时间性是最显著的，同时它的反响也是最迅速而强大的。（三）戏剧是艺术中最复杂的表现形式，同时也是最切近于现实的社会，最能使人感到真实的情感的。”[2]所以，在所有艺术样式中，“谁也比不上戏剧的有时代性，和现实社会的迫切，受社会情势的决定，同时是更比较容易反响到现实社会中去！”[3]尤其是在文化落后、文盲者众的旧中国，“除了演剧之外是没有最好的良导体来使他们感受电流，使他们麻木了的意识会发生反抗精神和意识来”[4]。

早在1904年，作为新文化运动总司令及中共早期领导人的陈独秀就说：“戏馆子是众人的大学堂，戏子是众人的大教师，世上人都是他

[1] 杜国景：《论17年文学的两种阅读期待》，《贵州民族学院学报》2003年第5期。
[2] 叶沉：《戏剧与时代》，《艺术》1卷1期，1930年3月。
[3] 同上。
[4] 同上。

们教训出来的。"[1]他断定改良社会之不二法门当推戏剧。1916年，作为南开新剧团之重要创作者、表演者和组织者的周恩来在分析新剧时说："然演讲则失之枯寂；书说则失之高深。既有以演讲中而加入兴趣小语，书报取其平易近人者，而对于浮躁子弟，又何能使其静心不厌？目不识丁者，又何能使其翻卷阅诵？是知今日之中国，欲收语言文字统一普及之效，是非藉通俗教育为之先不为功。而通俗教育最重要之主旨，又在舍极高之理论，施以有效的事实。若是者，其惟新剧乎！英莎士比亚之言曰：世界为舞台，而人类为俳优（The world like stage, and men players），其言颇具意旨。盖世界种种之现状，类皆兴亡无定，悲喜无常，人类无异演技其中。故世界者，实振兴无限兴趣之大剧场，而衣冠优孟，袍笏登场，又世界舞台中一小剧场耳。但推微及广，剧场之成败若斯，世界之优劣亦判。"[2]

1921年，在上海成立的民众戏剧社所发表的宣言暨简章中开宗明义提出："萧伯纳曾说'戏场是宣传主义的地方'，这句话虽然不能一定是，但我们至少可以说一句：当看戏是消闲的时代现在已经过去了，戏院在现代社会中确是占着重要的地位，是推动社会使之前进的一个轮子，又是搜寻社会病根的X光镜；它又是一块正直无私的反射镜；一国人民程度的高低，也赤裸裸地在这面大镜子里反照出来，不得一毫遁形。"[3]1937年，《中华全国戏剧界抗敌协会成立宣言》中说得更为明确："对于全国广大民众作抗敌宣传，其最有效的武器无疑是戏剧——各种各样的戏剧。因此动员全国戏剧界人士奋发其热诚与天才为伟大

[1] 陈独秀：《论戏曲》，《陈独秀著作选》第一卷，上海人民出版社1993年版，第86页。
[2] 周恩来：《吾校新剧观》，南开《校风》，1916年第38–39期。
[3] 葛一虹主编：《中国话剧通史》，文化艺术出版社1997年版，第452、459页。

壮烈的民族战争服务实为当务之急。我们全国戏剧工作者应迅速通过戏剧对广大工人农民小市民及学生群众作援助抗战的号召，应鼓励前线的将士奋勇杀敌，应与后方伤兵与难民以充分之慰安与指示。”[1]1938年初，毛泽东、周恩来等7名领导人联名发表的《鲁迅艺术学院创立缘起》也说："艺术——戏剧、音乐、美术、文学是宣传鼓动与组织群众最有力的武器。”[2]在众多的艺术形式中，戏剧是被置于首位的。这是因为戏剧最大的特点是比较简便，又能直接面对观众，较之其他文学样式，它的现场感染力最为突出而强烈。而且，对文盲者众的老百姓而言，读不懂书，却能看得懂戏。很显然，权威话语注意到了这一点，所以不遗余力地鼓励和提倡。

抗战爆发后，田汉深切地感到“全面抗战，单是军事上的动员是不够的，……我们的反抗侵略的战争也必然要求广大民众参加”。他认为："在中国，在文盲占百分之九十以上的中国，动员民众的最有效的手段就是戏剧。”[3]因此，戏剧创作在1940年代达到了它在中国文学史上发展的最高峰。据统计，抗战初期的戏剧工作者总量竟达到了15万之众，仅1938年出版的独幕剧就达142种之多。[4]“戏剧的兴盛，是政治文化需求的结果。在某种程度上可以说，戏剧的兴盛，正是政治的兴盛。”[5]

这种思想的不断发展，使得1950年代的戏剧一直占据着“潜中心”的位置，到1960年代初甚至进入了国家意识形态的中心地带，在位移

[1] 葛一虹主编：《中国话剧通史》，文化艺术出版社1997年版，第452、459页。

[2] 田汉等编：《中国话剧运动五十年史料集》第1辑，中国戏剧出版社1958年版，第310页。

[3] 田汉：《抗战与戏剧》，《戏剧岗位》第3卷第5、6期（1942年）。

[4] 葛一虹：《抗战剧作编目》。参见苏光文：《大后方文学论稿》，西南师大出版社1994年版，第206页。

[5] 朱晓进、杨洪承等：《非文学的世纪》，南京师范大学出版社2004年版，第25页。

的过程中戏剧的教化与战斗功能不断得到强化，它的批判功能及“干预”生活的力量却不断被削弱或消解，仅以工农兵为歌颂对象，公式化、概念化严重。在此背景下，1958年至1962年，历史剧浪潮的涌起，在一定程度上迟滞了戏剧向配合政治任务和政治宣传这个方向一面倒的步伐，这是与当时党的文艺政策的调整、权威话语表现出的某种松动是分不开的。但在“夹缝”中挣扎与抗争的历史剧创作并不能扭转戏剧中心化的发展大趋势，随着毛泽东“两个批示”（1963年12月12日和1964年6月2日）的发表，中国社会政治生活中“左”倾思潮渐趋泛滥，历史剧作为“异端”受到了批判与清理，它很快退出了中心，进而是长久的告别，一直到1976年以后重返剧坛。中国人民不得不接受“八亿人看八个样板戏”的荒唐现实。对戏剧宣传功能的过于“重视”或强化，终于使它走向了反面，即在观众的审美疲劳和极度厌倦中丧失了更多的功能。

五　接受者的集体性欣赏期待

按照接受美学的观点，作品的意义并不完全是由作者赋予的，相反，作品价值的实现还有待于读者的参与，用伊塞尔的话说就是：“作品的意义只有在阅读过程中才能产生，它是作品和读者相互作用的产物，而不是隐蔽在作品之中，等待阐释学去发现的神秘之物。”[1]基于此，姚斯提出了“期待视野”这一概念，对历史剧创作而言，即在主体性、假定性、当代性真实之外，它还应具有一种认同性真实，也就是黑格

[1] 伊塞尔：《文本的召唤结构》，转引自胡经之、张首映：《西方二十世纪文论史》，中国社会科学出版社1988年版，第275页。

尔曾提醒过的："艺术作品尽管自成一种协调的完整的世界，它作为现实的个别现象，却不是为它自己而是为我们而存在，为观照和欣赏它的听众而存在。"[1]另一位戏剧理论家马丁·艾思林说得更为透彻，"其实作者和演员只不过是整个过程的一半；另一半是观众和他们的反应。没有观众，也就没有戏剧"[2]。

上述观点主要是说观众或读者在作品的阅读和欣赏过程中的作用，推而广之，本书要说的是一个时代的广大读者和观众业已形成的具有共同价值取向的社会心理和期待视野对剧作家创作话语生成的巨大影响。1950年代初，剧作家们将笔力凝聚于对现实和革命历史题材的摄取与歌颂上，便是因为新中国成立后，广大观众的审美观点、审美兴趣发生了很大的变化，知识分子们的世界观、审美观也在改变。这一方面使得其他题材的创作遭到冷落，同时也使大批跨越1949年代的现代剧作家们不得不尝试自己并不擅长的工农兵题材，历史剧未能进入这个时期观众的期待视野，从而造成了1949至1957年间历史剧创作的相对沉寂与萧条。

当观众和读者对工农兵文学越来越明显的公式化、概念化倾向感到不满，对剧作家们只是满足于对现实生活作浮光掠影或浅薄廉价的歌颂感到厌恶，同时又渴望了解生活的内核时，1958年，历史剧创作便应运而生。有人说观众欣赏历史剧首先因为是"历史"剧，其次是因为它描写了一个"陌生的世界"而令人感到新鲜，其实往往相反，是因为欣赏者在那个"陌生的世界"里看到了一个与他们熟悉生活相似的世界。正如史剧家陈白尘先生所言："在一部二十四史中有千千万万

[1] 黑格尔：《美学》(第1卷)，朱光潜译，商务印书馆1982年版，第335页。
[2] [英]马丁·艾思林：《戏剧剖析》，罗婉华译，中国戏剧出版社1981年版，第16页。

的故事，你为什么单单挑选了这一个呢？那必然是因为它对今天还有用。……历史每每有惊人的相似之处，但仅仅是相似，而不是相同。写出其相似之处，以古鉴今。”[1]无论是史剧家们，还是历史剧的观众，都是从现实出发，对历史题材中所包含的历史经验和教训产生了特别兴趣，所谓“写出其相似之处”，就是要探索古代历史和现实存在之间的内在联系，追寻古代历史与现实社会具有相似之处的历史规律。还有就是人们渴望认识自己、理解自己，而认识自己的必由之路就是认识历史——自己的过去。对历史剧的欣赏便是一个很好的途径。

同时，欣赏者的阅读期待还规范着史剧家对主题、题材、内容、风格等话语方式的选择与运用，我们在 17 年历史剧创作的主题、题材、冲突、人物、语言等的模式化倾向中不难发现特定时代读者和观众对历史巨变的崇敬乃至膜拜所产生的强大的社会心理场对史剧家个体的情感、意志、动机等的规范和训诫及个体的心理差异减少，群体的思想与观众的统摄力、凝聚力的增加。

第二节　历史剧创作主体论

发生于泛政治化创作语境中的历史剧创作是一种多极思维活动，它与一般现实题材的思维活动有所区别，历史剧表现的是已经发生过的事，现实题材创作描写的则是正在和可能发生的事，即前者的认识

[1] 陈白尘：《陈白尘同志谈〈大风歌〉和历史剧》，《剧本》1979 年第 9 期。

客体是永不重演的过去，不像现实题材具有重新实践的可能性。同时，作为认识中介的史料记载也不与我们处于同一认识水准。这样的多极思维特点无疑加重了作为话语主体的历史剧作家理性审思的任务。它需要史剧家们在具备作家、戏剧家的各种才能的同时，还应不断提高自己对历史材料的自我认识水平和思辨能力，才有可能纠正众多信息中存在的种种谬误，并敏锐感知史料中潜隐的各种与时代精神相通的东西并把它表现出来，在复杂的历史生活面前保持清醒的审美鉴赏能力和化史为剧的能力，这其实也是主要由现代剧作家构成17年历史剧创作主体的主要原因。

一　现代作家构成历史剧的创作主体

对17年的史剧家队伍细加分析，可以发现一个鲜明的特点，即1949年以前即已登上文坛的现代作家们无论在创作数量上，还是在作品质量上均超过了1949年以后登上剧坛的年轻史剧家们，可以说是他们构成了17年历史剧创作队伍的主体力量。

其实，如果我们将17年的戏剧创作作为整体进行考察，还可以得出另一个结论，即在表现现实生活和革命历史题材的剧作家中，年轻剧作家们的成就又明显超过了老作家们。实际上这两种现象之间并不矛盾，即史剧家除了应具备从事文学创作的思想、生活、技巧、语言等的准备和积累，具备从事戏剧创作的特殊修养之外，还应具备大量的历史知识，正确的史识与史观及化史为剧的能力，当然，这些道理对史剧家们是不言而喻的，无须多论，但要真正具备这一切却绝非易事，它不是临时读几本与题材相关的史书就能奏效的，主要还是一种长期日积月累的学养。它包罗甚广，诸如官制、科举、礼仪、称谓、服饰、钱币、风俗、时尚、舆论、器物、宗教状况、文学艺术，等等，不胜枚举。不然就谈不上什么具备丰富的文化意蕴和较强的时代感和历史真实感。

1962年，老舍先生就曾对社会上一度流行的“以为现代戏不好写，历史剧或者好写一些”的错误看法，针对某些人只看到郭沫若和田汉的历史剧写得好，便也跃跃欲试，而全然不顾及自己历史知识的贫乏和艺术功底的浅薄的现象指出：一般情况下，现代人对现代生活的熟悉与了解程度，总比对古人的了解深刻，所以现代人写现代戏总比写历史剧容易。老舍诚恳地提醒那些持有糊涂观念的同志，要看到郭老、田老的历史剧成就“绝非一日之功，不是一下子能写出来的。他们的历史知识是那么渊博，生活那么丰富，文化修养那么深厚，有几十年的积累。有的戏，他们的腹稿竟是打了几十年的”。因此，除非是“有材料、有观点（为社会主义服务的政治观点，古为今用的观点）”[1]，方可去动笔写历史剧，否则，还是在现代剧的创作上多下工夫的好。

郭沫若也认为：尽管历史剧是“剧”而不是“史”，但是作为一个历史剧作家，却必须深入地研究有关的历史问题；只有对某一历史题材所涉及的某一阶段历史生活的本质真实有了正确的认识，切实把握了历史的精神之后，才有可能进入创作过程。因此，他特别强调史剧家研究历史的极端重要性，指出：“史剧既以历史为题材，也不能完全违背历史的事实。大抵在大关节目上，非有正确的研究，不能把既成的史实推翻。……故而，创作之前必须有研究，史剧家对于所处理的题材范围内，必须是研究的权威。”[2]这种研究不仅是指对大量的史料的分

[1] 老舍：《谈现代题材》，《光明日报》1962年10月1日。
[2] 郭沫若：《历史·史剧·现实》，《戏剧月报》第1卷第4期（1943年7月）。

析研究，而且包括对人物心理、时代心理、风俗习惯、地理情况的分析研究，只有深入地研究了这许多方面，作家才能够接近或者得到历史真实性与必然性。田汉为了创作史剧《关汉卿》，就曾花了大量的工夫研究元代的历史，钩稽有关关汉卿的各种史料并加以去伪存真。而由王中和、王德仁这两位年轻剧作家创作于 1958 年大跃进热潮中的历史剧《詹天佑》之所以很不成功，原因也在于此。剧作者自称是“在社会主义建设总路线的鼓舞下，激发了我们的创造热情，因此，才能够这样的大胆”。“这个剧本从开始以至完成，仅用 20 天的业余时间，在这 20 天的业余时间里，实际写作只有 7 个晚上和一个星期日。”有关詹天佑的史料他们仅读了《詹天佑和中国铁路》《中国铁路史》《铁道年鉴》《詹天佑略传》等几部后人的介绍性著作，根本谈不上什么深入的研究。认为“在大闹技术革命的今天，能够把詹天佑打掉自卑、破除迷信，在 50 年前修建铁路的奇迹搬上舞台，是有其现实教育意义的”[1]。仅以有限的、表面化的材料积累支撑宏大的历史叙事主题显然是不可能的。加之两位年轻史剧家化史为剧能力的不足，《詹天佑》一剧的失败也就在所难免了。

史剧家在充分占有史料的同时，还应具有正确的“史识”，诚如郭沫若所言："创作历史剧，要求作者对待历史有准确的评价”[2]，“对待历史人物，也应当根据马克思主义的观点重新估价”[3]。因为“历史并非绝对真实，实多舞文弄墨，颠倒是非，在这史学家只能纠正的地方，史

[1] 王中和、王德仁著：《詹天佑·后记》，辽宁人民出版社 1958 年版，第 67 页。
[2] 郭沫若：《谈〈蔡文姬〉的创作》，《戏剧报》1959 年第 6 期。
[3] 同上。

剧家还须得还它一个真面目”。[1]如果史剧家没有进步的史观、正确的史识，就很难对历史和人物作出准确的评价，谈不上“合理的发展”历史人物的思想性格，即使人为地发展了，也很难表现出历史的本质和方向。

史识产生于对史实的彻底的、独特的把握中。这里所谓的彻底，不是指对于史料把握得详尽无遗，而是指透过重大的史实，对被把握的史料有着独到的体认，理解到它们在整个历史发展中那种内在的、独特的意义。我们不妨以郭沫若的历史剧《武则天》为例，在此之前，以武则天为题材的史剧已有很多，贬之者多表现她的“荒淫”“好杀”。1930 年代的宋之的易贬为褒，为之翻案，但却从男女关系入手，让武则天以女性来玩弄男性。1960 年代，上海越剧团的《则天皇帝》虽避开了男女关系，但上官婉儿行刺、武则天亲征徐敬业、最后想传位给狄仁杰却遭拒绝等情节又明显与史实不符。造成这些失误的原因当是史剧家们在“史识”上出现了偏差。郭沫若则不同，为了写《武则天》，他首先广泛地查阅了《旧唐书》《新唐书》《资治通鉴》《全唐诗》《唐文粹》《唐诗纪事》等书中有关武则天的记载，阅读武则天的著作，努力运用历史唯物主义观点和阶级分析方法深入分析上述史料和著作，力求提出实事求是的结论，他指出：“事实上武后统治时代是唐朝的极盛时代，不仅海内富庶，政权的范围更远远达到了波斯湾。她把唐太宗的‘贞观之治’发展了，并为唐玄宗的所谓‘开元盛世’奠定了坚实的基础。”[2]

其次，他分析了武后的几位所谓“男宠”的具体情况之后，指出“以

[1] 郭沫若：《历史·史剧·现实》，《戏剧月报》第 1 卷第 4 期（1943 年 7 月）。
[2] 郭沫若：《我怎样写〈武则天〉》，《光明日报》1962 年 7 月 8 日。

前的人爱说武后淫荡，其实是不可信的”。如“薛怀义被委任为白马寺主，在垂拱元年（685 年），于时武后已 62 岁。张昌宗、张易之被优遇，在圣历二年（699 年），时武后已 76 岁。武后管教子女相当严，她的外侄贺兰敏之，韩国夫人的儿子，在男女关系上胡作非为，她索性把他杀了。如果到了六七十岁还在逾闲荡检，她怎么来管教她的子侄，怎么来驾驭她的臣下呢？”[1]这些论断和分析是比较符合历史事实的。根据这样的史识，郭沫若扬弃了传统的评价和写法，而以徐敬业的叛变为中心来组织故事和人物，将事件地点局限在洛阳，时间限定在调露元年（679 年）至光宅六年（684 年）这 6 年内，同时根据戏剧创作高度集中的要求，截取生活的横断面，做到人、时、地的三统一，着力表现出一个有作为的封建统治者的性格特征。此剧“无论素材的融化，情节的安排，冲突的开展，气氛的渲染，首尾的照应，都显示出作家处理题材的娴熟的艺术技巧和独特的艺术风格，完整、和谐而富有浓郁的诗情诗意，的确不失为一个好剧本”[2]，达到了从政治角度重新评价武则天的目的。

其实，丰富的史料、正确的史识仅仅是创作历史剧的基础，如何把纷繁复杂的历史资料或者只有一个简单轮廓的历史故事转化成生动精彩的戏剧艺术，亦即“化史为剧”，这才是历史剧创作的关键所在。即史剧家们在尊重史实的前提下进行艺术虚构、合理想象、安排情节、描摹细节、情感评价等能力非有长期的艺术训练和艺术积累几乎是不可能的。17 年史剧创作中，现代剧作家们的艺术成就明显高于年轻史剧家的一个最重要的原因即在于此，他们有着长期从事文学包括戏剧

[1] 郭沫若：《我怎样写〈武则天〉》，《光明日报》1962 年 7 月 8 日。

[2] 傅正乾：《历史·史剧·现实——郭沫若史剧理论研究》，山西人民出版社 1985 年版，第 53 页。

创作，甚至历史剧创作的经验与积累，已取得了较高的艺术成就，在17年中，一旦条件允许，他们进入历史剧创作领域并取得成功自然不会让人感到意外和惊讶了。

著名戏剧家张庚说："写作历史剧对历史事实既有删减就必须有所增益，因此就要有虚构。为了更集中、更典型化，虚构是不可避免的。"[1]又说："问题是只有对历史事实有了透彻的认识、分析之后，虚构起来方能自由，所以虚构也必须建立在对历史事实科学分析的基础上。"[2]可见，只有吃透了历史事实，虚构起来方能自由。而且，虚构的目的不是削弱历史事实，而是为了加强历史事实。法国美学家和作家狄德罗说："历史家只是简单地、单纯地写下了所发生的事实，因此不一定尽他们的所能把人物突出；也没有尽可能去感动人，去提起人的兴趣。如果是诗人（指古希腊悲剧和喜剧的作家）的话，他就会写出一切他以为最能动人的东西，他会假想出一些事件，他可以杜撰些言辞，他会对历史条件添枝加叶。对于他重要的一点是做到惊奇而不失为逼真。"[3]所以，黑格尔说，"从这方面来看，我们固然应该要求大体上正确，但是不应剥夺艺术家徘徊于虚构与真实之间的权利"[4]，也就是化史为剧的能力。

史料、史识与化史为剧的能力，对历史剧创作来说缺一不可，17年中，年轻史剧家们由于自身创作积累的不足，使得他们很难超越甚至赶上现代剧作家们的历史剧创作成就，这是形成17年历史剧作"新

[1] 张庚：《古为今用——历史剧的灵魂》，《张庚戏剧论文集》，文化艺术出版社1984年版，第286页。

[2] 同上。

[3] 狄德罗：《论戏剧艺术》，《文艺理论译丛》1，人民文学出版社1958年版，第169–170页。

[4] 黑格尔：《美学》（第1卷），朱光潜译，商务印书馆1979年版，第353–354页。

不如旧”现象的根本原因。

二 17 年历史剧作家们的政治思维定势与政治型心态

刘小枫在《这一代人的怕与爱》中提出：“就历史的情形来看，至少有三种不同的知识分子类型。a. 认同于以至献身于人民意识形态话语的知识分子（哲学家、文学家或其他人文科学乃至自然科学家和一般知识人中都不乏其人）; b. 两者之间徘徊的知识分子；c. 决意不放弃个体言说的知识分子。”[1] 由此出发，我们可以将中国现代的史剧家们大致也分为三种类型：政治型、由艺术型转变为政治型、艺术型。在 1930、1940 年代，郭沫若、欧阳予倩、阿英、阳翰笙、夏衍、陈白尘、老舍、茅盾等应属政治型，田汉、洪深、丁西林、曹禺、李健吾等则属于由艺术型向政治型转变的，属于艺术型的仅有宋春舫、王文显和杨绛等少数几位。[2] 到了 17 年，艺术型史剧家们失去了创作的土壤，基本退出了史剧乃至整个话剧创作领域。田汉、丁西林、曹禺的转变业已完成，同属政治型成为 17 年史剧家们共同的特征，且这种特征的构成又是基于他们早已形成的共同的政治思维定势。思维定势这个概念是从心理学中借用的。作为心理学概念的“定势”又称“心向，”指的是通常不易意识到而又无时不在的某种心理活动的准备状态或行为倾向。人的心理活动都是在某种定势作用的基础上发生的，定势不仅影响人的知觉过程，也影响人对于事件的记忆和判断，影响并调节人的行为和活动。“政治思维定势，指的是思维主体因受现实政治环境和现实政治问题的

[1] 刘小枫：《这一代人的怕与爱》，三联书店 1996 年版，第 166 页。

[2] 施旭升主编：《中国现代戏剧重大现象研究》，北京广播学院出版社 2003 年版，第 94、82 页。

刺激，怀着参与并企图变革现存政治体系的目的，所形成的思维准备状态和思维状态。主体的这种政治型思维准备状态和思维状态将影响或决定主体在继起的思维过程中每一具体时刻的思维活动。”[1]

由于20世纪上半世纪的中国始终在进行着民族战争与阶级革命，对社会政治问题的强烈关注与普遍实践便自然成为时代意识的中心，政治掩盖、渗透、压倒甚至替代了一切。话剧包括历史剧创作作为一种社会意识形态，当然也只能始终围绕着这一中心进行展示和言说，且较之其他文学样式更受权威话语或主流意识形态的重视，成为政治鼓动或宗教宣传的首选工具。中国共产党就极为重视戏剧的作用，特别是在1920年代末大革命失败后严峻的政治形势进一步推动戏剧向着“无产阶级戏剧”的方向前进，历史剧创作不可能例外，大批史剧家自觉地以历史剧作为参与现实斗争的战斗武器与宣传工具，强调历史剧的现实意义。1942年，随着《讲话》的发表，以政治思维为核心的非主体意识进一步得到强化。客观而言，在民族面临生死存亡的特殊岁月，“太需要文学起正面的宣传、鼓动与教育作用，太需要强调文学的政治标准，强调文学与当前政治任务的一致性与贴近”[2]。史剧家们的创作追求不可能例外。在这一不断强化政治意识的历程中，史剧家们的政治思维定势渐趋形成。

政治思维定势强化的结果便是导致史剧家们的非主体意识，其特点有三：否定人探索和思考世界的主体性与独立性，强调人在精神和灵魂上皈依某种权威话语，并按照这种权威话语规定的统一的原则和价值判断进行分析和判断。排斥人独立的精神和自由的思想。视历史

[1] 施旭升主编：《中国现代戏剧重大现象研究》，北京广播学院出版社2003年版，第94、82页。
[2] 王晓华：《从徐志摩的研究检讨当代的思维模式》，《浙江社会科学》1997年第2期。

剧作为一种手段而非一种目的，它要求史剧家们放弃通过历史对现实社会或人生世界进行独立的体验与感受而为政治服务。由于以固定的、权威的价值标准对历史上的事与人进行符号化的价值衡估，不尊重历史人物形象与历史事实的客观性和原生态，使得史剧的冲突结构模式化了。[1]这一切在17年的话剧乃至历史剧创作中不但未得到抑制，反而进一步得到了强化和张扬，使得1930、1940年代由三种类型构成的戏剧家队伍仅剩下了一种类型，即政治型。郭沫若被称为“党喇叭”，以大众言说代替了个性化、边缘化的写作，由激情浪漫的诗人变为浪漫激情的政治家，究其原因，很大程度上是因为政治发展的大势所趋，而并不仅仅由个人的选择所致。建国初，老舍在谈改造思想时，就说：“旧社会的知识分子里，有的自居清高，不问政治；有的关心政治，而以个人名利为出发点，想升官发财。”“独立不倚的精神，在旧社会里有一定的好处。它使我们不至于利欲熏心，去蹚浑水。可是它也有毛病，即孤高自赏，轻视政治。”“细想起来，我们的独立不倚不过是独善其身，但求无过而已。我们的四面不靠，来自黑白不完全分明。我们总想远远躲开黑暗势力，而躲不开，可又不敢亲近革命，直到革命成功，我们才明白救了我们的是革命，而不是我们自己的独立不倚！从而都愿随着共产党走，积极为人民服务，关心政治，改造思想。正因为我一向不关心政治，所以今天我写不出政治性强烈的作品来。”[2]“我想一个作家若能够克服知识分子的狂傲的优越感而诚诚恳恳地去向人民学习；丢掉资产阶级的名利思想，而全心全意地为人民服务；并且勤恳地学

[1] 贾冀川：《解放区戏剧艺术得失谈》，《山西大学师范学院学报》2000年第2期。
[2] 徐德明编：《老舍自传》，江苏文艺出版社1995年版，第284、285页。

习政治，改造自己，或者才可以逐渐进步，写出一些像样子的作品来。”[1]至于曹禺的《明朗的天》、老舍的《红大院》、田汉的《十三陵水库畅想曲》之类的创作及其失败便是这种政治思维定势张扬到极致的具体表现。

当然，也不排除中国传统文人政治型文化心理积淀的作用，但更为重要的原因还是 17 年中严峻的政治形势、泛政治化的创作语境、政治操作者及其精神代言人对戏剧艺术的高度重视和戏剧接受对象集体性的欣赏认同与期待等所形成的政治型社会文化心理的合力的共同作用。其间，田汉、师陀、老舍、石凌鹤等史剧家在创作中虽曾努力在作品中持守或寄寓自己的创作个性与独特思考，但终不能从整体上改变政治思维定势对 17 年历史剧创作的话语形态的影响。

三　颂歌浪潮中的话语紧张与焦虑

研究 17 年历史剧创作话语的生成原因，必须深入探究与追寻史剧家们建国初期的创作心理状态，因为心态的好坏对创作的影响至为重要。一般而言，沉浸在创作过程中的作家心态大约会呈现和经历以下几种情形：敞开和解放、狂势与忘情、幻象与幻化、焦虑与痛苦、冷静与超然等。[2]建国初，面对新中国工农兵文学中涌起的颂歌浪潮，现代剧作家们的创作心态主要呈现出紧张与焦虑、忏悔与自责的特征。

梁漱溟于 1950—1951 年间说道：“四五十年前普遍的是救国呼声，那时却没有人说‘建国’。近一二十年则大家都在说建国……说法之不

[1] 蔡毅：《论创作心理的构成与表现》，《曲靖师专学报》1999 年第 2 期。
[2] 郑万鹏：《“建国文学”思潮论》，《文学评论丛刊》第 3 卷第 1 期。

同正是代表了做法之不同。”[1]为此有人称1949—1956年间的文学为“建国文学”。[2]它既表现了饱经动荡与战乱的中国人民对稳定与建设局面的衷心欢迎，对缔造新中国的毛泽东及共产党人的热情歌颂，对新中国充满生机与希望的未来的美好憧憬。1955年秋，萨特与波伏娃一同访问中国，历时一个半月，“所到之处，人们总对他讲三件事：过去如何，今天如何，再过十年、二十年此地又将发生何等重大的变化……他发现，每当中国人谈到未来远景时，他们脸上立刻焕发出希望、自信、决心和毅力的光辉。访问结束前夕，11月2日他应邀在《人民日报》上发表《我对新中国的观感》，中心思想是中国是属于未来的。”[3]这使得建国初文学的主流是理想的现实主义，追求一种趋势性的真实，其主旋律是热情的歌颂。

置身于颂歌浪潮中的现代作家们在欣悦与兴奋的同时，内心的紧张与焦虑情绪也格外强烈，面对无休止的政治运动，党对知识分子的不断改造，和工农兵文学全新的创作模式，明显的不适应和强烈的落伍感使得他们一再地忏悔与自责起来。曹禺在建国后努力学习毛泽东文艺思想，认为自己是一个小资产阶级出身的知识分子，“我完全跳不出我的阶级圈子，我写工人像写我自己，那如何使人看得下去？”[4]他也主动对自己的旧作进行不着边际的批判与否定，甚至把他的代表作《雷雨》和《日出》自贬得一无是处。他按照新的指示与见解，数次修改这些作品，结果弄得面目全非，破坏了原作的和谐统一。老舍则带

[1] 梁漱溟：《中国建国之路》，中国文化书院学术委员会编：《梁漱溟全集》第3卷，山东人民出版社1990年版，第319页。

[2] 郑万鹏：《“建国文学”思潮论》，《文学评论丛刊》第3卷第1期。

[3] 同上。

[4] 曹禺：《我对今后创作的初步认识》，《文艺报》第3卷第1期，1950年10月26日。

着虔诚与狂喜投身到新中国的文艺运动之中，他首先是否定旧作，他说："到了今天，我已经不敢再拿起旧日的作品看一看了，那些作品是那么幼稚可怜！"[1]于是，从不愿意修改已经发表的作品的老舍，最终亲自动手修改起《骆驼祥子》来，且主要是根据新的时尚的需要加以删除，删掉祥子堕落的情节，这实际上是改变了祥子的结局，因为老舍有了新的顾虑，"一个属于劳动人民阶层的主人公，在已经当家做主的时代，无论如何也不能以这样的形象出现在作品中。可以写祥子的盲目奋斗，可以写他的理想的破灭，可以写他的时代对他的蚕食，但是，却不能展现这样一个劳动者的堕落，哪怕从人物性格的发展逻辑来说，这样的结局可能带有一定的必然性。"[2]郭沫若作为新中国进入庙堂地位最高的文人，面对着无数的鲜花与掌声，内心的审慎与紧张也非常强烈，创作心态发生了根本性的变化，他不得不从一位政府要员的身份出发，时时注意观察政治态势，尤其是体会党的最高领袖毛泽东的意愿，以便更好地完成他的政治使命，当年气吞宇宙的"天狗"气势不可复睹。[3]从对电影《武训传》的赞扬到读了毛泽东对《武训传》的批评意见后立即公开检讨，从对双百方针的赞颂到见到毛泽东的《事情正在起变化》一文后的180度大转弯，还有对俞平伯《红楼梦》研究的批判，对"胡风集团"的讨伐，每一次运动似乎均可看到郭沫若忙碌的身影。[4]建国之后的郭沫若时常陷入一种自豪与紧张、兴奋与自责相交织的矛盾心态之中，不能自拔。师陀甚至在1978年粉碎"四人帮"之后，谈到建

[1] 老舍：《略谈提高》，《文学青年》1960年1月号。
[2] 李辉：《李辉文集·沧桑看云》，花城出版社1998年版，第311-312页。
[3] 龚济民、方仁念：《郭沫若传》，北京十月文艺出版社1988年版，第406页。
[4] 孙党伯：《郭沫若评传》，人民文学出版社1987年版，第519页。

国初的思想改造时仍说："作为一个旧知识分子，我深深感谢解放，是它挽救了我；是它使我的生活安定；是它使我有机会学习马列主义和毛主席的著作，投身各种运动，改造思想。作为旧知识分子，思想改造很艰难。我学习马列主义和毛主席著作学得很差劲；但是我总在学，总在走，总在努力地一步步向前，不是后退。"[1]

以这样矛盾复杂且不稳定的心态投身工农兵文艺，进行自身的创作转型，其效果可想而知。田汉的历史剧《朝鲜风云》(第一部）从1948年动笔，断断续续写到了1950年，由于政治形势的变化，他努力想加入配合宣传"抗美援朝"的内容，结果造成作品内容庞杂、头绪繁多、主题多样、中心难寻、人物性格模糊，是一部不折不扣的失败之作，令人不忍卒读，更谈不上舞台演出了。曹禺《明朗的天》的主题是"反对文化侵略"，表现中国人民在国家独立之后精神上站了起来的现实，但主题先行，概念化严重。老舍虽有《龙须沟》这样较为成功的作品，但更留下了大量应景的配合政策宣传的平庸和失败之作，即便是《龙须沟》一剧，也是写旧时代下层人民生活的第一幕精彩，歌颂新社会的第二、三两幕平平，当有人提出创作不应赶任务时，老舍竟说："赶任务不单是应该的，而且是光荣的。别人不赶，我们赶，别人就没有成绩，而我们有成绩。赶出来的作品不一定都好，但是永远不肯赶的，就连不好的作品也没有。我们不应当为怕作品不好，就失去赶写的勇气和热情！"[2]

如何摆脱这样复杂凌乱，且极不稳定的创作心态，追求一种较为

[1] 师陀：《从我的旧笔记而想起的及其他（代序）》，《山川·历史·人物》，上海文艺出版社1979年版，第2页。

[2] 老舍：《剧本习作的一些经验》，《人民日报》1951年7月4日。

稳定自由的创作心态，写出新的成功之作既不舍弃自己的创作个性，又能为新时代所接受，既能与自己解放前的创作声名相符，又能表达自己的心声，且为权威话语所认同成了现代剧作家们在1949—1957年之间创作转型失败后共同的渴望，历史剧便成为他们共同的选择。

四　战争文化思维的整合与一元

新中国成立，由于国家实行了“以阶级斗争为纲”的国策，意识形态的斗争被置于“或一言兴邦，或一言毁邦”的举足轻重的地位，文学艺术也被视为“阶级斗争的晴雨表”，进而提出了“文学艺术必须置于党的绝对领导与监督下”的要求，文学艺术创作问题列入从中央政治局到各级党组织的议事日程，也成为国家计划的重要组成部分，从而纳入了“计划化”的轨道。从全局性的文艺方针、文艺政策，到具体的创作题材的比重，以至作家的创作方式、创作方法……都有明确的规定，并逐渐形成了一些创作模式，有形无形地影响、制约着作家的创作。由于文学作品的出版、发行，以及一切传播媒介也都无一例外地纳入国家的计划轨道，这样，就形成了文艺作品从“生产”（作家创作）到“消费”（读者接受）的计划网络，实现了全面的计划化控制。[1]在计划化生产体制内，中国作家除了“放声歌唱”已别无选择——毛泽东早已明确宣布，“不愿意歌颂人民的功德”的人“不过是革命队伍中的蠹虫，革命人民实在不需要这样的‘歌者’”。以工农兵为歌颂对象的文学成为新中国文学的唯一形态，这种基于战争文化思维，导源于

[1] 钱理群、吴晓东：《歌颂与放逐——〈二十世纪中国文学史略〉之四》，《海南师院学报》1996年第4期。

左翼文学、解放区文学的文学话语在进入和平与建设年代后，理应得到相应的变化与更新，其他文学传统也应得到尊重与发展，但事实上，它却得到了进一步的强化，权威话语更以战争文化思维模式作为整合与规训偏离或背离者的工具与武器。

战争文化思维是在战争年代形成的阶级斗争政治思维，主要表现为用阶级斗争的方式解决思想、文化、学术，自然也包括文学范围内的不同认识。事实上权威话语的规训与整合并非始于1949年，在更早的时候就已展开。1940年代的中国文学主要是由左翼文学思潮（抗日民主根据地、解放区为主要区域）、国民党官方文学思潮与民主主义、自由主义文学思潮（国统区、沦陷区为主要区域）所组成的一种多极化的文学形态与文学格局，但已呈现出对民族命运共同关注的趋势，究其原因，当然是因为战争文化的制约与影响，正如杨义先生所言："一场全民族的战争比起任何文艺理论，都更有说服力和刺激性地改变了作家们的创作心态。"[1]具体呈现为三点特征：反帝主题成为战争文学的主旋律，现实主义与全民抗战的社会政治思潮交织在一起，逐渐演化成压倒一切的文学主潮，作家在对审美情调和艺术形式的追求上与外国文学的联系范围逐渐缩小，以民族化、大众化为审美规范，重心转向对民族文化与民间文学的摄取。[2]

如果说毛泽东在《新民主主义论》中论定了马列主义在新文化中的正统性，论定了共产党成为中国革命领导力量的必然性的话，那么，1942年《在延安文艺座谈会上的讲话》的发表则标志着中共文艺体制的基本形成。他在《讲话》的开篇即开宗明义："我们今天开的会，就

[1] 杨义：《中国现代小说史》第3卷，人民文学出版社1991年版，第32页。
[2] 张光芒：《中国文学史》（现代文学史卷），太白文艺出版社2004年版，第223—225页。

是要使文艺很好地成为整个革命机器的一个组成部分；作为团结人民，教育人民，打击敌人，消灭敌人的有力武器，帮助人民同心同德地和敌人做斗争。”[1]这种对文艺武器化、工具化的定位传达出这样一些明确的信息：（1）文艺的服务对象是工农兵；（2）文艺普及与提高的对象也是工农兵；（3）“世界上没有什么超功利主义，在阶级社会里，不是这一阶级的功利主义，就是那一阶级的功利主义”[2]，而“我们是无产阶级的革命的功利主义者”，其实践的步骤与关键便是“文学服从于政治”，“文学是从属于政治的”，“是螺丝钉”[3]。

从此开始，中国共产党对文艺的规训与制约作为一种机制开始实行与展开，它包括在文学界划分敌我，将处于激烈而残酷的政治情势下的 1940 年代的作家分为革命、进步（或中间）和反动作家这三类[4]；从文学思想和创作现象出发，区分出“属于革命文艺的”和“敌对方面”的文艺，后者包括“封建型”和“买办型”这两种类型；再就是对革命作家和进步作家作为知识分子进行不断的思想改造，这种改造在 8 年中多以运动的形式一次次地实施，对此，刘小枫曾从知识社会学的角度称之为政党伦理建构其合法性的社会行动步骤。“政党伦理是当代中国社会伦理的样式，由政党意识形态为理念基础而形成的一套评价体系、思想和行为规范，它受到政党国家的政治体制给予的社会实在性的有效支撑。当代中国的社会由政党意识形态、政党伦理和政党国家的社会体制三个基本结构要素构成，政党伦理是介于两

[1] 毛泽东：《在延安文艺座谈会上的讲话》，《毛泽东选集》第 3 卷，人民出版社 1991 年版，第 848、865、866 页。

[2] 同上。

[3] 见郭沫若的《斥反动文艺》、邵荃麟的《对于当前文艺运动的意见》等文章。

[4] 刘小枫：《这一代人的怕与爱》，三联书店 1996 年版，第 195–196 页。

者之间的中层形态，不仅规约思想—知识的活动样式，亦规约日常生活的价值评价。当政党意识形态需要转换成政党伦理，以便与政党国家的社会体制同质同构时，‘思想改造运动’就会被设计出来。”[1]“共产主义的社会主义政党意识形态，本是由新兴知识人阶层中一小群人建构的，并通过社会化动员和革命行动完成了中国的现代型民族国家之政治建构——政党国家。为了使由一群知识人拥有的理念转换成一种社会伦理，政党伦理就借助一系列文化批判和思想改造首先在文化、教育领域取得合法性和政治优势。”[2]这也是战争文化思维进行规训与整合的主要方式。

第一次文代会所确立的新中国的文艺政策与解放区的文艺政策并无二致，即文艺工作指导思想同一，服务对象同一，文艺思想的交锋与解决方式也是同一的。战争状态下形成的文艺思维与领导方式在建国初期迅速地普遍化、全国化、全民化，将文学固有的差异性、复杂性、多元化和区域性逐渐消弭，1940 年代在特殊创作语境中形成的文学的创造力、文学发展的多种可能性，许多都在严格的筛选中疏漏不取，或在严格而健全的规训机制下被迅速地整合。第一次文代会之后的十个月，毛泽东就发表了《应当重视电影〈武训传〉的讨论》的讲话，在全国范围内掀起了一次大的扬正匡谬的思想斗争。它传递给中国作家的信息是一目了然和确定无疑的。即：

描写的内容：中国人民反对外国侵略者，反对国内的反动封建统治者。

歌颂的对象：新的社会经济形态、新的阶级力量、新的人物和新

[1] 刘小枫：《这一代人的怕和爱》，三联书店 1996 年版，第 195-196 页。
[2] 同上。

的思想。

反对的对象：歌颂对象的对立面。

采取的态度：歌颂或者反对。[1]

整合的结果便是现代剧作家们的政治意识日益得到强化。1953年，《中国戏剧家协会暂行章程》第四条便是“组织会员学习马克思列宁主义和社会主义现实主义的艺术理论，参加社会活动和人民的斗争，参加群众的文艺活动，运用批评与自我批评武器，不断地在思想上求得改造和提高”。[2]于是老舍常常把自己的剧作定性为宣传剧，认为“话剧是教育群众的最有力的武器”，剧作应该“具有高度的政治热情，与深入新事体的敏感”。“把该宣传的创作出来，及时地教育了人民”。[3]他在反思自己的创作历程时说：“自己原以为文艺不但可以和政治分家，也应当分家，分家日子好过，而在读了毛泽东的《在延安文艺座谈会上的讲话》后，发现自己除了能掌握文字，懂得一些文艺形式之外，什么也没有！”[4]从毛泽东的作品中，他认识到：文艺应当服从政治；他说，通过不断地习作，不断地请教，自己逐渐明白了怎样把政治思想放在第一位，已经知道了向工农兵学习的重要。

以《讲话》为中心发展起来的文学批评话语，一方面鼓励新中国的文学话语沿着“工农兵方向”无限制地增殖和泛滥；另一方面，又对任何企图逸出规范的越轨倾向进行严格的监视，因为不论这种倾向是多么微弱，它都可能是对以“为工农兵服务”“为政治服务”为

[1] 王利芬：《变化中的恒定》，广东人民出版社1999年版，第15页。
[2]《中国戏剧家协会暂行章程》，《剧本》1953年第8期。
[3] 老舍：《剧本习作的一些经验》，《人民日报》1951年7月4日。
[4] 老舍：《毛主席给了我新的文艺生命》，《人民日报》1952年5月21日。

中心的价值系统的背离或对抗。这当然是绝不能允许的，毛泽东本人对此即有很高的警惕，他之所以在文化领域亲自发动了一次次的批评运动，虽有种种政治和经济的理由夹杂其中，但他坚定地要维护这套价值系统的纯洁性和一贯性恐怕才是根本的原因。[1]如《茶馆》初演时就曾被指出有三条罪状：一无党的领导；二是小业主不应作为戏剧主角；三是渲染一代不如一代的没落的满清贵族的思想感情，等等。

作家们不得不放弃个人话语，皈依集体话语。在第一次文代会上，丁玲的发言就是《从群众中来，到群众中去》，她说："在现实生活中，在与广大群众生活中，在与群众一起战斗中，改造自己，洗刷一切过去属于个人的情绪，而富有群众的生活知识斗争知识和集体主义精神的群众的感情，并且试图来表现那些已经体验到的东西。"她认为在这方面解放区文艺已经取得了很大的成绩，但还远远不够，"文艺工作者也还需要将自己已经丢弃过的或准备丢弃、必须丢弃的小资产阶级的、一切属于个人主义的肮脏东西，丢得更干净、更彻底，而将已经取得初步改造的成果，以群众为主体，以群众利益去衡量是非、冷静地从执行政策中去处理问题的观点，以及一切为群众服务的品质，巩固起来，扩大开去，务必使自己称得起毛主席的信徒、千真不假地做一个人民的文艺工作者。"[2]明确要求作家必须站在人民大众立场，做人民忠实的代言人，很显然，这里的"人民"是个复合的概念，"人民"其实是无法要求作家为他们代什么"言"的。于是，"权威话语作为人民利益的

[1] 李陀：《1985》，《今天》1991年3、4期合刊，转引自刘禾著：《语际书写》，上海三联书店1999年版，第177–178页。

[2] 丁玲：《从群众中来，到群众中去》，见《中华全国文学艺术工作者代表大众纪念文集》，1950年新华书店发行，第175页。

集中体现者，便代表人民对作家提出了要求，要求作家在新的时代反映人民新的生活、新的风貌和符合这一时代要求的新道德。作家主体的个性特征在这一要求中被忽略了”[1]。

在20世纪的中国文学史上，最能代表文学现代性的应是“人的文学”，它出现在“五四”时期，与中国文学现代性的发生与形成是一致的。“人的文学”主要有4方面的内涵：“主张从个人出发进行文学创作，但却表现出共同人性；强调文学是一种审美现象，区别于政治、经济和科学活动，坚持文学发展的多元主义，与人的多样存在相适应，为文学提供了充分的发展空间，认定文学的作用在于涵养人性达到生命的充盈，从而使人诗意地生存。”[2]而基于战争文化思维的《讲话》却以“资产阶级的市民文学”指称“人的文学”，以“人民文学”来扬弃与发展“人的文学”，这种集体的、集合的概念无疑是以放弃人性、人的个体性、人的私密性，以及与之相适应的文学多元化等为代价的，其最终的形式便是政治理念挂帅，公式化、概念化倾向严重，剧本的艺术性下降。

五　时代共名与创作话语转型的失败

1949年10月1日，田汉在天安门观看戏剧大军游行表演时曾赋诗曰：“毕竟工农作新主，天安门下扭秧歌。”“登台作笑缝衣女，换换先生旧脑筋。”[3]经过战争文化思维模式规训与整合的现代剧作家们，面

[1] 孟繁华：《梦幻与宿命——中国当代文学的精神历程》，广东人民出版社1999年版，第44页。
[2] 刘锋杰：《从革命的合法性到文化的合法性——论回到原典的〈讲话〉》，《文艺理论研究》2002年第4期。
[3] 黎之彦、翟希文注释：《田汉戏剧诗词集萃》(1949-1964)，《戏文》1982年第4期。

对工农兵文学一元化的主题、放声歌唱的时代主旋律等时代共名，在换换“旧脑筋”的同时，开始尝试创作话语的转型，创作和表现自己并不熟悉和擅长的新的题材和作品。就已发表的作品来看，在郭沫若的《新华颂》《百花齐放》《潮汐集》《长春集》《骆驼集》及《东风集》等众多诗集中，已很难找出一两首可传之名山的优秀或经典之作。曹禺的《明朗的天》虽然表现的是重大题材，批判美帝国主义的文化侵略，但艺术性根本无法望《雷雨》《日出》《北京人》三大名剧之项背，至今为人们所诟病。老舍竭尽全力紧跟时代，可谓用心良苦，但量多好的少却是不争的事实，许多作品仅是今人追寻与反思特殊年代话语特征的材料，根本不能作为人们案头赏析的优秀之作，堪称成功的三部作品——《茶馆》《龙须沟》《神拳》，恰恰是因为老舍又回到了自己熟悉的生活、题材与人物。田汉的《朝鲜风云》在一定程度上填补了建国初历史剧创作的空白，但极低的艺术水准使它至今少有人提及和注意。石凌鹤的《七巧姻缘》《金箭姑娘》《照天烧》，丁西林的《干杯》《老鼠过街》，马少波的《千年冰河开了冻》（与章大明合作）、《白云鄂博》（现代题材京剧）、《红色卫星闹天宫》（与石天、秦志扬合作）等剧作均是配合政治宣传的急就之章、应景之作，不堪卒读。

福柯认为，主体行为对权力话语的反抗是一面，同时又以受体的身份对权力话语表现出认同或屈从的立场。因而权力功能具有某种二重性：一方面权力话语压抑或限制了主体性的施展，由此激发了主体的反抗；另一方面权力话语又迫使主体认同或屈从权力的文化立场，从而依照自己的文化标准来建构或塑造主体。建国初期的权威话语或战争文化思维模式对现代作家的规训与整合，使得他们不约而同地选择表现时代共名，投身颂歌浪潮，向工农兵文艺模式进行创作转型，但就创作实绩而言，这一转型无疑是失败的。他们不甘心失败，1957 年前后，一旦主流意识形态话语的规训机制略有松动，他们立刻选择了历史剧这一形式进行突围与反抗。由于历史剧形式自身强烈的意识形态性，它所呈现的复杂的话语形态很值得我们进行认真而深入地关注与探究。

第三节　历史剧创作传统论

一般而言，历史、现实和创作主体这三种审美因素形成了历史剧创作的三重视野，历史戏剧化就是利用戏剧手段使这三者达到高度的融合，进而达到表达人类某种共同的普遍旨趣的目的，此乃历史剧创作的正途。它作为一种理想化的追求，事实上在创作实际中是很难达到的。莎士比亚的历史剧就实现了历史戏剧化，在文艺复兴时期历史戏剧化的标准有三条："第一条，历史剧必须以真实的历史事件为题材，而不是以神话传说、民间故事和作家所生活的时代社会为表现内容；第二条，历史事件应构成作品的主体，也就是说，在处理事件和人物之间的关系时，要充分突出事件的作用和地位，而不能让事件退居为人物活动的背景和条件；第三条，上述一切，必须以'戏剧'的方式（而不是以诗歌、小说、散文的方式）体现出来，必须适合舞台演出的需要与可能。这里的'要害'显然是在'真实性'、'主体地位'和'戏剧性'三者的联系与结合上。"[1]

---

[1] 王维昌：《论莎士比亚历史剧创作的艺术原则》，《安徽师大学报》1999 年第 3 期。

在我国悠久的历史剧创作历程中，无论是古代还是现代，很难说已形成了历史戏剧化的传统，倒是戏剧历史化亦即将戏剧作为建构新的历史观念的工具，使其成为诠释新的历史观念的载体的创作模式却不断得到发展与张扬。特别是17年的历史剧创作，史剧家们通过“新编”等途径努力追求在泛政治化语境中主流意识形态的潜移默化的教化功能，实现对历史进行“翻案”，对历史的精神形态进行重建的目的。史剧一度成为权力话语为争夺意识形态的控制权而进行普及历史知识、传播历史观念和重建历史形态的工具。

历史剧作为戏剧，史剧家们在创作的过程中，对人物、情节、冲突、环境等戏剧诸要素的安排，必然要从创作主体渴望表达的普遍旨趣（包括道德教化、政治理念、人生理想等）的主体性原则出发。与此同时，作为“历史”剧，史剧家们对上述戏剧因素的安排与该剧所涉及的独立于历史剧之外客观存在的历史又必须相一致，此乃史剧创作的客观原则。两者不可偏废，缺一不可，但在实际操作中，真正能实现这种和谐一致的作品却少之又少。创作主体要么为了主体性原则而损害客观性原则,要么为了后者而损害前者。前者的极端化表现是史剧现代化，后者则是史剧历史化倾向。[1]1960年代所发生的以吴晗为代表的“重史观”与以李希凡为代表的“重剧观”之间的论争，原因即在于此。至于史剧家们普遍采用的戏剧历史化的创作模式也不是一朝一夕之间形成的，它自有其发展运行的轨迹。

[1] 邓齐平:《中国现代历史剧“史”“剧”争议评析》,《理论与创作》2004年第1期。

一　中国古典戏曲“以曲为史”的倾向

17年历史剧公式化、概念化创作模式的形成，首先受到的是中国古典戏曲“以曲为史”这一创作思维定势的影响。中国有着悠久的“史官文化”传统，它孕育了中国古代长盛不衰的历史学和中国人浓厚的史学意识，历史成了社会文化的中心话语，史官成了社会生活的中心人物。“以史为鉴，可知兴替”是中国古代整个社会文化思潮中历久不衰的核心内容。实用性、功利性、政治性、人文性等特点使史官文化成为中华民族特有的非宗教的伦理本位的现世文化，它对中国古代历史剧创作中价值取向的不断渗透使得戏剧家在热衷于选择历史题材进行表现的同时，还形成了绵延至今的“以曲为史”的创作中心话语。即认为“史剧创作的主要任务是描述历史的过程，创作中以展示历史材料，总结历史规律的价值取向为主，以戏剧的艺术审美取向为辅”[1]。

这种强烈的史学意识主要表现为：“作剧演史”，表现简单的史事，使之比较真实地呈现在戏剧舞台上，这在杂剧中随处可见。如以文姬归汉为题材的就有明代陈与郊的《文姬入塞》、清代南山逸史的《中郎女》、尤侗的《吊琵琶》、唐英的《笳骚》等从不同角度加以搬演的作品；“作剧补史”，史剧家们从野史传说中搜索正史所缺，利用历史剧以充实正史内容，所谓“礼失于途，求诸于野。”如以杨家将为题材的杂剧，仅元明两代就有关汉卿的《孟良盗骨》（佚）、朱凯的《孟良盗骨殖》（佚）、王仲元的《杨六郎私下三关》（佚）、无名氏的《昊天塔孟良

[1] 孙书磊：《以曲为史：中国古代文人的历史剧创作》，《南京师范大学文学院学报》2002年第3期。

盗骨》、无名氏的《谢金吾诈拆清风府》、明代施风来作的《三关记》等，不胜枚举；"作剧改史"，古代史剧家们为了实现自己事先设定的创作意图，常常从自己的认识和需要出发，有的在作品中改变历史事件的主要内容，有的在具体细节上加以调整等。如元代关汉卿曾作《单刀会》杂剧叙写关羽单刀赴会之事，清初范希哲则基于不同的史料作《补天记》为鲁肃翻案等。[1]

在传奇史剧的创作中还存在着尊史写实和杜撰虚构两种倾向。前者如清代蒋士铨的《一片石》《第二碑》《冬青树》，孔尚任的《桃花扇》等，努力以实录来展示自己丰富的历史知识和以曲为史的史著化倾向；后者则以张大复的《如是观》等为代表，借历史的旗帜独抒胸臆，彻底改造既有的历史，近于寓言。但在史官文化熏染下培养的广大观众对后者的认同度明显不够，这类作品所占的比重自然也就很小了。与这种史剧创作理论相伴相生的则是以历史论、文章论、伦理论代替史剧论的代置式史剧批评范式。

曲史观的形成既与文人史剧家们出身科举、历史知识丰厚的文化背景，且戏剧所具有的通俗特点易于实现自己的借史化民、寄托情思的愿望有关，也有特定时代社会学术思潮的积极推动、戏剧与史著都有史鉴作用这一共同性方面的原因。在处理"史"与"剧"的关系上，如何做到"以尊重史实为基础，以作家的主体意识和创作宗旨为核心，遵循戏剧创作规律来编写剧本"，即"虚实相生"，始终是中国古代史剧创作中存在的一个问题，且明显有为表达自己的历史观念或寄托自己的情思而忽视舞台性乃至艺术性的倾向。[2]

---

[1] 孙书磊：《曲史观：中国古典史剧文人创作的中心话语》，《求是学刊》2000 年第 4 期。

[2] 许建中：《论传奇历史剧创作的虚实相生》，《扬州大学学报》1997 年第 4 期。

黑格尔说，历史题材的作品所要达到的目的是表现“一种既真实而对现代文化来说又是意义还未过去的内容（意蕴）”[1]。历史剧的创作目的及现实需要往往与利用历史题材之间存在着矛盾，这就需要史剧家们运用历史戏剧化手段进行调节，使两者达到平衡以更好地服务于现实。如果仅重一方而偏废另一方，这样的史剧对17年史剧创作的影响必然存在着正反两个方向的作用力，如果17年的历史剧汲取的恰好是其中有待反思与扬弃的东西，那就会留下新的遗憾。事实上，情况正是如此，这种教训有待我们在下文进一步地总结与归纳。

二 “五四”及1920、1930年代的历史剧创作传统

“五四”时期的历史剧是一种自由不拘的历史剧，作为我国历史题材话剧的初创期，它具有着强烈的现代意识，对“剧”的张扬达到了空前绝后的程度。以胡适、陈独秀、傅斯年等为代表的新文化运动倡导者们，与以张厚载、马二先生等为代表的旧剧派之间展开了激烈的论争，新剧倡导者们借助狂飙突进的时代浪潮对旧剧进行了摧枯拉朽般的攻击与否定，而否定的重要理由之一就是旧剧创作多取材于帝王将相、才子佳人的事迹，以达到“惩劝教化”目的。近代以来我国的戏曲改良运动虽然给中国传统戏曲带来一丝生机，在一定程度上也促进了戏曲观念、题材、内容等的变革，但由于过分强调戏剧的社会教化功能，使得这一变革并未导向戏曲艺术本体。在表现形式上，中国传统戏曲熔歌、舞、乐等各种艺术要素于一炉，在达到艺术巅峰后，便

[1] 黑格尔：《美学》（第1卷），朱光潜译，商务印书馆1982年版，第343页。

逐渐趋于程式化和格律化，不能适应表现日益复杂的现代社会生活内容的需要，也无法“用诗歌从想象方面达到我们理性的深邃处”[1]。甚至那些描写政治压迫与异族入侵、揭露社会黑暗及畸形世态、歌颂爱国志士仁人斗争史迹与民族优秀传统的剧目，也摆脱不了散布鬼神迷信、因果报应以及宣扬封建伦理观念的封建意识，流露出浓厚的唯心主义的历史观。一句话，中国历史是不进化的“遗留物”（胡适语），是“吃人”（鲁迅语）的历史，那么表达这一历史题材的历史剧也就理所当然地被否定和抛弃。[2]这是对中国古代历史剧以曲为史、史大于剧创作模式的全面反拨。史剧家们对史实新诠的着力点显然不在于恢复历史的真实，人的解放、人格独立及思想启蒙已成为史剧创作的中心话语，理想的世界和内心的冲突成为这一时期历史剧最常表现的内容，运用浪漫主义的创作方法“以古喻今”“失事求似”，显示出强烈的主观抒情色彩。或取材于史事，或借助于神话传说，或照搬古典文学作品中的人与事，从现实的需要出发，对一些已成人们共识的史事与人物进行“翻案”，取材随意自由。“历史”二字在史剧中并不被着意强调，似乎已不具有某种特殊的含义。历史成了史剧家们驰骋想象的一个影子而已。郭沫若就说：“我自己的态度，对于古人的心理是想力求正当的解释，于我解释得的古人的心理中，我能寻出深厚的同情，内部的一致时，我受着一种不能止遏的动机，便造出一种不能自已的表现。”[3]也就是所谓的

---

[1] 余上沅：《旧戏评价》，《余上沅戏剧论文集》，长江文艺出版社1986年版，第154页。
[2] 邓齐平：《中国现代历史剧“史”“剧”争议评析》，《理论与创作》2004年第1期。
[3] 郭沫若：《孤竹君之二人·幕前序话》，《郭沫若剧作全集》第1卷，中国戏剧出版社1982年版，第79页。

“借古人的骸骨来，另行吹嘘些生命进去”[1]，带有明显的时代目的性和个人倾向性。

1920、1930 年代之交及“左联”时期。此时，中国革命开展得如火如荼，现实题材对剧作家们发出了强烈的呼唤，革命文学、左翼文学相应崛起，历史剧创作进入了相对沉寂期。少量的历史剧创作的话语形态呈现出如下特征：1. 在“阶级解放”的时代主题下，开始尝试以历史唯物主义的观点来审视历史，力图以阶级斗争的观点来表现历史上的农民运动。它标志着主导中国文学大半个世纪的革命文学主流话语形态的萌芽与发生；2. 主要有两种体式：一是以陈白尘的《虞姬》和宋之的的《武则天》为代表的历史剧，它们的用意在“翻案”，于是有的把现代东西塞进历史躯壳，有的将武则天写成一个封建时代产生的变态女子，一个只问目的不择手段、积极反抗的个人英雄；二是以夏衍、阳翰笙为代表的历史剧，夏衍的《赛金花》一剧努力追寻一条历史与现实相通之路，多采用讽喻手法，描写能够唤起观众联想的，与古今时事最有共同感的事象，这类史剧更为强调题材的特殊性。阳翰笙则在《李秀成之死》等剧中找到了一种“历史的现实主义手法”，即“根据新的历史的观念，像沙里淘金似的尽可能去发掘历史的真实”[2]。3. 历史剧创作开始进入“自觉”阶段，强调与现实题材的分离，寻求自身独特的题材规律及相应的表现手法。4. 强调运用现实主义的手法，题材选择具有十分明显的现实针对性，且注重历史的真实，有人甚至博考文献，言必有据。这在一定程度上纠正了“五四”时期历史剧创

[1] 郭沫若：《孤竹君之二人·幕前序话》，《郭沫若剧作全集》第 1 卷，中国戏剧出版社 1982 年版，第 79 页。

[2] 唐纳：《关于〈李秀成之死〉与剧作者阳翰笙氏的谈话》，《抗战戏剧》1938 年第 4、5 期。

作主观性过甚的偏颇，为抗战史剧的辉煌奠定了坚实的基础，并昭示了正确的方向。这一时期围绕“五四”时期的历史剧创作及夏衍的《赛金花》和宋之的的《武则天》，发生了两次关于历史剧问题的大讨论，讨论的结果便是从对“剧”的张扬转向对“史”的重视。这在一定程度上是对“以曲为史”的部分复归，对“五四”时期历史剧创作的主观性过强也有所纠正。1926 年，向培良在其《中国戏剧概评》一文中，更以一种较为过激的言辞批评郭沫若等人的史剧，认为他们在“历史”与“戏剧”方面是双重失败的，因为历史剧有自己独特的艺术规范，它“应该戏剧底而又是历史底，在一切戏剧的成分之上更加以历史的成分”[1]，如果去掉历史成分，再好的剧作也不能成为历史剧。他还尝试建构“历史底”与“戏剧底”的具体规范，努力实现自己对史剧创作中历史科学性与戏剧艺术性的双重期盼。1929 至 1930 年，顾仲彝和熊佛西分别发表了《今后的历史剧》和《史剧》两篇文章，各自提出并论述了史剧创作的基本原则和审美规范，力求科学阐述历史剧的内在本质与艺术特征，这两篇文章的出现标志着现代史剧观念的基本形成。两文还具体规划了史剧的制作模式和史剧家应有的基本素质，对当时的史剧实践具有很强的指导意义。在如何处理“史”与“剧”的关系上，熊佛西指出了双方兼顾的原则，他认为“剧的情节倘过于违背史事，虽是合乎戏剧的体裁，然失去‘史’的精神，是剧，而不能称为史剧。剧中而无诗境，虽事事符合史料，是史，而不是史剧”[2]。有鉴于此，“史剧作家只能以主观的见解去观察史事，而不能违背史事”[3]，不过“在可

[1] 向培良：《中国戏剧概评·所谓历史剧》，上海泰东图书局 1926 年版，第 65–77 页。
[2] 熊佛西：《写剧原理·史剧》，中华书局 1993 年版，第 104–106 页。
[3] 同上。

能的范围内，史剧是可以逾越史事的，而且是难免的，但逾越的地方必须较原有的史料更美丽”[1]。

这两篇文章明显有利于打破“五四”以来史剧创作徘徊不前的局面，并将史剧艺术实践推向了新的广度和深度。在新的史剧理论指引下，随着中国社会阶级矛盾和民族危机的日趋严重，史剧家们的创作激情被迅速激发起来，抗战前夕历史话剧就形成了新的创作热潮，涌现出杨晦的《楚灵王》、熊佛西的《卧薪尝胆》、夏衍的《赛金花》和《秋瑾传》、陈白尘的《石达开的末路》和《金田村》及宋之的的《武则天》等一批颇有影响的历史剧。它们不仅将取材的角度转向讴歌爱国精神与民族志士，鞭挞黑暗邪恶势力，表现阶级斗争和民族斗争，强调借古喻今、以古正今，注重以史籍为主，辅以神话传说、小说、杂剧、传奇等内容，并以大型多幕剧构架取代1920年代独幕剧及中型多幕剧体式。“其中优秀的剧目，尝试运用历史唯物主义的观点，整理、辨识真伪芜杂、黑白颠倒的史料，探求认知历史的本来面目，同时注重历史与戏剧的有机整合，为历史的真实性寻找戏剧的艺术载体，逐渐形成了新的史剧思维方式。”[2]

史剧家们还开始探索史剧的大众化及民族形式、技巧等问题。1939年，张庚提出“话剧民族化”的理论，要“把过去借鉴外国戏剧的方向转变到接受中国戏曲和民间戏剧上来”[3]。他的主张虽重在形式，但对推动历史剧的民族化作用明显。可见此时的史剧创作与理论建设明显呈现出由对“剧”的张扬向对“史”的重视回归的趋势。

[1] 熊佛西：《写剧原理·史剧》，中华书局1993年版，第104—106页。
[2] 张平忠：《现代史剧思维的蕴育、发展、形成》，《福建教育学院学报》2001年第3期。
[3] 张庚：《话剧民族化与旧剧现代化》，《理论与现实》第1卷第3期（1939年9月）。

三　抗战时期：史剧合为事而作

抗战时期是我国历史剧创作的第一个繁荣期，“民族解放”“民族救亡”构成了历史剧话语形态的主导精神，产生了一大批在当时产生了极大宣传鼓动作用的优秀历史剧。代表作品主要有郭沫若的“战国史剧”，阿英的“南明史剧”，欧阳予倩、阳翰笙、阿英、陈白尘等的“太平天国史剧”三大系列，以及其他一些题材的史剧，有30余部。其话语形态构成是：1. 以历史上抗击外族入侵的民族英雄的斗争事迹为题材，集中表现和张扬民族的伟大传统，讲述民族的精神寓言，让它们在抗战中发挥更大的作用，砥砺民族的斗争意志，激励民族的斗争精神。进一步强化运用历史唯物主义的观点解释和阐发历史史实，从历史发展的长河之中追寻古今共通的东西，从历史本位转到人民本位。此为贯穿于本时期历史剧创作的主导精神，同时也构成了这个时期文学创作的主流权威话语；2. 从现实斗争和历史题材的实际出发，综合运用现实主义和浪漫主义等创作方法，在深化革命文学开创的现实主义传统的同时，还恢复了一度中断了的“五四”时期的浪漫主义精神。这些戏剧既十分注重历史题材的历史真实性，又极为注重其现实功利性，且能积极发挥创作主体的艺术想象和艺术才能，努力沟通历史与现实的内在联系；3. 戏剧冲突的结局多以悲剧为主，将“五四”历史剧中的性格悲剧发展为时代的悲剧或现实的悲剧，从歌唱英雄的觉醒转到歌唱觉醒的时代，从纷纭复杂的历史事件中找出主要矛盾，根据现实斗争的需要进行创作，做到了历史性与悲剧性的统一，“崇高”是其主导性美学特征；4. 在历史剧创作中开始形成追求和尝试民族化的自觉意识。既通过民族的语言和艺术手段，表现民族的生活，描写在民族生活的典型环境中形成的典型性格，又尝试对作为舶来品的话剧形式按照民族的审美意识和规范进行积极的改造，使之符合中华民族的审美习惯，丰富本民族的审美意识。这在吴祖光、孙家琇等人的历史剧作中得到了充分的体现。

第四节 1949—1957：历史剧创作沉寂论

这种从“人的解放”“人格独立”“思想启蒙”到在民族主义旗帜下的大规模集结，从个人化的知识分子话语立场到认同国家民族文学的主流权威话语并参与建构，从浪漫主义的主观化抒情到追求现实的功利性，从对外来形式的照搬照用到对民族化的自觉追求等的话语形态构成，为在度过 1949—1957 年的历史剧创作空白期后的创作繁荣提供了具体而深刻的启发与借鉴意义。

所以，在经历了 1940 年代历史剧创作高峰和理论总结之后，中国现代史剧的戏剧历史化的创作模式已渐趋成熟。新中国成立后的历史剧创作本应走上历史戏剧化的健康自由的繁荣发展之路，但由于新中国政权的建立和意识形态领域中一元化政治的形成，它要求史剧家们尽快掌握马列主义的世界观和辩证唯物主义的历史观，大批来自国统区和沦陷区的现代剧作家们对此需要有一个较长的适应过程，而来自解放区及解放后登上剧坛的剧作家更热衷和熟悉表现现实生活题材，无须借助“历史”来曲折隐晦地表达自己放声歌唱的心情。众多因素的共同作用形成了1949—1957年间历史剧创作的相对沉寂，戏剧历史化的传统竟致于中断，更谈不上对其进行调整和发展了。

建国初的史剧创作不仅数量少，而且质量也不高，目前我们能收集到的仅有田汉的《朝鲜风云》(1950年)、冰毅的《卓文君》[1]等4部，几近空白。其中仅有田汉是现代剧作家，后三位均是解放后登上剧坛的“新人”。而且田汉的《朝鲜风云》于1948年动笔，1950年发表时作了一些修改。可以说，在严格意义上，作为17年历史剧话语主体的现代剧作家在这一阶段是无人从事史剧创作的。从他们的各种回忆录及有关的史料中，我们发现他们的主要任务是改造思想，尝试创作一些反映和歌颂新时代、新社会、新生活的现实题材的作品，进行创作转型。

4部史剧的质量在总体上也不太成功，比较而言，《朝鲜风云》与《卓文君》是配合政策宣传之作，《郑成功》和《1904年的枪声》由于创作于本时期稍后的一段时间，可能是有了一定的积累和思考的缘故，艺术质量有所提高。

一　田汉的《朝鲜风云》

《朝鲜风云》是田汉原计划创作的《甲午之战》三部曲的第一部，是田汉解放后的第一部剧作，也是新中国话剧史上第一部大型的历史剧，应该说它对打破建国初戏剧运动起步前的停顿及解放初期现代剧作家们创作沉寂的局面是起过一定积极作用的。剧本通过描写

[1] 冰毅：《卓文君》，河北人民出版社1950年版。

19 世纪末日美等帝国主义国家对朝鲜的觊觎和侵略，比较深刻地揭露了列强诸国阴谋霸占朝鲜，进而并吞中国的狠毒野心，强烈抨击了朝鲜李王、闵妃，以及清朝慈禧太后、李鸿章等封建统治阶级卖国投降的政策。

19 世纪末的朝鲜外有列强环伺，因其自然资源丰富，战略位置重要，内有 1882 年的因不满闵氏集团的封建专制统治，对人民疯狂压榨，贪污腐败，造成了反对克扣、拖欠关饷的士兵起义[1]，即朝鲜历史上所谓的"壬午兵变"。这次起义虽然失败了，但却严重动摇了李氏王朝的统治。这一阶段可谓朝鲜历史上最为复杂的时期，当然也给创作表现这一历史内容的史剧家们带来了极大的困难。

田汉解放前的戏剧创作多以现实生活为题材，仅在 1940 年写过一部历史题材的京剧《江汉渔歌》，描写南宋汉阳太守等人联合渔民大败金兵的历史事迹，以激励和鼓舞抗日军民奋勇战斗，可以说他的历史剧创作经验并不丰富。曾有学者提出："建国以后，正当美帝国主义发动侵朝战争和派遣第七舰队以阻挠我解放台湾省的时候，田汉创作话剧《甲午之战》的第一部《朝鲜风云》，借用历史题材来为现实斗争服务。"[2] 1950 年 6 月 27 日，美国总统杜鲁门命令美海军第七舰队开入台湾海峡，以武力阻止中国政府解放台湾。9 月 15 日，美军在仁川登陆，发动侵朝战争。10 月 19 日，中国人民志愿军正式入朝参战。《朝鲜风云》的构思与创作开始于 1948 年，但由于该剧的主题和内容较为切合 1950

---

[1] 2004 年 10 月，中国中央电视台第八频道播放了韩国大型电视历史剧《明成皇后——历史上的闵妃》，该剧将闵妃描写成一个知错能改、爱国恤民、机智善谋、敢于反抗日本侵略的贤德皇后，是朝鲜人民反抗日本统治的象征，终死于日本人之手。与田汉对她的评价完全相反，由此可见历史阐释的多样性。

[2] 陈瘦竹、沈蔚德：《论田汉的历史剧〈文成公主〉》，《戏剧艺术》1979 年第 3-4 期。

年的政治形势，因此，田汉根据新的形势对该剧的主题和内容作了一定的修改和补充后发表，确有配合形势与政策宣传的目的。

但此剧无论是在发表的当时，还是此后的数十年间都未引起大的反响，既未被搬上舞台演出，甚至连评论文章也很难见到，原因何在呢？是因为原计划的第二、三部未完成，还是因为广大观众和读者对朝鲜的这段历史缺乏兴趣和了解？我认为主要原因还在于剧作本身存在的严重质量问题。由于特定时期历史事件本身过于错综复杂，史剧家立足于全方位反映历史面貌的三部曲的创作计划过于宏大，而田汉又并不擅长历史剧特别是大型历史剧的创作，使得目前我们所见到的第一部剧作与史剧家的创作初衷与美好愿望之间形成了巨大的落差。1960年10月18日，中国戏剧家协会在京召开历史剧《甲午海战》的座谈会，田汉在发言中就说到："我也有处理这个题材的计划，但不只是写黄海之战，而将涉及政治、军事、外交各方面，场面将由朝鲜到北京、天津、黄海、平壤、长崎、台湾。由于有一些对历史的看法还没有成熟，所以一直没有写成。"[1]可能是《朝鲜风云》发表后反响不大、剧作不成功的原因，田汉放弃了后两部的写作。具体而言，《朝鲜风云》的失败原因主要有以下几个方面：

首先是内容过于庞大繁杂、枝蔓众多，矛盾冲突盘根错节，错综复杂，使得读者很难理清和把握故事发展的线索，许多时候甚至连史剧家本人也不得不借助人物间冗长沉闷的对话来交代时代背景、人物身份、事件关系，严重削弱了剧作的戏剧性和作品的舞台效果。仅在首部曲中我们就可见到田汉所表现的重大事件有：1882年的"壬午兵

[1]《戏剧报》编辑部编：《历史剧论集》第一集，上海文艺出版社1962年版，第16页。

变”，朝廷腐败，民不聊生，官逼民反；对朝鲜早有野心的日本侵略者趁机渗透，他们打着“尊重朝鲜独立”的旗号干涉朝鲜内政，妄图削弱作为朝鲜保护者的清政府对李氏王朝的影响，进而将清军赶出朝鲜，达到独吞朝鲜的目的；朝鲜政权内部改革与保守势力激烈斗争之年，1884年，日本人借开化党人急于在国内推动政治改革的机会，导演出了一场“宫廷政变”，造谣说清兵在京城闹事，假传谕旨，要求“日使入卫”，最后竟将李王与闵妃挟持在景佑宫；朝鲜人民反日情绪的高涨；日本公使阴谋败露，狼狈出逃；伊藤博文恃仗武力，撕下伪装，派出使团，公开进行外交讹诈；李氏王朝的腐败无能，勾心斗角，乞求外部势力介入干预；清政府的软弱退让，签订丧权辱国的条约；刘永福在越南领导的抗法战争；有着光荣传统的朝鲜人民不甘充当任人宰割的奴隶，奋起反抗；等等。剧本结尾还写到“荒凉的旷野，东学党所动员的上万个男女信徒，手持线香向王城集中”，“涌向王宫”，“请求替他们的教主伸冤”，“他们的人越聚越多”，以此预示一场带有宗教色彩的反抗国内压迫者和国外侵略者的大规模农民运动正在兴起，等等，不一而足。田汉既要借历史使人们认清帝国主义的侵略本性，又要表现清政府腐败没落，落后必然挨打，既要提供历史知识，又要表现人民的反抗，等等，主题多样，中心不明。

在艺术表现上，该剧也存在不少问题。首先是出场人物太多，仅有名有姓有台词的人物就有52个，造成了笔力分散，性格模糊，个性鲜明的人物形象几乎没有，对贯串全剧的人物大院君李昰应的刻画甚至还稍欠坚实的历史依据；其次是语言交代太多，严重削弱了冲突的中心地位，影响了剧本的戏剧性和舞台性。由于史剧家急于交代清楚矛盾的发展进程和事件的来龙去脉，对戏剧冲突的表现缺少提炼，着墨明显不够，对话中的潜台词和抒情性也很不够，使得全剧故事情节的发展沉闷滞涩，拖沓冗长；再就是对一些可有可无的情节不敢放手删削，如剧本第五场“越南保胜刘永福的营帐”完全多余，与全剧主线有所游离，几句话交代的事情，作者竟写了整整一场。

也许田汉是从三部曲的容量与整体的角度构思的缘故，其实上述问题即便是放在三部曲中仍然是存在的。值得注意的却是新中国第一部大型历史剧所传达出的话语信息，即历史剧创作对现实意义的重视及对党的政策宣传的配合在 17 年中将会得到进一步的强化。反抗阶级压迫，揭露西方侵略，歌颂人民伟大的历史观念将在 17 年的历史剧中得到进一步的贯彻与深化。

二 《卓文君》《郑成功》和《1904 年的枪声》

冰毅改编的《卓文君》是一部以历史上的司马相如与卓文君私奔的故事宣传反抗封建包办婚姻、追求恋爱婚姻自由的历史剧，为的是配合宣传 1950 年新中国所颁布的第一部新婚姻法。这项内容广泛的法律，目的是从暴虐的强制婚姻中解放妇女，为她们离婚打开大门。“尽管遭到许多男人的强烈反对，但这项法律还是实施了。”“在《婚姻法》颁布后一年之间，共有近一百万名妇女离了婚，这证明许多妇女原来是深感压抑的。”[1]

爱情婚姻戏是中国戏曲中最为重要的题材之一，建国初的婚恋戏在吸取传统戏剧营养的同时，又大量融进了新时代的政治或政策内

[1] [美] 史景迁：《天安门——知识分子与中国革命》，尹庆军等译，中央编译出版社 1998 年版，第 372 页。

容，当时宣传新婚姻法的现实题材婚恋戏有四大剧目：评剧《刘巧儿》（1950）、《小女婿》（1952）、沪剧《罗汉钱》（1952）、吕剧《李二嫂改嫁》（1954），上述剧目在内容编排及冲突结构上都有其一定的情节模式或相似之处：青年男女相互爱慕——父母（或一方，或双方）或社会一般群众反对阻挠——男女青年奋斗抗争不能成功——政府依据《新婚姻法》为自由婚恋者撑腰——最后喜结良缘。前三部分是传统戏曲常有的结构，后两部分则是新时代赋予的内容，反映了我国社会生活的变化。

《卓文君》作为一部历史剧，在情节发展上也有五个部分，一、二、三、五部分与上述宣传新婚姻法的现实题材的四大剧目是一致的，仅在第四部分由于历史事实自身的限制，史剧家作了一种较为独特的处理。该剧以卓文君、司马相如及理解支持他们的侍女红箫、仆人秦二一方为正，以卓王孙、程郑（文君之舅，也是她的亡夫程义之父，是她的公公，对守寡的文君不怀好意）、管家周二一方为反。支持卓文君与司马相如产生爱情，坚持斗争的信念并最终“恰似鸟儿飞出笼，今日得配好姻缘”的是他们之间由琴声吸引，经侍女红箫穿针引线，传递信件，而逐步相识相知到相爱的感情基础，以此替代四大剧目中的“政府或新婚姻法的支持”这一关键步骤和环节。四大剧目在建国初成千上万各种体裁的配合宣传新婚姻法的作品中之所以能脱颖而出，受到观众的欢迎，关键是注重对女主人公感情世界的细腻把握，深入挖掘和准确刻画，使其具有了感人心者的基础，这是艺术之所以为艺术的关键。《卓文君》一剧改编后被许多剧社搬演，取得了很好的戏剧效果，我认为关键也在于此，即对卓文君从悲愁到反抗到私奔而去这一心灵历程的细腻准确生动的表现，摆脱了许多宣传新婚姻法剧作的生硬与教条，使得该剧的爱情描写较为契合爱情文学的基本特征。在语言运用上，该剧较少当时各种流行术语的影响，语言较为优美抒情，这也是它的特色。还有一个特色就是此剧中大量加进了唱的内容，这明显是受到了中国传统戏曲的影响，也是为了照顾到当时的中国社会话剧普及程度不高的缘故，这样安排便于各种戏剧形式或戏曲剧种改编或搬演。需要指出的是，此剧冲突结构公式化、简单化的倾向非常明显，人物性格均属扁平型。

朱契的七幕历史剧《郑成功》创作于1956年，“根据1661至1662年郑成功进兵台湾的历史事实，介绍了我国历史上第一次收复台湾之役的概况”[1]。在新中国文学中，由于特殊的政治原因，及祖国完全统一的大业至今尚未实现，“郑成功收复台湾”这一历史事件便被赋予了新的政治含义（如郭沫若1963年也曾写过电影剧本《郑成功》表现这一主题）。其实，郑成功进兵台湾更重要的原因是由于清政府的日益强大，使得郑的军队在大陆已很难立足，必须寻找新的生存之地，以图将来恢复中原。但到了史剧《郑成功》中，这一原因已退居其次，“台湾自古以来是中国领土，绝不容许别国侵占”，这样的话被郑成功一再重复和强调，从而成为剧作的中心话语。

史剧家还从当时流行的政治观念出发，在《郑成功》一剧中加进了殖民者统治残暴，疯狂剥削台湾人民，逼迫台湾人民奋起反抗，郑成功依靠人民的力量收复台湾等内容，以强化一种人民本位观念。剧本写到“提起红毛鬼子，才叫人生气！好好的咱们中国地方，自从他们来了之后，什么米税、糠税，又是什么人头税、狩猎税，都兴起来了。老百姓的日子，真不容易过”。“台湾本来是中国的领土，近来被

[1] 朱契：《郑成功》，新文艺出版社1956年版，第1页。

红毛鬼侵占，鬼子在台湾横征暴敛，欺负人民，强奸妇女，无恶不作，无论汉人或高山族人，都心中愤恨已极。”该剧的第一幕“赤嵌城外关卡”专写台湾的汉族和高山族农民对殖民者的控诉，对晚明政权的失望，对郑成功军队的期盼等。将人民对殖民统治的反抗、对祖国统一的期盼阐释为郑成功收复台湾这一行动的内在动力和行为依据。

该剧基于性格化的冲突极少，基于政治理念的意志冲突贯穿始终，这使得全剧的战斗虽然激烈，但戏剧性并不强，影响了舞台演出效果。人物性格预设而单一，只见郑成功不断地宣示收复台湾的坚定意志，没有丝毫的动摇，根本没有涉及对人物内心世界的揭示与刻画，特别是父亲郑芝龙降清并被扣为人质要挟他，他终竖起“杀父报国”大旗这一情感历程，剧本竟未提及，使得人物形象概念化严重，既缺乏深度也不够生动感人。在语言上，该剧还存在着“现代化”的倾向。郑成功竟喊出了“人定可以胜天”的口号。参军杨朝栋批评反对进攻台湾的宣毅后镇吴豪“没有看见我们人民的力量”。台湾农民看到“延平王郑”的船队时竟说出是“来自祖国的海军舰队”，等等，不一而足。

刘克 1956 年创作的五幕六场历史剧《1904 年的枪声》[1] 当是四部历史剧中较为成功的一部。此剧的主题取向与《郑成功》一剧较为相近，仍然是揭露西方列强妄图侵吞中国领土，实行殖民统治。作品取材于英帝国主义 1904 年底所发动的第二次侵藏战争，在揭露英国殖民统治者企图分裂西藏，独占西藏，进而以西藏为跳板进入川、渝，辐射全中国的丑恶阴谋及清政府软弱无能，步步退让，腐败卖国，落后挨打的同时，更花大量的笔墨表现藏汉人民共同进行的顽强抵抗，热情歌

[1] 刘克：《1904 年的枪声》，《人民文学》1957 年第 3 期。

颂了中国人民不屈不挠保家卫国、捍卫国家尊严的崇高精神。

剧中所涉及的中英双方的官员如荣赫朋、怀特、鄂康诺、史威尔、有泰、丁文通、何光燮等均于史有据，情节架构也基本符合历史史实。此剧之所以较为成功，我认为首先在于史剧家在故事大框架符合史实的前提下，通过大量的虚构以达到艺术的真实，戏剧性明显增强。史剧家不为史料所拘，对故事的内在构成及骨架上的血肉进行大量的想象和虚构，努力增加史剧的艺术感染力，对英勇抵抗英军侵略的西藏人民进行了具体的刻画和生动的描写，并倾注了热情的歌颂，使全剧冲突紧张激烈，情节生动曲折，绝不是枯燥生硬的史料编年交代。

史剧家还在人物的性格化上下力气，刻画出一批性格鲜明、生动丰满的人物形象。荣赫朋的狡诈、阴险，怀特的贪婪、凶残，有泰的愚蠢、软弱，曲贞和立马的勇敢机智、敢于抗争，特别是二人在战斗中萌生的爱情自然真切，等等，均给人留下了深刻的印象。其中对立马的刻画尤见功力，立马作为一个敢于反抗但不明真相的农奴，一开始由于看不清殖民统治者的侵略本质，一度受到了蒙蔽，后经曲贞的点拨和教育，开始认清了敌人的丑恶嘴脸，积极投身抵抗运动，在战斗中，他不怕威逼利诱，视死如归，英勇战斗，即使在抵抗运动失败后他也不放下枪，竭力保存抗争的火种与希望。性格的发展和心灵世界的转变真实可信。

尽管此剧的创作初衷和出发点也是揭露西方列强对新生的中国执行仇视和封锁的政策，竭力推翻和颠覆共产党的领导，企图分裂和肢解中国，不断干涉中国内政，但由于史剧家具有较高的艺术处理和转化的能力，配合政治宣传的痕迹几乎消弭，没有明显的说教味，语言生动，且有较为浓厚的西藏地方色彩。

在1958至1962年涌起的历史剧浪潮中，可归入揭露帝国主义侵略本性、反抗西方殖民压迫、激发并歌颂中国人民反抗意志和民族精神类的史剧还有《詹天佑》《神拳》《甲午海战》《义和团故事组剧》等，可以说《1904年的枪声》所建构的冲突模式和话语形态对该类题材的史剧创作提供了具体的启示。

三　激情岁月对现实题材的召唤和对历史题材的拒斥

1949年7月底，为庆祝第一次文代会的召开，刚成立不久的中华全国戏剧工作者协会组织了盛大的演出活动，有32个戏剧团体进行了历时29天的演出，其中话剧10台。第一次文代会所确立的为人民服务的文艺总方针以及强调反映革命斗争生活的创作方向，在这一次汇演中得到了充分的体现，广大观众普遍感到题材新、风格新，是公认的新的人民的戏剧，但却不见历史剧的踪影。

到了1956年3月1日至4月2日，由文化部主持，在北京举行了第一届全国话剧观摩演出会，来自全国各地的41个剧团，两千多名话剧工作者参加了此次盛会，演出了30个多幕剧和19个独幕剧，其中仍然不见历史剧。是何原因导致了这一尴尬局面呢？我认为主要是因为主流意识形态话语对现实生活和革命历史题材的强烈召唤及其对历史题材的拒斥。

洪子诚说："在'当代文学'特征的描述上，'题材'总是被充分地突出。"[1]周扬在第一次文代会报告中阐述什么是"真正的新的人民的文艺"时，首先列举的是新的主题、新的人物和新的语言形式，这里

[1] 洪子诚：《当代文学概说》，广西教育出版社2000年版，第17页。

的主题就是通常所谓的题材。他在对《中国人民文艺丛书》中的177篇（部）作品题材加以归纳后，列出了写抗日战争、人民军队、农村土地斗争、工农业生产等题材的各有多少篇，认为通过这些题材“可以看出中国人民解放斗争的大略轮廓与各个侧面”[1]，可以看到“民族的、阶级的斗争与劳动生产成了作品中压倒一切的主题”[2]。由于“当代文学”直接参与了对于“革命历史”及主流意识形态话语权的建构，为现实秩序的合法性和真理性提供证明，因此表现什么题材，“写什么”就不再是一个简单的、个人化的偶然行为，而是一个重大的原则问题。事实上，“从50年代起，就产生了当代特有的题材意识。现实题材优于历史题材，革命历史题材优于一般历史题材，写重大斗争生活优于写日常生活”[3]。这种对题材重大与否的区分便成为评定作品价值高低的最重要尺度，同时也规范着当代戏剧家们的言说范围。其实，对反映现实斗争的强调与召唤在左翼文学及解放区文艺中早已形成了深厚的传统。如1931年9月通过的《中国左翼戏剧家联盟最近行动纲领》中对剧本的内容即题材的选择就有一个极为具体而详细的规定。“剧本内容的配合以所参加的集会底特殊性质与环境来决定。通常是根据大多数工人群众所属的特殊产业部门的生产经验，从日常的各种斗争中指示出政治的出路——指出在半殖民地中，中国无产阶级所负的伟大使命，指示他们彻底反帝国主义，反豪绅地主资产阶级的国民党，反黄色与右倾的欺骗，拥护苏联及中国苏维埃与红军。”[4]1939年12月31日成立

[1] 周扬：《新的人民的文艺》，《周扬文集》第1卷，人民文学出版社1984年版，第513—514页。
[2] 同上。
[3] 洪子诚：《当代文学概说》，广西教育出版社2000年版，第17页。
[4] 田汉等编：《中国话剧运动五十年史料集》第1辑，中国戏剧出版社1958年版，第305页。

的中华全国戏剧界抗敌协会在《宣言》中，对戏剧内容如何配合抗敌斗争也作了具体的阐述。1942 年的《讲话》在具体讲到文艺的规范问题时，主要规定了解放区文学的两方面的纪律：一是主题上要以写光明为主；二是文风上不要隐晦曲折，不要采取鲁迅式的冷嘲热讽。这使得历史剧借历史言说的叙事方式受到了质疑，至少借历史讽喻解放区生活的题材已被明确否定。所以解放区文学中的历史剧成就一直很低，即使偶有几部，也都是借历史讽刺国民党的统治。

在建国初的话剧创作中，这种趋势不但未得到纠正，反而得到了进一步的强化。长期被置于非主流话语体系内的话剧成为主流话语的负载者，面对新中国成立后中国社会政治、经济、文化生活等各领域内发生的巨大变化，剧作家们热情地呼应着，怀着一种欢快、明朗的心情来赞美各种新事物和新现象。“总观建国后头 8 年的话剧创作，它的一个显著特点是与现实生活保持着密切的关系，从它概括的冲突中可以听到历史在变革中前进的脚步声。这一时期大部分剧作都是反映当前现实生活的，即使取材于历史的作品，也透过对过去生活的评价，表现出作者对今天现实的积极态度。不论新老剧作家，都积极跟上时代，努力去熟悉新生活，表现了在新事物面前的满腔热情和在创作上的刻苦探求精神。”[1]这里所说的“历史”其实是指革命历史题材，因为这一阶段的历史剧创作几近空白，几乎构不成一种题材类型了。另一方面为了加强党的集中领导，特别在意识形态领域内的统一意志，当时的话剧大都被要求配合“文艺为政治服务”的政策，文学和艺术展示生命思考、心灵复杂性的表现功能被单一的政治主题任务所取代。在这

[1] 郭志刚、董健：《中国当代文学史初稿》（下册），人民文学出版社 1981 年版，第 5 页。

样的政治背景下，1930 年代中国左翼戏剧的观念开始了最大程度的发挥。[1]政府甚至动用国家意志的力量大力推动现代戏的创作和演出，努力使那些符合政府意志的剧目在戏剧领域占据主导地位。如 1951 年 11 月 24 日，胡乔木代表党在“文艺界整风学习动员大会”上指出，目前文艺界的出路主要是：“第一，按照毛泽东同志的指示，认真进行思想改造的学习，学习马克思主义，并且与工农兵群众相结合……分清是非，确定立场……第二，充分地宣传马克思主义的文艺思想，批评反马克思主义的文艺思想；使大家彻底地认识文学艺术事业是工人阶级斗争事业的一个重要部分……必须在工人阶级领导下成为团结人民、教育人民、打击敌人、消灭敌人的强大武器；使大家彻底认识文艺工作者必须和劳动人民密切联系，从劳动人民的生活和斗争中找到创作的源泉。”[2]1952 年 5 月，周扬为《讲话》发表十周年而写的纪念文章中又说：“在我们国家的政治、社会、经济的生活各方面既已产生了具有决定作用的社会主义因素，我们的以先进思想武装起来的文艺就应努力将这些生活中的新的因素真实地、突出地反映出来，借以用社会主义和共产主义的精神去教育工人、农民及其他劳动群众。”[3]1953 年，第二次文代会所通过的决议第一条便是“号召全国文艺工作者用艺术的武器来参加逐步实现国家的社会主义工业化的伟大斗争”。[4]曾创作过历史剧《赛金花》《秋瑾传》的著名史剧家夏衍此时也一再地推崇现实题材，

[1] 周安华：《20 世纪中国问题剧研究》，中国戏剧出版社 2000 年版，第 321 页。
[2] 胡乔木：《文艺工作者为什么要改造思想》，载《文艺工作者为什么要改造思想？》，人民文学出版社 1952 年版，第 6-7 页。
[3] 周扬：《在中国共产党第一次全国宣传工作会议的报告》（1951 年 5 月），《周扬文集》第二卷，人民文学出版社 1985 年版，第 78 页。
[4] 载《文艺报》1953 年第 8 期。

他说："应该看到，一方面，和其他剧种比较起来，话剧比较适合于反映现代生活；另一方面，我国人民正进行着前人从来没有做过的伟大的社会主义建设事业，我们有必要用话剧这种艺术形式来反映这一波澜壮阔的现代生活，借此来鼓舞人民、团结人民、教育人民。因此，反映现代生活，刻画新中国工人、农民、士兵、革命知识分子的光辉形象，正是我们话剧工作者无可旁贷的责任。"[1] 1963 年，彭真在北京市委工作会议上，特地把曹禺叫去，要他停下周总理出题的历史剧《王昭君》的写作，说"以后谁要给你历史剧任务，你就告诉他，市委决定要你百分之九十写现代戏"，并当场给曹禺布置了创作河北抗洪斗争的任务："河北发生那么大的洪水，战胜洪水是发挥群众的力量的，可以写写吧！"[2]

这种现象的不断发展与强化，也与 17 年广大读者和观众对"革命"的历史叙事及农业合作化运动的文学想象的阅读期待有关。就前者而言，普遍的、由巨大的历史事件造成的全社会的心理预期，是对意识形态近乎宗教情绪的仰慕。"它也不同于普通的政治文化心理，因为它几乎被净化到了没有世俗功利成分的程度，它对冥冥中改变了个人、民族、国家的力量突然之间近在咫尺而感到窒息，必须屏住呼吸聆听其教诲。于是，在它恭敬、虔诚的膜拜之下，'事件'本身也就被意识形态化了，表现在人们以想象的形式去再现'事件'与他们自身存在之间的关系。由于事先知道了'事件'的结果，因而这种期待视界的阅读兴趣现在主要集中在'事件'的传奇性过程上。它造成了一

[1] 夏衍：《生活·题材·创作——和几位青年剧作家的谈话》，《剧本》1962 年第 9 期。
[2] 陈徒手：《人有病 天知否——1949 年后中国文坛纪实》，人民文学出版社 2000 年版，第 102–103 页。

个阅读的兴奋点，读者迫切希望了解共产党人的成长历史，迫切希望解开历史传奇的谜团。这种进入历史的方式带有鲜明的意识形态目的，在这种阅读心理的作用下，作家们开始着手重建历史叙事，他们从不同的角度、不同的方面切入这段历史，用不同的艺术形式共同去表现共和国如何在历史风云中诞生这一时代的母题。"[1]

而"对农业合作化运动成果的期待，也是对农村未来社会的远景想象。在这种远景想象中，还能够派生出对整个新中国成立后社会变革成就的一种崇仰和期盼，即渴望在现实社会的经济变革中，再度出现像 1949 年中国革命胜利那样的奇迹，因此这种崇仰和期盼本身就极具浓厚的意识形态色彩，大家都把幻象当作了真实，并投之以极大的热情，要求文学超前地反映这场本身尚处于实验阶段的革命运动，于是，从创作和阅读两方面就共同创造了此类题材的一个个意识形态神话"。[2] 结果就是"我们的话剧舞台上只有工、农、兵三种剧本。工人剧本：先进思想与保守思想的斗争。农民剧本：入社与不入社的斗争。部队剧本：我军与敌人的军事斗争"[3]。表现出强烈的公式化、概念化倾向。历史剧被普遍地忽视或忘却了。著名作家丁玲曾将公式化、概念化在创作中的表现归纳为四个方面：1. 从主题出发的创作方法。即只有一个抽象的主题，然后再去找材料。2. 创造典型从概念出发。即先有一个典型的概念，然后根据概念去创造人物，使典型人物具备应有的一切共同特点。3. 把作品的思想性等同于政策性，因而写政策，解说政策。4. 把文艺的宣传教育作用等同于一般的宣传鼓动和教科书的作用。

---

[1] 杜国景：《论 17 年文学的两种阅读期待》，《贵州民族学院学报》2003 年第 5 期。

[2] 同上。

[3] 黎弘：《"第四种剧本"——评〈布谷鸟又叫了〉》，《南京日报》1957 年 6 月 11 日。

这种强烈的公式化、概念化倾向在影响戏剧作品艺术性的同时，也在不断地丧失着观众，1956 年“双百方针”提出后，政府的戏剧政策开始从“以现代剧目为纲”悄然后撤，1960 年，当时的文化部副部长齐燕铭在总结“现代题材戏曲剧目观摩演出”中各剧目的政治与艺术价值时，最后提出“我们要大力发展现代剧目，积极地改编、整理和上演传统剧目，多多提倡编写和演示新观点的历史剧，使我们的戏曲事业从各方面更加繁荣”。[1]随后的《人民日报》发表社论，进一步阐发“传统戏、新编历史剧和现代戏三并举”的方针，“历史剧”的概念首次出现在权威话语之中，并得到了重视和提倡。

四　对戏改中“反历史主义”创作倾向的批评

中国戏曲有着近千年的悠久历史，早在 12 世纪末就已出现了完整的戏剧形式，13 世纪即已产生了许多著名的剧作家和优秀的作品，达到了很高的艺术水准。但在近千年曲折而艰难的流传过程中，它不可避免地受到封建贵族阶级和皇宫内廷的利用以及统治阶级思想的侵害，在人民性的精华之外，夹杂着许多封建性的糟粕和毒素。尤其是近百年来帝国主义的入侵，更使戏曲在半封建半殖民地社会的商业演出中，产生了许多艺术低劣、趣味低级、内容荒诞、思想反动甚至黄色下流的剧目，如《大劈棺》《盗魂铃》《铁公鸡》《血滴子》《纺棉花》等。正是在这种情况下，为了改造戏曲，同时也为了振兴戏曲，新中国一成立，中央人民政府便根据毛泽东的指示，展开了一场轰轰烈烈的戏

[1] 齐燕铭：《现代题材的大跃进——祝现代题材戏曲剧目观摩演出的胜利》，《中国戏曲志·北京卷》，中国 ISBN 中心 1999 年版，第 1470—1471 页。

曲改革运动，由此拉开了中国当代戏剧史的第一幕。同时，这对于当时如何重塑国家建设理想，如何改革政治文化体制，如何再造民众社会生活及其道德伦理观念等，均具有标志性和寓言式的含义，是一种真正具有实际意义的政府行为。但在编创新的历史剧和演义剧的过程中，出现了“反历史主义”倾向。

“‘戏改’的基本出发点是当时戏剧界对以传统剧目为主体的现状强烈的不满与批评精神，它的最终目的是要通过对中国戏剧从组织、剧目到表演形式等几乎全方位的改造，完成将戏剧从民间的、自为的存在，改为由政府主导的意识形态体系之一部门的转变。‘戏改’的指导思想是赞成、鼓励乃至只允许那些符合某种外在于戏剧艺术本身的标准的作品的存在。在内容方面，这一标准包括坚守阶级立场、反对封建迷信、反对性别歧视与民族歧视，甚至波及忠孝节义等传统伦理道德，在形式方面则包括一些涉嫌淫秽、血腥、恐怖和不洁的表演手法与检场等不符合西方戏剧原则的演出制度，以及连台本戏、机关布景等被认为过于追求商业化的现象。”[1]很显然，这与“百花齐放”的理念构成了矛盾。因为后者要让戏剧艺术更具自律性，让艺人有更大的自由表现空间，但是如果严格按照中央政府的新颁标准来衡量传统戏剧，且只有符合这种严格标准的剧目才能上演的话，那么“百花齐放”则又不可能实现。因为，“‘戏改’运动则是试图通过直接的政府行为，由政府通过从体制转换到传统剧目的改编、新剧目的创作等一系列具体的艺术行为，直接向民众提供符合政府意志的作品，以改变其欣赏趣味。‘戏改’所继承的，恰恰是从‘五四’以来激进知识分子们将

[1] 傅谨:《“百花齐放”与“推陈出新”——20世纪50年代戏剧改革的重新评估》,《中国京剧》2002年第2期。

艺术视为政治与军事手段之补充的宣传与意识形态工具的功能。禁绝所有不符合主流意识形态的戏剧作品出现，使整个戏剧创作演出部门都成为庞大的国家机器的一部分，固然是非常之符合政治理想的状态，然而从后者的角度看，戏剧演出既是拥有数十万从业人员的特殊行业，同时又与一般日常的文化娱乐生活有着千丝万缕的联系。假设戏剧真的如'剧运'和'戏改'所要求的那样彻底被意识形态化，既无法吸引民众的欣赏兴趣，也无法实现繁荣戏剧的目标”[1]。

反历史主义创作倾向的出现主要是因为对权威话语通过戏改构建意识形态话语的目的与意图出现了机械教条和庸俗化的理解，具体表现有五：一是对戏曲中如何体现“人民性”的理解片面、教条，认为“人民性”就是始终如一地歌颂剧中的劳动人民，批判统治阶级；二是对“古为今用”的理解庸俗化、教条化，对戏剧为政治服务，甚至为政策服务中的“政治”“政策”与历史事件、历史人物进行简单、直接，甚至庸俗化的比附、套用与联结，以达到所谓的宣传目的，过于强化戏剧的宣传工具功能；三是对传统戏曲的改编过于“现代化”，无视传统戏曲中的人物、事件、故事所发生的特定的历史背景与时代意义。将改编者所生活时代中的流行观念、人物思想、劳动工具、时髦话语等直接引用，在原作品名称之前加上所谓的“新”字，其实是以17年中党的政策对原作内容进行重新编排组织，对原作的主题思想进行重新的演绎，甚至改换，以至于造成了一种似古更今、非古非今、荒诞不经、不伦不类的局面；四是全面否定“鬼戏”，将鬼戏全部定位为宣传封建迷信和宿命论；五是对传统戏曲音乐采取虚无主义的态度，等等。

[1] 傅谨：《“百花齐放”与“推陈出新”——20世纪50年代戏剧改革的重新评估》，《中国京剧》2002年第2期。

它集中体现在以杨绍萱为代表的一些人的文章和作品中。1951 年，他发表了《论戏曲改革中的历史剧和故事剧问题》一文，认为“历史剧的基本精神在于反映中国社会发展史”，特别是反映“劳动工具对人民生活的决定作用”，因此，历史剧在创作上，“可以不管历史的时代性”[1]。在他这个时期改编的《新天河配》一剧中，他将牛郎织女追求爱情婚姻自主的主题换成了“抗美援朝，保卫世界和平”，将牛郎织女相爱和反抗的情节转换成了“和平鸽与鸱鸮之争”，和平鸽象征爱好和平的中朝人民，鸱鸮（猫头鹰）影射当时的美国总统杜鲁门。仙女不再织锦了，改织天罗地网，用来抓捕鸱鸮。他还让古代神话中的人物具有今人的思想，说着今人的话。全剧共 17 场，他竟用 10 场来写和平鸽与鸱鸮之争。他居然还让老牛与破车结婚，以暗合当时党中央所提出的“生产手段与劳动工具相结合”，“劳动工具对人民生活的决定作用”等口号，甚至让老牛唱起了鲁迅的名诗“横眉冷对千夫指，俯首甘为孺子牛”等等，不一而足。在《新白兔记》中，他竟加进了“民族战争”的内容，并把刘知远写成类乎民族英雄的人物。在《新大名府》中，他甚至让宋江在统治阶级内部运用统一战线政策。受他的影响，全国涌起了一股“新编”之风，如许多剧团结合当时的国内外形势，重新演绎“牛郎织女”这一古老的神话故事，加进了土地改革、反恶霸、镇压反革命、抗美援朝、保卫世界和平等主题，代表作如凌鹤、叶江的《七巧姻缘》、徐进的越剧《牛郎织女》、墨遗萍的蒲戏《乞巧图》、姚昕的《牛郎织女》，无锡“大众京剧社”在演出《牛郎织女》时，舞台上竟出现了坦克、飞机、火箭、原子弹之类的东西，有一场舞蹈竟采用红军舞的步姿。[2]

---

[1] 杨绍萱：《论戏曲改革中的历史剧和故事剧问题》，《人民戏剧》第 3 卷第 6 期。

[2] 艾青：《谈“牛郎织女”》，《人民戏剧》第 3 卷第 5 期。

为了宣传伟大的抗美援朝运动，各地戏曲工作者们竞相编演以“信陵君窃符救赵”故事为题材的剧作，以宣传“唇亡齿寒”“救邻自救”的道理。据马少波1951年初的不完全统计，“关于这一题材的剧作目前可得17种”。[1]其中，如黄铸夫的京剧《新渔家仇》，将美帝侵略及李承晚的反动统治写成“杜鲁门”支持“李承晚”讨渔税银子和强迫成亲；把朝鲜人民的反抗写得柔弱无力、被动消极，具象为老父弱女。把中朝苏的国际关系，写成为封建性的结盟，中朝的历史友谊写成父辈世交，儿女结亲。杜鲁门与麦克阿瑟写成主奴关系。剧本里集中了反动派所有主要人物，如艾德礼、舒曼、吉田、保大、蒋介石、季里诺，甚至土耳其、荷兰也都一齐登场，夸张了敌人的势力。志愿军被写成解放军，苏联不出兵是“杀鸡焉用牛刀”。中国人民抗美援朝是因为苏联的路途遥远，才由中国“一肩承担”，等等。[2]对其他题材的改编也存在着同样的问题。这种倾向的出现给戏改造成了极大的危害，既引起了广大观众的反感与抵制，也受到了广大文艺工作者的广泛批评，艾青、何其芳、光未然、马少波、马彦祥、张啸虎等均著文对种种反历史主义的现象进行全面深入的批判。作为权威话语的建构者与执行者的周扬更是在多次讲话中予以批评，在《改革和发展民族戏曲艺术——1952年11月14日在第一届全国戏曲观摩大会上的总结报告》[3]中，他说：“艺术的最高原则是真实。历史的真实不容许歪曲、掩盖或粉饰。反历史主义者，例如杨绍萱同志，就是不懂得这条最基本的原则。他们以

[1] 马少波：《从信陵君的讨论谈起——关于历史剧的历史观点》，《人民戏剧》第3卷第2期。

[2] 朱芃：《反对戏曲创作中违反历史的不正确的观点——中南文艺界对〈新渔家仇〉的批评》，《人民戏剧》第3卷第4期，1951年8月。

[3] 周扬：《改革和发展民族戏曲艺术——1952年11月14日在第一届全国戏曲观摩大会上的总结报告》，《文艺报》1952年12月25日。

为为了主观宣传革命的目的，可以不顾历史的客观真实而任意地杜撰和捏造历史。他们不能区别，用现代工人阶级的思想去观察和描写历史，与把古代历史上的人物描写成有现代工人阶级思想，是完全两回事。”报告对这一场批评进行了全面的总结，它标志着一场讨论的结束。从此，戏改中的反历史主义倾向初步得到了遏止。

历史主义“就是从事物、事件、现象所借以产生的具体历史条件，从事物、事件、现象的发生、发展和相互联系、相互制约中对它们进行研究的一种观点”[1]。马克思主义历史唯物主义有三点基本构成：一是唯物的，二是辩证的，三是运用阶级分析方法。所谓人类创造自己的历史，并不是随心所欲的，也不是在自己选定的条件下进行创造，而是直接碰到的、既定的、从过去继承下来的条件下创造的。所以我们在评价历史人物和历史事件时，既应看到个人意志的作用，也要遵循历史发展规律。戏改中的反历史主义倾向，其最根本的问题是超越了历史发展的客观规律，以当前的现实政治甚至具体政策来重构历史事件，重塑历史人物，在丧失历史剧历史真实的同时，也丧失了历史“剧”的特性——艺术真实。

在我国20世纪的历史剧创作发展历程中，有关历史剧的讨论也贯串始终，不管讨论者是出于何种立场，但有一个前提却是共同承认的，即历史剧应具有现实性，或者是现实意义、当代精神，等等，应做到古为今用，处理好历史与现实的关系。只是在对古为今用的理解上存在着两极不同的价值取向，一种是较为宽泛或开放的理解，认为凡是有益无害于今天的时代社会和人民群众的内容就是古为今用。不一定

[1]《新知识词典》编辑室编辑：《新知识词典·历史主义·历史观点》条目，新知识出版社1958年版，第177页。

打倒了江青写吕雉，今逢改革写唐王李世民。1960年代初茅盾在《关于历史和历史剧》中认为以下5种方案都属于古为今用的范围："（1）对人民进行爱国主义教育；（2）对人民进行阶级斗争和生产斗争的思想教育；（3）强调历史题材之积极的、符合今天需要的部分而删去或者修改其消极的不符合今天需要的部分；（4）可以成为今天鼓舞人心、加强斗志的助力或借鉴；（5）通过对历史的认识对人民进行马克思列宁主义思想教育。"[1]茅盾的概括偏重于题材和内容，"从美感作用来讲，凡是具有娱乐性，能调剂生活情趣，为读者喜闻乐见，就算做到了'为今用'；从教育作用来讲，凡是能培养高尚情操，提高读者品格修养，就算做到了'为今用'；从认识作用来讲，凡是具有一定的真实性，能增进一点历史知识，开阔读者的心胸视野，就算做到了'为今用'。作为一种独特的艺术样式，历史文学与其他品种相比之下，它的功利性、目的性常常是最间接的，它最长于潜移默化而短于立竿见影"[2]。另一种则是较为褊狭或狭隘的理解，其实就是实用主义和急功近利在历史剧创作中的具体表现。建国初戏改中的反历史主义倾向便属于后者，这恰好又是历史剧创作的大忌。即便是提倡历史剧创作允许充分艺术虚构的黑格尔，对此批评也是很尖锐的，认为其产生原因，一是"由于对过去时代的无知，也由于艺术的天真，感觉不到或认识不到所写对象与这种表现方式之间的矛盾，总之，文化修养的缺乏就是这种表现方式的根源"[3]。二是"由于艺术家对自己的时代的文化的骄傲，他认为

[1] 茅盾：《关于历史和历史剧》，《文学评论》1961年第5期。
[2] 吴秀明：《论历史文学古为今用原理及其两极不同的价值取向》，《青海社会科学》1994年第4期。
[3] 黑格尔：《美学》（第1卷），朱光潜译，商务印书馆1979年版，第338、339页。

只有他那时代的观点、道德和社会习俗才有价值，才值得采用，因此对任何内容都不能欣赏，除非那内容是用他那时代的文化形式表现出来的”[1]。杨绍萱等人急切地想达到“古为今用”的目的却事与愿违,走到了事情的反面，原因正在于此。写过长篇历史小说的老作家萧军一段颇有心得的创作经验是很能给我们以启示的，“把今天的社会现实，和过去的历史硬粘贴在一起，加以‘比附援引’这是很危险的。历史之所以称为‘历史’，就因为它毕竟属于‘历史’范畴以内的事了。我们利用历史材料创作艺术作品，援引历史上某些故事、语句……作为今天某些问题的比拟、说明等等，这只能从其中寻绎出它的一般发展规律，有某些典型性的、类似性的……东西，作为我们处理当前现实的一种借鉴、一种参酌、一种启示、一种标准……之用而已。所谓‘古为今用’，它的意义应在这里”[2]。

还有，历史剧必须再现历史真实，这个前提不容置喙，可以讨论的仅是这个历史真实究竟是事实意义上的，还是精神意义上的？而且判定在何种意义上理解也不取决于历史真实观，而是取决于历史“现实观”。历史剧的现实性是政治尺度，历史剧的真实性是知识尺度；前者关联着权力，后者关联着知识。所谓历史真实与艺术真实的统一，是历史剧试图建立政治权力与历史知识之间协调合作机制的一种意识形态方式。

其实“历史剧的现实意识有可能破坏真实性。茅盾所谈的破坏历史真实的艺术虚构，由两方面因素造成，一种是因为无意间的知识缺陷，另一种则是在现实意识指导下的有意捏造。现实意识要求历史剧在历

[1] 黑格尔：《美学》（第1卷），朱光潜译，商务印书馆1979年版，第338、339页。
[2] 萧军：《历史小说〈吴越春秋史话〉和京剧〈吴越春秋〉的成因与进程》，《十月》1981年第1期。

史事实之外进行虚构，而这种虚构极可能破坏历史的真实”[1]。所以，反历史主义就是以其大量荒诞可笑的虚构破坏了历史的真实，使艺术真实失去了附丽，进而失去了观众的认同性真实。

1940年代的历史剧创作强调以古喻今或以古讽今，其社会文化功能完全是反抗主流意识形态的。新中国的戏改工作者们急切地想以“古为今用”取代“以古喻今”，其真实意图是要将戏曲中的历史剧与权力的关系从讽喻批判转换为歌颂服务，为构建现代国家主流意识形态服务，这是泛政治化创作语境所赋予的使命。反历史主义倾向的出现主要是因为过于急切和过于直接，对其批判的重心也在于此，而不是想从根本上否定历史剧的意识形态功能。因为中国现代历史剧不论在历史观念上还是在戏剧观念上，在起点上就具有了强烈的现实性或意识形态属性。只不过杨绍萱等人以歪曲历史的方式来宣传革命的思想和运动显得过于笨拙，从而引起了权威话语的反感而已。

如果说对历史主义的批判是为了在历史剧创作领域防“左”的话，那么，对电影《武训传》的批判则为了防“右”。它“从两个方面奠定了此后历史剧创作和研究的共同的思想基础。创作者所焦虑的中心是如何尊重和揭示‘历史真实’，批评者要颂扬或指责的第一个问题是是否尊重和揭示了‘历史真实’，研究者小心翼翼地探索的，也是艺术‘虚构’的本性被允许达到的‘历史真实’的边缘或极限究竟在哪里”[2]。

耐人寻味的是戏改的基本出发点其实是与“百花齐放”相矛盾的。它给我们的启发就是在泛政治化的创作语境下，历史剧创作要想实现真正的“百花齐放”肯定是不可能的。反历史主义创作倾向发生在权

---

[1] 周宁：《有关历史剧讨论的讨论》，《晋阳学刊》2003年第4期。

[2] 包忠文主编：《当代中国文艺理论史》，江苏教育出版社1998年版，第608页。

威话语的新的历史观念正在建构的过程中，一方面是“纯然主观的表现方式”[1]被根本否定，那么，历史剧还需要艺术虚构吗？如何处理历史与现实的关系呢？另一方面对历史人物武训的如实摹写又遭致全国性的批判运动，那么历史剧的历史真实如何理解？如何把握它的尺度？等等，还有大量悬而未决的问题，矛盾重重的状态，加之激情燃烧的岁月对现实题材的召唤，权力话语对历史题材的拒斥，于是建国初期历史剧创作陷入停顿，几近空白，也就不难理解了。

至于杨绍萱等人大量改编的所谓新历史剧虽然在一定的程度上折射出特定时代与语境下的话语特征，但却不能成为一个时期历史剧的典范作品，更不能成为本书研究和阐释的主要对象。而它自身的激进之态及对其所进行的批判在某种意义上却构成了对史剧家们探索精神的压制，也使他们1930、1940年代业已形成的历史剧观在建国初却陷入了新的迷惘与困惑，这也是他们不敢贸然进入历史剧创作领域的主要原因。

第五节 1958—1962：历史剧浪潮的涌起

17年中，几乎所有的优秀历史剧均集中出现在1958年至1962年间，许多当代文学史家对此已形成了较为一致的认识。洪子诚提出历史题材创作“对现实政治反映的一定程度的间接性，为作家的艺术创

[1] 黑格尔：《美学》（第1卷），朱光潜译，商务印书馆1982年版，第337页。

造，提供了较大的空间。因而，在50年代末期到60年代初，出现了'历史剧'创作热潮"[1]。"人们发现历史剧已经成为一股强劲的力量占据了话剧舞台。"[2]王新民说："50年代中期以后，中国的戏剧舞台上突然如雨后春笋般涌现出一大批历史剧，其数量之多、影响之大、质量之优都是前所未有的。""当代历史剧的优秀之作大都产生在这个时期。所以我们说这个时期是历史剧风起云涌的时代，是当代戏剧史上一个值得注意的现象。"[3]等等，类似的评价还有很多。[4]其中尤其需要注意的是"它们的作者主要是老一代的剧作家，如郭沫若、田汉、曹禺等"[5]。那么，为什么会在1957年大规模的反右斗争之后和1958年狂热的大跃进这一特殊岁月中，在泛政治化创作语境下竟然会涌起这样一股以现代剧作家为创作主体的历史剧创作高潮呢？对其生成原因的追寻无疑是本书探讨话语形态形成及构成的一个极重要的组成部分。

一　兴盛的外部原因

历史剧的繁荣既有外部原因，也有内在的动力，而对其繁荣的外部原因的归纳是多种多样的。薛若琳认为"解放后50年代末至60年代初，国家取得了很大的建设成就，同时又遭遇了严重的自然灾害，国际风云也突然变幻，奋发图强、团结和睦、振奋民族精神是广大人民

---

[1] 洪子诚：《中国当代文学史》，北京大学出版社1999年版，第165页。

[2] 丁帆、朱晓进主编：《中国现当代文学》，南京大学出版社2008年版，第319页。

[3] 王新民：《中国当代话剧艺术演变史》，浙江大学出版社2000年版，第112页。

[4] 这一时期同时也是历史小说的繁荣期，据统计大约有40篇。见王庆生主编：《中国当代文学》（上卷），华中师范大学出版社2004年版，第98–99页。

[5] 洪子诚：《中国当代文学史》，北京大学出版社1999年版，第168页。

的共同心愿。此时创作了一批题材广泛、视野开阔的历史剧”[1]。周安华认为“在当时寻求‘真实’的尝试中，为了避免与当时某些左的政治意识形态做正面交锋，也为了避免对当时生活中的虚假现象做直接地反映，坚持现实主义传统的剧作家们，不约而同地想到‘历史剧’的艺术体裁。因此，可以这样说，在建国后 17 年的话剧创作中，历史剧获得了大丰收，而正是它们保存了问题剧现实主义艺术的精髓”[2]。还有人认为是史剧家们为了“远避”现实，是运用“曲笔”。更有人认为说古事比说今事容易“解脱”，等等，不一而足。但较为一致的看法是由于表现现实题材的创作受到了太多的制约，剧作家们不约而同地把目光转向了历史。具体包括以下几个方面：

1. 老一代剧作家们别无选择的选择。由于他们经历了 1957 年大规模的反右斗争，文艺创作中干预生活的“第四种剧本”遭到了重创，具有干预生活心态、渴望深入思考的现代剧作家又不甘心作廉价空洞、苍白枯燥的歌颂，或者说曾经的转型已经失败，如田汉的《十三陵水库畅想曲》、老舍的《红大院》，浮夸之风刮起的泡沫很快消失，甚至被传为笑谈，于是他们只好将目光转向历史，在历史剧中曲折隐晦地反映现实，干预生活，这是别无选择的选择。贝特荪说：“诗人常以‘有作用的故作含糊’，逃过政治迫害或社会误解；然而，在这种‘故作含糊’底下，行文的灵巧微妙反而让读者更能了解真正的旨趣所在。……历史剧，表面上好像是与现实无关的作品：作家只能让历史的交会与冲突发生于远古，借此规避现实问题，而且往往运用在上位者允许或乐于接受的文类、语言。历史剧作家通过这样一种特殊的方式进行创作，

[1] 薛若琳：《历史剧的意涵与构建》，《文艺研究》2003 年第 6 期。
[2] 周安华：《20 世纪中国问题剧研究》，中国戏剧出版社 2000 年版，第 324-325 页。

实现自己特殊的目的。”[1]史剧家的这些“曲笔”虽然没有直接描写现实，但并不是逃避现实，而是为了更好地面对，进入历史是为了更深入地面对现实，显示出极大的艺术创造力。

其实，以郭沫若、田汉、老舍、曹禺等为代表的这一批在党政和文化机构内占有中心位置和拥有丰富人生阅历的现代剧作家们，当年内心的焦虑、不安和痛苦的情绪可能并不低于那批已经被打成“右派”的年轻剧作家们。然而，他们很清楚地认识到现实已不允许他们率性地凭理想或感应来写作，不能随心所欲地“揭露阴暗面”，“干预生活”，基于形势、利益等因素，选择历史剧在某种意义上是老作家们的一种策略，即“在历史故事、人物、典故中寻找‘象征’和‘影射’的想象方式和情感表达方式”[2]，而不是1956年“百花时代”中的青年作家们所选择的将笔触直接伸向了现实，终招致权威话语的强力反击，许多人被打成右派，丧失了言说的权利。“历史剧作家尽管没有选择现实，但是他们干预现实的效果却是很强大的。与历史剧作家同时代的观众在某种程度上能够领悟到历史剧作家的独特用意，特殊的现实语境使史剧作家与史剧观众在面对同样的历史题材时产生了共鸣。在特殊的语境中创造出来的历史剧具有特殊的魅力，这样的历史剧更使观众刻骨铭心。”[3]在知识分子被无情地否定与批判的年代，老一代剧作家以其特有的智慧、顽强的精神、精明的策略赓续了干预生活的传统，迟滞了戏剧配合政治的步伐。

---

[1] 转引自康丙惠：《新历史观与莎士比亚研究》，张京媛主编：《新历史主义与文学批评》1993年版，第274页。

[2] 洪子诚：《1956：百花时代》，山东教育出版社1998年版，第93—94页。

[3] 吴玉杰：《论历史剧的创作成因》，《沈阳大学学报》2000年第1期。

2. 复活历史经验，发展历史精神。17 年的史剧家们还有一种创作追求，就是通过历史追寻一种历史精神，以擦亮人们的眼睛，拓展人们的视野，砥砺斗争的意志，振奋民族精神。其创作旨趣并不在于某一具体的社会现实问题，而是力求在历史的长河中找到一根精神之链，把历史与现实紧密相连。曾对中国当代历史剧做过专题研究的美国学者韦格纳（Rudolf G.Wagner）曾以“回声”的概念来分析 1958 至 1962 年间的历史剧繁荣现象，认为老一代剧作家们之所以采用历史剧的形式是“其背后的假设是社会的变革有一定的延续性，历史经验才应是现在的‘回声’”[1]。“试图通过重新编写历史故事把历史经验复活过来，即选择令人产生共鸣的历史人物、关系和冲突，重新进行调动安排，从而再评价他们的得与失、荣与辱，达到‘教育’人民的作用。”[2]他们知道写作如果只针对现实的矛盾，是不足以形成一种能警惕理想化的“未来”对“现在”可能造成危害的“回声”，他们必须回头去看“过去”。重新编写或评价“过去”，不仅是为了单向的“以古讽今”或“古为今用”，更是一种打通“过去”和“未来”的策略，突出“古”中有“今”“今”中有“古”的辩证关系。这种往还于古人与今人的书写，迂回曲折地试图说明：过激的革命性变化（如“大跃进”的冒进思想）不仅危害“现在”（如导致饥荒等问题的出现），还会模糊“过去”的延续性（如忽略中国农民固有的积习和私有心态），或者会造成对“过去”的盲目排斥（如完全视之封建的、压迫性的、黑暗的，因此应该摒弃的）。[3]所以，

[1] 转引自陈顺馨：《1962：夹缝中的生存》，山东教育出版社 2002 年版，第 34 页。
[2] Rudolf G.Wagner：“Chapter 4:The politics of the Historical Drama”，*The Contemporary Chinese Historical Drama: Four Studies,* pp. 239–246.
[3] 陈顺馨：《1962：夹缝中的生存》，山东教育出版社 2002 年版，第 35 页。

郭沫若会说“史学家是发掘历史的精神，史剧家是发展历史的精神”[1]。“历史剧作家处于现实语境中，他面对的直接对象是现实。但是现实在历史的长河中只是转瞬即逝的‘一刹那’，它并不具有永恒性。从时间流程上看，对现实的观照仅仅是对‘全程’观照的一个小小的部分。历史剧作家把现实放在整个的历史中进行考察，寻找包含发展理念的历史精神，寻找古今共同的精神本质。这种深邃的、不朽的精神寻求，是在浩瀚、广博的历史中进行的，具有历史的底蕴和蓬勃的生机与活力。”[2]17年历史剧中的《朝鲜风云》《1904年的枪声》《詹天佑》《神拳》《甲午海战》《义和团故事组剧》等剧均取材于中国近代史，他们在表现半封建半殖民地的中国饱受侵略与欺凌、落后就要挨打的同时，更努力挖掘中国人民身上所蕴含的中华民族不屈不挠的斗争意志和反抗精神。而对新中国成立后长期被美英等西方列强所封锁、包围和孤立的艰难处境，上述史剧，包括曹禺的《胆剑篇》，重心显然是在张扬一种不绝望、不放弃、靠自己、要奋斗的民族精神。而《关汉卿》《孟丽君》《汤显祖》《西门豹》《伐竹记》《岳飞》《岳云》等史剧歌颂的是这些历史人物身上所特有的崇高正直、宁折不弯、为国为民的高尚品德和民族气节，似是对1957年反右斗争中许多知识分子面临强大压力时胆小怕事、有一些甚至丧失气节的一种规劝和砥砺，等等。所以历史剧应是历史与现实的对话，在对话与双向观照中追寻历史精神的断裂与延续。王富仁认为：“何为历史？何为现实？在作家关注的层次上，是没有历史和现实的严格区别的。历史是发展的，但对于一个民

[1] 郭沫若：《历史·史剧·现实》，彭放编：《郭沫若谈创作》，黑龙江人民出版社1982年版，第137页。

[2] 吴玉杰：《论历史剧的创作成因》，《沈阳大学学报》2000年第1期。

族，乃至对人类的整个历史，并不是在所有的层面上都有发展和变化的。在这没有发展变化的层面上，历史就是现实，现实就是历史；对现实的解剖就是对历史的解剖，对历史的解剖同样也是对现实的解剖。”[1]史剧家们将历史与现实作为一个统一整体加以关注，首先注重的是精神联系。

“历史题材作为一个历史的客体，它只是一种自在的存在，而从历史中挖掘出的历史的精神在创作主体的激活下获得重生。具体的历史是暂时的，具体的现实也是暂时的，而作为历史本质的精神是永恒的。历史剧作家通过历史剧文本，发展历史精神，便使其获得了一种哲学意味，获得了普遍存在的审美价值。”[2]历史精神向任何时代的人们张开了宽广的怀抱，史剧家们则通过历史剧文本对其加以发掘，重新做出阐释，使其获得了一种新的现实意义、一种哲学意味、一种普遍性存在的审美价值。

3. 总结历史的经验教训。恩格斯说：“历史是这样创造的：最终的结果总是从许多单个的意志的相互冲突中产生出来的，而其中每一个意志，又是由于许多特殊的生活条件，才成为它所成为的那样。这样就有无数互相交错的力量，有无数个力的平行四边形，由此就产生出一个合力，即历史结果，而这个结果又可以看作是一个作为整体的、不自觉地或不自主地起着作用的力量的产物。因为任何一个人的愿望都会受到任何另一个人的妨碍，而最后出现的结果就是谁都没有希望过的事物。所以，到目前为止的历史总是像一种自然过程一样地进行，而且实质上也是服从于同一运动规律的。但是，各个人的意志——其中

[1] 王富仁：《中国现代历史小说论》（二），《鲁迅研究月刊》1998 年第 4 期。
[2] 吴玉杰：《新历史主义与历史剧的艺术建构》，中国社会科学出版社 2005 年版，第 223 页。

的每一个人都希望得到他的体质和外部的、归根到底是经济的情况（或是他个人的，或是一般社会性的）使他向往的东西——虽然都达不到自己的愿望，而是融合为一个总的平均数，一个总的合力，然而从这一事实中绝不应做出结论说，这些意志等于零。相反地，每个意志都对合力有所贡献，因而是包括在这个合力里面的。”[1]所以，历史上一切先进的人物和事件，都是这个“总的合力”的分力，虽然其中有许多人并未取得成功，但他们对历史的作用并不“等于零”。再现这些“分力”，进而总结历史的经验教训无疑是极为必要的。17 年历史剧中的许多作品潜隐着这样的创作意图，《蔡文姬》《武则天》等剧中对贤君明主的期冀，《文成公主》《解忧》等剧对民族团结的歌颂，《天京风雨》对革命队伍内部斗争的警惕，《伐竹记》对小人的嘲讽，以及上文提到的一批带有“1840 年情结”剧作所总结的落后就要挨打的教训，等等，均发人深省，有着极强的现实针对性。

4. 创作语境的松动和主流话语的召唤。建国初的话剧舞台上，历史剧创作一直处于一种停顿状态，1957 年的反右运动标志着我国社会生活中极“左”思潮在进一步地发展。1958 年国家在经济“冒进”的同时，权威话语试图让受到重创的文艺重现与之配套的繁荣幻景，可是，在新的话语规范指导与监督下生产出来的“大跃进”文艺，凌空蹈虚，空洞无物，套话成堆，假话连篇，不但未能重现百花时代的繁荣，反而使当代文学进一步远离了艺术精神的真实，陷入了空前的话语困境。虚假繁荣下是极度的萧条与歉收，这引起了很多有识之士的不解与担忧，也使党中央逐步意识到问题的严重性。在此背景下，党的文艺政

[1] 恩格斯：《致约·布洛赫的信》(1890 年 9 月 21［—22］日于伦敦)，《马克思恩格斯选集》第四卷，人民出版社 1995 年版，第 697 页。

策被迫开始进行相应的有限的调整，这些精神主要体现在周恩来、陈毅等召开的有关文艺问题的几个重要会议和几次重要讲话中。具体包括：1957 年 5 月 3 日紫光阁会议上，周恩来在《关于文学艺术工作两条腿走路》的讲话中具体谈了 10 个问题，成为后来制定的“文艺十条”的指导思想。1959 年 12 月 8 日陈毅在新侨饭店召开的全国文化工作会议上的讲话。1961 年 6 月 19 日，周恩来的《在文艺工作座谈会和故事片创作会议上的讲话》。1962 年 2 月 17 日周恩来对筹备在广州召开的全国“话剧 · 歌剧 · 儿童剧座谈会”的部分代表和艺术家的讲话。1962 年 3 月，周恩来在全国科学工作会议上的《论知识分子问题》的报告，陈毅的长篇发言，提出了为知识分子“脱帽加冕”这一著名的说法，等等。它标志着党努力寻求适度的妥协让步。

“对知识分子和农民的限制有所放松：以往作家和艺术家们只能严格遵循社会主义的现实主义路线，只能利用与革命和阶级斗争有关的可接受的资料，所创作的人物形象必须有清楚的阶级背景，‘好’、‘坏’分明，现在，他们则可以开始揭示‘大跃进’中的一些真实情况。中国农民在经历了两年集体化的狂热之后，现在又被允许种自留地了，政府对私有农产品买卖的严格控制也放松了，公社领导也有了较大的自决权。随着共产党鼓励城乡各阶级劳动者退回到切合实际的生产目标上，一种实用主义气氛开始遍及全国，党的总书记邓小平对这种实用主义作了简洁精辟的概括：不管白猫黑猫，捉住老鼠就是好猫。”[1]创作语境的松动对历史剧创作的恢复与兴盛无疑是极为有利的，而这一时期权威话语对历史剧创作的召唤更是起了决定性作用。

---

[1] [美] 史景迁：《天安门——知识分子与中国革命》，尹庆军等译，中央编译出版社 1998 年版，第 354 页。

其实，早在1956年，“中央政府就已经清醒地意识到政治色彩极浓的‘戏改’已经带来了严重的负面效果，并且希望能够在意识形态改造与戏剧行业的自然发展之间寻找某种平衡”[1]。因为戏改主要是禁绝和改编所有不符合主流意识形态的戏剧作品，使戏剧创作及演出部门都成为庞大的国家机器的一部分，但这样做又在一定程度上与“百花齐放”精神相悖。于是中央以多种形式“纠偏”，针对反历史主义倾向批判后历史剧几近空白的局面，政府的戏剧政策从1958年以前的“以现代剧目为纲”悄悄地后退，开始提倡和推动历史剧创作。如1959年第1期的《戏剧报》社论针对首都新年演出仅重视现代剧目、忽视传统剧目的现象指出："我们不能一条腿，或一条半腿走路，必须用两条腿。"社论强调不偏废传统戏，这当然包括历史剧。这一点后来演绎成为党中央对戏剧的“两条腿走路”的方针。1960年11月，《戏剧报》在一篇专论中明确指出："在上演剧目上，人民不但要求有生活的教科书，也要求有历史的教科书。既要有现代题材的剧目，也要有历史题材的剧目。因此，我们对上演剧目实行现代题材与历史题材剧目两条腿走路的方针。"1959年初，邓小平为筹备国庆十周年献礼节目就曾不止一次地提倡编写历史剧，要求史剧家与史学家们合作将远古以来的历朝历代排出一套新的历史剧。1960年5月7日，文化部副部长齐燕铭在《北京日报》发表文章，特别提及“我们要大力发展现代剧目，积极地改编、整理和上演传统剧目，多多提倡编写和演出新观点的历史剧”[2]。5月15

[1] 傅谨：《“百花齐放”与“推陈出新”——20世纪50年代戏剧政策的重新评估》，《中国京剧》2000年第2期。

[2] 齐燕铭：《现代题材的大跃进——祝现代题材戏曲剧目观摩演出的胜利》，《北京日报》1960年5月7日。

日的《人民日报》发表社论为这一新政策作进一步的阐发，使传统戏、新演历史戏和现代戏“三并举”的方针得到了进一步的确立。1960年11月19日中宣部副部长周扬召开有吴晗、翦伯赞、侯外庐等著名历史学家参加的历史剧座谈会，主张表现历史题材，并建议历史学家们把中国几千年来有意义的历史事件挑出来，供剧作家们作为选题的参考（后来吴晗也确实主持搞了一个历史剧选目）。当局的这种提倡对历史剧创作的发展自然具有导向作用。但是追本溯源，历史剧勃兴的滥觞还在于毛泽东，如果不是他的大力推动，历史剧（特别是海瑞戏）的热潮大约不会来得这么快、这么猛。[1]权威话语的积极提倡和推动打消了长期笼罩在剧作家特别是现代剧作家们心头的种种疑虑，加之当时正在开展的关于历史剧的讨论及建国以后一段时间的积累与思考，他们不约而同地开始尝试久已生疏的历史剧创作。

5. 适应读者和观众的审美需要。1950年代中期的现实题材创作已呈现出较为明显的公式化、概念化倾向，话剧创作也不例外，以工农兵为题材的话剧，冲突一律化、模式化，人物性格单一扁平，以阶级性代替人性，主题先行且教条，将作品的政治意义置于首位，将戏剧视为政治的传声筒和宣传工具，感情类型仅有一种，那就是歌颂。具有一定探索精神的“第四种剧本”及其作者在1957年的反右运动中几乎全军覆没，遭到重创。1958年的“大跃进”文艺更是使话剧创作进入了一种浮夸癫狂的状态，一大批粉饰生活、画饼充饥、盲目歌颂、吹牛浮夸的赶任务、填数字的剧作充斥剧坛，带给观众的则是雷同重复、单调枯燥、味同嚼蜡且不断重复的审美景观，而观众的审美需求是多

[1] 王新民：《中国当代戏剧史纲》，社会科学文献出版社1997年版，第165–197页。

元化的，因此，1958年后历史剧的涌现在某种意义上也是满足和适应读者和观众多元化的审美需要。

郭沫若说："赋、比、兴是历史剧的主要的动机，另外还有一个原因是迎合观众。在内地的乡镇上，假如演一个现代戏，那就很少观众，他们都不愿看那随地皆是的现实。这也是几千年来的习惯，偏僻地方的人民大多数喜欢看历史剧。戏剧的演出自然不能没有观众，为了迎合观众，就不能不写历史剧。"[1]郭沫若关于观众对历史剧和现代戏的态度在当时的语境中是合理的。因为对于观众来说，历史剧通体古香古色，暗含着诸多魅力。历史剧中包含的历史像一团迷雾，犹如陈年老酒、古玩珍器，镶嵌着神圣而又神秘的光圈，蕴藏着诸多哲理和美的规律性，所以观众喜欢看历史剧。勒格维在谈莎士比亚的历史剧时说道："对伊丽莎白时代的观众来说，看到国家的重大事件在舞台上表演，这样的娱乐真是再体面不过了；……神秘剧中既简朴又伟大的观念得到了重复。……他的主题是国家而不是信仰，他像古代诗人讲授宗教那样传授历史知识……一切都在这些剧本中连贯起来，描写得几乎不偏不倚，使观众既感到惊奇，又从中学到东西。"[2]观众的期待视野影响着史剧家们的创作。历史剧以其自身独特的审美感知方式将久远年代的故事与现代视野下的观众加以联结。观众或读者在面对历史剧时，以其对历史知识积累所得的前理解获得自我肯定的满足或引发新的思考，让观众既感受到浓郁的历史气息，又感应着历史剧所体现和深蕴着的时代精神，这种独特的审美心理恰恰不是现代戏所能提供的。因此，在这一

[1] 郭沫若：《谈历史剧》，《文汇报》1946年6月26、28日。

[2] 安尼特·T. 鲁宾斯坦：《英国文学的伟大传统（上）——从莎士比亚到奥斯丁》，陈安全等译，上海译文出版社1998年版，第50页。

意义上，没有观众或读者也就没有历史剧创作。史剧家们在感应着观众审美需要的同时进行历史剧创作当然是必要的，只要能对历史题材进行很好的艺术加工，不为迎合而迎合，而是追求一种两者更高层次的契合，那么，这样的历史剧一定会散发出特有的艺术魅力。

二　繁荣的内在动力

综观 17 年的历史剧创作，作为一种独特的戏剧品种，它有其自身最为独特的题材优势，因此，我们有必要从历史剧自身的审美特性出发追寻其兴盛的内在动力。

1. 人类对历史的强烈兴趣使得历史剧创作成为一个不可或缺的戏剧品种。当一个孩子在成长之初刚意识到自我的时候，他首先问的便是“我是谁？”“我从哪里来？”渴望了解自己的过去，也就是自己的历史。所以，人类对历史的兴趣可以说是与生俱来的。海德格尔就认为人的基本特性之一是对自身存在的询问和理解。海德格尔在《存在与时间》中把人这个特殊的存在称为“此在”，并认为“理解存在本身是此在的一个明确的特性”，是说只有人才会对自身及世上其他存在者的存在及其他过程（即历史）感兴趣。因此，历史研究便发展成为一门独立的学科，进而孕育出众多融历史与艺术于一体的艺术形式。从西方的《荷马史诗》到中国的“咏史诗”，从过去的话剧或戏曲历史剧到现在的历史题材影视作品，古今中外皆然，而我国悠久的史官文化更强化了人们对历史题材创作所抱有的这种亲近感。因为“中国文化的最初范型就是史官文化，三千年来，‘历史’一直是中国文化的核心，一直是中国政治观念与传统意识的依傍。‘经史子集’，排在第一的‘经’，其意识形态的阐释便凿实在‘史’的底盘上，三纲五常、四维八德的伦理教训均须在我们历史典故的长廊里找到贴切的义例。而我们的意识形态及其价值体系欲有所变革与更张，有所突破与前行，往往也越界到历史的地盘上来先做‘比兴’的工作：采撷例证，编撰教训，启发经验，策划结论。这一操作运行的载体就往往落实在‘历史题材的文艺创作上’”。[1]“中国传统的历史题材文艺创作从来就是从历史的艺术观照中抽绎出严肃的现实认知判断与沉重的政治文化教训。历史故实的钩沉及其艺术审美的处理、相关题材的选择与意义发挥，目的是照明历史曲直，启迪现实人事，借鉴命题是为了寄托，描绘历史是为了指示现在，褒贬古人古事有时就是为了影射今人今事。——这个创作走向圆满地渗透了历史题材的审美构思与价值标准，深重地影响了我国历史文学的整体面貌与批评尺度。”[2]

2.“剧”的特性的影响。历史是一种传统，但它将自己积淀于现实之中，把过去、现在和将来交织在一起，保持着鲜活而持久的生命力。历史是一种叙事，是一种结构相对完整的“故事”，它所蕴含着的丰富戏剧性冲突为戏剧创作提供了大量素材。苏珊·朗格说：“戏剧实质上是人类生活——目的、手段、得失、沉浮以至死亡——的映象。它具有一种幻觉经验的结构……换言之，它创造了自身特有的基本抽象，从而获得了某种对历史模拟的独特方式。”[3]因为这个缘故，历史与戏剧一拍即合。所以，即便是史官文化并不发达的欧洲，历史剧同样兴盛，仅

[1] 胡明：《历史·历史观·历史题材的文艺创作》，《文学评论》2004年第3期。

[2] 苏珊·朗格：《感情与形式》，刘大基、傅志强、周发祥译，中国社会科学出版社1986年版，第354页。

[3] 同上。

以莎士比亚为例就可看出这一点。“莎翁历史剧占其戏剧总数的 2/5，这一比例和关汉卿较为接近甚至超过了一点。关汉卿现存剧目 66 种，其中历史剧 23 种，占 1/3 多；保存下来的剧本有 18 种，历史剧 5 种，约 1/4 强。”[1]黑格尔认为：“戏剧是一个已经开化的民族生活的产品。事实上它在本质上须假定正式史诗的原始时代以及抒情诗的独立的主体都已过去了……而这只有在一个民族的历史发展的中期和晚期才有可能……只有到了较晚时期，才出现比较独立的单枪匹马的个别英雄人物，由自己独立地定出目的和实现这个目的。”[2]这类历史传奇人物在现实中肯定不会很多，但史书却告诉史剧家回到过去准能找到他们。于是武则天、蔡文姬、卓文君、关汉卿、文成公主、勾践 、郑成功、汤显祖、邓世昌、詹天佑、项羽、解忧公主、艾买提、岳飞、岳云……纷纷登场，出现在 17 年历史剧之中。由此可见，过去与现在、历史与戏剧之间其实是相通的。这就是孔尚任所说的：“当年真如戏，今日戏如真。”(《桃花扇·孤吟》) 李调元的《剧话·序》说得更为直截了当：“古今，一场戏也，开辟以来，其为戏也多矣。巢、由以天下戏，逢、比以躯命戏，苏、张以口舌戏，孙、吴以战阵戏，萧、曹以功名戏，班、马以笔墨戏。至若偃师之戏也以鱼龙，陈平之戏也以傀儡，优孟之戏也以衣冠，戏之为用，大矣哉……夫人生无日不在戏中，富贵贫贱、夭寿穷通，攘攘百年，电光石火，离合悲欢，转眼而毕，此亦如戏之顷刻而散场也。故夫达而在上，衣冠之君子戏也；穷而在下，负贩之小人戏也。今日为古人写照，他年看我辈登场。戏也，非戏也；非戏也，戏也。尤西堂之言曰：‘《二十四史》，一部大传奇也。’岂不信哉。”

---

[1] 李雁：《元代历史剧兴盛之内在原因初探》，《山东师大学报》1999 年第 3 期。

[2] 黑格尔：《美学》(第 3 卷下册)，朱光潜译，商务印书馆 1981 年版，第 243 页。

历史剧具有的含义隐晦性或阐释多义性特征，使它能有效地发挥“讽喻”功能，为文学提供向现实政治说话的另一种形式：“对处于党政要位的文化官员来说，它可能是一种能让领导人毛泽东反省而不失面子的间接‘进谏’方式。不过，正因为它的隐晦性和多义性，历史剧也可以通过对历史人物是非功过的再评价，把领导人从要面对的困局中解脱开来，甚至是教育人民接受这种评价，维护领导人的权威，达至稳定政局的目的。”[1]

3. 史剧家们对“陌生化”的艺术追求。17 年的史剧家们置身于颂歌时代，却将目光转向了历史，其更为内在的目的是为了追求“陌生化”的艺术效果，实现创作上的新的超越。他们不愿重复那种单调的人云亦云的歌声，便通过历史剧这种独特的审美感知方式引起“陌生化”的效果。剧作家与历史拉开一定的距离，就容易对历史题材产生陌生化的感觉，激发创作的兴趣。较之表现现实题材，历史题材在陌生化方面有着得天独厚的优势，久远的历史故事将观众带到了一个陌生的时空当中，这样有利于更好地对其进行审美观照。距离产生美，距离也容易产生陌生化。对史剧家而言，通过历史题材的陌生化，最终是为了拉开观众对戏剧的心理距离。其实时空距离仅仅是外在表现，心理距离及由此产生的审美距离才是史剧家的最终追求，陌生的东西更容易引起人们的注意，也容易激起观众的审美探索，有利于审美欣赏。布莱希特就说：“戏剧必须使观众吃惊，要做到这一点，就必须依靠熟悉事物加以陌生化的技巧。”[2]面对现实生活的种种题材禁区，面对

[1] 陈顺馨：《1962：夹缝中的生存》，山东教育出版社 2002 年版，第 36 页。

[2] 转引自范方俊：《“陌生化”的旅程——从什克洛夫斯基到布莱希特》，《中国比较文学》1998 年第 4 期。

1949—1957 年之间各自创作转型的失败，面对千篇一律的单调的歌唱，渴望发出自己独特声音的现代剧作家不约而同地选择了历史剧。这既有形式自身蕴含的意识形态性的作用，也是为了通过“陌生化”手段使特定年代的文学不完全丧失文学性。

这种以独特的陌生化方式重构历史，进而重释现实，表面而言是远离现实，但其真正的目的是指涉当下并导向现实，也为人们提供了一个新的反映历史、认识现实的观照视角，从而实现见证时代、反映现实、干预生活的目的。史剧家们在历史感与现实感的双重作用下进行史剧创作，接受者也同样感应着这双重作用，这是其他任何一种现代戏剧所不能提供的。同时由于观众各自所具有的对历史的前理解，会情不自禁地把历史和历史剧中的历史进行比较和对照，从而激发观众的审美兴味与审美思考，进而实现其独特的审美价值。

4. 现代剧作家们政治无意识升华的象征行为。艺术创造需要一种源于内心深处的自我发动，但这不是纯粹的内在自我的倾诉与表白，而是泰戈尔所说的：“当人的外部生活与内在自我不能和谐一致时，内在自我就会受到伤害，它的痛苦就会以某种方式在外在意识上反映出来。”[1]他的《暮歌集》所表达的悲哀与痛苦就是来自诗人自我的内心深处。17 年历史剧创作其实也是现代剧作家们长期积淀和被压抑的“政治无意识”在特定时代和语境中得到升华的“象征行为”。

作家的文学创作活动是一种基于原动力的复杂的意识作用过程，正是这种原动力引发了作家的创作动机，推动着作家的创作活动，调节着作家的创作激情。而自我实现的需要构成了文学创作原动力的最

[1] 泰戈尔：《我的回忆》，吴华译，北岳文艺出版社 1994 年版，第 151 页。

重要的基础，作家心灵深处长期积郁的大量的、持久的情感则构成文学创作原动力的核心，当情感得到激发之时，创作的原动力便升华为创作动机，一种超越性意向的自我实现。弗洛伊德曾从更深层的心理角度发现，当自我实现的需要及其能力因环境或内部的限制、压抑而不得实现时，这种需要并不会悄然而逝，它们释放的能量会向其他地方发泄，或者通过意象代替，或将需要移置，“那么，是否有这样的一个对象，既能提供一定的替代意象，又能提供能量移置的实际对象？有，文学创作正是自我实现需要得到满足的最佳对象，因为一方面，作家可以通过文学创作中的想象去满足他在现实生活中某个不能满足的自我实现的需要；另一方面，文学创作在社会上获得成功本身就满足了作家的自我实现的需要”[1]。

对 17 年的历史剧创作主体的整体而言，从 1958 年开始，现代剧作家们以群体的姿态共同选择历史剧形式在“历史”中讲述“民族寓言”，这既是每一位史剧家的一次自我实现，更是一种作为群体的“政治无意识”升华的“象征行为”。那么，现代剧作家们在 1949—1957 年间所积淀的政治无意识具有怎样的内在构成呢？

首先是新中国成立之初创作转型的失败，但他们不甘心被边缘化，尝试历史剧创作是他们的一个新的努力方式。

其次，新中国成立之初，作为知识分子的个人化话语受到了压制。应该说，20 世纪的中国知识分子是中国社会中最有思想而又最为痛苦的一群，他们最早给人们以新的启迪而又最终被人们冷落。在艺术世界里，他们就是这样一群苦苦寻求精神家园和人生归宿的困顿行者。

---

[1] 薛蓉：《文学创作原动力探索》，《广西大学学报》1994 年第 1 期。

在与封建势力对抗时，他们往往具有强大的思想能量，成为积极、高大的正面形象；然而一旦与工农民众相并立时，便立刻黯然失色，作为一种陪衬或被改造的对象，从道德人格、阶级意识和情感方式等诸层面向工农民众认同。[1]这种认同在道德人格上是由自崇走向自卑，在情感方式上是由浪漫走向实在，在阶级意识上由自我走向群体。新中国成立之初的现代剧作家们其实都曾经或正在经历着这样一种过程，而伴随这一过程的便是知识分子个人化话语的不断丧失及其内心的痛苦、挣扎与反抗。1957年3月24日《人民日报》上发表的费孝通在反右运动展开前夕所写的《知识分子的早春天气》一文，就颇为形象生动地流露出1956年以前老知识分子们的心态，当然也包含了以郭沫若、田汉、老舍等为代表的现代剧作家们。文中所引的“笑渐不闻声渐消，多情却被无情恼”，说的就是1956年以前一些老知识分子的心态。在社会主义改造工作全面展开之前，许多知识分子对社会主义是比较陌生的，当他们搞清了社会主义是什么的时候，他们是倾心向往的，“但是未免发觉迟了一步，似乎前进的队伍里已没有他们的地位”，于是，就有了一种寂寞之感，即“当一个人碰到一桩心爱的事而自己却又觉得没有份儿的时候，心里油然而生的那种无可奈何的意味”[2]。由于“双百方针”的实行，他们竟有了一种“再度解放”的感觉。1957年5月31日，吴祖光在中国文联第2次整风座谈会上的发言中也说道：“解放后有一个现象，那就是组织的力量非常庞大。”“组织和个人是对立的，组织力量

[1] 张福贵：《“灰色化”：新文学中知识分子向民众认同的三种过程》，《中国现代文学研究丛刊》1998年第2期。

[2] 朱地：《1957：大转弯之谜——整风反右实录》，山西人民出版社、书海出版社1995年版，第94页。

庞大，个人力量就减少。”“组织力量把个人的主观能动性排挤完了。我们的戏改干部很有能耐，能把几万个戏变成几十个戏。行政领导看戏，稍有不悦，艺人回去就改，或者一篇文章，一声照应，四海风从。”[1]老舍也在 1957 年初乍暖还寒的早春天气里发了一点牢骚。他在《人民中国》上发表的《自由和作家》一文与他前几年的文章心态明显不同。“如果作家在作品中片面地强调政治，看不到从实际生活体验出发来进行写作的重要性，他们的作品自然就会流于公式化、概念化、老一套……不管是出于有心，还是无意，假如他们的作品里充满了说教，情节纯属虚构臆造，立意陈腐，那路子就错了。……行政干预，不论动机如何善良，总会妨碍作家创作出真正的艺术作品来……乱打一气，不能鼓舞人们进行好的创作，反而毁了它。……每个作家都应当写他所喜欢的并且能够掌握的事物——人物、生活和主题，作家应享有完全的自由，选择他所愿写的东西。除了毒化人民思想的东西之外，都值得一写，也应当可以发表。允许创作并出版这些东西，就是允许百花齐放。……我们还应当鼓励每个作家发扬自己的风格，而不是阻碍他们。我们文学作品的风格应当是千变万变的，而不是千篇一律，如出一辙。对文学创作上的不同流派，我们应当鼓励，而不是消极反对。”明显流露出受到压抑的苦闷心情。[2]然而早春的天气毕竟是短暂的，随着反右运动的疾风暴雨的到来，知识分子的个人化话语不得不完全回到自己的政治无意识积淀之中。

---

[1] 吴祖光：《党“趁早别领导艺术工作”》，《戏剧报》1957 年 14 期将他的发言以《党“趁早别领导艺术工作”为题》发表，供批判用。

[2] 陈徒手：《人有病 天知否——1949 年后中国文坛纪实》，人民文学出版社 2000 年版，第 78–79 页。

第三则是作为现代知识分子的史剧家们自身所承继的中国文人传统和“五四”以后输入我国的西方现代精神的影响。中国古代文人通常被分为出世与入世两种，其实不论是“出”与“入”，他们的内心深处均有着强烈的政治关怀，有着浓重的忧患意识与家国情怀，那些所谓“出世”的文人，多数也是在“入世”无望或遭受挫折之后的选择。“五四”新文化运动后影响我国的西方知识分子们的强烈的政治使命感与责任感进一步强化了中国知识分子这种对现实的政治参与意识和干预精神。诚如詹姆逊所言：“在第三世界的情况下，知识分子永远是政治知识分子。”[1]

面对新中国成立之初的颂歌浪潮，工农兵文学一元化的时代共名，创作语话转型的尝试与失败，现代剧作家们产生了强烈的话语紧张与焦虑感，长期形成的政治无意识积淀和被压抑使他们渴望得到宣泄与升华，渴望进入主流意识形态话语的中心地带，但又无法得到宣泄与升华。1958年以后党的文艺政策的适度放松，权力话语对历史剧的不断提倡与推动，使他们不约而同地选择了历史剧（还有人选择了历史小说）这一独特的形式，几乎在相同的时间，以群体的姿态登上文坛，形成了17年文学中一道颇为独特的文学景观。他们渴望以历史剧创作对当下沸腾而复杂的生活发挥自己的作用，这是一种行为。但文学创作从根本而言又没有实际触动世界，因而又仅仅是一种象征行为。“荣格认为无意识向形式的转化就是象征，象征的实质是一种投射过程。这种投射过程通过移情与抽象两种途径完成。移情是一个人把自己的心理状态投射到对象之中，它通常是一种不在意识控制之下的无意识

[1] 弗里德里克·詹姆逊：《晚期资本主义的文化逻辑》，陈清桥等译，三联书店1997年版，第53页。

过程。当主体把自己的心理内容转移到对象之中,对象被同化于主体时,就产生了以外在事物形象为主的移情的艺术形象。"[1]历史剧就是现代剧作家们在1958—1962年间移情的艺术形象，是对现实中不可解决的真实矛盾的想象性解决。

这种以其形式结构来"象征地解决"现实矛盾的行为，实际上道出了17年历史剧与现实关系的微妙之处。它既未明说出现实矛盾，又没有完全脱离现实矛盾成为一个绝对的世界。亦即现实是作为一种潜文本（Sub-text）存在于历史剧之中的，它是作品意义的先决条件，但又被本文的外表严丝合缝地掩盖了起来。本书就是通过对历史剧话语形态的分析，努力重构出这一潜文本，从中追寻现代剧作家们在历史剧中力图象征地解决的特定现实矛盾。当然这种重构也是可行的，因为社会现实矛盾必然会转弯抹角地凝结为意识形态领域里的对立观念，而这又势必表现在历史剧这一形式结构上，也就是历史剧这一形式的意识形态性，所以，从17年历史剧的话语形态着手是可以发现特定年代中潜在的社会矛盾和时代特征的。

[1] 祝菊贤:《荣格的无意识原型理论与艺术的情感及形式》,《西北大学学报》1996年第2期。

■

第二章

17 年历史剧创作的双层意蕴形态——话语构成论之一

■

历史剧是一种可以多重阅读与理解的文学样式，它既可以远离现实政治，也可以贴近现实政治；它可以是虚构的，也可以有历史的事实根据。总之，由于其具有含义的隐晦性或者说阐释的多义性特点，使得它具有多重的意蕴。如果我们将 17 年历史剧作为一个整体进行观照就会发现，它还具有强烈而鲜明的寓言性，昭示着共同的价值取向与精神旨归，即借历史的镜像或歌颂新中国、歌颂翻身的中华民族、歌颂毛泽东及其代表的中国共产党，或折射现实的矛盾，曲折、隐晦、迂回地干预现实，表达剧作家们的独特思考，进行知识分子的个人性的话语言说。詹姆逊就认为，第三世界文学呈现出整体的民族寓言特征，它以对超越个体的集体、民族生存境遇的关注而显示出第一世界文学所缺失的社会、历史深度，即“这些寓言的叙事所指构成了文学和文化文本的持续不变的范畴，恰恰是因为它们反映了我们关于历史和现实的集体思考和集体幻想的基本范畴”[1]。另一方面，由于历史剧这一形式本身便具有一定的寓言性，17 年众多优秀历史剧作具体所“寓”之“言”也不尽相同，所以形成了总体呈现和具体寄寓的双层意蕴结构。

第一节 总体呈现层

如本书“导论”所言，新中国是在长期积弱、极度落后的半封建半殖民地的旧中国一片废墟上建立起来的，它内需稳定，迅速强大，取信于民，外拒强敌，以美英为首的西方列强奉行敌视中国的政策，在实行“禁运”、伺机颠覆新中国的同时，在文化上奉行文化渗透与歪曲丑化中国的政策，台湾文学中的“反共八股”、香港文学中的绿背文化浪潮均与美国的资助有关。在此文化语境中的中国当代文学亟须在建构与确立主流文学话语的过程中塑造一个民族的自我形象，用以代表一个崭新的现代民族国家，并以之作为文学叙事乃至象征的对象，这个形象便是以毛泽东为代表的中国共产党。于是建国初文学的红色叙事、颂歌话语便围绕着这一形象展开，在表现现实生活的同时，还进行着强烈的政治性宣喻，因为民族寓言的根本特征是文本的意义指涉于文本之外。

[1] 弗里德里克·詹姆逊：《政治无意识》，王逢振、陈永国译，中国社会科学出版社 1999 年版，第 24 页。

一　从民族寓言到讲述国家的精神寓言

在人类历史上，任何一个国家政权的建立，首先面临的就是政治权力的合法性（Legitimacy；又译作义理性）问题。在社会民众眼中，政治权力只有具有了较多的认同率之后，权力才能变成权威，服从才会变成义务。它需要解决两个关键问题：一是形而下的体制合理，二是形而上的价值本源（意识形态）。新中国政权的体制合理与价值本源是随着中国革命的成功而一举获得确认的。从前者来说，"无产阶级领导的，以工农联盟为基础的人民民主专政"是历史的必然选择，因为从鸦片战争开始，一直到孙中山领导的资产阶级民主革命，中国人的强国梦始终未能变成现实，现在"资产阶级的民主主义让位给工人阶级领导的人民民主主义，资产阶级共和国让位给人民共和国"[1]。就后者来说，马列主义的辩证唯物主义和历史唯物主义、社会主义、共产主义等理论构成了中共政权的价值本源，带有鲜明的意识形态属性。"它裹挟着摧毁旧的政治制度、改朝换代的雄风，一开始就以强势社会意识的姿态，造成了一种巨大的历史惯性，这在当时是任何一种意识形态也无法与之抗衡的。"[2]按理说，一个有着激动人心的丰功伟绩和广泛基础的新政体，再辅之以如此强势的社会意识形态，它的权力合法性，它的凝聚力、向心力和权威性已是不证自明的了。但新中国面对的残酷与严峻的现实却不能天然地提供这一切，于是，讲述国家的精神寓言就显得极为必要。

---

[1] 毛泽东：《论人民民主专政》，《毛泽东选集》（第4卷），人民出版社1991年版，第1471页。

[2] 杜国景：《论17年文学的两种阅读期待》，《贵州民族学院学报》2003年第5期。

然而，建国初一次次的文艺运动与文艺斗争及其所形成的束缚现实生活题材创作的种种规训与禁忌，使得从现实出发讲述国家精神寓言的以工农兵为主角的话语创作变得格外地空洞无物，浮泛教条，公式化、概念化严重，既不能满足权威话语的需要，也不能为广大的观众所接受，更得不到知识分子话语的认同。1958 年“大跃进”后的反思及党在文艺政策上的适度放松，权力话语对历史剧的大力提倡，使得现代剧作家们长期积淀和被压抑的政治无意识终于有了升华的可能，其外化形式便是不约而同地选择了历史剧这一极具意识形态性的艺术形式，在建国初表现现实生活的创作转型失败后通过“历史”叙事、在泛政治化的创作语境下继续讲述国家的精神寓言。借寓言于历史、或歌颂或“象征”性地解决一些现实矛盾，体现出 17 年中史剧家们强烈的政治参与意识和对民族生存境遇的强烈关注。

二　从现实回到历史与创作力的衰退

英国著名戏剧家萧伯纳曾经说过一句著名的话：“当剧作家把目光转向历史的时候，正是创作力衰弱的表现。”回顾中外历史的发展我们可以看出，历史剧的消长起落跟整个社会历史条件有着极为密切的关系，大凡在政治禁忌较多、言论不自由的年代，历史剧就有幅度较大的发展；反之，就不那么发达。1958 年，当话剧创作将建国初被遗忘或压抑的历史题材作为新的表现对象加以言说时，其产生的原因与运作机制是可以很好地证明这一点的。1957 年的反右运动，文艺界无疑是重灾区，大批取材现实、表现当下、揭露矛盾、干预生活的作品受到了批判，被说成“毒草”，作家被剥夺了创作的权利。所谓“干预生活”，“在当时的提倡者看来，大致包含着这么几层意思：作家应该勇敢地正视生活，大胆地表现生活，不回避生活中出现的问题；文艺‘必须干预生活’，支持美好的事物，鞭挞丑恶的事物，成为参与解决生活矛盾、推动历史进程的武器；作家应该以主人翁的态度面对现实，不应该是生活的旁观者，要对社会和人民高度负责，主动把艺术同人生、社会结合起来”[1]。从此，具有上述内容和追求的创作成了创作禁区。

1958 年的“大跃进”文艺作为一次群众性的文艺运动，权力话语与民间话语一道彻底扫荡了反右运动后尚有少量残存的知识分子话语，“它以铺天盖地之势迅速填补了反右派运动给文坛留下的荒芜空间，并象征性地宣告：即使没有那些自以为是的知识分子，文学艺术照样繁荣”[2]。权威话语以民间话语的形式对长期被知识者盘踞的文艺园地进行了全面的占领和彻底的改造。“两结合”创作方法的出现又进一步扼制了话剧创作中的现实主义精神，使以粉饰生活、歌功颂德、吹牛浮夸为主要特征的“假大空”话剧在理论上得以合法化。老舍的《红大院》、田汉的《十三陵水库畅想曲》、段承滨的《降龙伏虎》等成了他们各自创作道路上的最低谷。粗制滥造，违背戏剧创作规律的急就之章、应景之作充斥剧坛，主题说教化、内容政治化、人物类型化、结构程式化、语言流行化，话剧的创作力不断衰退，个人化的话语很难寻觅，话剧彻底丧失了艺术品性，于是历史剧便成了现代剧作家们别无选择的选择、摆脱创作困境的首选。1958—1962 年间历史剧创作的繁荣证明了中国话剧正处于创作力的严重衰退期。

---

[1] 刘明馨、赵金钟：《浅探五十年代中期的探索文学》，《信阳师范学院学报》1995 年第 4 期。
[2] 李新宇：《1958："文艺大跃进"的战略》，《文艺理论研究》2000 年第 5 期。

三　由对外转向对内

如果说1950年代初的中国文学主要是对外讲述国家的精神寓言的话，那么1958年以后则转而向内，通过文学向人民昭示中共及其政权的合法性，历史剧则在“历史”中寄寓歌颂和证明的主题。

新中国成立后，长期被侵略、被威胁和被孤立的处境，经济上被封锁、军事上被包围、舆论上被歪曲的危险形势使新中国和广大的中国人民形成了一种“被包围的心理状态和精神状态”(黄仁宇语)。国内的权威话语和民间话语更是共同认定和不断宣传近代中国积贫积弱的原因是西方列强的长期侵略和掠夺。面对美英的封锁与颠覆及其对新中国的歪曲宣传与报道，建国初的中国文学在积极参与建构主流意识形态话语的同时，还承担着向外界讲述民族寓言的重任，宣传中国的新生与希望，歌颂共产党的英明与正确，在古老中华曾有的辉煌中憧憬民族复兴后的美好未来，张扬着一种不绝望、不放弃的民族精神，借以昭示与证明中共及其政权所具有的强大而坚实的合法性基础。

到了1950年代中期，特别是1957年以后，随着社会主义改造的基本完成，抗美援朝战争的胜利结束，新中国渐被国际社会承认，在国际舞台上有了一定的立足之地。但与此同时，中共在建设与发展中存在的一些问题开始逐步暴露出来，生活的激流中出现了暗礁。这在1957年“百花时代”的干预生活的文学中得到了一定的揭露。1957年初，中共发动了一场“群众性的反官僚主义运动”[1]，即开门整风，以提

[1] [美]莫里斯·迈斯纳：《毛泽东的中国及后毛泽东的中国》，杜蒲、李玉玲译，四川人民出版社1990年版，第65页。

高早在延安时期毛泽东就已思考和探索的在执政条件下共产党人如何才能保持旺盛的革命斗志和谦虚谨慎的工作作风，以“跳出历代王朝不断更迭的周期率”（黄炎培语）。但在“大鸣大放”中开始出现了与主流话语不相和谐的声音。有人甚至利用中共在工作中出现的一些问题否定社会主义制度，否定新中国所取得的建设成就，反对中共一党执政，等等，这在一定程度上影响了人民对党的信心，动摇着共产党的执政之基。[1]据此，1957 年，毛泽东认为在我国，虽然社会主义改造已经基本完成，战争年代疾风暴雨式的大规模群众阶级斗争也已基本结束，“但是，被推翻的地主买办阶级的残余还是存在，资产阶级还是存在，小资产阶级刚刚在改造。阶级斗争并没有结束。无产阶级和资产阶级之间的阶级斗争，各派政治力量之间的阶级斗争，无产阶级和资产阶级之间在意识形态方面的阶级斗争，还是长时期的、曲折的，有时甚至是很激烈的。无产阶级要按照自己的世界观改造世界，资产阶级也要按照自己的世界观改造世界。在这一方面，社会主义和资本主义之间谁胜谁负的问题还没有真正解决”[2]。根据这一判断，毛泽东提出了在新的时代鉴别人们言论行动是否正确，以及判定“究竟是香花还是毒草”

［1］据《1957：大转变之谜——整风反右实录》一书所提供的资料可见，1956 年是新中国的多事之秋。当时，由于社会主义改造工作的基本完成，中国社会发生了大变动，而对这种变动，相当多的人一时还不能适应，甚至执政的党员和干部，对这种大变动也感到非常陌生，思想方法与工作方法还不能相应地发生变化。再加上前几年各项工作中一些“左”的做法造成的不良影响，党与群众的关系问题就变得十分突出，以至于屡屡发生群众闹事事件。首先，工人请愿事件明显增多，且呈上升趋势；其次，农村中干群矛盾突出，不少地区出现闹社风潮；再次，学校里学生闹事事件也明显增多；最后，在建国后历次政治运动中，许多部门的领导者采取简单粗暴的方式对待知识分子的思想改造，伤害了相当一部分知识分子的自尊心和积极性，致使许多非党知识分子对于执政党的党员、干部有一种潜在的抵触情绪等等。

［2］毛泽东：《关于正确处理人民内部矛盾的问题》，《毛泽东选集》第 5 卷，人民出版社 1977 年版，第 389、393 页。

的“六条标准”，而且明确地申明“这是一些政治标准”[1]。在这样的背景下，伴随着权威话语对所谓“右派”言论的反击与斗争，文学开始由对外转向对内，即开始向人民讲述国家的精神寓言，宣传和歌颂共产党、毛泽东及其建立的社会主义制度、所代表的人民共和国，历史剧同样承担着这样的使命。“通过对1949年以前的革命历史的历史讲述”（也包括取材于辛亥革命以前的作品）为当前的政治工程寻求精神支持，并且确保后者的历史合法性。[2]

很显然，这一时期的史剧家们并无发思古之幽情的闲心与雅兴，而是“借用它们的名字、战斗口号和衣服，以便穿着这种久受尊敬的服装,用这种借来的语言,演出世界历史的新的一幕”[3]。在《蔡文姬》中，史剧家借董祀的嘴，道出曹操的文治武功：“他锄豪强，济贫弱，兴屯田，使流离失所的农民又重新安定下来，使纷纷扰攘的天下又重新呈现出太平的景象。”曹丞相告诉了我们：现在汉朝和匈奴已经和好，外患也基本上消除了，朝廷正在广罗人才，力修文治。他说到你是伯喈先生的孤女，你是博学多才的人。他说，你的才情不亚于班昭，班昭能继承她父亲班彪的遗业，帮助他的哥哥班固撰写了《前汉书》，你也尽可以继承伯喈先生的遗业,参与《续汉书》的撰述。在《武则天》中，借上官婉儿之口说出则天皇帝的功德：“‘天下的老百姓都在过着太平的日子，大家丰衣足食，人兴财旺。大家都在说，这比太宗皇帝在位时的贞观年间要富庶得多了！她破格录用人才，就是耕田的人、砍柴

[1] 毛泽东：《关于正确处理人民内部矛盾的问题》，《毛泽东选集》第5卷，人民出版社1977年版，第389、393页。
[2] 朱晓进、杨洪承等：《非文学的世纪》，南京师范大学出版社2004年版，第471页。
[3] 马克思：《路易·波拿巴的雾月十八日》，人民出版社2001年版，第9页。

的人，有话都可以到京城里来向她说。’这当然是一种颂词。既是颂的过去，又是颂的现在。”[1]它告诉和启示人民，百年来中国人民梦寐以求的强国梦现在就要实现了。陈鉴昌在《论郭沫若晚期史剧的共同主题》一文中更是明确提出，郭沫若的《蔡文姬》和《武则天》都是以抒发歌颂之情为主旋律的，如借歌颂曹操在“武功”基础上“力修文治”，积极发展国家的文化事业，以暗喻新中国领袖们的同类功绩；运用借古喻今的手法歌颂各民族平等团结友好的原则及其倡导者；通过赞美武则天的爱惜人才暗喻当今的国家领导人也应爱惜人才；通过赞扬武则天为巩固封建政权而镇压叛乱，隐喻当今要巩固无产阶级的政权，也必须镇压敌对分子的颠覆与破坏……[2]彭放则强调《蔡文姬》一剧完成于1959年2月即“大跃进”末期的时代背景。他说：“虽然轰轰烈烈的‘大跃进’，并没有给人民带来实际利益，但是伟大的理想，充满光明和希望的奋斗目标，在当时仍然是鼓舞人民前进的一种力量。郭沫若要写出一部新的《蔡文姬》给国庆十周年献礼。他心中燃烧着还没有冷却的大跃进的热情，把自己对于时代精神的感受，熔铸于艺术形象中。因此，擅长于写历史悲剧的郭沫若，不得不改变初衷，将蔡文姬的故事进行改造，重新构思了主题。”“从这个四喜临门的历史喜剧中，我们看到了‘人寿年丰，喜事重重’的升平景象。人民安居乐业，民族团结和睦。从舞台规定的情景看，虽然描写的是一千多年前曹操统治下的我国北方人民的幸福生活，但由于作者对现实充满着强烈的爱，他在处理历史题材时，就把自己喜悦的心情、真挚的情意，‘复活’

[1] 何思玉：《“双声话语”中的世纪梦——解放后郭沫若两部史剧解读》，《郭沫若学刊》1997年第4期。

[2] 陈鉴昌：《论郭沫若晚期史剧的共同主题》，《郭沫若学刊》2003年第3期。

到历史时代里去了。这不能不说是郭沫若在 1959 年写《蔡文姬》为现实服务的一个重要方面。”[1] 1958 年，郭沫若就曾自称“写过去，要借古喻今，目的在于教育当时的观众”。[2] 向人民宣传的意图极为明显。还有王中和与王德仁的《詹天佑》、田汉的《文成公主》、章莆秋等人的《文成公主》等剧均有其明确的“以古证今”“以古颂今”的现实目的。

这种以“人民”为言说对象的历史话语喻示着 17 年历史剧创作活动所具有的强烈的意识形态特征，它表明一切叙事最终是对“历史”的虚构，是对史剧家们长期被压抑的政治无意识的控制、升华、转移与播散。史剧家在把“人民”作为一个总体想象的符码，将“人民”对现实与未来幸福的期冀与渴望做出了超验而神圣的终极性呈现。但由于“人民”是一个非实体化的超验的所指，于是作为知识分子的史剧家们又以代言人的身份对“人民”的愿望加以表达。这样的身份颇类似于福柯所指称的“牧师权力”的发出者，是文化机器行使权力的证明和保障，具有了表达和代言的双重权力。

其实，史剧家们这种“身份”的确立本身就是一个神话式的意识形态幻想，一种来自于语言的幻觉，一种精心编码的知识 / 权力的策略，它使人在盲视中失掉了对自身的清醒认识，以为掌握了语言就把握了现实世界。随着“极左”思潮的泛滥，“大写十三年”口号的提出及“两个批示”的公布，史剧家们很快便丧失了自己的话语空间，渐至于彻底丧失了苦心构建的历史话语，而这样的命运早在 1942 年《讲话》所建构的文艺工具性功能观中就已规定了。“现在世界上，一切文化或文学艺术都是属于一定的阶级，属于一定的政治路线的。为艺术的艺术，

---

[1] 彭放：《“翻案”背后有文章——〈蔡文姬〉主题新探》，《郭沫若研究》第 2 辑。

[2] 郭沫若：《谈戏剧创作》，《剧本》1958 年 6 月号。

超阶级的艺术，和政治并行或互相独立的艺术，实际上是不存在的。”[1]是文艺阶级性决定其政治性，所有的文艺工作必须坚决服从于党在一定革命时期内所规定和必须完成的革命目标和任务。所以，在普列汉诺夫看来，“任何一个政权只要注意到艺术，自然就总是偏重于采取功利主义的艺术观。这也是可以理解的，因为它为了自己的利益就要使一切意识形态都为它自己所从事的事业服务”[2]。

第二节 具体寄寓层

17年中，由于主流意识形态的高度统一，它不仅为戏剧历史化提供了一整套高度一致的历史精神为当代服务的现存结论，使历史剧在总体上呈现出讲述民族寓言这一共同的价值旨归。另一方面，由于史剧家们各自创作个性的差异，对新历史观念的诠释又有各自不同的侧重，使得不同的史剧作品在具体寄寓的内容方面又呈现出多样化的特征。

在主流意识形态统领一切的泛政治化创作语境中，对历史剧的所谓历史真实的诠释与检验实际上已不是史剧家们承担的使命，也不需要他们付出太多的探索与思考，因为高度统一的国家意识形态已提供了现存的标准答案和检验标准，史剧家要做的只是在自己的创作中如何更好地表达与寄寓等技术性或程序性的工作。历史真实已被替换为

[1]《毛泽东选集》(第3卷)，人民出版社1991年版，第865页。

[2] 普列汉诺夫:《普列汉诺夫美学论文集》第2卷，曹葆华译，人民出版社1983年版，第830页。

当代性精神真实，是一种主体的或主观的真实。这里所谓的主体或主观实际上是属于权威话语的建构者或言说者的，但由于特定的时代氛围、创作语境、所承继的戏剧历史化的传统与“历史”自身的复杂性及国家意识形态建构与运行的特殊机制，使得无论是权威话语主体还是历史剧的创作主体，都不会质疑这种被虔诚的主体精神中虚幻的绝对精神所笼罩的历史真实，主体虔诚地相信主观的精神与客观的历史之间的对等与重合，在虚幻的精神真实中主观地认定历史的真实性，并将这种真实性虔诚地膜拜为历史理性中的真实性，而且是唯一的真理性。史剧家们最多只是在理解是否准确及“史”与“剧”在历史剧中所占比重的分配等问题上产生一些争论而已。种种先验的理念与条条框框规定和限制了17年历史剧发展前行的路径与空间，从而导致了17年历史剧主题先行和公式化、概念化倾向。

所以说，戏剧历史化中的历史真实其实是主观的、相对的。所谓的“绝对”或“唯一”事实上并不存在，呈现出的只是创作主体的精神真实或时代精神的真实，时代精神贯注到了17年的每一部史剧创作之中，而且，由于长期受到主流意识形态观念的影响与控制，史剧家们已经形成了从时代的流行观念出发解读历史、诠释历史、寄寓理念的思维定势。在内容和立意上不外乎以下几类：

①对历史人物和事件进行重新评价，为历史人物与事件翻案的，如郭沫若的《蔡文姬》《武则天》，老舍的《神拳》等。

②发掘历史精神以鼓舞今人的，如曹禺的《胆剑篇》、朱契的《郑成功》等。

③总结历史经验教训以儆后人的，如朱祖贻等的《甲午海战》、胡仲实的《楚汉春秋》、费克和邨夫的《天京风雨》等。

④歌颂历史上的某些有影响的人物和事件的，如田汉的《关汉卿》、马少波的《岳云》、汪钺的《岳飞》、田汉的《文成公主》、刘肖芜的《解忧》、石凌鹤的《汤显祖》、师陀的《西门豹》等。

⑤表现爱情和婚姻自主的。如冰毅的《卓文君》、丁西林的《孟丽君》等。

⑥幽默讽刺类的喜剧。如师陀的《伐竹记》等。

在具体寄寓层面上呈现为几种简单的主题与情节模式。1961 年《上海戏剧》上的一篇文章对此有着很好的说明："历史剧应该为工农兵服务、为社会主义事业服务。因此，我们必须从提高人民社会主义觉悟、鼓舞人民革命斗志出发，以历史唯物主义的观点来处理历史题材。抽象地以事论事地来考虑处理历史题材的得失，显然是不妥当的。正是如此，我们强调历史剧要颂扬爱国主义民族英雄，反对侵略战争；宣扬人民革命运动、农民起义运动；颂扬有利于人民的伟大政治措施和主持这一措施的政治人物；颂扬劳动人民的美德；也颂扬能够照顾人民利益的个别贤明的官吏；宣扬人民的反帝反封建斗争；颂扬人民争取民主、和平、自由、婚姻自主的斗争；颂扬人民艰苦奋斗、发愤图强的精神；颂扬伟大的科学发明家、文学家、医学家、艺术家；颂扬人民团结、民族团结；揭露封建制度的罪恶；揭露封建统治阶级的腐败、荒淫、贪赃、枉法的行为；揭露由民族压迫、帝国主义侵略所挑起的非正义战争的罪恶；揭露封建礼教、旧道德的虚伪和丑恶……所有这一切，都是为了对我们社会主义事业有利。因此，我们主张作者在选择题材时，要从我们的时代精神、时代的需要出发。从我们长远的政治要求和当前的政策要求出发。目前的时代给予我们的任务是：一面积极开展保卫世界和平、反对帝国主义的斗争，争取和平、民主、民族独立和社会主义而斗争；一面积极进行国内的社会主义建设。针对着反帝斗争，我们运用历史题材宣传反抗异族的侵略和压迫的斗争；针对在‘一穷二白’基础上进行社会主义建设的要求，我们提倡艰苦奋斗、发愤图强的创业精神。与此同时，围绕这些内容，广泛地、多样地、丰富地旁及其他题材。”[1]所以，在历史题材上可以分为以下几个方面。

一 “1840年情结”

自晚清以来，中国从“康乾盛世”“中央帝国”到被列强凌辱，不断瓜分，在国际社会中的地位是每况愈下，国家极度贫弱。新中国成立后，国家长期被侵略、被包围、被封锁、被孤立的处境并未得到根本改变，美英等国的虎视眈眈与全面封锁更使中国人民形成了一种“被包围的心理状态和精神状态”（黄仁宇语），对外部世界有着一种深深的怀疑、焦虑与不安，国内的历史教材更是全面地宣传和证明近代中国的积贫积弱乃西方列强侵略所致，这一切铸成了中国社会挥之不去的“1840年情结”。[2]于是，揭露帝国主义侵略本质，表现满清政府腐败卖国，歌颂中国人民反抗斗争，振奋中华民族自强精神类的历史剧在17年中占了很大的比重。由于指导思想的统一及认识的一致，史剧家可以专心致志于艺术创造，使得其中的部分作品质量也较高。该类史剧主要有：田汉的《朝鲜风云》、朱契的《郑成功》、刘克的《1904年的枪声》、王中和与王德仁的《詹天佑》、老舍的《神拳》、李恍与朱祖贻的《甲午海战》、段承滨的《义和团故事组剧》等。还包括创作于

[1] 孙杰：《历史剧的古为今用及其他》，《上海戏剧》1961年第1期。

[2] 赵灵敏：《崛起的中国需要大国心态》，《南风窗》2004年第10期上。

1962 年、发表于 1981 年的濮思温和刘振烝的《詹天佑》。[1]

这类题材的史剧一般有两条情节线索贯穿全剧：一条是中国人民或作为其代表的志士仁人与帝国主义侵略者、殖民者的斗争，借以揭露侵略者或殖民者的虚伪与贪婪、残忍与残暴：《詹天佑》中是詹天佑与帝国主义的代表金达之间的斗争；《郑成功》中是郑成功与荷兰总督揆一所代表的殖民者的斗争；《神拳》中是以高永义为代表的义和团英雄与八国联军的战斗；《义和团故事组剧》中则是黑塔、红姑等义和团英雄与西方侵略者的斗争；《1904 年的枪声》中是以立马、曲贞、巴桑、丹增等为代表的西藏人民对英国侵略者的顽强抵抗；《甲午海战》中写邓世昌、林永升、丁汝昌、李仕茂、王国成等爱国官兵与日本侵略者的浴血奋战，为国捐躯。这是史剧的情节主线或中心冲突。另一条线索则是爱国者们与卖国贼、投降派的斗争。如濮思温和刘振烝的《詹天佑》中的詹天佑与反对筑路、主张出卖路权的袁世凯及其代理人毓坤之间的斗争，王中和与王德仁的《詹天佑》中则是以慈禧太后为代表的腐败的清政府宁愿将建海军的经费用于修建颐和园，以图享乐，也不愿修建造福于民、长国人志气的京张铁路，包括大搞迷信活动，认为修铁路会破坏自家风水的丁大人，作为英国人的奸细，来刺探京张铁路工程情报的纪贤等等，构成了詹天佑修建京张铁路的阻挠者。《甲午海战》中，李鸿章、方仁启等代表的便是投降派。《神拳》中则是明大人、孙知县、田富贵等所代表的卖国的清政府对义和团运动的残酷镇压。《义和团故事组剧》中英勇的黑塔更是死于内奸梁三之

[1] 两部同名史剧，一部创作于 1958 年，一部完成于 1962 年，但其主题、情节、冲突结构、人物关系以及内容基本相近，甚至拍摄于 1984 年的同名电影《詹天佑》，在话语形态上仍基本相近，这反映出国家意识形态所建构的新历史观念强大的规训作用。

手，还有胡知县、梁知县、侯八、胡九等这一批卖国贼专门在义和团的背后施冷枪、放暗箭。《1904年的枪声》中的清政府新任驻藏大臣有泰、前驻藏游击丁文通以及奸细玄弘法师等竭尽卖国求荣之能事等等，此乃作品的副线或次要线索。这种一律化的情节构成和主次冲突的安排当然是新历史观念的影响所致。朱祖贻、李恍在谈《甲午海战》的编写经过时明确表示，该剧矛盾冲突的安排是贯彻执行毛泽东《矛盾论》中的思想，"半殖民地的国家如中国，其主要矛盾和非主要矛盾的关系呈现着复杂的情况。当着帝国主义向这种国家举行侵略战争的时候，这种国家的内部各阶级，除开一些叛国分子以外，能够暂时地团结起来举行民族战争去反对帝国主义。这时，帝国主义和这种国家之间的矛盾成为主要矛盾，而这种国家内部各阶级的一切矛盾（包括封建制度和人民大众之间这个主要矛盾在内），便都暂时地降到次要和服从的地位。中国1840年的鸦片战争，1894年的中日战争，1900年的义和团战争和目前的中日战争，都有这种情形。""毛主席的这些话照亮了我们重新结构剧本时的道路。"[1]"我们感到用以邓世昌为代表的爱国力量与投降派的矛盾作为一条次要线索，贯穿在全剧，构成有机的组成部分，不但不会削弱民族矛盾，而且更便于展示民族矛盾、民族危机。"[2]

该类题材的历史剧还有一个更为重要的内容，就是表现中国人民的觉醒与反抗。其实，整个17年的历史剧均加入了这方面的内容，这是它有别于30、40年代历史剧的一个很重要的特征。是人民为爱国者们或历史上的志士仁人、英雄豪杰，包括贤君明主等提供了力量支持，从而取得了斗争的胜利，或使观众看到了胜利的希望、光明的未来。

---

[1] 朱祖贻、李恍：《话剧〈甲午海战〉的编写经过》，《戏剧报》1960年第21期。
[2] 同上。

其理论依据还是来自权威话语所建构的“人民创造历史”这一新的历史观。朱祖贻和李恍在创作《甲午海战》时“虽然也知道要写出人民的觉醒，人民的反抗，人民的力量”，“但史实中这方面的记载很少”。“正好这时我们去参观了革命历史博物馆，一眼看到了正墙上毛主席的话：‘中国人民，百年以来，不屈不挠，再接再厉的英勇斗争，便得帝国主义至今不能灭亡中国，也永远不能灭亡中国’(《中国革命和中国共产党》)。这句话更使我们的创作思想豁然开朗，使我们在头脑中生发出一些新的想象，对于我们敢于跳出史料的圈子，放手去写人民群众的奋起抗战，是一种巨大的鼓舞。毛主席还说：‘帝国主义和中国封建主义相结合，把中国变为半殖民地和殖民地的过程，也就是中国人民反抗帝国主义及其走狗的过程。从鸦片战争、太平天国运动、中法战争、中日战争、戊戌政变、义和团运动、辛亥革命、五四运动、北伐战争、土地革命战争，直到现在的抗日战争，都表现了中国人民不甘屈服于帝国主义及其走狗的顽强的反抗精神。’(《中国革命和中国共产党》) 这些光辉的论断，给我们明确地指出了，人民是历史向前发展的动力，人民是历史的主流。”[1]

许多本应是悲剧结尾的史剧，由于加入了人民的反抗使得悲剧效果大为减弱，在叙事上不再具有强大的悲剧力量，使许多史剧最终滑向了正剧甚至喜剧。李希凡便说：“《甲午海战》虽然反映的是一次失败的历史战役，但它却一扫过去历史记载的那种消极、屈辱的灰色情调，洋溢着强烈的民族自信的时代精神。”[2]《1904 年的枪声》《詹天佑》《神拳》《义和团故事组剧》等均被史剧家加入了人民觉醒反抗的结尾。

[1] 朱祖贻、李恍：《话剧〈甲午海战〉的编写经过》，《戏剧报》1960 年第 21 期。
[2] 李希凡：《略论〈甲午海战〉的历史真实和艺术真实》，《戏剧报》1960 年 18 期。

“1840 年情结”类史剧中所表现出的这种强烈的民族自信和对民族自我的明确指认，是与毛泽东在 1949 年前后发表的一系列讲话，如《中国人民解放军总部发言人为英国军舰暴行发表的声明》《丢掉幻想，准备斗争》《别了，司徒雷登》《为什么要讨论白皮书？》《“友谊”，还是侵略？》等文章中强烈的爱国主义精神、裹挟风雷的气势是一脉相承、相互应和的。

二　“卧薪尝胆现象”

17 年历史剧中的许多作品取材于更为久远的年代，力求在历史的长河中找到一根精神的血脉，以把历史与现实紧密相连，借复活历史的经验，发挥历史的精神来为特定年代的政治斗争服务，激发中国人民在逆境中奋起，在困境中磨砺斗争的意志。以历史为镜像，憧憬美好的明天，其最终的价值旨归是为了激发中国人民的爱国情感。代表作有曹禺的《胆剑篇》、马少波的《岳云》、汪钺的《岳飞》、王中和与王德仁的《詹天佑》、濮思温和刘振烝的《詹天佑》、朱契的《郑成功》等作品。

1949 年 8、9 月间，在新中国即将成立前夕，美国国务院在 1949 年 8 月 5 日发表了题为《美国与中国的关系》白皮书和此前艾奇逊致美国总结杜鲁门的一封涉及中美关系的信（1949 年 7 月 30 日），为此，毛泽东先后发表了《丢掉幻想，准备斗争》《别了，司徒雷登》《为什么要讨论白皮书？》《“友谊，”还是侵略？》《唯心历史观的破产》5 篇文章，针对美英对新中国的全面封锁及实行敌视政策，全面阐述了新中国对外关系，特别是对美关系的总方针，即关上与美英等帝国主义交往的大门，只与苏联老大哥发展友好关系。在《别了，司徒雷登》中，毛泽东说："多一点困难怕什么，封锁吧，封锁十年八年，中国的一切问题都解决了，中国人死都不怕，还怕困难吗？"[1]"'准备斗争'的口号，是对于在中国和帝国主义国家的关系的问题上，特别是在中国和美国的关系的问题上，还抱有某些幻想的人们说的。他们在这个问题上还是被动的，还没有下决心，还没有和美帝国主义（以及英帝国主义）作长期斗争的决心，因为他们对美国还有幻想。"[2]"但到了1960年，中苏关系开始全面恶化，苏联单方面撕毁合同，撤走专家，也开始对中国进行封锁。加之1957年反右运动和1958年'大跃进'造成的灾难后果开始显现。"[3]新中国进入了最为困难的发展时期。

为了激励中国人民与霸权主义和暂时困难作不屈服斗争的意志，一批以"卧薪尝胆"为题材的历史剧涌上了中国戏剧舞台。据文化部1962年出版的《艺术研究通讯》第4期的初步估计，以这一题材编写的剧本共有71个，茅盾则认为，按照全国各地剧院与剧团的演出情况看，数目应该接近一百，就他自己搜集的新编"卧薪尝胆"脚本就有50来种，形成了一股"卧薪尝胆风"。[4]但这些剧本都属于戏曲类的，没有一个话剧本子，因此在罗瑞卿等国家领导人的建议下，曹禺与梅阡、于是之共同构思创作了五幕历史剧——《胆剑篇》，由曹禺执笔。剧本写春秋战国时代，吴王夫差在会稽一战，大败越兵，将越王勾践掳去，拘囚于姑苏。勾践在姑苏的吴王宫中，忍气吞声，备受凌辱，给夫差养马，

[1]《毛泽东选集》第4卷，人民出版社1991年版，第1496页。
[2] 同上。
[3] 文聿：《中国"左"祸》，朝华出版社1993年版，第325页。
[4] 茅盾：《关于历史和历史剧》，《文学评论》1961年第5期。

取得信任，被释放回国。他立志“卧薪尝胆，誓雪国耻”，统率越国居民，“十年生聚，十年教训”，最后趁吴王北上会盟，与晋王争夺霸主的时候，挥戈出征，一举灭了吴国。长期以来，学术界对该剧主题的归纳多种多样，莫衷一是，或说是写“勾践复仇”，或说暗谕领导人要学会“听取忠言”，或说是写以勾践为代表的正义一方与以夫差为代表的非正义一方之间的战争，还有人认为是“十年生聚，十年教训”，或是“生于忧患，死于安乐”，甚至有人提出是“天高听卑”的思想，等等，不一而足，也许，上述主题在《胆剑篇》中均有一定的寄寓，但作为领导出题目，为配合国家意识形态进行宣传的历史剧，其实在创作之前，主题就已设定好了，即“卧薪尝胆，誓雪国耻”，“十年生聚，十年教训”，号召全国人民发扬爱国精神，团结一心，共渡难关，歌颂毛泽东和中国人民即使在最穷最困难的时候也不接受外援（特别是帝国主义的）的“骨气”“气节”和“自强不息”的精神，这一切构成了《胆剑篇》所表现的爱国精神的具体内涵。由于曹禺等史剧家们受到了太多条条框框的束缚，使得剧作的主题虽被升华到了很高的高度，却不怎么感人。对戏剧颇为内行的周恩来便说出了这样的感受。“新的迷信把我们的思想束缚起来了，于是作家们不敢写了，帽子很多，写得很少，但求无过，不求有功。也很苦恼。他入了党，应该更大胆，但反而更胆小了。谦虚是好事，但胆子变小了不好。入党应该对他有好处，要求严格些，但写作上反而有了束缚。”还说：“过去曹禺同志在重庆谈问题的时候，他拘束少，现在好像拘束多了。生怕这个错，那个错，没有主见，没有把握。这样写不出好东西来。”[1]所以，《胆剑篇》虽有它的好处，主

[1] 周恩来：《对在京的话剧、歌剧、儿童剧作家的讲话》，文化部文学艺术研究院编：《周恩来论文艺》，人民文学出版社 1979 年版，第 107 页。

要方面是成功的，但他却没有那样受感动。晚年的曹禺曾回顾他当时的创作心态："解放后，我和许多知识分子一样，是努力工作的。虽然说组织上入了党，但是'资产阶级知识分子'这个帽子实际上也是背着的，实在叫人抬不起头来，透不过气来。这个帽子压得人怎么能畅所欲言地为社会主义而创作呢？那时，也是心有顾虑啊！不只我，许多同志都是这样，生怕弄不好，就成为'反党反社会主义的毒草'。"[1]显然，这样的创作心态，当然影响了成就的取得。必然导致创作自我的失落。由此可见《胆剑篇》"不那么感人"的原因。

马少波是一位30年代初就参加话剧演出活动的老戏剧工作者，1941年创作的五幕话剧《指挥》曾获得1942年胶东文艺评奖戏剧第一名，此后曾创作过《闯王进京》（京剧，1944年）、《太平天国》（话剧，1946年）、《关羽之死》（京剧，1948年）等几部优秀的历史剧。1960年，为了引导少年儿童从岳云身上吸取爱国主义的精神力量，他创作了一部历史题材的儿童话剧——《岳云》，该剧在具有儿童剧共同的特点如单纯性、趣味性、知识性的同时，还具有强烈的现实性。在中国历史上众多的爱国英雄中，马少波为什么偏偏选择岳云为歌颂对象呢？80年代在剧中扮演（青年）关铃并担任副导演的尚鸿佑认为原因有三：一是当时我国正处在暂时经济困难时期，作者对国家所受挫折怀有深忧，感到有责任用自己的作品教育和鼓舞人民，特别是青少年，树立起战胜困难的决心和信心；二是作家从小就深深景仰少年爱国英雄岳云，景仰岳飞爱国的一家人；三是岳云是少年英雄，比写岳飞、文天

[1] 田本相：《曹禺传》，北京十月文艺出版社1988年版，第378页。

祥更易于引起当今少年儿童的共鸣。[1]史剧家以忠心报国为中心，多侧面刻画了岳云的性格特征，由此可见史剧家当时的注意力之所在。

在处理岳云与岳飞的关系时，史剧家始终把笔墨集中在岳云身上，以他为情节的中心，刻画他短暂而又闪现着青春光辉的一生。通过幼教、新征、初建、回军、审奸、远行 6 个场次，艺术地呈现出岳云聪明、淳朴、勇敢、诚实，力能打虎、勇能杀敌的古代少年英雄多方面的性格特征，而这一切又源于其忠贞爱国、坚定不移的主导性格，即使是十二道金牌逼其父子班师回朝、因“莫须有”的罪名身陷囹圄之时，爱国之情仍然不会稍减或游移。由此可见，史剧家的创作意图和深刻寓意，既号召广大的中国少年儿童其实也包括全体中国人不能因暂时的困难而动摇甚至丧失信心，爱国重于一切。

汪钺的六幕史剧《岳飞》创作于 1962 年 10 月，是一部历史悲剧，在 17 年众多的历史剧中，真正意义上的悲剧是极少的，《岳飞》当是其中较为优秀的一部。该剧在对历史事件的选用、情节结构的安排上独具匠心。特别是爱国英雄岳飞一生叱咤风云，动人事迹很多。剧作立足于南宋人民奋起抗金的广阔历史背景，择取岳飞全部历史活动中最能体现其爱国精神的典型事件，巧裁细缝，通过面君主战、劝杨效国、舍身刺字、呕血挥书、囹圄不屈、慷慨成仁等波澜起伏的情节，将观众带入八百年前的历史激流中，时而为岳飞的浩然正气肃然起敬，时而为民众的抗金热情激动不已，时而为秦桧之流的卑污龌龊义愤填膺。尤其是剧作的两处高潮，写得绘声绘色，深挚感人。“朱仙镇誓师”中着力铺写的“登台点将”和“呕血挥书”，使剧情大起大落，惊心动魄；

[1] 尚鸿佑：《报国沥肝胆 英雄出少年——评历史剧、儿童话剧〈岳云〉》，李慧中编：《马少波剧作研究》，黄河文艺出版社 1989 年版，第 203 页。

而“大理寺就义”中，则以激越愤慨的大段独白，升华岳飞忧国忧民的情怀，感人至深。这出悲剧“因其题材选择得精细和情节结构安排得合理，有力地体现了爱国主义的主题”[1]。

但岳飞的爱国重心却在忠勇孝悌、以身许国的崇高精神上，作为封建臣子的岳飞面对苟安求和的君王、奸诈卑鄙的佞臣，他虽愿誓死报国，却为“忠君”思想所困，他不准牛皋抗命“欺君”，不从梁大伯要他举义旗之劝，使得自己事业未竟，宏图难展，终于屈死风波亭。从另一侧面，我们又可见出岳飞“忠”字当头，忠心耿耿，任何情况下不会有丝毫的动摇。作者如此表现也有其现实目的，那就是号召尚处于极度困难中的中国人相信党，相信政府，坚持爱国，永不动摇。

该类史剧将人民的支持理解为爱国英雄、志士仁人们的力量之源。《郑成功》中郑成功之所以能收复台湾，首先是因为台湾人民不堪忍受荷兰殖民者的统治，积极支持祖国来的正义之师。《1904 年的枪声》中是无数普普通通的爱国的藏汉人民组成的义军在抵抗侵略者。《詹天佑》（王中和、王德仁著）中以刘老汉、小梅等为代表的人民群众是如此的深明大义，坚决支持詹天佑，不断给詹天佑以鼓励和支持。濮思温、刘振烝的《詹天佑》同样虚构了一群关心支持詹天佑的人民形象，如雷凤桐一家，来自远方投身修路运动的老石匠、农民李三、老赵等。他们在人物关系结构中的功能与刘老汉、小梅等是完全一致的。《神拳》《义和团故事组剧》歌颂的就是千千万万普普通通的、史无所载的义和团战士，是他们不畏强敌，手持大刀长矛抵抗侵略，写下了可歌可泣的悲壮篇章。《甲午海战》中，每当邓世昌遇到困难而感到惶惑不安时，

[1] 季成家主编：《西部风情与多民族色彩——甘肃文学四十年》，红旗出版社 1991 年版，第 74–75 页。

总会从人民群众那里汲取到新的力量。如第五场写到他情绪有些低落，郁闷消沉，但他想起百姓在怨水师按兵不动，看到士兵斗志昂扬；碰上士兵正愤然地要去找他；他又听到李仕茂、王国成被迫害和揭露方仁启罪行之后，终于又被点燃了坚持斗争的热情。第七场邓世昌列队检阅看到士兵们无一退缩、畏惧，而是壮烈凛然；下令离船时，水手们“誓与兵船共存亡，誓与邓大人同生死，誓与东洋鬼子拼死到底”，大大地鼓舞了邓世昌的斗志，坚定了撞沉日舰吉野的决心。[1]

《胆剑篇》中老苦成的形象更是史剧家着力塑造的。苦成这个名字见之于史志，但是关于他的事迹记载的文字极少，只是在勾践“入臣于吴”、群臣饯行并向勾践提出保证时，有一点关于苦成的记叙：大夫（《东周列国志》中为太宰）苦成曰：“发君之令，明君之德；穷与俱厄，进与俱霸；统烦理乱，使民知分。臣之事也。”（《吴越春秋·勾践入臣外传》）他原是以勾践为首的越国统治集团当中的一员。在《胆剑篇》中，作者却只借用了这个与剧本主题思想很贴切的、意味深长的名字，塑造了另外一个人物形象。在剧中，他不是大夫太宰，而是一个庶民。他爱国、勇敢、有骨气，敢于冒着敌人的刀剑把被侵略者烧焦了的稻穗献给勾践；他不怕株连九族，勇敢地拔掉夫差刺在禹庙前边的岩石上的“镇越神剑”；他坚决不吃吴国的大米，主张自耕自食；他把苦胆献给越王，要他永记国仇，发愤图强；他为了保全越国的刀剑兵器不致被人搜出，壮烈殉难。他是越国民气的集中表现。作者以充沛的热情创造了这个人物，很明显是想要表现出人民群众在历史上的作用，通过他来概括当时人民群众的精神面貌的。《岳飞》中的梁大伯形象也是当时人民群众

[1] 朱祖贻、李恍：《话剧〈甲午海战〉的编写经过》，《戏剧报》1960年第21期。

的化身。“他三次参加王军，参加过太行忠义，携家带口南来效命，儿子战死在飞来峰，爷孙二人屡遭屈处，仍以国事为重，随从岳家军效力。这是当时人民群众苦难的化身和坚决抗金的代表形象。就其在剧中的活动与作用来看，他用岳飞赠送的一把剑，在河东河北拉亲戚、交朋友、串山寨、走州县，不辞辛劳，燃起了大河两岸的抗金大火，掌起了岳家军的旗号，对抗金斗争贡献了极大的力量。就其思想性格来看，他又和岳飞迥然不同，他以劳动人民特有的忠直不屈敢于大骂秦桧奸贼，在岳飞要班师南还时，他还要‘过河向北，爷孙两个走南闯北地抗金，总得抗出个名堂’。所以我认为这虚构的人民的化身是鲜明而准确的，他实在可以和《胆剑篇》中的老苦成相媲美。”[1]

在《岳云》一剧中，马少波照顾到了儿童剧的特点，只是写了人民群众如关铃、老樵夫、张国祥等对岳云的教育，使他学会了区分忠奸，明白了“忠奸水火不能相容”的道理。即使身陷死牢，他也能从刘二愣、王长三、老狱卒等普通劳动者的身上汲取力量，不丧爱国之志，不失斗争的信心。

在历史剧中大量表现“人民性”内容应当说是17年历史剧创作中一个极为重要的组成部分。主流意识形态话语所建构的历史唯物主义历史观认为“人民群众是历史的创造者”，但在过去的史籍中，对“人民”的记载极少而不具体，而在17年历史剧创作过程中，随着时间推移，“人民”在史剧中的作用也是由小到大，到起决定性作用，成为不可或缺的组成部分。在这种夸大作用，且每剧必写的创作模式中，我们不难发现新历史观念的强烈影响及其观念先行、教条主义和公式化的倾向。

[1] 刘广志：《激烈壮怀化长虹——漫评话剧〈岳飞〉》，《甘肃文艺》1963年第10期。

同时，由于强调了人民群众的作用与影响，使得17年历史剧中的许多剧作的激情形态发生了很大的变化，即本应是正剧的变成了喜剧，本应是悲剧的转变成了正剧，极大地降低了剧作的艺术感染力。

三 “文成公主”及其他

1959年至1960年，我国历史剧舞台上出现了两部同以《文成公主》为剧名的历史剧，一部是钱子松、李子敏、章甫秋、李仲达编剧，章甫秋执笔的，还有一部是田汉创作的。其实，17年历史剧中，歌颂民族团结作为一种主题类型已形成了一定的创作模式，作品还有包尔汉的《战斗中血的友谊》(1962)，刘肖芜的《解忧》(1964)。曹禺的《王昭君》的第1、2幕也创作于1962年。

在几千年的中国历史上，如何处理好中央王朝特别是汉民族与其他少数民族的关系，始终是困扰历代帝王的一个大问题。新中国是一个有着56个民族的大家庭，国家意识形态极为重视各民族之间的和睦相处、共同发展，为此，1956年，毛泽东在《关于正确处理人民内部矛盾的问题》一文中明确提出了分辨“香花”与“毒草”的6条标准，这实质上是他提出的“政治标准”的具体化，其中第一条就是“有利于团结全国各族人民，而不是分裂人民”[1]。上述几部史剧构思的前提便源于此，当然个别剧作还有一些具体的现实政治考虑。

钱子松、李子敏、章甫秋、李仲达编剧，章甫秋执笔的《文成公主》是一部载歌载舞的三幕历史短剧，史剧将松赞干布遣使并亲扮使

[1] 毛泽东:《关于正确处理人民内部矛盾的问题》,《毛泽东选集》第5卷,人民出版社1977年版,第393页。

者赴大唐求亲，唐太宗李世民当庭测试，松赞干布才智出众，三试三胜，文成公主入藏成亲的全过程加以浓缩，短平快的色彩极为浓厚。在剧本说明中，史剧家提示在开演前应放幻灯字幕，“西藏是我国领土的一部分。藏族人民长期以来就与国内各民族人民，特别是汉族人民结成了亲密的兄弟关系。”在“序幕”和“尾声”中史剧家更是让一群藏胞和解放军战士在拉萨大昭寺前载歌载舞；在歌词中颂扬文成公主“不怕雪山千万重”，“不怕草原千万里”，“不怕河流千万条”，“您带来的粮种播满地；您栽的杨柳绿依依；您入藏的故事传遍万里”。在“尾声”中唱道：“公主柳啊柳条长，前人种树后人凉。千多年来乾坤转，如今西藏百花香。全国人民大团结，毛主席恩情胜海洋，一人唱歌万人和，领唱人就是共产党。如今越唱歌越多，民族团结万年长。”这样的剧情叙述方式颇有点布莱希特间离效果的味道，将观众从1300多年前的史事中间离出来，去感受与歌颂共产党、毛主席的恩情。其主题先行、宣传至上的创作主旨与出发点极为鲜明，且史剧家将重心放在大殿面试上，即面试过程的描述与表现上，根本无意于对主题进行深入的挖掘，对人物性格进行深入的刻画，使得该剧在结构布局上存在着严重失衡的现象，所表达的主题也无任何新意或创见，当然也就谈不上有多高的艺术质量了。

田汉创作《文成公主》的起意颇早，1959年至1960年西藏平叛后，中央对西藏进行民主改革，力图改变百万农奴的奴隶地位，“但极少数逃亡国外的西藏上层反动分子却勾结国际上反动势力在联合国歪曲平定西藏叛乱的真相，煽动所谓西藏独立”[1]。在这样的背景下，田汉开始

[1] 戴平：《汉藏如潮看蒋葩——忆藏语话剧〈文成公主〉的演出》，《戏剧艺术》1979年第3-4期。

以饱满的政治热情开始构思《文成公主》，但决定动笔还是受了周恩来总理的嘱托。据田汉的女儿田野回忆，1959 年 3 月 19 日田汉去中南海见总理回来后非常兴奋，他说："我要写文成公主了。总理交下的这个担子可不轻啊！"[1]在剧本第一稿中，田汉将全戏的主要冲突放在阶级矛盾方面，揭露和抵制西藏反动农奴主和喇嘛对藏胞的残酷压迫和剥削，全剧以悲剧结尾。田汉认为唐朝已经是封建社会，且唐太宗的"贞观之治"比较开明，而吐蕃还是落后的奴隶制，所以，当文成公主到了吐蕃，看到藏民遭受奴隶主种种残酷的剥削和压迫，过着牛马不如的生活时，她急于对这种落后状况加以改革，但是奴隶制度构成了难以克服的困难和阻碍。例如：公主保护的藏族女奴尼玛竟被她的头人劫走，还残酷地挖掉她的双眼。又如与公主同行的唐大人、柳夫人，也因奸人加害，牺牲在怒江波涛之中，等等，这些场面是很感人的。[2]1959 年冬，中国青年艺术剧院开始排演此剧，周总理看了彩排后认为，"《文成公主》应该以宣传民族团结为主，汉藏千年来是一家，是和睦友爱的。爸爸非常尊重，非常认真地思考了总理的意见，对剧本作了较大的修改"[3]。将全戏由阶级冲突改为和亲与反和亲的斗争，主题改为从正面宣传民族团结，结局也从悲剧改为喜剧，这样才更为符合党的民族政策和国家意识形态话语的要求。对此变化，田汉还赋诗一首以表达自己的喜悦心情，"何必蛾眉悲远嫁，至今昭寺仰容华。八千里外传犁磨，四十年间息鼓笳。故事新排逻些（拉萨）剧，惊才多出朗生（农奴）家。

[1] 田野：《父亲与〈文成公主〉》，《上海戏剧》1980 年第 3 期。
[2] 同上。
[3] 同上。

雪山春暖花开日，汉藏如潮看蒋葩。”[1]马少波称赞此剧“不但体现了古代历史生活的民族团结（当然这和我们今天的民族政策是有区别的），更重要的是形象化地证明了西藏自古以来就是祖国民族大家庭不可分割的组成部分，驳斥了国际扩张主义分子的谎言”[2]。权力与话语之间的运作关系由此可见一斑。

刘肖芜（原名刘萧无）是一位在三四十年代即已登上剧坛的剧作家，是晋察冀边区戏剧的开拓者之一，先后创作过《丰收》《我们的乡村》《两年间》《李殿冰》等有影响的剧作。1964 年创作的《解忧》也是一部以公主和亲为题材，歌颂我国历史上各民族之间传统友谊，以巩固和发展今天我国各兄弟民族间长期以来团结和睦的良好关系，维护祖国统一的历史剧，但正式的出版却迟至 1979 年，其间有着许多的坎坷与曲折，特别是“文革”中，身为新疆文联主席的刘肖芜被打成“反革命分子”备受折磨。1964 年，他创作《解忧》一剧除了宣传民族团结之外，还有一个更为具体特殊的原因，据史剧家回忆，“1962 年 5 月，苏修在我边境搞颠覆破坏活动，策动我边民外逃。当时，苏修以各种方式进行造谣诬蔑，说新疆不是中国的领土，中国的领土只在长城以东。”“事实上，新疆自古以来就是我们伟大祖国不可分割的一部分。”“因此，使我想起了被称为‘乌孙国母’的解忧公主”[3]，决定以此为题材写一部历史剧，“通过历史事实来说明新疆自古以来就是中国领土”[4]。

该剧的史料主要来自《汉书·西域传》和《匈奴传》，“公元前二世纪，

[1] 戴平：《汉藏如潮看蒋葩——忆藏语话剧〈文成公主〉的演出》，《戏剧艺术》1979 年第 3-4 期。
[2] 马少波：《政治和艺术的统一，内容和形式的统一》，《戏剧战线》1960 年第 6 期。
[3] 周乐溢：《〈解忧〉创作及其他——访老作家刘肖芜同志》，《新疆日报》1979 年 4 月 10 日。
[4] 同上。

汉王朝为了抵抗北部匈奴奴隶主的侵扰，汉武帝两次派遣张骞通西域，决定与西域结成紧密的政治军事联盟，以达到东西夹击匈奴的战略目的。通过张骞来使以及在西域占举足轻重位置的乌孙王的使者入汉，历史拉开了它的帷幕，演出了一场场古老的但是又永远年轻的剧目。当时的乌孙也因不断地受到匈奴的侵扰，急于想与强盛的汉朝和好，便向汉武帝提出求婚，以结永好。根据张骞的建议，汉武帝决定用联姻的办法来和乌孙和好。于是江都王刘建的女儿细君被汉武帝诏封为汉公主，下嫁乌孙昆莫，择吉起程。从此，乌孙便和祖国内地紧紧地连在一起了。可惜的是，这位多愁善感的娇弱公主，仅在乌孙生活了五年，就长眠于乌孙的土地上。细君公主死后，汉复把楚王戊的孙女儿解忧封为汉公主，远嫁乌孙。解忧是个很有抱负的人，可以说是一位女政治家；同时在昆弥翁归靡面前又是一个贤妻良母。她从 20 岁左右嫁到乌孙，70 岁时才回长安，在乌孙生活了 50 年，为发展汉朝与乌孙的民族团结和祖国统一做出了巨大贡献，在西域享有很高的威信。她不是真正的公主，回到长安时却享受了公主的待遇，从这里就足见解忧的功劳。”[1]“史载解忧公主人如其名，个性宽容而爽朗。两年后，岑陬死了，解忧依照风俗嫁给了他的弟弟翁归靡，翁归靡和解忧公主两人的感情很好，还生了三个王子。对解忧的感情也使翁归靡对大汉无比信赖，冷落一直拉拢他的匈奴单于，恼怒的匈奴单于在汉宣帝本始三年发兵征讨乌孙国，翁归靡和解忧一边亲自督战，一边派使节驿马不停地去汉廷请来重兵助战。匈奴单于在这场战役中共损失了四万多人，七十多万马匹，元气大伤。自此大汉北方边境保持了很长时期

[1] 周乐溢：《〈解忧〉创作及其他——访老作家刘肖芜同志》，《新疆日报》1979 年 4 月 10 日。

的稳定局面。"[1]该剧的主题较之《文成公主》有了一定的变化，即主要是写解忧公主作为汉朝与乌孙之间友好的桥梁，努力促成双方的联合，共同抗击匈奴的侵略，其现实针对性更为具体。由于作者具有长期的艺术积累，在处理汉、乌孙、匈奴三个民族间错综复杂的关系上繁而不乱，条理清晰，且生动地刻画出解忧、翁归靡、冯嫽、安犁靡、匈奴公主素光、泥靡等一系列性格鲜明的历史人物形象，全剧气势磅礴，诗情洋溢，达到了很高的艺术水准。

包尔汉（1894—1989）的文学活动开始于1930年代，1938年到1944年间，他曾因与中共联系密切而被新疆军阀盛世才投入监狱，在狱中还写过剧本《阿合买提校长》（可惜在"文革"中散失了）和五幕历史剧《战斗中血的友谊》（又名《火焰山的怒吼》）的初稿。出狱后，因忙于其他事情，剧本被搁置起来。1950年代后期，剧作家几次访问剧本所写到的吐鲁番地区，"收集到了一些新材料"[2]，并于1961年重新修改定稿。剧本最初发表于1961年的《天山》，取名《战斗中血的友谊》，《剧本》月刊于1962年第2期又以同名发表，受到文艺界好评。1962年上海文艺出版社出版单行本，改名《火焰山的怒吼》。中央实验话剧院、新疆维吾尔自治区话剧团先后上演过该剧。陈毅同志曾对该剧的上演十分关心，并提出宝贵的修改意见。[3]十年动乱期间，该剧作和其他优秀文艺作品一样被诬蔑为"大毒草"，遭到批判和禁锢。粉碎"四人帮"后，这部剧作重见天日，被收入《新疆三十年文学创作选·剧本》中。

[1] 崔明德：《汉唐和亲史稿》，青岛海洋大学出版社1992年版，第18页。

[2] 包尔汉：《扑不灭的星火——〈战斗中血的友谊〉序》，《剧本》1962年第2期。

[3] 包尔汉：《自传》，陶立珊、吴重阳：《中国少数民族现代作家传略》，青海人民出版社1982年版，第59页。

该剧取材于1913年到1914年在新疆吐鲁番伯孜克里克山（即火焰山）的阿斯塔那、哈拉和卓一带发生的维吾尔族农民领袖艾买提领导的农民起义的史实。这次起义是继1912年在哈密、吐鲁番先后爆发的铁木耳、穆依登起义失败后又掀起的一次有影响的农民起义。穆依登的战友艾买提、铁木耳的弟弟夏克尔等举行起义后，先进入伯孜克里克山——火焰山。但因该山寸草不生，生活异常艰苦，义军又转战于吉木萨尔等地的山中，同敌人机动灵活地斗争。“在斗争中，维汉族人民结下了战斗的友谊。起义最后由于叛徒的出卖而失败了。”[1]剧作者曾明确说该剧的很多情节“就是据这次起义的真人真事写成的，一些人物如艾买提、赵正奎、夏克尔、阿依木汗、依明、夏依提等，都是真实姓名”[2]。剧作者以历史唯物主义观点和感佩、同情的思想感情，对这段波澜壮阔的斗争生活作了精心的艺术概括，成功地创作出了这部五幕七场历史剧。

这部话剧所表现的思想内容是广泛的，同时又是鲜明深刻的，它揭露和鞭挞了新疆当时各类封建统治者的残暴罪行，形象展示了“官逼民反”的历史过程，热情歌颂了农民起义英雄们的前仆后继、不屈不挠的斗争精神和维、汉等各族人民在共同的斗争中结下的深厚友谊。艾买提领导的维吾尔族农民起义，得到了赵正奎、李孝等汉族工人的有力支持。现实的斗争使他们深刻认识到“穷人永远是一家，敌人永远是敌人”的真理。当艾买提身陷囹圄之时，赵正奎和起义领导者之一的夏克尔多方营救，直至从容就义。各族劳动人民的鲜血为反抗共同的敌人而洒在一起，维、汉等各族人民的友谊是在共同战斗中用鲜

[1] 包尔汉：《自传》，陶立璠、吴重阳：《中国少数民族现代作家传略》，青海人民出版社1982年版，第59页。

[2] 同上。

血凝成的。这正是剧本的主题所在。包尔汉在说到创作该剧的意图时曾说："我所以要写这个剧本，一方面是想要歌颂在新疆近代历史上起过重大作用的农民斗争，另一方面想要歌颂在新疆人民反压迫、反剥削的斗争中，维、汉族人民结成的战斗友谊。"[1]而这两个方面又是紧密相连的，共同的斗争，共同的流血牺牲，才结成了这种战斗中血的友谊。

郭沫若的史剧《蔡文姬》自问世以来，对其主题的归纳多种多样，其中有一种观点认为是"强调祖国统一，维护民族团结"，"全剧思想倾向就是民族团结"[2]。事实上，无论是史剧家自己的表述，还是从《蔡文姬》一剧本身的内容出发，均可看出《蔡文姬》的主题或核心显然不是这一点，但"由于故事发生在不同民族之间，就使这首颂歌也有了民族团结的旋律"[3]。但这显然不是话剧的主旋律。

上述剧作在冲突安排和人物关系的构成上是有许多相同或相近之处的。如何克服困难,实现民族和亲构成了戏剧冲突与演进的主要过程，以正反、好坏的二分方法形成人物关系以推动故事情节的发展，其中积极拥护、支持和亲政策，维护民族团结的一方构成了故事中的正面力量，反对和亲政策、破坏民族团结的一方构成了反面力量。而在历史史实中，人物关系并非如此简单且阵线分明，实际上这是时代流行的二元对立的思维模式及 1950 年代我国政治生活中对人进行简单的成分划定等对历史剧创作话语的深深制约与规训作用的结果。

---

[1] 包尔汉：《自传》，陶立璠、吴重阳：《中国少数民族现代作家传略》，青海人民出版社 1982 年版，第 59 页。

[2] 林干：《文姬应该归汉》，《鸿雁》1980 年第 2 期。

[3] 高国平：《献给现实的蟠桃》，四川文艺出版社 1988 年版，第 212 页。

四　翻案戏的流行

17 年的历史剧创作中，翻案戏的盛行也是一个值得关注的独特的话语现象。“所有的历史事实都仅发生过一次，但是，这些历史事实的书写却可能反复进行。显然，后来的历史书写者总是想用自己的声音涂盖已有的历史著作，扭转他们曾经给出的尺度和价值体系，甚至否决已有历史著作所开列的人物名单，另外提出人选。这与其说像是为古人负责，毋宁说更多是为今天的历史解释权唇枪舌剑。”[1]历史翻案戏的盛行就体现了对历史解释权的争夺。

1941 年 9 月，毛泽东在观看《逼上梁山》之后给延安平剧院写了一封信，提出“历史是人民创造的，但在旧戏舞台上（在一切离开人民的旧文学、旧艺术上）人民却成了渣滓，由老爷、太太、少爷、小姐们统治着舞台。这种历史的颠倒现在再由你们颠倒过来，恢复了历史的面貌。”随着权威话语的逐步形成，并确立其主导地位，新的历史观随之产生，如何运用历史唯物主义和辩证唯物主义重新理解和研究历史现象，重新阐释与评价历史人物，是新中国每一个社会科学工作者共同面临的问题，运用历史剧这一形式将“颠倒”的历史再颠倒过来，便成了现代剧作家在 17 年中的一种共同的选择。这包括郭沫若在《蔡文姬》中为曹操翻案，在《武则天》中对武则天的重新评价，田汉对关汉卿的由贬而褒，曹禺《胆剑篇》中对西施的评价，老舍的《神拳》等对义和团运动的肯定等等。

---

［1］ 南帆：《叙事话语的颠覆：历史和文学》，《当代作家评论》1994 年第 3 期。

恩格斯曾经提出历史的发展是各种力量所产生的“一个总的合力”[1]作用的结果，但人类却没有如此宏大的叙事结构能将构成合力的种种因素无一遗漏地尽数展现，因而，每当有新的或被遗忘的因素进入叙事话语系统时，对历史就会产生新的阐释与评价，也就是克罗齐所说的“一切历史都是当代史”，这就是不断产生翻案的又一重要原因。

还有，历史叙事包含着强烈的意识形态参照系数，而意识形态的发展演进必然带来历史叙事的变化，历史剧作为一种叙事话语，它当然可以在叙事规则的导引下对历史进行不断的翻案，只要这种翻案不违背其主体性、假定性、当代性乃至观众认同性的真实，这种翻案戏就有其发生的可能和存在的价值。

郭沫若就敏锐地意识到了这一点，提出“剧作家的任务是在把握历史的精神而不必为历史的事实所束缚”。“剧作家有他创作上的自由，他可以推翻历史的成案，对于既成事实加以新的解释、新的阐发，而具体地把真实的古代精神翻译到现代。”[2]如果说郭沫若“五四”时期的《三个叛逆的女性》对卓文君、王昭君、聂荧的翻案是着眼于反抗封建礼教，追求个性解放，“抗战六剧”为的是影射和抨击国民党的黑暗统治的话，那么，他解放后的《蔡文姬》和《武则天》则是通过对历史人物的翻案对现实进行歌颂。1958 年前后，在歌颂“大跃进”的狂热中，郭沫若先后撰写了《替曹操翻案》《谈蔡文姬的〈胡笳十八拍〉》等论文，从学术研究角度对曹操提出新的肯定性的评价，并且仅用 7 天时

[1] 恩格斯：《致约·布洛赫的信》（1890 年 9 月 21［—22］日于伦敦），《马克思恩格斯选集》第四卷，人民出版社 1995 年版，第 697 页。

[2] 郭沫若：《我怎样写〈棠棣之花〉》，中国戏剧出版社编辑部编：《郭沫若剧作全集》（1），中国戏剧出版社 1983 年版，第 332 页。

间写出了五幕历史喜剧——《蔡文姬》,“主要目的就是要替曹操翻案”[1]。为此，他加以申明："曹操对于民族的贡献是应该作高度评价的，他应该被称为一位民族英雄。然而自宋以来所谓‘正统’观念确定了之后，这位杰出的历史人物却蒙受了不白之冤。自《三国志演义》风行以后，更差不多连三岁的小孩子都把曹操当成坏人，当成了一个粉脸的奸臣，实在是历史上的一大歪曲。”[2]其实，早在1943年，郭沫若就有为曹操翻案的想法，他在《论曹植》中说："假使曹家的天下更长久一些，我看魏武帝和魏文帝会被歌颂为中古的圣王，绝不会被斥为‘篡贼’，为‘奸臣’。曹操在舞台上表现为红脸，而不是粉脸。这场历史公案，今天应该彻底翻它一下了。”[3]这种想法的产生，也许是受鲁迅先生的启发，1927年，鲁迅就对“三国类”的史籍及《三国演义》《捉放曹》类的小说戏曲一概将曹操塑造成白脸大坏蛋的现象表示不满。他在《魏晋风度及文章与药及酒之关系》这一著名的演讲中说道："不过我们讲到曹操，很容易就联想起《三国志演义》，更而想起戏台上那一位花面的奸臣，但这不是观察曹操的真正方法。……其实，曹操是一个很有本事的人，至少是一个英雄，我虽然不是曹操一党，但无论如何，总是非常佩服他。”但更为直接的启示当来自毛泽东对曹操的评价。1952年，毛泽东在读《南史·韦睿传》一书作眉批时第一次称曹操为“曹公”，推崇之意溢于言表。[4]1954年，在北戴河海边，毛泽东一边朗诵曹操的名诗《观沧海》，一边对身边的工作人员称赞“曹操是个了不起的政治

---

[1] 郭沫若:《蔡文姬·序》，中国戏剧出版社编辑部编:《郭沫若剧作全集》(3)，中国戏剧出版社1983年版，第4页。

[2] 同上。

[3] 《郭沫若全集》历史篇第4卷，人民出版社1982年版，第126页。

[4] 中共中央文献研究室编:《毛泽东读文史古籍批语集》,中央文献出版社1993年版,第203页。

家、军事家，也是个了不起的诗人”。[1]“曹操统一中国北方，创立魏国。那时黄河流域是全国的中心地区。他改革了东汉的许多恶政，抑制豪强，发展生产，实行屯田制，还督促开荒，推行法治，提倡节俭，使遭受大破坏的社会开始稳定、恢复、发展。这些难道不该肯定？难道不是了不起？说曹操是白脸奸臣，书上这么写，戏里这么演，老百姓这么说，那是封建正统观念所制造的冤案，还有那些反动士族，他们是封建文化的垄断者，他们写东西就是维护封建正统。这个案要翻。”[2]此后他还在多次谈话中明确肯定曹操。1954年，郭沫若随毛泽东出访莫斯科期间，毛泽东还曾当着郭沫若的面称赞曹操。[3]由此可见，毛泽东对曹操有着深深的情感认同和内心自许，也可见出对郭沫若创作《蔡文姬》一剧的启发与影响。为此，在《蔡文姬》一剧中，他不惜冒着结构上前后脱节的危险，将前三幕浓墨重彩写文姬归汉的线索掐断，在第四、五幕专写曹操的文治并竭力予以歌颂。剧中所出现的曹操亲自打铁以示与人民群众相结合及一条被面盖十年，每岁解浣缝补以示其生活俭朴。这两个细节其现实所喻非常直接，很有翻案过当之嫌，一直为人所诟病。但这尚不足以影响作品对曹操形象的表现，那就是对曹操文治武功的雄才大略，以国家大事为重，乐以天下、忧以天下的高尚品德及开创一代诗风的大诗人的成功刻画与热情歌颂，为后人重塑了一个全新的曹操形象。

郭沫若创作于1960年的历史剧《武则天》也是一部翻案戏。1959年，郭沫若游览龙门石窟，参观武则天用脂粉钱修造的奉先寺，武氏

[1] 权延赤：《红墙内外：毛泽东生活实录》，昆仑出版社1989年版，第61—62页。
[2] 同上。
[3] 李越然：《外交舞台上的新中国领袖》，解放军出版社1989年版，第151页。

的生平与功过触动了诗人的情思，于是他即兴赋诗“武后能捐脂粉费，文章翻案有新篇”[1]。这“新篇”便是后来的历史剧《武则天》。其间，他为了收集有关武则天的资料曾赴陕西乾县参观葬有唐高宗和武后的乾陵，陵前有述圣碑、无字碑各一。述圣碑记述高宗的生平，无字碑乃纪念武后的。据说，武后遗言，己之功过由后人评定，故不着文字。但在她死后的千余年间，人们对她的评价却基本上是否定的，宋人修的《新唐书》《旧唐书》归纳武后的罪状主要有三条：一是性生活淫乱；二是篡夺李唐政权，改国号为周；三是任用酷吏，严刑峻法，乱捕滥杀。此后对武氏的否定性评价大多来源于此，特别是其中的第一条，更成为明清艳情乃至色情文学大肆渲染的内容。

郭沫若不囿于上述结论与偏见，从历史唯物主义的观点出发，在种种纷繁杂乱的曲解中，正确地恢复和清晰地认识武则天应有的历史面貌，在此基础上创作出历史剧《武则天》，使得生动的人物形象有了可信的史实基础。其实，早在1926年，郭沫若就从批判封建旧道德的思想角度，为武则天的遭遇鸣不平，称赞她是“不肯服从男性中心道德的叛逆的女性”[2]，进行试翻案，但主观色彩极浓。而解放后翻案却不是郭沫若的即兴所为，是在大量查阅、广泛收集、仔细分析各种史料，包括正反面材料的基础上得出的结论，并开始对武则天进行正面的积极的歌颂。史剧将武则天置于尖锐激烈的政治斗争的漩涡及错综复杂的人物关系中进行正面的刻画，写她的思想、性格、作风、品德等等，

[1] 郭沫若：《潮集·豫秦晋纪游二十九首》，《郭沫若全集》文学篇第4卷，人民文学出版社1984年版，第38页。

[2] 郭沫若：《写在〈三个叛逆的女性〉后面》，中国戏剧出版社编辑部编：《郭沫若剧作全集》（1），中国戏剧出版社1983年版，第191页。

让人们看到了一个有理想、有胆识、有才能的杰出的政治家的形象，努力还武则天的本来面目，借以宣传掌握客观规律、人定胜天、自强不息的思想，将时代精神巧妙地融汇在作品的情节与形象之中，且以“民为邦本”思想构成武则天这个历史人物形象的灵魂，让国家意识形态所强调的“人民性”话语得到了很好的体现，从而在很大程度上改变了中国人对武则天的看法与印象。应当说翻案是基本成功的。

田汉的《关汉卿》被誉为17年历史剧乃至话剧创作的最高峰之一。1958年，世界和平大会把关汉卿定为世界文化名人，决定当年6月为这位大戏剧家举行创作活动700周年纪念会。这是中华民族的光荣，也是戏剧界的骄傲，身为中国戏剧家协会主席的田汉在兴奋之余出于自身的责任感，创作了历史剧《关汉卿》，其创作的立足点和出发点也是“翻案”。关汉卿是元代最有名、也是最有成就的杂剧家，一生创作了大量优秀的杂剧，抨击元朝的暴政，同情生活在高压统治下的平民百姓，但由于元代对伶人及儒生的歧视，及封建正统思想的影响，历史上关于关汉卿的史料记载很少，少量涉及的评价也很低，甚至是否定性的。在《录鬼簿》这部专录剧界名人的著作中，关于关汉卿的记述仅寥寥几笔，只说他是“大都人，太医院尹，号已斋叟”。《析律志》说关汉卿“生而倜傥，博学能文，滑稽多智，蕴藉风流，为一时之冠”。对后世很有影响的明朝皇族批评家朱权把关汉卿定为“可上可下之才”。刘大杰在《中国文学发展史》(旧版)中一度称关汉卿是“风流浪子”。郑振铎说关汉卿和柳耆卿“同流”[1]。直到1958年，杨晦在论关汉卿时，还说他是“跟猪在泥坑打滚的情

[1] 郑振铎:《中国俗文学史》(下册)，上海书店1984年版，第168页。

形十分近似的呢”[1]，可见评价之低。

田汉却从关汉卿的众多杂剧出发，结合他所置身的特定的年代及相关的各种史料，发现关汉卿虽处在那样黑暗的年代，却敢于写窦娥这样反抗性十分强烈的女子，实在难能可贵。单从窦娥的唱词中，就可以看到关汉卿“确是个不屈不挠地战斗的戏剧家，是个爱憎分明、感情强烈而愤怒的戏剧家。无论读他的悲剧或是喜剧，都能听到他对元代统治者和黑暗势力撞击的铁石声”[2]。关汉卿在《不伏老》的曲子中解说他“是个蒸不烂、煮不熟、捶不扁、炒不爆、响当当一粒铜豌豆”。田汉认为关汉卿确实“是个铁汉子”，“他那无畏的战斗精神，真正达到了奋不顾身的地步”[3]。其实，“铜豌豆”在古代是用来形容经常光顾青楼的老嫖客的一种语言，田汉却赋予它全新的解释，以之形象地比喻关汉卿敢写、敢演《窦娥冤》的不怕死的“铁汉子”精神，表现他在生死攸关的严峻考验中的高风亮节，面对凶狠残暴的封建权贵，他“不改戏”“不出走”“不投降”的坚定立场，这是很值得现实中的知识分子们学习与借鉴的。

17年中，表现和歌颂我国古代伟大戏剧家的历史剧还有一部，也写得很成功，那就是石凌鹤的《汤显祖》(1962)。石凌鹤（1906—1995）是一位1926年即参加革命的老文艺工作者，一生创作编演了大量的话剧和戏曲作品，三四十年代所创作的《黑地狱》《火海中的孤军》《乐园进行曲》等剧作具有贴近现实生活、暴露人间黑暗、抨击社会丑恶的特色，并产生了广泛的影响，40年代的文艺界曾流传过一首相当

[1] 杨晦：《论关汉卿》，《文学研究》1958年2月号。
[2] 田汉、郭沫若：《关于〈关汉卿〉的通信》，《剧本》1958年6月号。
[3] 黎之彦：《田汉创作〈关汉卿〉侧记》，《戏剧论丛》1982年第1辑。

高明的联名打油诗，“胡风沙千里，凌鹤张天翼，白薇何其芳，丽民顾而已”[1]，由此可见他在当时文艺界的创作地位。17 年中，石凌鹤在长期主管江西省文化局工作的同时，仍坚持戏剧创作，一共写了 18 个剧本，但多是戏曲作品。1957 年，为配合文化部纪念汤显祖逝世 340 周年活动，而江西省又是汤显祖的故乡，出于工作的责任感，石凌鹤将《牡丹亭》改编成赣剧《还魂记》，在此基础上，1962 年，在广州会议精神的鼓舞下，他创作了诗剧《汤显祖》(亦称《玉茗花笑》)。

汤显祖是我国明代著名的戏曲作家，他一生仕途坎坷，但他创作了以“临川四梦”为代表的大量优秀剧作以寄托自己的政治抱负，抒发自己内心的感受，表达自己对人生的理解。坎坷的经历、无尽的磨难使他形成了一种“花花草草由人恋，生生死死随人愿，酸酸楚楚无人怨”的人生哲学，在创作中情为至上，以抒情来排遣自己长期失意与苦闷的心境。在石凌鹤的诗剧《汤显祖》中，史剧家虽然着力表现汤显祖的满腹才情和与两位红颜知己（扬州才女金凤钿、年轻貌美的歌女小红）的真挚深情，但重心却在歌颂汤显祖的不贪不谄、疾恶如仇、刚正不阿、清正廉明的可贵品质。此剧的翻案力度虽不很大，但却能修正人们长期形成的对汤显祖的误解和评价，进一步地还汤显祖形象的本来面目，使其更为真实地呈现在观众和读者面前。

《胆剑篇》一剧就整体而言，并无翻案之意，但剧中对西施形象的刻画也可谓是一种翻案，《吴越春秋·勾践阴谋外传》中，关于西施的记述是这样的：

---

[1] 石慰慈：《悼念我的父亲石凌鹤》，《中国戏剧》1996 年第 1 期。

越王谓大夫种曰：

孤闻吴王淫而好色，惑乱沉湎，不领政事。因此而谋可乎？”种曰：“可破。夫吴王淫而好色，……往献美女，其必受之。惟王选择美女二人而进之。”越王曰：“善。”乃使相者国中，得宁萝山鬻薪之女，曰西施、郑旦。饰以罗縠，教以容步，习于土城，临于都巷，三年学服而献于吴。……

《东周列国志》关于西施的叙述与上述大抵相同，但其中还加入了以下情节：

……国人慕美人之名，争欲识认，都出郊外迎候；道路为之壅塞。范蠡乃停西施、郑旦于别馆；传谕欲见美人者，先输金钱一文。设柜取钱，顷刻而满。美人登朱楼凭栏而立，自下望之，飘飘乎天仙之步虚矣；美人留郊外三日，所得金钱无算，悉輦于府库，以充国用……

可见，西施完全是个牺牲品！

到了明代梁辰鱼的《浣纱记》又有了新的变化，他描写西施与范蠡宁萝西村溪边邂逅，两人一见钟情，私订终身。范蠡为了实施勾践和文种的美人计，竟劝西施赴吴侍奉夫差，而西施居然也同意去。勾践还把西施称作“姑母”拜托。后来，越国灭了吴国，西施与范蠡破镜重圆，泛舟湖上，去了齐国。可见梁辰鱼要为西施翻案，但翻得实在不怎么样，一是西施与范蠡的关系处理不符情理，二是过分夸大西施的历史作用。[1]曹禺在《胆剑篇》中则为读者塑造出了一个真实且全新的西施，作者巧手新裁，摒弃传统剧作的“美人计”俗套，恰当地刻画出一个爱国女性利用自己的地位为国尽力，为历史人物西施留下了一帧新的剪影。在剧中，西施仅出场两次，戏份不多，却给观众留下很深刻的印象。“第一次出场，是吴兵要杀害一个越民小女孩的时候，她挺身而出，去救护那小女孩，吴王看她姿色出众，把她劫掳到吴国去了。再一次出场时，已经作了吴国王妃，她利用了这个身份的方便，给勾践传递消息，并且亲身去石室保护勾践夫妇。通过这两次出场，表现出她是一个善良的、美丽的、勇敢的、爱国的女子。这是曹禺等同志创造出来的又一个西施！虽然她来也匆匆，去也匆匆，来龙去脉还嫌不够清楚。但是，我仍然认为，这个人物处理得基本上是合于历史真实的。”[2]另一方面，在曹禺等的选择中我们不难发现主流意识形态话语强大的净化作用，它使得各种“商业化的”“迎合读者低级趣味”的非主流话语失去了生存的空间或土壤。

如果说上述四部史剧是着眼于对历史人物进行重新评价的话，那么,老舍的《神拳》和段承滨的《义和团故事组剧》则是着眼于历史事件，对长期被歪曲的义和团运动进行重新评价或翻案。

义和团运动，是我国近代史上一次重要的农民革命运动，也是中国人民第一次全国规模的反帝斗争，它沉重地打击了帝国主义侵略者和清政府的反动统治，有力地推动了我国人民反帝反封建事业的发展。但是，长期以来，封建正统的意识形态话语颠倒是非，混淆黑白，诬蔑义和团是“拳匪”，“杀人放火”，诽谤他们进行的反侵略战争是“没

---

[1] 刘有宽：《漫谈〈胆剑篇〉》，《戏剧报》1961年第21—22期。

[2] 同上。

有理性的野蛮行动”，破坏文明。直到1972年，前苏联出版的《中国近代史》一书还说义和团极端“保守”和“落后”，妄图诋毁这场伟大斗争的进步性和正义性。[1]老舍和段承滨从主流意识形态所建构的新的历史观念出发，以历史唯物主义为指导，在史书的有意歪曲的记载之外，广泛收集和研究有关义和团运动及八国联系侵华的史料，还到民间进行深入的调查，透过种种违背史实的迷雾，呈现出义和团运动的进步本质与历史意义。“他从《保安教传》中抽出恶霸张天龙霸占民女，逼死其父，犯罪后奉了教便平安无事的简略记述，以其作为因由，并由此生发开去，融入自己的生活积累，倾注自己的强烈爱憎，调动艺术虚构等手段，完成了独特的艺术构想。”[2]在《神拳》中，老舍既没有轻易把很现代的思想强加于古人头上，随心所欲，任意拔高；也不轻易舍去这场斗争所客观存在的具体的革命内容，追求猎奇，哗众取宠；还有他既不无原则地夸大或渲染义和团的迷信色彩，也不故意地遮掩或抹杀，而是透过笼罩在义和团身上的落后、迷信的面纱，从一家农户的儿女婚事着笔，集无数私仇，逐渐发展为公愤，表现义和团斗争的自发性，深刻揭露帝国主义对中国的疯狂侵略，无情地抨击了国内外反动势力的滔天罪行，充分展现劳苦大众心中所积累的深仇大恨，正因之，《神拳》才能准确揭示义和团起义失败的原因和经过，历史地再现了义和团的真实世界，纵情讴歌其伟大的爱国主义精神，深刻表现了“中国的农民很勇敢，不甘作奴隶，如果受压迫，就要揭竿而起”的思想主题。[3]一曲终了，使人不能不和史剧家一样痛痛快快地“吐了

[1] 黄泽新、方伯敬：《中国人民反帝爱国运动的英雄颂歌——读长篇历史小说〈义和拳〉》，见吴秀明选编：《历史小说评论选》，湖南人民出版社1983年版，第185页。

[2] 李涌泉：《老舍剧作的成败暨缘由浅论》，《延安大学学报》1983年第3期。

[3] 老舍：《题材与生活》，《剧本》1961年5、6合期。

一口气，积压了几十年的那口气”！[1]

段承滨的《义和团故事组剧》(又名《黑宝塔传奇》, 共分四部：黑塔归团、二丑夺塔、双塔闹衙、烈火炼塔)。它取材于张士杰搜集整理的《义和团故事》, 以 1900 年义和团风起云涌的年代为背景，将故事的演进与春、夏、秋、冬四个时节相对应，以主人公黑塔形象的刻画及其短暂而壮烈的战斗的一生为中心，写出了义和团运动的发生、发展、高潮与结局的全过程，深刻地揭示出清政府的腐败专制与西方殖民者的疯狂侵略是义和团运动产生与发展的主要原因，歌颂了以黑塔、红姑等为代表的中国人民英勇无畏、保家卫国的不屈不挠的精神，揭露出官洋勾结、丧失警惕、相信迷信是义和团运动及黑塔牺牲的主要原因。在弘扬爱国精神的同时，警示人们要时刻保持警惕，认清殖民者的本质。在重新评价历史的同时，该剧的现实政治目的极为明确。

五　多样化的追求

在 17 年历史剧的众多作品中，还有一些作品的取材并不具有“类”的特征，个别作品的现实意义也并不很强烈或鲜明，也许正因为如此，使得其在具体寄托层面上呈现出一种多样化的追求，史剧家的创作个性得到了一定的张扬。

田汉的《朝鲜风云》虽有一定的“1840 年情结”，但由于创作于建国初，国家意识形态话语的规训与制约作用尚不强烈，因而它的艺术成就虽不突出，但公式化、概念化的东西也不很多。冰毅的《卓文君》

[1] 老舍：《吐了一口气》,《光明日报》1961 年 2 月 21 日。

是为配合宣传新婚姻法而作的急就章，无论是在思想开掘还是艺术表现上均没有多少可圈可点之处，但全剧专写卓文君对司马相如产生爱慕之情后的内心世界和她对父亲要她守寡的斗争与反抗，却也有一定的独到之处。现代文学史上最为有名的独幕剧作家丁西林 1959 年所写的历史喜剧《孟丽君》（六幕话剧），是脱胎于清乾隆年间女诗人陈端生的弹词《再生缘》，此外，还参考了其他几种地方戏剧本，包括越南改良戏《孟丽君脱靴》。对这样一部由假人假事构成的历史剧，丁西林在《孟丽君·前言》中特别申明，“我有一个和事佬的意见，即把历史剧分成两类：真人真事的称真实的历史剧，完全杜撰的称虚构的历史剧,二者都可简称历史剧。”[1]“故事具有典型的丁西林式的欺骗框架。”[2]女主人公女扮男装与情人一起骗过皇帝，出将入相，最后良缘得配，皆大欢喜，李健吾说：“《再生缘》里的孟丽君就性格而论，深致多了，而《孟丽君》里的孟丽君，在完成喜剧的任务上却顺利多了。”[3]实际上已指出改编的兴趣与重心之所在，目的是为了配合宣传国家意识形态提倡的男女平等、妇女解放的主题，但由于史剧家注重对人物内心世界的挖掘与展示，努力保持自己长期形成的创作个性，因而该剧配合的痕迹不明显。在 1950 年代末泛政治化创作语境中，爱情题材的创作几乎成了创作禁区，史剧家却敢于从爱情的角度表现主题、刻画人物，在内心世界的开掘中深化爱情描写，这是极为难能可贵的。

师陀（1910—1988）即芦焚，原名王长简，1943 年以前主要用笔名芦焚发表作品，由于文坛上有人盗用此名发表作品，所以从 1943 年

[1] 中国戏剧出版社编辑部编：《丁西林剧作全集》（上），中国戏剧出版社 1985 年版，第 307 页。
[2] 孔庆东：《试论丁西林剧作的唯美倾向》，《中国现代文学研究丛刊》1995 年第 2 期。
[3] 李健吾：《读〈孟丽君〉》，孙庆升编：《丁西林研究资料》，中国戏剧出版社 1986 年版，第 204 页。

后开始，他陆续开始用师陀及其他一些笔名进行创作，解放前主要是以小说和散文创作著名，且多表现现实生活题材。1959年师陀开始创作历史小说，发表了近10篇。1962年创作了历史题材的独幕喜剧《伐竹记》，并完成了四幕历史悲剧《西门豹》。这两部史剧无论在选材、立意及表现角度上均是一个独特的存在，师陀在《伐竹记·校录后记》中说："这个剧本大体上取材于《晏子春秋》。《晏子春秋》虽然曾为《春秋左传》《史记》的作者们引用，其书只是史料书，并非正史，这是大家知道的。因此也就不再作什么考证，谨择取其中之若干章加以编排贯串，演绎而为戏剧。""我写它的目的是反对大男人主义，反对迷信，反对拍马。"[1]我认为还有一点是史剧家未说出的，那就是齐侯杵臼的愚蠢荒唐，觊觎庆云的美貌，晏狗、庆云、老丈等为代表的劳动人民凭借自己的智慧捉弄了齐侯。在一定的程度上暗谕"劳动者最聪明，高贵者最愚蠢"，是一部轻松欢快幽默的小喜剧。

《西门豹》的创作背景据师陀自述，"大约是1958年，一位任上海某报副刊编辑的朋友知道我有一丁点儿历史知识，一定要我写为曹操翻案的文章。对于曹操，我一向钦佩，但并无研究。既然非写不可，那就写吧。写了几篇很不像样的东西，连自己也感到厌恶，心里着实苦得很。在写的中间，我想：一部《二十四史》可写的很多，何不写点自己有兴趣的？说到中国历史，我感兴趣的是春秋战国。并不是因为它'古'。史籍上记载下来的还有比它更'古'的，譬如三皇五帝；而是因为那是一个大变动的时期，也就是说社会很不稳定，已经日薄西山的奴隶主拼命要保持自己的势力，奴隶和自由民竭力反对，二者

[1] 师陀：《从我的旧笔记而想起的及其他（代序）》，《山川·历史·人物》，上海文艺出版社1979年版，第9页。

的代言人展开争论——其实进步的一派是替新兴地主阶级说话的，于是乎形成诸子百家。我认为韩、赵、魏三家分晋是新兴地主阶级在中国范围内最早取得政权的表现。我认为西门豹治邺是一场奴隶主复辟与新兴地主阶级反复辟的斗争。伟大导师毛主席教导我们：'历史上奴隶主阶级、封建地主阶级和资产阶级，在他们取得统治权力以前和取得统治权力以后的一段时间内，它们是生气勃勃的，是革命者，是先进者，是真老虎。' 同时我还反复学习过恩格斯的《家庭、私有制和国家的起源》。我认为真老虎应该这样解释：对旧制度，新制度是革命，是生气勃勃的先进者，是真老虎。所以西门豹一到邺，经过充分调查研究，能够以迅雷不及掩耳之势粉碎复辟势力。同时另一方面，他们对人民又是剥削者。我还认识到一切剥削阶级的革命都不可能彻底，当它们取得政权后，总是要保留一部分残留下来的旧制度。例如中国的少数地主，直到解放时还在他们经营的工矿业中保存着奴隶制，至于家庭奴仆，那就更普遍了。因而，出身奴隶主的魏侯也不可能是彻底的革命派。他为了希图被周王（当时的奴隶主）封为诸侯，于夺得统治权后，很尊重儒家。他当然也很可能听信失败了的奴隶主的谗言，以至于当西门豹完成了邺渠，并在漳河上建成十二闸后将他杀害，成为历史上的悲剧。"[1]此剧的目的是暗谕当时世界上掀起的一股反华潮流，警示人们斗争的长期性、艰巨性与复杂性，并鼓舞大家"中国人民是有志气的"，"我们的同志，在遇到困难时，要看到光明"。由于师陀敢于坚守内心真实的自我，保持艺术追求的独立性，所以两部作品看不出多少"配合""紧跟"的痕迹，是不可多得的佳作。

[1] 师陀：《从我的旧笔记而想起的及其他（代序）》，《山川·历史·人物》，上海文艺出版社1979年版，第6–7页。

十场史剧《楚汉春秋》的作者胡仲实是一位解放后登上剧坛的年轻史剧家。此剧创作并发表于 1962 年，作者选取人们耳熟能详的楚汉相争，项羽兵败垓下、自刎乌江的历史史实，从中揭示出刚愎自用、凶狠残暴、轻视人才是导致项羽失败的主要原因。他坑杀 20 万秦军降卒，不听亚父范增忠言，轻慢韩信等人才，最后落得“天生奇才未大用，乌江岸头计已穷。多少霸业成春梦，尚有何颜返江东”[1]的下场。在剧中，史剧家多次通过郦食其、萧何、范增等人之口说出：“若要军心不离背，除非君王释寒衣；周公吐哺英雄喜，汉王倒屣豪杰依”；“贤君贵于把人用，能于草莽识英雄”；“望大王听臣危言，广开言路，招贤纳士，多以百姓疾苦为重”。以曲折地暗示人才对社稷江山的重要性。

费克（执笔）、郜夫（原名周郜）的《天京风雨》[2]以太平军攻破江南大营、解除天京之围为中心事件展开情节，此役构成了太平天国的斗争形势由低潮向高潮的转折点。围绕打与不打、怎么打，太平天国内部出现了一场激烈的斗争，斗争的焦点就是能否顾全大局、团结御敌的“公心和傩”问题[3]，形象地揭示出排除各种干扰，争取内部团结是关系到革命运动生死存亡、事业兴衰的大事。1944 年，毛泽东在写给郭沫若的信中说“倘能经过大手笔写一篇太平军经验，会是很有益的”。所以，当时以太平天国运动为题材的史剧层出不穷，形成了以欧阳予倩、阳翰笙、阿英、陈白尘等为代表的“太平天国史剧”系列，其着力点均在于总结造成其失败的原因与教训，以为尚未夺取全国政

[1] 胡仲实：《楚汉春秋》，《广西文艺》1963 年第 2 期。

[2] 费克（执笔）、郜夫：《天京风雨》，江苏人民出版社 1963 年版。

[3] 太平天国发动初期，以洪秀全、杨秀清为首的领导集团曾多次提出“公心和傩”的主张，即要大家为着一个目标而团结一心，这一主张对起义初期形势的迅速发展起到了重要作用。

权的中国共产党提供镜鉴。《天京风雨》创作于1963年，经过反右运动、“大跃进”、三年困难折腾的中国人民亟须休养生息，但中国社会生活中的阶级斗争、路线斗争却被权威话语强调得更为尖锐、激烈、残酷。所以，在此背景下，《天京风雨》所揭示出的“团结就是力量”的道理在现实生活中教育意义极为鲜明，也是难能可贵的。

■

第三章
17年历史剧创作的文体形态——话语构成论之二

■

17年的历史剧创作在文体形态上主要有三种不同的“历史”呈现方式，即“尊古写剧”、完全虚构、“失事求似”，但由于历史“现实观”的强烈制约，亦即对“古为今用”的特别重视，使得它尤为强调“失事求似”。而构成历史剧的历史性、当代性、主体性三种文本形成了共渗互动的关系。由于强调“人民创造历史”的观念，使得17年的历史悲剧普遍不悲，与表现现实题材的工农兵文学相一致，历史喜剧很少运用“讽刺”和“幽默”的手法，多以大团圆的结局呈示喜剧性，因而在情节开展方式上是忌悲忌喜，正剧统一。

需要指出的是本书所谓的文体（style），并不是指狭义的“文学体裁”，而是指由一定的话语秩序所构建的历史剧体式，含有整体风格或样式之意，也具有范型、模式的含义。在以往的17年历史剧研究中，人们往往将历史剧的文体理解为文学体裁的简称，并归之于形式的范畴，很少进行深入的研究，仅注重题材的分析，考察历史剧所表现的内容及其变化发展，仅强调其所具有的社会学意义。而本书的文体形态研究所感兴趣的是历史剧的“反映方式”，即从历史剧中“史”与“剧”关系的处理及运思方式的角度揭示其内在逻辑关系，前者侧重于“写什么”，后者关注的是“怎么写”。其实，后者更接近艺术本体，自然也更有利于揭示历史剧自身的艺术规律。所以，文体的概念并不仅是形式，因为“它包含着两个意指层面：从表层看，文体是作品的话语秩序、叙述方法、结构体式；从里层看，文体隐含着创作者与接受者的心理结构（感受—体验方式），负载着时代的精神实质、社会的文化价值取向，等等”[1]。对17年历史剧文体而言，它还鲜明地折射出特定年代史剧家们的精神气质、历史积累、生活体验与艺术追求，同时又密切地联系着一定时代的社会文化思潮，一定时代的政治、经济等的影响及主流意识形态或权威话语的规训与制约作用。

第一节 历史“现实观”制约“历史”的呈现方式

历史剧从1920年代的浪漫主义抒情史剧转入1940年代现实主义的批判史剧，有一个敏感、关键甚至是根本性的问题始终与之同行，

[1] 丁罗男：《20世纪中国戏剧整体观》，文汇出版社1999年版，第137页。

那就是历史剧中历史真实究竟是事实的真实（史实），还是精神的真实（史识），是历史的本质真实还是历史的主体真实，这在1930、1940年代的历史剧讨论中虽有涉及，但却始终未能解决好。1950年代末，随着新中国权威话语所建构的新历史观念的逐步形成，权威话语选择历史剧作为承载与诠释的工具和载体，历史剧创作渐趋繁荣，“历史真实”的问题于是再次浮出水面，1960年代初以吴晗和李希凡为代表的“史”与“剧”之争，其所发生的背景就在于此，但泛政治化的语境和强烈的工具意识使得对历史真实的理解不再取决于历史的真实观本身，而是取决于历史的“现实观”。那就是强调史剧创作必须坚持“古为今用”,反对以古讽今。因为两者之间有着明显的差异,以古讽今中的“古”是主动的,影响着“今”的存在合理性,而古为今用的“古”是被动的,是为“今”所用的。于是，如何为今所用成了史剧家们进入历史领域，选择何种史料,如何处理史实的决策依据,由此可见,历史剧中的“文体”概念绝非单一的形式的概念，这也是1960年代的“史”“剧”之争最终均落实到如何理解和怎样做到“古为今用”上的主要原因。

17年中，史剧家们基于“古为今用”这一共同的话语原则或创作宗旨，而对“历史真实”做出不同的理解与艺术处理方式，形成了三种不同的“历史”呈现方式,也就是历史剧的文体形态：即“博考文献，言必有据”，尊史写实，以真人真事为主的历史剧；“失事求似”，注重艺术虚构,强调历史服从艺术的历史剧；第三则是以假人假事为主，“只取一点因由，随意点染”[1]，内容完全虚构的历史剧。茅盾先生便从艺术本性的角度将历史剧看作一个开放性的概念，因为：“历史剧不等于

[1] 鲁迅:《故事新编·序言》,《鲁迅全集》(第2卷)，人民文学出版社1981年版，第342页。

历史书,因而历史剧中一切的人和事不一定都要有牢靠的历史根据,……也就是说，可以采用不见于正史的传说、异说，乃至凭想象虚构一些人和事：在这里，可以有真人假（想象）事，假人真事（即真有此事，张冠故意李戴，把此真事装在想象的人物的身上），乃至假人假事（两者都是虚构出来的）。其所以需要这些虚构的人和事，目的在于增强作品的艺术性。但是，在运用如此这般的方法增加作品的艺术性的时候，有一个条件，即不损害作品的历史真实性。换言之，假人假事固然是那个特定历史时代的历史条件下所可能产生的人和事，而真人假事也应该符合于这个历史人物的性格发展的逻辑而不是强加于他的思想和行动。"[1]这一对历史剧创作三种可能性的概括不仅扩大了"历史剧"概念的内涵，也为史剧家们在史剧创作中如何处理和运用历史题材扩大了自由度。但在实际运用的过程中却是以"失事求似"为主。因为相对而言，在三种文体中，"失事求似"之方式对实现古为今用的作用最为直接有力。

历史的"现实观"制约着历史剧的"历史"呈现方式，泛政治化创作语境下权威话语的规训作用甚至已渗透到了历史剧的文体形态之中。

一　尊古写剧：历史剧是"历史"剧

尊古写剧就是强调历史剧创作必须以真人真事或真实的史料为创作主体和艺术风貌，不仅大关节目要史有其事，就是一些细节乃至语

[1] 茅盾：《关于历史和历史剧——从〈卧薪尝胆〉的许多不同剧本谈起》，《文学评论》1961年第5期。

言也应循史而述。也就是鲁迅先生所说的“博考文献,言必有据”。当然,它并不排斥艺术虚构，因为既然是“剧”，史剧家们在创作时就不可避免地需要驱使想象力，所以它绝非简单的史料堆砌、史实复制、史事重现,但就整体而言,当是以“实”为主,以“虚”辅之,“虚”不压“实”。艺术虚构必须尊重历史，绝不允许歪曲历史事件和历史人物的本来面目,不能脱离特定的时代背景,这是该类史剧文体形态的最根本的特征。

在该类史剧中，不仅史的含量非常厚重，而且史的表述必须准确，几乎可谓“正史之补”，有的甚至比史载还要来得准确，能对史书上的失实之处起到勘谬扶正作用。但要在历史剧创作实践中坚持这个原则，操作性却很小，能达到上述标准的几乎难于上青天，17 年历史剧中体现这种追求的大约有两部，即《朝鲜风云》《胆剑篇》。《朝鲜风云》一剧可能是事涉国际政治关系的缘故，田汉在创作时谨慎有加，努力做到谨守史范，严守史实，剧中中日朝三国间关系的构成与演进、上层人士间的交往与斗争、众多人物间的对话与行动均追求于史有据，剧中大段大段冗长沉闷、枯燥乏味的对话其实就是有关史书的古文今译，史料的罗列与堆砌，不加节制与删减的对话等造成的效果使该剧颇像一部对话体的中日朝三国关系史教科书，“虚构”成了史剧家难得一用的稀罕之物，全剧谈不上有多少戏剧性和动作性，根本不能搬上舞台进行演出。其实，田汉是非常善于在史剧中运用虚构方法的,《关汉卿》一剧的成功即是明证。那么为什么田汉在创作《朝鲜风云》一剧几乎放弃“虚构”，选择自己极不擅长的文体形态呢？我认为这种选择本身实际上折射出田汉当时极为矛盾的创作心态。面对 1950 年特殊的国际政治背景及抗美援朝战争，田汉努力想寄寓中朝团结、唇亡齿寒及揭露美帝国主义侵略本质这样的主题，但史料与史事却与此并不完全吻合，是谨守史范，还是为了现实政治的需要加以调整和虚构？由于对后者的限度及能否为主流意识形态所接受或认可缺乏信心，于是田汉便放弃后者，选择前者。

曹禺的历史剧创作追求始于1941年，在江安剧专任教期间，他曾构思历史剧《三人行》，试图用诗的形式描绘岳飞的一生，甚至已用诗的语言写出了第一幕，其后还计划创作历史剧《李白与杜甫》，但两剧均因种种原因未能完成，直到1961年《胆剑篇》的发表，创作历史剧的夙愿终于得到了较好的实现，但在对“历史”的处理方式上却有了相反的变化，即《胆剑篇》不再采用诗的形式（仅用了诗的语言），而是“谨守史范”。剧中的主要情节和主要人物均于史有据，但史剧家又不拘泥于史料，他运用历史唯物主义的观点和方法对大量的史料与史事进行深入的分析研究和严肃认真的甄别挑选，去芜存精，去伪存真，删汰了某些驳杂不纯的材料，如勾践的“尝粪疗疾”，文种向勾践献“破吴阴谋九术”（赵晔《吴越春秋》《史记》作“七术”）等。同时根据主流意识形态的需要，结合历史剧创作的特殊规律，进行了合情合理的艺术想象与虚构，在此基础上对这段历史生活和历史人物做出了自己的审美评价。一些次要人物如西施姑娘、苦成、王孙雄、被离等，虽史有其人，但故事情节则出于作者的虚构。还有些人物和情节完全出于虚构的，如泄皋、无霸、鸟雍等。有些细节是经作者有意识地加以移植的，如第四五幕勾践命卫士用长矛三敲三呼：“勾践！你忘了会稽之耻吗？”在史实上本夫差事，见《左传·定公十四年》，这里移作勾践事，用以凸现勾践不忘雪耻、奋发图强的精神。不论是真人假事，或假人假事，作者所进行的艺术想象和虚构，一般都是从历史生活的实际出发，都是在当时的历史环境和情势下可能发生或可能出现的。

对真人真事的描写，也不是原封不动地照搬历史，而是站在历史唯物主义的高度，结合现实的需要，赋予历史冲突和历史人物以新的意义，对它们做出了新的开掘。因为做到了这一切，所以，该剧无论从历史冲突到人物形象，从历史环境到历史氛围，都恰切地表现出确是2400多年前，春秋末期吴越的历史情景。同时，通过艺术地再现历史真实的方法，帮助人们从历史发展的角度认识当前的现实生活，从生动的历史事件中获得某些启示和鼓舞，使古老的历史生活和历史人物也能在某些方面映照出时代精神，焕发出新的光彩，比较好地解决了历史剧古为今用的问题。至于周恩来总理观剧后所说的“不那么感人”，其原因我认为主要还是权威话语的束缚以及为了表现既定的政治理念，使得史剧家小心谨慎，不能放手探索，过于遵从史料，循规蹈矩，从而造成了剧作的沉闷而缺少变化，主题的机械单一，历史剧的“剧”的特性彰显不够，难以复现曹禺当年的风采。

但采用这种文体的历史剧在17年中所占比重明显偏小，作品的艺术成就也不高，仅有《胆剑篇》产生了一定的影响，原因首先在于史剧家所期望的对历史初型真实或历史的本质真实，亦即原生态的把握只能是一种理想或目标，要想变为现实却是水中月、镜中花，根本不可能。这在中国传统的戏曲创作中也是如此，在我国几千年的戏曲发展进程所产生的大量历史剧中，属于这一类且很成功的历史剧是少之又少的，仅有孔尚任的《桃花扇》等少数几部。原因也在于对历史之“实”的过于偏重，损害和影响了作为剧的“虚”的成分，从而陷入了“实”不及史书、“虚”不像剧的两难困境。其实，《桃花扇》的成功正在于在谨守史实的同时，又很好地运用了虚构的手法。

在17年政治化的创作语境下，史剧家们均遵循着一个共同的创作原则——古为今用，演绎和阐释权威话语所建构的种种新的历史观念，而谨守史范的历史剧又强调于史有据，史有其事，史有其人，而历史与现实之间又不可能做到绝对的吻合，是前者服从后者，还是后者适应前者呢？两者之间形成了一个悖论，但在强大的权威话语作用下，史剧家们不得不做出自己的、也是共同的选择，那就是前者适应后者，即从主流意识形态话语出发，选择删削和组织史料，努力寄寓和承载新的历史观念，讲述民族寓言，即便是以尊史写剧为宗旨的历史剧也不例外。在这一意义上，应当说上述两部史剧在遵守史实的程度上还是打了很大的折扣的。这也是该类史剧非常之少的主要原因。

二　完全虚构："只取一点因由，随意点染"

较之尊古写实历史剧对史料的迷信与拘泥，以假人假事为主的完全虚构的历史剧又走向了另一个极端，它并不追求真实可信的历史依据，而是如鲁迅先生所说的"只取一点因由，随意点染"，以艺术虚构为主体，剧中的人物或事件多没有直接的原型胎记，往往"只是借一段史影表示一个时代或主题而已，和史实是尽可以出入的"[1]，或"只拈取一个历史故事的骨架"[2]，以少量史实为依据进行大幅度的扩展与虚构。"故而，蕴含在艺术本体结构中的史实成分实际却很少，也不占多少重要的位置，全书描写的重心和实体部分基本上都是作家虚构的，有些部分简直就是作家的'夫子自道'。"[3]那么在创作此类史剧时史剧

[1] 吴秀明：《论〈故事新编〉在历史文学类型学上的拓新意义》，《鲁迅研究月刊》1994 年第 3 期。
[2] 同上。
[3] 同上。

家是否可以不顾史实而任意虚构呢？答案显然是不能。正如老舍先生所说："故事是假设的，人物也是虚拟的；不过，这想象的人与事却是由真实中孕育出来的。有事实打底子，然后才能去想象；专凭空想是写不出东西来的。"[1]所以，即便是假人假事即虚构的人物和故事情节，也必须发生在特定的历史时代，符合特定时代的风貌，"它们不是向壁虚构的产物，而是运用艺术想象从真实历史中孕育出来的，从这个意义上说，它们也是以历史真实作为根据的"[2]。

老舍的话剧创作开始于抗战时期，从 1939 年到 1943 年他先后创作了 8 部多幕剧，其中并无严格意义上的历史剧，但他竟把创作于 1940 年底的表现和歌颂 1940 年 5 月 16 日牺牲的民族英烈张自忠的话剧《张自忠》自称为历史剧，由此可见老舍宽泛的史剧观，且他运用的是小说的笔法，这一点也体现在《神拳》的创作过程中。在创作《神拳》时，他所拥有的素材除了史书中凤毛麟角且有意歪曲的记载外，主要是他向老年人打听当年见闻时所获得的"东鳞西爪，既乏系统，又不无偏见"[3]的传说，以及他父亲为洋兵所杀的事实和八国联军侵华的史料，当然，他还做了大量扎实的前期材料准备工作，从而构成了《神拳》一剧"实"的基础。老舍以此为因由生发开来，融入自己几十年特别是童年的生活记忆和积累，倾注自己强烈的爱憎，调动艺术虚构等手段，完成了《神拳》独特的艺术构思。剧中的人物并非史书典籍所载的真人，剧中的事也非具体实有之事，但却实现了历史的本质真实和读者的认同性真实，尽管全剧中的人与事全为虚构，但戏剧界及批评界均无异

[1] 老舍：《谈〈方珍珠〉剧本》，《文艺报》第 3 卷第 7 期 (1951 年 1 月)。
[2] 童超、王玉凤：《关于历史剧的真实性问题》，《社会科学研究》1981 年第 5 期。
[3] 老舍：《〈神拳〉后记》，《老舍文集》第 12 卷，人民文学出版社 1987 年版，第 182 页。

议且约定俗成地称之为历史剧。就艺术质量而言，《神拳》应是老舍解放后在《龙须沟》《茶馆》之外的又一成功之作。

段承滨的《义和团故事组剧》同样以义和团运动为题材，在艺术构思上与《神拳》也基本相似，但作为一个年轻史剧家，他既缺少老舍长期而深厚的生活与艺术积累及童年时独特的情感体验，在史料上所下的工夫也明显不及老舍，仅凭《义和团故事》(张士杰收集整理)中的几个传说作为“因由”就匆匆点染成剧，因此，它在艺术成就，包括观众的认同性真实方面明显不及《神拳》，难能可贵的是年轻剧作家有着较为敏锐的艺术感觉与充沛的创作激情，使得该剧具有强烈的传奇性。

《孟丽君》一剧脱胎于弹词《再生缘》。《再生缘》本就是一部传奇剧，故事中的人与事均为虚构，所以自问世以来人们并不把它看作历史剧。但丁西林在《孟丽君》一剧的前言中开宗明义：“《孟丽君》是一个话剧，是一个历史剧，是一个喜剧。”他还在理论上作进一步的阐释，“我有一个和事佬的意见，即把历史剧分成两类：真人真事的称真实的历史剧，完全杜撰的称虚构的历史剧，二者都可简称历史剧。”[1]较之上两部史剧，由于广大读者和观众对义和团运动业已形成的期待视野以及知识积累，相对而言，要让人们完全认同《孟丽君》是历史剧应该还是有一定难度的。所以，陈瘦竹先生在《丁西林〈孟丽君〉的喜剧风格》一文中仅将此剧视作喜剧，重点分析其人物与故事的传奇性，却对丁西林自定义的历史剧不置一词，这是颇为耐人寻味的。

正因为如此，完全虚构的历史剧在17年历史剧创作中所占的比重

[1] 中国戏剧出版社编辑部：《丁西林剧作全集》(上)，中国戏剧出版社1985年版，第307页。

很小，3 部作品中仅有《神拳》为广大观众和学术界公认为历史剧，对后两部具有强烈传奇性的历史剧,学术界的观点并不一致。历史剧“剧”的规定性使得它作为一种艺术当然离不开虚构，没有虚构就不会有戏剧冲突，就不会有人物的刻画，等等。但艺术虚构的过程也是史剧家们从历史唯物主义出发对自己深入研究过的历史生活，进行从现象到本质、从个别到一般的形象化和典型化过程，所以，艺术虚构绝不是也不允许主观主义、实用主义的胡编乱造，它必须符合历史发展的客观规律和人物性格的内在逻辑。也就是鲁迅先生所说的：“不必是曾有的实事，但必定是会有的实情。”[1]有时艺术虚构不但不会遮蔽历史的真相，反而会更深刻且浓墨重彩地揭示历史事件的本质；不但不会歪曲历史人物的本来面貌，有时会更鲜明地刻画出历史人物的性格特征和内心世界；不但不会削弱史剧内容的历史真实感，反而会更加深化历史人物形象的思想深度。所以当史剧家们在历史的天空驰骋艺术想象力时，他的这种自由是以他对社会历史的本质及其发展规律正确而深刻的认识为前提的，舍此无他。这也是我们衡量以假人假事为基础的，完全虚构类的剧作是否是历史剧的关键。

17 年历史剧还是诠释和演绎权威话语和主流意识形态的各种新的历史观的工具，从历史事实到新的历史观念，两者不应是简单相加，而是论从史出，论从剧出，是后者依托前者，并从前者中自然生发，这样的历史剧才具有更好的宣传效果，而完全虚构类的历史剧由于失去了历史史实这一根本基石，后者自然也就失去了附丽，对长期在史官文化熏染下的中国观众来说其宣传效果必然会大打折扣，难以被接受。

---

[1]《鲁迅全集》(第 6 卷)，人民文学出版社 1981 年版，第 256 页。

这样的史剧自然也就不为权威话语所重视或提倡，1960年代初，吴晗之所以提出尊史写剧，其话语的形成便源于此，由于他对史有其据的强调过了头，才引来李希凡尊重历史剧“剧”的特性，亦即尊重艺术规律的反拨，其实，在多次的政治批判运动中，李希凡扮演的却是激进的批判者的角色。客观而言，以李希凡为代表的“历史剧终归是戏，历史只是它的素材”，历史剧“必须遵循艺术真实的准则”的观点是更为符合历史剧的艺术规律的。

三　“失事求似”：历史剧是历史“剧”

17年中，从主流意识形态将历史剧视为讲述民族寓言的工具角度而言，尊古写剧对史实的拘泥很难给史剧家们留置出较大的话语空间，完全虚构又使得权威话语对其宣传效果产生怀疑，前者损害历史剧的艺术性，后者损害历史剧的历史性，亦即鲁迅所说的“据旧史则难于抒写，杂虚辞容易滋混淆”[1]。而比较正确的途径，也是许多成功之作的经验，是以“失事求似”为创作原则，力求达到和实现两者的兼美，即以尊重史实为基础，以史剧家的主体意识和创作宗旨为核心，遵循戏剧创作规律进行艺术创造。事实上，在17年的历史剧文体形态中，运用“失事求似”的方法创作的历史剧不仅数量多，而且质量高，构成了其中的主体。

1943年，郭沫若在史剧创作处于高峰期的时候，撰写了一篇名为《历史·史剧·现实》的论文，文章的中心论点就是“失事求似”。[2]这是他

[1] 鲁迅：《元明传来之讲史上》，《中国小说史略》，上海古籍出版社1998年版，第87页。
[2] 郭沫若：《历史·史剧·现实》，《戏剧月报》第1卷第4期（1943年7月）。

创作历史剧时自己创立的一条法则，也是他史剧理论的核心，他说："历史的研究是力求其真实而不怕伤乎零碎，愈零碎才愈逼近真实。史剧的创作是注重在构成而务求其完整，愈完整才愈算得是构成。"[1]"说得滑稽一点的话，历史研究是'实事求是'，史剧创作是'失事求似'。"[2]"史学家是发掘历史的精神，史剧家是发展历史的精神。"[3]所谓"失事"，"就是不必顾忌根本难以还原的历史真实，甚至为了艺术的真实——一种假定性的真实，不惜牺牲掉某些历史资料中不足以表现作者创作意念的东西，因为历史剧不是史乘的复写，而是艺术的表现。"[4]那么，摆脱历史客观性的束缚，剧作家是否就可以进行任意的假设和虚构呢？这样写固然可以成剧，但却越出了历史剧范畴。"失事"必须有一个量度，决定量度的就是"求似"的原则。"求似"主要包括以下几方面的含义：首先是尊重历史，尊重史实。长期以来，因为郭沫若是一个浪漫主义诗人，学术界有一些论者就想当然地将他看作一个不顾史实、任意揉搓历史的人，很明显，这是一种严重的误解，就是他早期非常突出个人意志倾向的浪漫史剧，在大关节目上也均于史有据。至于17年中的两部史剧，他更是强调尊重史实，这在他为两部史剧所做的前期史料准备中可见一斑。在创作《蔡文姬》时他还特意申明："我在写作中尽可能着重了历史的真实性，除掉我自己的经历使我能够体会到蔡文姬的一段生活感情之外，我没有丝毫意识，企图把蔡文姬的时代和现

---

[1] 郭沫若：《历史·史剧·现实》，《戏剧月报》第1卷第4期（1943年7月）。

[2] 同上。

[3] 同上。

[4] 宋宝珍：《郭沫若的史剧观与唯美——阐释学批评》，《邵阳学院学报》2002年第1期。

实联系起来，那样就是反历史主义，违背历史真实性了。”[1]可见他对史实的尊重程度；其次历史剧创作必须遵循自身创作规律，那些以为“写历史剧就老老实实地写历史，不要去创造历史，不要随自己的意欲去支使古人”的观点，根本就是外行，因为“史剧家在创造剧本，并没有创造‘历史’”[2]。郭沫若还引述亚里士多德的话来印证自己理论的科学性：“诗人的任务不在叙述实在的事件，而在叙述可能的——依据真实性、必然性可能发生的事件。诗家和史家不同。”[3]显然，在如何处理史实与虚构、史实与真实、历史与艺术等关系的问题上，郭沫若认同亚里士多德的观点。至于对历史剧的批评，也“应该在剧本的范围内，问它是不是完整。全剧的结构、人物的刻画、事件的进展、文辞的锤炼，是不是构成了一个天地”[4]。艺术作品一经问世,便具有了自身存在的意义和价值。艺术要靠自身的完整来向世人传达内在的寓意，他反对将历史真实当作衡量史剧的唯一标准，因为这样的标准重心在“史”而不在于“剧”；再就是史剧创作应透过历史真实反映当今时代发展的本质和时代的精神。所以，“失事”所追求的“似”应是追求史实性、艺术性同必然性、可能性达到比较完美的统一。所谓“历史的精神”是指那种与现实有所联系或可比拟的特定的历史时期内，历史必然而合理的发展趋向和人民愿望。“把握历史的精神”几乎是郭沫若史剧理论的核心和灵魂，是他史剧审美的最高境界。

所以，“失事求似”就是指历史剧创作应做到历史真实和艺术虚构的

[1] 郭沫若：《蔡文姬·序》，中国戏剧出版社编辑部编：《郭沫若剧作全集》(3)，中国戏剧出版社1983年版，第3页。

[2] 郭沫若：《历史·史剧·现实》，《戏剧月报》第1卷第4期(1943年7月)。

[3] 同上。

[4] 同上。

对立统一。明人谢肇淛在《五杂组》中说过："凡为小说及杂剧戏文，须是虚实相半，……凡事事考之正史，年月不合，姓字不同，不敢作也。如此，则看史足矣，何名为戏?"德国剧作家、批评家莱辛也认为把历史剧变成历史生活的翻版和忠实的史实铺叙，"便是贬低它的真正尊严"[1]。

《蔡文姬》和《武则天》两剧充分运用了"失事求似"的创作原则，这主要体现在对曹操和武则天的翻案上。他在大量查阅武则天的著作和认真鉴别史料的基础上提出武则天是一个应该基本肯定的历史人物，特别是她"特出的政治措施"，因为在她统治的50年间，她的政权得到了人民的拥护，她继承和发展了唐太宗贞观盛世的事业，下启唐玄宗开元时代的太平盛世。由于"她并不是没有缺点的人，特别是她的晚年，她的缺点很难掩盖"。也为了使这个历史人物在剧中更加典型和完整，史剧家对剧中的人物、时间、地点作了选择和限制，只写了武则天60岁前后的6年，即作者认为"她最成熟的朝代"，说明史剧家并非对武则天进行全方位的翻案；其次，在把握历史精神的条件下，为了使史剧中的历史人物性格更加鲜明和完整，史剧家在主要人物的身上虚构了某些重要情节，如《蔡文姬》中，曹操与卞氏、曹丕谈诗的一场戏，虽系虚构，但却符合艺术的真实。当他拿到蔡文姬的《胡笳十八拍》时，如获至宝，爱不释手，时而击拍吟哦，时而拍案叫绝，表现出杰出诗人的气度，以及他那卓越的才、学、识。然而曹操对《胡笳十八拍》的赞赏，并没有停留在一般文人的品评上，同时还表现出他那求才若渴的心胸。通过他赞赏蔡文姬其人其诗，曹操"广罗人才、力修文治"，"要在文治事业上做一番大事业"的雄才大略和非凡气魄

[1] 莱辛：《汉堡剧评》，张黎译，上海译文出版社1998年版，第101页。

也显露出来。

田汉的《关汉卿》则是运用“失事求似”，甚至“添事求实”方法并取得成功的典范。关汉卿作为一位蜚声海内外的中国文化名人，有关他的生平事迹、戏剧创作等作为官方正史的《元史》却毫无记载，仅在一些野史如钟嗣成的《录鬼簿》、夏庭芝的《青楼记》中流露出一些蛛丝马迹。但仅凭这点零星资料要构筑一座巨大的戏剧建筑物显然是不够的。于是田汉大量阅读《元史》《元典章》《马可·波罗游记》等史著并加以研究，努力把握准关汉卿等人物活动的历史舞台。然后再研究关汉卿现存的杂剧、散曲，力求准确把握这位元代剧作家的性格特点和内心世界。“根据关汉卿富有战斗色彩的剧作,田汉断然否定了那种认为关汉卿是‘烟花粉黛’大师的说法，并发挥关汉卿那些描写妇女形象作品的现实主义精神。他在《关汉卿》第五场中，曾借关汉卿之口说：‘胡说，我哪是烟花粉黛的大师？我也写过烟花粉黛的故事：我写《救风尘》是歌颂赵盼儿那样急人之难的侠妓；我写《金线池》是同情杜蕊娘那样可怜的遭遇；我写《望江亭》是赞美谭记儿那样机智勇敢、保卫自己的烈妇。……我也写过《蝴蝶梦》《便斋郎》一类的公案戏，我只求代替受冤屈的百姓们吐这胸中一口冤气……’常言说：‘文如其人。’能写出《窦娥冤》这样杰出作品的关汉卿，绝不会是一个只会寻花问柳的浪荡子。固然由于时代的局限，他也可能有一些放荡行为，但其性格基调绝非如此。他是如《单刀会》中的关羽那样‘浩气凌云贯九霄’的人物，是在13 世纪的黑暗社会中以戏曲为人民代言的戏剧家。”[1] 为了使剧中关

---

[1] 王波：《田汉〈关汉卿〉人物塑造论——兼评当代历史剧创作存在的问题》，《临沂师范学院学报》2000 年第 4 期。

汉卿的形象和性格更加鲜明完整，田汉在把握历史精神和人物性格基调的前提下，合理地虚构了大量的情节，并塑造了一个与他同生死、共命运的战友朱帘秀的形象，以及他们在斗争中发展起来的可歌可泣的爱情。同时，“为了进一步丰富关汉卿的性格，增强戏剧性，作者还通过多种人物织成的网络和各种场面描写，多方面多角度地表现关汉卿及其他主要人物的生活，使之立体化，成为血肉丰满的人物形象，同时还注意通过次要人物的塑造，来体现关汉卿等人斗争的意义。”[1]“尽管《关汉卿》中的这些场面、细节，有的纯属虚构，有的虽实有其事，但却经过作者的改造、加工，但由于它们都围绕一个核心——为塑造关汉卿形象服务，所以并不使人感到凌乱，而是和谐地组合在一起，构成一个完整的情节。情节作为人物性格发展的历史，正是由于作者能紧紧围绕展现人物性格虚构一些场面细节构成情节，才塑造出一个有血有肉、光彩夺目的关汉卿形象。”[2]

此外，《文成公主》《甲午海战》《岳云》《汤显祖》《西门豹》《伐竹记》《楚汉春秋》《岳飞》《解忧》等剧在运用“失事求似”这一创作原则时都取得了一定的成功。这些史剧既反映了前代历史的某些真实状况，又把后人的思想性格和相互关系不露痕迹地加到古人身上，熔古今于一炉，亦古亦今，古今难分，将读者和观众带入了一个既遥远陌生、又熟悉亲切的富有诗意的境界。

实践证明，史剧家对历史真实的尊重、认识和把握得愈充分、愈深刻、愈能贯彻到底，艺术虚构便愈有深厚而牢固的基础，史剧家在史剧创

[1] 王波：《田汉〈关汉卿〉人物塑造论——兼评当代历史剧创作存在的问题》，《临沂师范学院学报》2000 年第 4 期。

[2] 同上。

作的天地里也就愈享有驰骋艺术想象力的自由。而艺术虚构只要符合历史发展的客观规律和人物性格的内在逻辑，那它不仅不会减弱作品内容的历史真实感，反而会极大地深化艺术形象的思想深度，真正实现史剧家在艺术想象和艺术概括基础上的艺术虚构与他在创作过程中所采用的历史原型或历史真实之间的虚实相生，达到过去视界与现在视界的交融，包括对广大读者和观众的"前理解"的尊重。所以，"'失事'和'添事'的目的是为了'求似'、'求实'，即要求得历史的更高的真实，求得戏剧所反映的历史生活、历史人物较之原来的历史事件、历史人物更集中、更典型、更有代表性，而并非为添事而添事，毫无根据地胡编乱造。为达到这一目的，在'失事'、'添事'之前，作为必须经过一个'重事'的阶段，即广泛搜集史料，进行深刻的、有独创性的历史研究，在此基础上，进行大胆的艺术臆想，虚构一些必要的合乎历史发展规律和人物性格的情节和细节，去反映历史的本质真实。这样创作出来的历史剧，在具体情节上与历史人物、历史事件自然会有小的出入，但从历史的整体来看却是真实的，因为它符合人物性格发展的要求，符合历史的发展趋势，达到了艺术真实的要求。"[1]这样的史剧所起的宣传教化作用自然最大，也符合主流意识形态话语的需要。当然，也有一些史剧，由于史剧家自身艺术才情的局限或时代流行话语的影响，作品呈现出理念大于形象的强烈工具化倾向，在"失事"与"求似"的分寸感及两者关系把握上存在不足，包括上文提到的许多优秀史剧，因需要嵌入权威话语所建构的新历史观念，而或多或少地存在着在历史真实与艺术虚构之间游移不定、把握不当等问题。

[1] 王波：《田汉〈关汉卿〉人物塑造论——兼评当代历史剧创作存在的问题》，《临沂师范学院学报》2000年第4期。

但总体而言，在此类剧作所采用的文体形态中，历史真实得到了基本实现，“历史”得到了较为恰当的运用与表现，同时，又达到了很高的艺术成就，这是难能可贵的。

应当承认的是从文体形态的角度将17年历史剧分为“尊史写实”“失事求似”“完全虚构”这三种仅是一种相对的划分，三者之间并无严格的可量化的尺度或标准，实际上，任何人也做不到这一点，关键是必须从创作的实际出发。既然史剧家们在“虚构与史实之间”“徘徊”的足迹是由历史、现实和创作主体之间的关系所决定，那么，17年历史剧三种文体形态的形成就必然有史剧家个人主体选择的因素，同时也是主流意识形态和权威话语规训引导的结果。

四　历史性、当代性、主体性的共渗互动

任何文体形态的历史剧均离不开历史性、当代性和主体性这三种文本，在17年历史剧讲述民族寓言这一共同价值取向所统摄的历史叙事中，它们形成了一种共渗互动的关系。

1. 历史性文本：历史叙事中的“故事”成分。

在17年的25部历史剧作品中，古籍记载、历史文献、英雄传奇、文人逸事、民间传说、传统弹词等这些原始材料共同构成了历史叙事中“故事”的部分。史剧家将目光投向它们，从历史性文本在史剧中呈现的角度而言，有两种基本的方式：一是作为历史叙事的情节线索，包括“尊古写实”和“失事求似”这两种文体形态的历史剧，此为最基本、也是最主要的方式；二是仅作为一点“因由”，不求史有其事或其人，但经史剧家们的妙笔“点染”，一幕幕生动精彩的历史传奇便呈

现在读者或观众面前，它主要是指“完全虚构”的历史剧。

17年历史剧中的历史性文本，上至春秋战国，下迄晚清民初，大多于史有据，史有评述，也有采自民间传说者，内容丰富，异彩纷呈，大都为中国历史上有影响的大事件或有影响的爱国英雄、志士仁人、文化名人，甚至帝王将相，这一切均已积淀在中国人文化心理的最深处，既影响着后人的思想观念、行为方式，又深深地楔入了中国从知识分子到黎民百姓的风俗习惯、情感表达方式和认知心理结构之中，也构成了广大读者和观众面对历史剧乃至所有文类的历史题材创作时特有的期待视野或对中国历史文化的“前理解”。

就25部史剧所表现历史朝代的分布而言，计有春秋战国时期3部，秦末1部、汉代2部、三国1部、唐代3部、南宋2部、元朝1部、明朝3部、晚清7部、民初1部，可谓题材丰富，涉猎广泛。但就史剧表现的具体内容及主题倾向而言，却呈现出“类”的特征。其中，表现帝王将相、英雄人物、文人名士的史剧占绝大多数，真正将目光投向平民百姓并以“小人物”为主角的作品是少之又少，仅有《1904年的枪声》《神拳》和《伐竹记》三部。配合政治或政策宣传，强调歌颂现实，并以此为立足点向历史寻找题材的史剧占绝大多数，彰显史剧家的独立思考及其创作个性，努力将历史戏剧化的史剧非常之少；在作品中寄寓“人民性”或“人民反抗”内容的史剧有12部之多，几近一半。

史剧家们为了实现历史性文本的真实可信，在史料的收集、整理、分析与选择上大多花了很大的工夫，即使是事件与人物均为虚构的《神拳》，老舍在史料的收集分析上也不吝精力，体现出史剧家们对历史性文本之真实性的坚持。历史性文本既是历史剧区别于其他文类的根本性标志，又是历史剧中其他文本得以存在和发展的基础。17 年历史剧在历史性文本的建构过程中，经过了史剧家的选择与删削、组织与重构，其中主流意识形态话语或权威话语不可避免地烙下了深深的印记，在自传性文本和当代性文本中，我们同样可以追寻到它影响的踪迹。

2. 当代性文本：独尊“古为今用”。

虽然对历史性文本的建构构成了历史剧创作最基本的前提和最重要的基础，但任何一位史剧家总是从当代现实的需要出发，站在当代意识的高度去理解历史，从而形成了历史剧中不可或缺的当代性文本。历史剧的当代性首先表现在站在今天时代的高度重新认识、阐释、评判历史；其次表现在“以史为鉴”上；再次表现在借历史表达对现实的渴望、诉求和感慨。前提是保持历史的真实性，同时还应避免陷入实用主义的误区或以“六经注我”方式，用历史去演绎浅近、功利的当代观念。而 17 年历史剧的大多数当代性文本中恰恰存在着这方面的问题。

首先是舍弃历史剧常见的“以古讽今”“以古鉴今”等功能，独尊“古为今用”，且对“古为今用”的理解庸俗化、教条化。在 1960 年代提倡的“古为今用”中，“今”便为体，“古”则为用，其哲学内涵是以古代人物的某些精神素质配合马列主义、毛泽东思想；在物质意义上，则是以古代人物的某些行为来肯定当前的社会主义建设；在文学的范畴内，则是毛泽东早在延安时期就已经提出的发挥“古为今用”的精神。当年他对新编历史剧《逼上梁山》的肯定就是从“古为今用”的立场出发的。郭沫若的两部翻案戏，特别是对曹操的翻案其最直接的启示便是来自毛泽东对曹操的肯定和自许。在为《武则天》翻案时，他甚至嵌入了人定胜天、自强不息、民为邦本之类的主流意识形态话语常用的词语，在“古”与“今用”之间甚至不经中介的直接相连。《胆剑篇》描写的是春秋时代越王勾践卧薪尝胆的故事，抒发的却是自力更生、发奋图强的时代声音。包括1962年写出的《王昭君》前两幕，也是“力图按照毛主席在‘六条标准’中提出的‘有利于民族团结’的指示精神去考虑的”。[1]

刘肖芜是一位在1930、1940年代即已登上剧坛的老剧作家，是晋察冀边区戏剧的开拓者之一，先后创作过《丰收》《我们的乡村》《两年间》《李殿冰》等有影响的剧作。1964年创作的《解忧》也是以公主和亲为题材，但该剧在宣传民族团结之外，还有一个更为具体特殊的原因，据史剧家回忆，“1962年5月，苏修在我边境搞颠覆破坏活动，策动我边民外逃。当时，苏修以各种方式进行造谣诬蔑，说新疆不是中国的领土，中国的领土只在长城以东。”“事实上，新疆自古以来就是我们伟大祖国不可分割的一部分。”“因此，使我想起了被称为‘乌孙国母’的解忧公主。”决定以此为题材写一部历史剧，“通过历史事实来说明新疆自古以来就是中国领土。”[2]至于《朝鲜风云》配合宣传“抗美援朝”，《卓文君》宣传新婚姻法，等等，不一而足。即便是政治意识相对淡薄的师陀，在谈到自己为什么在1960年代创作春秋战国时期的历史剧时，也有明确而强烈的现实功利目的。可见强烈的政治功利意识深深地贯注进了众多历史剧的当代性文本之中，将历史剧当成了当代政治意识或流行观念的载体，将当代性理解为现实的政治甚至具体的政策服务。而历史剧中真正的当代性文本应当是“以当代先进思想意识去穿透历史现象，克服时间的鸿沟，把握到深刻的历史意蕴，并

[1] 曹禺：《王昭君·关于〈王昭君〉的创作》，四川人民出版社1979年版，第194页。
[2] 周乐滥：《〈解忧〉的创作及其他——访老作家刘肖芜同志》，《新疆日报》1979年4月10日。

使之在当代先进意识的透射下，对历史精神予以发展”。[1]所以，历史已经是获得先进的当代现实生命气息的历史，而现实即是活跃着历史内在生命意蕴的具有厚重历史感的现实，它绝非将现实与历史简单相加的缺少内在意蕴关联的肤浅层次上的现实。此乃历史剧创作区别于现代戏的根本之处，也是显示其真正价值的核心之点。

难能可贵的是，17 年历史剧中存在着少数具有“异质”的“非主流”的当代性文本，或隐或显地表现出史剧家对生活的独特思考与创作个性。如《蔡文姬》中潜隐着对文化振兴的渴望，对领袖兼听则明，偏信则暗的劝谕,《武则天》中盼望领袖对人才的尊重与宽容,《胆剑篇》中反复强调的“天高听卑”的思想,《楚汉春秋》对项羽轻视人才导致失败的反思,《天京风雨》对革命阵营内部权力斗争，严重内耗削弱斗争力量的警惕等,均很有见地；其次是在“大我”取代“小我”,否定“小我”的叙事和抒情模式中，史剧家们的抒情冲动和对“小我”与创作个性的坚持。如《关汉卿》《汤显祖》对知识分子保持个人气节的称颂,《伐竹记》对阿谀奉承、溜须拍马者的嘲讽,《神拳》对国民性的反思，以及《蔡文姬》的诗人写诗人，并自豪宣称“蔡文姬就是我”。如剧作家写剧作家的《关汉卿》《汤显祖》，老舍在《神拳》中终于“吐了一口气”等；再就是在阶级斗争叙事模式和工农兵革命英雄主题的“夹缝”中叙写“儿女私情”，表现爱情题材，摒弃将爱情政治化的创作模式，如关汉卿与朱帘秀在共同斗争中产生的爱情，生死与共，忠贞不渝。汤显祖与小红的感情历程也细腻感人。还有《卓文君》中司马相如与卓文君、《孟丽君》中皇甫少华与孟丽君等，均很有特色。它们在丰富

[1] 王文英：《历史剧真实性新探——从郭沫若的历史剧谈起》,《上海社会科学院学术季刊》1988 年第 3 期。

和深化并昭示着真正的当代性文本的同时，让我们深切地感受到了史剧家们的执著与思考及矛盾与痛苦的心灵，它使 17 年的历史剧还具有了一定的思想史价值。

3. 主体性文本：不断丧失的主体性。

从历史性文本到当代性文本，在历史性文本中寄寓当代性文本，史剧家们何以能跨越时间的鸿沟，实现两者的对话与交融呢？我认为这主要是因为史剧家们主体精神作用的结果。历史剧创作，包括整个艺术创作，并不是生活和艺术、历史与剧简单、机械的直线对应关系的反映。本质而言，它应是史剧家们精神创造的结果，历史材料进入到戏剧创作之中，并不决定于历史生活丰富多彩的程度，也不取决于历史事件的重大或重要与否，而是决定于它与史剧家们的精神世界在多大程度上触发了某种感应与融合。只有进入了史剧家的心灵世界并发生了熔铸变形，它才可以成为历史剧描绘和表现的对象。所以，历史剧中的历史性和当代性文本必定会被赋予属于史剧家的某些主体特征。而呈现于历史剧创作过程以及文本中的种种创作的主体因素便是历史剧的主体性文本。

史剧家的神妙与高明之处就在于能通过独到的主体作用或填补、或充实、或虚化、或超越历史与当代的时空距离，既延长历史的寿命，又拓展现实的内涵。首先，17 年历史剧中有些作品的主体性文本其实就是史剧家的自传性文本，郭沫若写历史剧绝不仅仅停留在对历史的感兴上，《蔡文姬》一剧便很深切地寄寓了他个人的自传性文本；田汉能够跨越时空，在关汉卿那里找到共鸣，就是因为创作过程中主体对客体的亲和，才有了《关汉卿》中惊心动魄、催人泪下的故事和几个坚贞不屈的性格。在剧中，呈现史剧家精神世界的主体性及自传性文本无处不在又不着痕迹，它使得《关汉卿》一剧的历史性文本、当代性文本、主体性文本这三种文本达到了完美的融合，也标志着17年的历史剧创作达到了艺术水平的最高境界。《汤显祖》也是一部戏剧家写戏剧家的戏，尽管其艺术成就及影响远不及《关汉卿》，但史剧家以汤显祖的形象寄寓自己不畏权势、正直敢言、追求至情的理想和愿望却是极为鲜明，也很成功。这种直接地以自传性文本呈示主体性文本的剧作还有《神拳》，由于史剧家特有的记忆即父亲惨死于八国联军的炮火，老舍一直积蓄着要表现义和团运动的强烈愿望，《神拳》总算让他“吐了一口气，积压了几十年的那口气”[1]。

其次，在对历史题材进行心灵熔铸、艺术变形、寄寓古为今用于当代性文本的过程中凸显史剧家们的主体作用和主体精神，而这发生作用的种种力量和因素便构成了历史剧的主体性文本。应当说在17年每一部历史剧的创作过程中都少不了主体的作用，但面对浩瀚的历史时空，创作主体作用的强弱、创作个性凸显的力度在不同的史剧家和不同的历史剧中还是有着巨大差别的。特别是面对共同的权威话语和主流意识形态，如何将它经由史剧家的个体无意识转化为政治无意识加以升华和表现，做到形象大于理念，抑或是理念大于形象，不同创作主体之间也是有着巨大差异的。实践表明，只要史剧家在主体性文本中坚守自己的创作个性与独特追求，那么，作品的艺术成就相对就高，反之则低。当然两者间的界线并不是泾渭分明的，相互交叉的现象时有发生。客观而言，主流意识形态话语强烈的规训作用使得17年历史剧创作话语中的主体性文本之间有了

[1] 老舍：《〈神拳〉后记》，《老舍文集》第12卷，人民文学出版社1987年版，第182页。

某种一致性，即共守“古为今用”的创作原则，共同讲述民族寓言，为政治或政策服务，它减弱了主体的作用力度，主体性不断丧失，创作趋于一律化、模式化。

当然，三种文本在历史剧创作中绝非截然分开、各自为政的，而是相互作用、共渗互动的关系，正如韦勒克、沃伦所说：“艺术品中通常被称为‘内容’或‘思想’的东西，作为作品的形象化意义的世界的一部分，是融合在艺术品结构之中的……在我看来，唯一正确的概念是一个断然‘整体论’的概念，它视艺术为一个多样统一的整体，一个符号结构，但却是一个有含义和价值，并且需要用意义和价值去充实的结构。”[1]对17年历史剧中共渗互动的三种文本而言，它们所面临的共同任务是为政治（政策）服务，使用主流意识形态和权威话语，讲述民族寓言，但由于作为历史剧创作主体的现代剧作家们对生活的独立思考和对创作个性的持守，使得不同史剧的各种文本之间产生了一定的差异，出现了一些“非主流”的、逸出规范的思考与探索，它们构成了历史剧文本中的潜文本，这当然是值得我们予以认真关注和仔细研究的。

第二节　忌悲忌喜，正剧统一的情节开展方式

按照戏剧的情节开展方式，可以将戏剧分为悲剧、喜剧、正剧等。[2]

---

[1] 韦勒克、沃伦：《文学理论》，刘象愚等译，三联书店1984年版，第16—17页。

[2] 吴戈：《戏剧本质新论》，云南大学出版社2001年版，第253页。

而情节开展方式其实也属于本书所理解的文体形态的范畴。在历史剧中，史剧家通过一定的情节编排模式将历史中的事"编排"或"组织"成为完整的叙事性的故事里的事，在"编排"和"组织"的过程中，由于受到了特定年代的权威话语或主流意识形态的规训与制约，使得17年历史剧创作中大多数的悲剧并非真正意义上的悲剧，大多数的喜剧也非真正意义上的喜剧，而是似悲非悲，似喜非喜，忌悲忌喜，正剧统一。

一 "人民"力量的增强与悲剧不悲

17年的历史剧被归入悲剧范畴的剧作共有11部，即《1904年的枪声》《关汉卿》《神拳》《甲午海战》《岳云》《义和团故事组剧》《汤显祖》《战斗中血的友谊》《西门豹》《楚汉春秋》《岳飞》。其中，《关汉卿》一剧保留了一悲一喜，即"蝶分飞"和"蝶双飞"两种结尾，本书将它放在悲剧中谈。

亚里士多德说："悲剧是对于一个严肃、完整，有一定长度的行动的摹仿。"悲剧的价值（舞台效应）在于能"借引起怜悯与恐惧来使这种情感得到陶冶"。[1]这就是被西方戏剧家们奉为经典的"卡塔西斯"[2]作用理论，而悲剧在审美上的净化作用来自于美学意义上的崇高，认为崇高是悲剧的最基本审美属性，悲剧性与崇高感犹如一对须臾不可分离的孪生兄弟，因此，悲剧的本质也就是崇高美的集中体现。由此

[1] 亚里士多德：《诗学》，罗念生译，人民文学出版社1982年版，第19页。

[2] 卡塔西斯，乃希腊文 Katharsis 的音译，作宗教术语解为"净化"，作医学术语解为"宣泄"，亚里士多德用来指悲剧的社会效应等。

可见，悲剧的价值在于力量之美——感到面对某种压倒一切的力量的那种恐惧而产生的怜悯，其归结点在于真，在于形态上的逼真感。

我们若以此为标准衡量 17 年历史剧中的 11 部悲剧作品就可见出，大多数并非真正意义上的悲剧，原因就是人民力量的崛起对英雄悲剧强大的情感补偿作用，使得悲剧性力量在累积的过程中不断被冲淡和中和，观众和读者感到造成悲剧的某种力量并不能压倒一切，前途和未来是光明的、胜利的，因恐惧而产生的怜悯的程度在不断减轻，逼真感下降。《1904 年的枪声》结尾时写到抵抗虽然暂时失败，但战斗并未停止，抗击英军侵略的藏汉人民并未放下武器，正准备继续战斗。《神拳》中写到义和团虽然在天津城内的战斗失败了，但高永义却带领义士们退出城外，退进了青纱帐，“怎么打都行，我就是不打白旗，给鬼子兵跪下”。《义和团故事组剧》的结尾是黑塔遭叛徒梁三暗算，中毒而死，但红姑、陶五娘等仍在战斗。《战斗中血的友谊》写到农民起义军领袖艾买提死于叛徒塔吉之手，在起义的火种将被扑灭的危急关头，博格达山上的勇士们与鄯善的弟兄们会师了，维汉两族兄弟在战斗中用鲜血凝成的友谊更加深厚、牢固，他们打退了敌人的进攻，继续战斗着。《岳飞》一剧中，岳飞虽遭冤狱，“屈死风波亭”，但作为人民群众代表的梁大伯用岳飞赠给的一口剑，在河东河北拉亲戚，交朋友，串山寨，走州县，不辞辛劳，燃起了大河两岸的抗金大火，掌起了岳家军的旗号。《甲午海战》的最后，“邓世昌牺牲了”，“丁汝昌自杀了”，“统治阶级中有正义感、有爱国思想的人在那样的政治情况下，最后必然失败，起来革命的究竟是人民群众”[1]，他们拿起了武器，喊着“把鬼子打出中

[1] 齐燕铭：《历史真实和浪漫精神结合的问题》，《戏剧报》1960 年第 19、20 期。

国去！”这样的口号，砍死了日美特务福岛、汉伦和卖国贼方仁启，“满怀着对侵略者的仇恨和胜利的信心，迎接战斗”。

《西门豹》一剧据师陀介绍本以西门豹屈死而结束，但“为了挽救收场的凄凉。——它本来是个悲剧么，而是为了表现出‘民气’、革命或革新的成果有保障”[1]，史剧家竟加进了“恨塌天、老玉、铁成、青年甲乙、少女甲乙、小师姑甲乙，以及邺城地方众农民，手拿铁锤、铁镢、铁抓忿怒冲上”，去追杀害死西门豹的贪官污吏们，为西门豹报仇。一出本应是真正意义上的悲剧被改成了公式化之作，殊为可惜。《楚汉春秋》虽以项羽自刎乌江作结，但由于刘邦一方并不是应被否定的力量，所以此剧的悲剧性也不强。

这样的结尾模式其实在1940年代的历史剧中已有使用，如在郭沫若的四部史剧中，聂政、聂荌虽然牺牲了，但卫士甲和卫士乙却杀了那些没良心的狗官，同群众一起踏着他们的血迹，抬着他们的尸体上了山；屈原虽然在政治上遭到迫害，灵魂受到摧残，但他终于选择远走汉北，渴望与那里的人民一道开展新的斗争；虽然如姬、魏太妃等以血溅地，但信陵君终于率军救赵去了；高渐离虽死于秦王屠刀之下，但他的好友宋意却连夜冒着大雪奔赴江东，准备举义。四部悲剧的结尾均给人们的心头带来了希望之光。1959年，郭沫若就提出："我看写悲剧就必须透示出转为喜剧的气势。负 > 正是一时性的，正 > 负是必然的前景。以前有人反对作品后面‘拖一条光明的尾巴’，看来应该是必要的。要根据这样的必然性去写悲剧。历史总是波浪形的发展。”[2]

当然，形成这样的悲剧创作模式也有其他方面的原因。首先是中

---

[1] 师陀：《西门豹·后记》，《收获》1979年第4期。

[2] 郭沫若：《就目前创作中的几个问题答〈人民文学〉编者问》，《人民文学》1959年第1期。

国自成体系的悲剧文化及古典悲剧结构中先悲后喜，以“大团圆”结束的模式在17年史剧家们创作心理中形成的积淀与思维定势的制约作用。田汉的《关汉卿》便是典型，剧中写到每当悲剧将要来临时，“作品便有一种‘神奇’的情节，使‘悲剧’蜕变为正剧或者喜剧。这种例证几乎比比皆是。”[1]“当权臣阿合马的二十五公子抢走二妞后，恰恰是阿合马的母亲生病，关汉卿把老太太的病治好了，关汉卿在收礼时，金银财宝全不要，‘只要谢家堂上燕’，巧妙地救出二妞，一场大悲剧化解成为喜剧。当关汉卿草成《窦娥冤》之后，作者和演员皆为演出的场地发愁时，恰好伯颜丞相夫人为老太太做寿，老太太想着关汉卿新写的悲剧，大剧场玉仙楼欣然接受了《关汉卿》，演出场地问题顺利地解决了。《窦娥冤》的演出获得巨大的成功，但阿合马要求关汉卿修改剧本，关汉卿不从，朱帘秀仍然照原本演出。权臣阿合马恼羞成怒，大叫‘抓出去都砍了’，矛盾不可调和，悲剧将要发生。这时和礼霍孙向阿合马求情，何总管用伯颜老太太已认朱帘秀为干女儿为由，说服了阿合马，朱帘秀生命无虞，其他人等也都免除了死罪。又一次把悲剧化解为正剧或者喜剧，只有可怜的二等演员赛帘秀被挖去了双眼，成为替罪羔羊。当王著刺杀奸臣阿合马，朝廷上几位大人主张还要严办关汉卿等人，因为虽然阿合马很坏，但关汉卿却犯了上，和礼霍孙也没有坚持保护关汉卿过关，关汉卿的悲剧又一次不可避免，这时强大的‘乐感性’传统又一次显示了它的威力：谢小山带着许多名士画了押的‘万名禀’请周福祥递给和礼霍孙。周福祥把被和礼霍孙搁置一旁的‘万名禀’又偷偷地放回待阅的公文中间。大臣和礼霍孙以为

[1] 何思玉：《英雄话语：特殊环境中的创作尴尬——谈田汉〈关汉卿〉中主人公的命运遭际》，《四川戏剧》2002年第3期。

关汉卿是关云长的同乡，又是同宗，认为是关大圣显了灵。关汉卿又一次躲过了死神的索命，由‘死刑’改判为‘驱逐出境’。其时，众多的文人与艺人送别。气氛虽然悲哀，但‘哀而不伤’。这时突然周福祥又送来佳音：‘奉和礼霍孙丞相钧谕：关汉卿一代作者，敢与权奸相抗，虽依功令逐出大都，仍认为大都文艺巴托；朱帘秀艺行卓越，许其脱去乐籍，随关汉卿出境南下，沿途关津，毋得阻留。’一支《沉醉东风》，使《关汉卿》几近于大团圆结局：‘怨什么天南地北，愁什么月缺花飞？收拾起饯行杯，拭干了别离泪。祝你们同心并翅，飞向那江南风景媚。愿休忘！有阎闾憔悴’”[1]等等。较之于其他史剧将古代戏曲中造成大团圆结局的各种偶然性因素替换成“人民是历史的真正创造者”这种单一的原因，田汉的《关汉卿》是有其与众不同之处的。仅就前者而言，泛政治化语境下权力话语的规训与整一作用极为明显，就后者而言，田汉毕竟未能跳出传统积淀的影响，这是我们应该指出的。

其实，造成17年历史剧悲剧不悲的更为深层和根本的原因却是以歌颂为主旋律的新中国工农兵文学，反对暴露现实生活中的缺点、不足或阴暗面，对悲剧及其价值的不断质疑，这严重制约了当代悲剧的发展。毛泽东在《讲话》中说：“至于对人民群众，对人民的劳动和斗争，对人民的军队，人民的政党，我们当然应该赞扬。”[2]如果写缺点，写到反面人物，那他们“只能成为整个光明的陪衬，并不是所谓的一半对一半”[3]。因为“一半对一半”的描写，会使得敌我力量显得势均力敌，

[1] 何思玉：《英雄话语：特殊环境中的创作尴尬——谈田汉〈关汉卿〉中主人公的命运遭际》，《四川戏剧》2002年第3期。

[2] 毛泽东：《在延安文艺座谈会上的讲话》，《毛泽东选集》（第3卷），人民出版社1991年版，第849、871、873页。

[3] 同上。

不利于鼓舞人民的斗志，会使工作中的缺点显得过分而不利于歌颂人民，故在反对之列。其二，他强调指出："你是资产阶级文艺家，你就不歌颂无产阶级而歌颂资产阶级；你是无产阶级文艺家，你就不歌颂资产阶级而歌颂无产阶级和劳动人民：二者必居其一。"[1]这表明在歌颂与暴露的这一立场问题上，作家任何的游离都是不允许的。它使得17年的史剧家们在作品中正反方面力量的配比上有了理论依据，但也产生了一种束缚和压力。于是，即便是历史剧中表现正面或英雄人物的悲剧，它也应给人民以新的希望和斗争的信心。

即便是这样的悲剧，1957年以后在极"左"思潮影响下，中国戏剧舞台上一度颇为得势的"无冲突论"也曾被否定，是史剧家的坚持与抗争，才使悲剧这一古老而又重要的艺术品种及其美学精神在历史剧领域得以保存和赓续。当时，老舍先生就曾挺身而出，仗义执言，他说："我并不想提倡悲剧，它用不着我来提倡。两千多年来它一向是文学中的一个重要形式。它描写人在生死关头的矛盾与冲突，它关心人的命运，它郑重严肃，要求自己具有惊心动魄的感动力量。因此，它虽用不着我来提倡，我却因看不见它而有些不安。是的，这么强有力的一种文学形式而被打入冷宫，的确令人难解，特别是在号召百花齐放的今天。"[2]上述历史悲剧的出现，尽管大多数并不那么正宗，但仍属难能可贵。

---

[1] 毛泽东：《在延安文艺座谈会上的讲话》，《毛泽东选集》第3卷，人民出版社1991年版，第849、871、873页。

[2] 老舍：《论悲剧》，《人民日报》1957年3月18日。

二　“讽刺”与“幽默”之外的喜剧

较之于 17 年历史剧中的悲剧创作，喜剧创作的成就显得更低，而且大多数作品也并非真正意义上的喜剧。

喜剧离不开笑，其实喜剧就是笑的艺术，笑是人类的一种本能，同时还有一种社会功能，即对美好的、新生的事物加以赞扬和肯定，对丑恶的、腐朽的事物予以谴责和否定。由于笑基本上可分为两类：讥笑与嬉笑，前者是逆向的、批判性的笑，后者是顺向的、赞许性的笑，这两类笑便造成了两类喜剧：讽刺喜剧与幽默喜剧。一般而言，构成喜剧精神的要点有三：“轻松活泼的情调”“豁达乐观的胸怀”“追求自由的精神”。[1] 相对而言，西方更多的是讽刺喜剧，中国则以幽默喜剧见长。

我们若以“喜剧性”“喜剧精神”等为标尺对照 17 年的历史喜剧，就可发现大多数既非“讽刺”，也不“幽默”，并不是真正意义上的喜剧。郭沫若的《蔡文姬》在发表时特地注明是一部“五幕历史喜剧”，从“五四”时期郭沫若酝酿创作的悲剧《蔡文姬》到解放后的喜剧，原因就是随着批判的时代转向歌颂的激情，剧作家的观念也随之发生了变化。郭沫若就认为“喜儿翻了身，今天更是大规模的悲剧解放时代”[2]。“中国的封建悲剧串演了两千多年，随着这《白毛女》的演出，的确也快临到它最后的闭幕，‘鬼变成人’。”[3]“因此，《白毛女》这个剧本的产

[1] 董健、马俊山：《戏剧艺术十五讲》，北京大学出版社 2004 年版，第 106–108 页。
[2] 郭沫若：《悲剧的解放——为〈白毛女〉演出而作》，《华南报》1948 年 5 月 23 日。
[3] 同上。

生和演出也就毫无疑问，是标志着悲剧的解放。”[1]尽管他自称《蔡文姬》为喜剧，但全剧实际上充满一种哀怨悲愤的色彩，蔡文姬的悲剧遭遇和笼罩全剧的悲剧氛围，这些都是客观存在的，只是安排了一个喜剧结尾而已。所以，总体来看，将《蔡文姬》这部史剧看成是一部悲喜剧似乎更为恰当。

1959 年，田汉出席西藏阶级斗争展览会，在看到西藏反动的奴隶主和喇嘛对农奴的残酷压迫后，心情很是激愤，开始构思《文成公主》，最初是想把它写成一部文成公主与农奴主斗争，终未能胜利的悲剧。“文成公主与松赞干布生活了 9 年，在吐蕃一共住了 39 年，她的心情不会是愉快的。那样写也还是符合实际情况的。”[2]但 1960 年 1 月 29 日，周总理亲临中国青年艺术剧院的《文成公主》彩排现场，审查此剧后指示，要以歌颂民族团结为主，要符合毛泽东的“六条标准，”于是田汉只好重新构思此剧，并对原剧作了较大幅度的改动，但即便如此，该剧仍是悲剧的内容、喜剧的结局。他的《关汉卿》一剧目前虽保留了一悲一喜两种结局，但剧本内容的悲剧性却是一致的。其实，在 17 年历史剧中，类似上述的悲剧内容、喜剧结尾的剧作还可以列出很多，如《郑成功》《胆剑篇》《武则天》《詹天佑》《天京风雨》《解忧》等，这些所谓的喜剧，既无任何讽刺的喜剧性，也无任何幽默的喜剧性，所以，均应属于一种正剧。

真正具有一定喜剧品格与特征的应是《孟丽君》和《伐竹记》。丁西林的戏剧创作更多的是接受英国近代喜剧（又称机智喜剧或“世态喜剧”）的影响，其主导特征便是以机智俏皮的形式写出荒谬可笑的世态，

[1] 郭沫若：《悲剧的解放——为〈白毛女〉演出而作》，《华南报》1948 年 5 月 23 日。
[2] 张缚吉：《田汉写〈文成公主〉的时候》，《新观察》1959 年第 16 期。

体现在创作中便是曲折多变的情节、聪明机智的语言和轻松圆满的结局，《孟丽君》一剧虽脱胎于长篇弹词《再生缘》，但仍鲜明地保持了上述喜剧特征与氛围，还在结构上运用了典型的丁式“欺骗”模式。事实上，他之所以选择《再生缘》为改编对象，正是因为此剧蕴含着许多丁式喜剧因素。此剧的剧情虽以封建时代常见的忠奸之争为基础逐步展开，但忠奸之争却非本剧的主要矛盾之所在，史剧家的着力点是在歌颂青年男女的真挚爱情，孟丽君这个传奇人物女扮男装，位列三台，以其聪明才智创造有利条件，利用王室内部矛盾，克服各种障碍，成就了美满姻缘。在她的才智之光照耀下，我们看到了专横的国丈实在愚蠢，昏庸的皇帝徒劳心机。扑朔迷离的情节使得全剧逸趣横生，“观众却像神仙一般坐在云端，看到下界众生无故自扰，禁不住要莞尔微笑”[1]。

师陀1962年创作了历史题材的独幕喜剧《伐竹记》，并完成了四幕历史悲剧《西门豹》。这两部史剧无论在选材、立意及表现角度上均是一个独特的存在，《伐竹记》取材于《晏子春秋》，描写春秋时期晏婴的车夫晏狗和他的未婚妻庆云跟齐景公（齐侯杵臼）以及他的佞臣梁丘据、裔款斗争而获得胜利的故事。史剧家通过愿以自己的身体为父亲赎罪、敢作敢为、大大咧咧的女孩子庆云，喜欢说大话、吹大牛的大男子主义者、其实非常怕老婆的车夫晏狗，清正敢言、相貌矮小、年老干瘪、略显滑稽的相国晏婴，昏庸迷信、糊涂好色、不理朝政的齐景公，溜须拍马、阿谀奉承的梁丘据、裔款等一系列生动有趣、滑稽可笑的人物形象，表达自己反对迷信、反对拍马、反对大男子主义这一主题。全剧笔墨干净，语言犀利，笔头生花，逸趣横生。著名评

[1] 陈瘦竹：《丁西林〈孟丽君〉的喜剧风格》，朱栋霖、周安华编：《陈瘦竹戏剧论集》（下），江苏教育出版社1999年版，第1577页。

论家李健吾读罢此剧，不禁拍案叫绝，惊叹此剧既有大量讽刺性的因素，又有很强的幽默效果，是一部真正的喜剧。[1]可惜这样的作品在17年历史剧中仅有两部。

造成17年历史剧中喜剧作品少而不纯的原因主要是主流意识形态话语不提倡喜剧，特别是讽刺喜剧的创作。在计划化的文学生产体制内，工农兵文学将歌颂对象英雄化、神圣化的追求自然不需要什么“讽刺”和“幽默。”少数敢于涉足讽刺喜剧的剧作家在1957年的反右运动及以后的政治运动中备受指责和批判，被扣上了“丑化劳动人民”“丑化社会主义”“庸俗”“低级趣味”“搞资产阶级娱乐性”等罪名或帽子。在如此严峻且极易上纲上线的批评话语规约下，剧作家很快失去了创作幽默讽刺喜剧的轻松自由的心态，以历史为叙事对象的历史剧创作虽有少数的喜剧作品，但多为歌颂性的，并不敢触及主流意识形态对喜剧的禁忌，《孟丽君》和《伐竹记》只能是一个“意外”的收获，并不具有代表性。

如上所述，17年的历史剧创作在情节开展方式上呈现出悲剧不像悲剧、喜剧不像喜剧，忌悲忌喜，悲喜交融，终至于正剧统一的总体特征。

---

[1] 西渭：《读师陀同志的〈伐竹记〉》，《人民日报》1979年7月25日。

■

第四章

17 年历史剧创作的结构模式——话语构成论之三

■

17 年中，史剧家们在戏剧观念和指导思想上适应着整个社会主流意识形态的统摄结构，在以政治支配一切社会生活的基本原则和方法论的基础上，形成了以政治灌输作为创作的本原动机，在没有冲突就没有戏剧这一常规理论的指导下，他们在总体上遵循“四堵墙”[1]的演出形式，从时空观念的同质同构出发来建构戏剧文本的冲突结构，强调以冲突为基础，重视线式情节的安排，结构趋于模式化。

在历史剧冲突结构的内在构成与板块分布上，17 年历史剧特别是在历史“故事”的第一部分，大多采用一种“苦难”叙事模式，以解

[1] 高文升主编:《中国当代戏剧文学史》，广西人民出版社 1990 年版，第 293 页。

决具有先进性、革命性的正义、进步一方之行为的起因、正当性及动力根源问题，或将苦难阐释为磨炼爱国者、反抗者、起义者等正义一方的意志、增进其道德的工具，或将叙事的重心放在被苦难所激发出来的正面历史人物或英雄人物的人性美、人情美的表现上。这其实与工农兵文学独尊颂歌话语的现实叙事是相对应的，特别是与表现革命历史题材的话剧多采用“苦难”叙事如出一辙。

第一节 建构与阶级斗争理论相对应的史剧冲突结构

但在权威话语拘囿下戴着镣铐跳舞的史剧家们，一旦稍有松动，就会冒着被批判的风险在戏剧创作中进行一些可贵的探索，从而形成了17年历史剧的三种结构方式：情节推进式、情绪推进式、高潮式，体现着17年历史剧乃至话剧艺术算不上深刻但却难能可贵的探索轨迹。不过这三种结构的分布又极不平衡，即绝大多数史剧采用的是情节推进式结构，因为根据毛泽东提出的无产阶级夺取政权后，阶级斗争将更加激烈的理论，无产阶级要在国内长期地跟资产阶级进行斗争，要进行阶级斗争，就必须突出阶级斗争的矛盾冲突。毛泽东首先要在这方面做意识形态工作和制造舆论，而能最佳地表现矛盾冲突的文学样式，莫过于戏剧，因为戏剧是冲突的艺术，它可以通过演员的表演，把政治的、思想的、道德的、感情的、心理的等各种矛盾冲突直观地再现于舞台之上，令观众产生身临其境之感，相对而言，情节推进式结构对冲突的表现又是三种结构中最为直观形象的。还有，由于史剧家们在泛政治化创作语境下业已形成的强烈的政治思维定势的规训与制约，又造成了结构上极为明显的非整一性和二元对立的单一局面。

一　以情节推进式为主的冲突结构模式

在17年的25部历史剧中，大约有《关汉卿》《胆剑篇》《神拳》《西门豹》《武则天》等20多部史剧采用情节推进式结构。该结构的主要特征是：史剧家们遵照没有冲突就没有戏剧的传统观念，以行动冲突为基础，围绕着中心事件设置人物，极力强化人物围绕事件所生发矛盾冲突的推进力量，在单一主题意向下步步深入地展开情节，在由情节发展构成起、承、转、合的冲突过程中着力揭示人物的精神世界与个性特征。

《关汉卿》就典型地体现出这种结构的特征。为了突出作为人民艺术家关汉卿的主导性格和战斗精神，田汉选择他创作并演出《窦娥冤》(下称《窦》)这一中心事件为线索，组织安排全剧的情节结构和矛盾冲突，鲜明地体现了情节推进式这种闭锁式结构的特点。全剧共分十二场：第一、二场写朱小兰被冤杀引起了强烈反响，关汉卿决心通过写《窦》为老百姓伸冤，从一开始就将人物置于时代激流和矛盾斗争的漩涡之中，戏剧的情节进展正是从这个中心基点开始步步推进、层层深入。刘大娘的女儿二妞被阿合马的第二十五子看中抢去，更激发了剧作家的强烈义愤，他开始酝酿写剧本。第三场，写关汉卿去西山替人治病，巧妙地救出了二妞，这是过渡场次。第四、五场，写关汉卿创作《窦》，与好友谢小山、杨显之、朱帘秀等人研讨切磋，并商量争取演出的具体问题，剧情不断发展，人物性格逐渐鲜明。第六、七场，写在玉仙楼演出《窦》引起极大的反响，王著高喊“与万民除害”，郝祯、叶和甫威胁关汉卿修改《窦》，否则不准演出。关汉卿、朱帘秀坚决不改，照样上演，因而两人被打入死牢。剧情矛盾激化，趋向高潮。第八、九、十场，写关、朱二人在监狱里的斗争，宁死不屈，痛斥败类叶和甫，老百姓写万名禀为他俩伸冤，关、朱二人感情加深，立下“生不同床死同穴”的誓言，侧面写了王著刺杀阿合马、郝祯，《窦》剧起了社会效果。第十一、十二场，写和礼霍孙办理关、朱案件，由于统治阶级内部矛盾激化，关、朱被改判为“驱逐出境”，好友在卢沟桥送别，这是全剧尾声。关汉卿决定再写像《窦》这样的戏，继续斗争。在这种跌宕起伏且不断激化的矛盾冲突中，一步步地揭示出关汉卿“蒸不烂、煮不熟、捶不扁、炒不爆、响当当一粒铜豌豆”的性格特征。

其实，这也是20世纪中国历史剧乃至话剧创作中最为普遍的结构方式，但17年历史剧在运用的过程中较1930、1940年代的创作有了一定的变化和发展，即均不同程度地冲破了“地点一致”和“时间一致”的束缚，仅遵循“动作一致”的原则结构剧本，也就是情节推进在单一主题意向下进行，剧中人物的行为和言语必须能够直接或间接地推进中心矛盾与冲突的发展和解决，语言追求动作化，在紧张激烈的冲突描写中达到引人入胜的审美效果。当然，其局限也很明显，即将丰富多彩、纷繁复杂的历史内容整合并纳入规范性的贯穿情节之中，颇有削足适履之嫌，影响对历史人物丰富多彩的性格特征和复杂深刻内心世界进行多侧面展示。

情绪推进式结构的基点不是外部世界或外在的矛盾冲突，在整体上它更为强调主体情绪的支撑或支配作用，也就是在剧本的场次安排上不再围绕中心事件的发展过程，而是依据人物的情感或情绪等的变化，或者人物的意志冲突等这些内在线索加以铺排描述。其着力点在刻画人物的内心世界，借以深化人物的性格。郭沫若的《蔡文姬》就较为充分地体现了这一结构特点。

郭沫若的历史剧可谓是情感的宁馨儿，他深信“艺术的根底是立在情感上的”[1]。所以，注重主观内在情感的表现与抒发是他历史剧创作上一贯的艺术个性，而且他的每一部史剧创作都是他对人物产生了深切感情之后的产物，最突出的例子便是史剧《蔡文姬》。此剧的创作首先缘于郭沫若想为曹操翻案和为《胡笳十八拍》正名，但在具体构思过程中，作家的主体情感因素开始对结构起作用。作为一部以情感为结构的话剧，郭沫若选择曹操在平定中原之后，打算在文治教化上做出一番事业，于是就派使者前往南匈奴，以重金赎文姬归汉，以此作为全剧的开头。且第一幕就将蔡文姬置于巨大的感情漩涡之中，一方面是“喜得生还兮逢圣君”，她在胡地 12 年，无时无刻不在思念着自己的故乡，怀念已逝的父亲，盼望有朝一日能归来，搜集整理父亲遗著以纪念他。现在董祀等汉使来接她归乡，令她惊喜。但她又要“嗟别二子兮会无因”，丈夫左贤王不让她带走自己的亲生骨肉，抛儿别女的巨大痛苦使蔡文姬陷入了无尽的忧郁和愁思。强烈的内心矛盾与感情痛苦便构成了剧情发展的基础，将冲突推到了极为复杂紧张的地步。但是，当董祀坦率地向她介绍曹丞相的业绩、抱负和迎她归汉的伟大规划，并劝她“务必以国家大事为重，把天下人的儿女作为你自己的儿女”后，她内心的冲突有了初步的发展，蔡文姬初步克服了儿女之情的牵累，走上了归汉的征途。“如果从情节上分析，在第一幕过后，外部的矛盾

[1] 郭沫若：《文艺论集·文艺之社会的使命》，人民文学出版社 1979 年版，第 90 页。

冲突已告一段落，在情节上没什么可写的了。但作为一部以情感为中心线索的戏剧，作家没有让它直接按外部事件发展的结构转入邺下生活情景的描述，而是以创作主体的经历作基础，以抒情性极强的如椽之笔，淋漓酣畅地构组成第二幕和第三幕，以感情与责任的内心冲突为基础，抓住人物内心情感的矛盾来推进剧情发展，制造戏剧波澜”[1]，实现了情感自然而然的发展变化。

较之《蔡文姬》以情感推动戏剧冲突的单一结构，石凌鹤的《汤显祖》一剧则是在情节推动之外设置了情感推动这一线索，形成了两者交融、共生互动的双线结构。《关汉卿》一剧的结构也有这样的特点，即在完整的情节推进线索之外，还有一条完整连贯的情绪线索，围绕着“写不写”“改不改”“演不演”《窦娥冤》一剧，关汉卿的内心世界经历了三个回合的矛盾冲突，这是关汉卿形象刻画得到深化的又一重要原因。

这种结构的特点是将抒情、叙事与议论三者融为一体，追求一种情理交融的艺术境界。在冲突安排上比较注重人物自身的性格冲突或内心冲突，以意志冲突作为戏剧冲突的基础，如《蔡文姬》中蔡文姬要为国家文化振兴做贡献，《汤显祖》中欲以“至情”批判封建礼教，《关汉卿》中要写戏为百姓伸冤等，史剧所表现的社会矛盾和生活问题，都以人物的内心冲突作基础。亦即由情节事件与和内心情感在剧中的对立发展构成两条结构线索，使得剧本结构呈现出形散神聚的审美特征。这种结构未被广泛采用是因为权威话语对集体或群体意识的过分张扬，泯灭个体情感，压缩了个人话语空间。

高潮式结构（又称片段式）在17年的史剧创作中也有一定的运用，

[1] 王恒生：《论“十七年”话剧文学的文体结构形态》，《昌潍师专学报》1999年第1期。

其特点是情节在故事中很晚才开始，因而事件发生的时间往往很短暂，且由若干个受限定的场景、地点和人物共同组成全剧的几个片段，故这种结构非常严谨，没有任何多余的枝蔓，犹如一根被紧密连接在因果关系上的链条，A 导致 B，B 导致 C，C 引出 D，D 又转向 E，如此等等，一旦行动开始，它就无法停止。所以，采用这种结构的戏剧更像是一种瞬间的艺术，要求故事激变并迅速达到高潮，在短暂的时空内形成一个大转变。它还是一种横断面的艺术，在极其有限的时空内横向扩张，并接连不断地展开冲突，聚集到一定的密度。剧中矛盾冲突的急剧变化总是以人物性格的充分展现、人物关系的迅速调整、人物思想的深刻揭示为标志和转移。《伐竹记》《卓文君》《文成公主》(章本）三剧采用了这种结构。

高潮式结构力图展示史剧中感情最突出、矛盾冲突最激烈的那一刻，是水到沸点化为气、物至极热放白光的那一刻。原先潜隐着的“秘密”全部真相大白,人物关系发生质变,戏也在此时最震撼人心。其实，在高潮爆发和演进的过程中，它也有内在的节奏，也可以分为开端、发展、高潮、结局等几个阶段，而这里的“高潮”相对于整体结构而言便是小高潮。正所谓麻雀虽小，五脏俱全。但在强调阶级斗争年年讲、月月讲、天天讲的年代,在突出阶级斗争的艰巨性、复杂性，特别是长期性的语境中，所谓新中国的成立仅是万里长征走完了第一步，高潮式结构显然不适合表现这一点，因而也就很少有人采用了。

二　政治理念的侵蚀造成结构的“非整一性”

17年历史剧创作中，由于政治理念的侵蚀造成了许多史剧结构上的“非整一性”。而整一性是戏剧结构最基本同时也是最理想的要求，也是所有艺术作品共同的追求，相对而言，由于戏剧艺术在时空方面的严格限制，因而更为强调这一点。此类史剧有两点内容必不可少：一是全剧的结构必须是一个有机整体；二是一出戏的场与场、情节与情节之间必须强调连贯性、逻辑性和顺序性。实现整一性的途径是多种多样的，阿契尔认为一般可概括为“三种不同的一致”，“葡萄干布丁式的一致，绳子或链条式的一致，以及巴特农神殿式的一致。让我们分别称它们为调和的一致、衔接的一致，结构或者组织的一致”[1]，又称“散文式的一致、史诗式的一致和纯戏剧式的一致”。[2]阿契尔认为，其中只有“巴特农神殿式”的一致才是纯戏剧式的一致。

实现整一性的根本目的是为了传达创作主体艺术思维，即体现在史剧中的主导的思想观念。这意味着，结构的整一性是由创作主体艺术思维的完整统一性所决定的。因此，考察结构是否达到完整统一性，必须首先考察创作主体的艺术思维本身是否具有完整统一性。在17年的历史剧创作中，一方面是创作主体长期积淀的“政治无意识”以及在泛政治化创作话境下形成的政治思维定势，特别是主流意识形态与权威话语等的强大的规训与制导作用；另一方面则是史剧家们对历史

[1] 阿契尔：《剧作法》，吴钧燮译，中国戏剧出版社1964年版，第111–112页。
[2] 谭霈生、路海波：《话剧艺术概论》，中国戏剧出版社1986年版，第74页。

题材如何做到“古为今用”的犹豫和难以把握，以及对艺术创作追求独特性这一根本规律的坚持。二者之间形成的矛盾及史剧家们的游移造成了主体艺术思维或创作指导思想的非整一性，它最终导致了许多史剧在结构上出现了非整一性问题。

典型之作便是《蔡文姬》，全剧用情感或情绪推动，形成两条既有联系但又截然不同的冲突线索，第一条主要运用于第一至三幕，主要表现感情与责任的冲突，由于长期的感情积累，所以郭沫若将这条重要的冲突线索写得入情入理，使人情动于衷，收到了良好效果。从第四幕开始，情感推动的结构线索突然间画上了句号，第二个冲突，即“为曹操翻案”的戏正式展开。此后，蔡文姬的性格再无发展，几乎静止，只是为了故事的完整性，即刻画曹操的性格和表现曹操功德的需要，才得以继续出现在舞台上。其实，前后两个冲突所表现的两个主题均具有很强的独立性。所以，前面的高潮根本无法包容和体现后面事件的意义，而后一事件也无力承担前面高潮的主题。当然，前后两条冲突线索互相渗透、交错的情形也是有的，也并不绝对地泾渭分明，但主题毕竟是两个。郭沫若在谈创作《蔡文姬》一剧心得时曾说：“《蔡文姬》是我用心血写出来的，蔡文姬就是我——是照着我写的。”[1]又说：“《蔡文姬》的主要目的就是要替曹操翻案。”[2]很显然，正是因为作者创作动机的双重性给该剧的冲突安排带来了严重影响，从而产生了两个主题，进而造成了该剧结构上的“非整一性”。

《武则天》一剧的结构同样折射出史剧家创作思想上的矛盾。该剧

[1] 郭沫若：《蔡文姬·序》，中国戏剧出版社编辑部编：《郭沫若剧作全集》(3)，中国戏剧出版社1983年版，第4页。

[2] 同上。

第三幕主要写武则天连下三道敕令，主犯裴炎被囚，程务挺在军前被斩首，骆宾王、蒋仲璋、唐之奇、伪太子贤江七等被生擒，将被押解来京。武则天已把所有的账算清，婉儿心服口服，且感动地说："陛下，您要保重啊，天下人都在仰望您。"表示故事已经结束。可是出人意料的是郭沫若硬写了枯燥的第四幕，还在结尾时让武则天借题发挥，说："凡有益于人的，我们能够利用它、培植它、发扬它；反过来，凡是有害于人的，我们能够控制它、改变它、消灭它。这就是人定胜天啊！"可见实在不需要写第四幕，观众也没兴趣再看，而且她平叛靠的是智谋和权术，靠的是支撑封建制度的道德与机制，特别是老百姓厌恶战争、渴望和平、反对分裂，根本谈不上"人定胜天"。从艺术创作规律而言，戏剧的结尾也不应为前面的事件作重复和解释，或者为人物行为人为地画句号，因为好的结尾必须把重要的"吃惊"留到最后。但《武则天》一剧却为了政治性的宣谕而破坏了全剧结构上的整一性，这是颇为耐人寻味的。一般来说，造成结构上"非整一性"的原因可分为主观和客观两种。在主观上当是创作主体艺术才情的不足，在客观上便是外部权威话语逆向的干预与影响，即政治理念的侵蚀。造成17年历史剧许多剧作结构非整一性的原因主要来自后者。包括《胆剑篇》《甲午海战》《岳飞》等剧，为了突出人民的力量，表现人民是历史的创造者这样的理念，史剧家们不惜在原有故事或史实的基础上大量虚构和增加这样的内容，导致作品结构上前后的脱节与错位。《胆剑篇》的第一、二幕戏剧冲突尖锐集中，但到了第三、四幕，由于史剧家想突出越国人民的历史作用，对上一主题的坚持不够坚决，开始出现了游移和错位，勾践竟退至一个近乎看客的位置，苦成却成了全剧的中心人物，结构上的"非整一性"非常明显。因为作者思想上对如何正确表现古代君主和人民群众的作用，如何恰当地处理古代君主与人民群众的关系感到犹豫不决，把握不定。特别表现在勾践与苦成的关系上，史剧家似乎深怕过分强调了越王勾践个人的历史作用，转而突出地描绘了以苦成为代表的人民群众的作用。

《甲午海战》的主要线索是以邓世昌为代表的主战派与日本侵略者的英勇斗争，次要线索是主战派与投降派的矛盾，但史剧家为了突出人民的力量，不得不在两条线索中加进了大量的人民反抗的内容，全剧结局更是演变成了群众奋起反抗，打退了敌人的进攻，杀死了特务和汉奸，发出了“把鬼子打出中国去”的呼声！“觉悟程度简直有点像抗日时期解放区的人民。”[1]这些违背史实的拔高姑且不论，对全剧完整的情节结构而言其破坏作用非常明显。这样的问题还存在于《1904年的枪声》《詹天佑》等剧中。至于纯粹因为个人才情造成结构非整一性的史剧并不多，仅在《朝鲜风云》和《汤显祖》等剧中有这样的痕迹。

劳逊提出：“将一个动作延续到越出它的范围的程度，是违反戏剧性动作原则的。假如这样做，结局必然是被动的、解释性的，因此，从动作的角度来看就毫无价值；不然，新的力的平衡就必然牵涉到新的冲突元素：新的力量一旦活动起来，新产生的冲突就一定需要发展，这样它才可以具有意义，但一经发展，它又会导向另一个高潮，这高潮便含有一个不同的主题，成为另一出戏了。”[2]17年历史剧结构中非整一性问题的大量存在，在某种意义上很好地折射出史剧家们在泛政治

[1] 朱祖贻、李恍：《话剧〈甲午海战〉的编写经过》，《戏剧报》1960年第21期。

[2] 约翰·霍华德·劳逊：《戏剧与电影的剧作理论与技巧》，邵牧君、齐宙译，中国电影出版社1978年版，第338页。

化创作语境下矛盾重重的创作心态，也反映出权威话语与创作主体艺术追求之间的思想落差，所以它并不是一个简单或孤立的问题。

三　从历史个体意志间的多元冲突到二元对立的单一结构

文学叙事通常存在着事序结构与叙述结构之间的互动状态，历史剧的叙事结构也不例外。事序结构是指史事自身发生、发展、变化的本原结构，它是纷繁、复杂、多元的，而“叙述结构系指的作者按照自己对历史与现实的理解与体验对历史进行重新组合，按照现实政治的需要对它进行叙述，这种叙述是历史与现代政治语境、文化语境相契合的，这是历史与现实相交织的艺术上的叙述结构”[1]。17 年的历史剧创作绝大多数存在着从历史意志间的多元复杂、丰富生动的事序结构到二元对立叙述结构的转变现象，将历史生活原生态中错综复杂的矛盾纠葛径直归诸并简化为互相对立的二元冲突结构。

一般来说，紧张、激烈的戏剧冲突往往是利用人与人之间意志交锋的尖锐性以检验人类的情感深度。但到了 17 年历史剧，戏剧冲突模式的建构受权威话语和主流意识形态所左右，历史人物个体意志之间的尖锐交锋多被置换成“以阶级斗争为纲”统领下的新与旧、正与邪、先进与落后、革命与反革命、光明与黑暗等的简单二元对立关系，再经过机械三段论思维的改造，形成了“一个冲突，两股势力，三个回合”的基本结构模式，还在长期的使用过程中，逐渐形成了先于内容的规定性，亦即任何纷繁复杂的历史生活在进入这种结构之后，其面

[1] 何思玉、王颖玉：《历史叙述中的现代文化记忆——郭沫若历史剧中的现代话语和历史话语》，《四川戏剧》2002 年第 6 期。

目就被悄悄地改写，丰富的历史生活原色调被化为简单的红与黑、正与反的对立，这种现象又称为“结构内自动化效应”。这其实是史剧家们业已形成的政治功利性历史观在史剧创作中的体现，即在构建历史剧的人物形象体系时不可避免地使用人物关系二元对立的冲突结构模式，将历史生活中错综复杂的人物关系、矛盾状态简单化地归结为非此即彼、善恶对立的两种政治力量，形成了17年历史剧二元对立的结构模式。列表如下：

1. 揭露西方列强侵略本质题材的史剧。主线：爱国者与侵略者的战斗，副线：主战派与投降派的斗争。

2. 公主和亲题材的史剧。支持和亲与反对和亲者之间的冲突，亦即团结与分裂的冲突。

3. 歌颂爱国英雄的史剧。主线：爱国英雄与异族入侵者的战斗。副线：主战派与主降派的斗争。

4. 表现爱情题材的史剧。追求婚姻自由与干涉婚姻自由的斗争。

5. 其他题材的史剧。《关汉卿》是专制与民主的冲突，《汤显祖》是正直的知识分子与腐败的统治者的斗争，《胆剑篇》是正义与非正义的斗争，《武则天》《西门豹》是进步与落后的斗争，《楚汉春秋》是重才与轻才的矛盾，《天京风雨》团结与分裂的冲突，《伐竹记》中是劳动者（最聪明）与高贵者（最愚蠢）的斗争等等，无一例外。

师陀在创作史剧《西门豹》之前，曾于1959年写过一篇名为《西门豹的遭遇》的历史小说，故事写道：西门豹不辱魏侯使命，来到民不聊生、民乱四起的邺城，兴利除害，公正廉明，秉公执法，带领百姓在漳河上修筑十二条拦河堰，治理水患。但因他不善拍马，不肯进贡，得罪了邺城的权贵豪门又被告了状，结果被魏侯痛斥，险被革职，他为了百姓，为了尚未完工的拦河堰，他委曲求全，保住官印，竟一改初衷，又是搜刮，又是进贡，又是讨好当地的权贵，拖延时日，以待渠成。拦河堰修成后，他立即向魏侯道出了自己的苦衷和委屈，准备挂冠而去，魏侯善于改过，一再挽留，西门豹继续留任，为民服务。小说中二元对立的冲突阵线比较模糊，人物性格复杂而丰满，既出乎意料又在情理之中。到了创作史剧《西门豹》时，史剧家的阶级斗争意识有了增强，他认为西门豹治邺是一场奴隶主复辟与新兴地主阶级反复辟的斗争，史剧表现以西门豹为代表的得到了人民支持的新兴力量与保守势力之间展开了殊死的搏斗，最后西门豹死于贪官污吏之手，人民起来反抗，一起追杀凶手，为西门豹报仇。从前者到后者的转变中，我们不难发现，小说中错综复杂的人物关系及西门豹丰富生动的内心世界不见了，代之以简单明了的善恶对立和进步与保守的冲突，艺术感染力已明显不及小说，颇有点金成铁之效。

《武则天》一剧以武则天平灭徐敬业叛乱为主线，这本是封建统治阶级内部争夺权力的斗争，却被史剧家演化为对立阶级的进步与落后的斗争。武则天作为一个擅长运用权术进行政治斗争的地主阶级的政治家更被史剧家定性为反对地主阶级统治、维护人民利益的斗士。曹禺在建构《胆剑篇》的冲突结构时，面对长期形成的“春秋无义战”的共识，他根据吴是生产水平较高的大国，越是生产水平较低的小国，战争的发生是先由吴侵略越开始的历史记载，删繁就简，区分出越吴之战是正义与非正义的战争，并由此出发，在二元冲突的结构中开始了自己的历史叙事。《文成公主》的主题构成曾有过从表现阶级矛盾向歌颂民族团结的转变，并最终确定为后者，但无论是前者还是后者，均未跳出二元对立矛盾冲突的模式。

当然，这种二元对立的冲突模式并非17年历史剧所独有，早在1920、1930年代的左翼戏剧及抗战史剧中就已得到较为普遍的运用，但尚未达到模式化、一律化的程度，到了17年的戏剧创作包括历史剧创作竟大多采用这种冲突结构，主流意识形态话语的整合与规训力量，包括创作主体的政治思维定势使得他们对政治的兴趣远胜于对纯文艺的兴趣，并以政治的眼光看待和运用复杂的现实生活和历史题材。这种从二元对立的阶级观念出发设计史剧的叙事结构、情节模式及人物关系，颇有一种"席勒化"的倾向。这是泛政治化创作语境下的历史剧创作主体长期形成的强烈的政治关怀情结，使得他们不从艺术方面精细地创作自己的作品，而是期冀在历史生活中嵌入强烈的现实政治意蕴并借助简洁的艺术结构将它表达出来，而二元对立的冲突结构模式是从现成的政治思维模式中套用的，它内在地制约并规定了17年历史剧的结构形态，并造成了许多作品结构上的"非整一性"。

第二节 失却历史本真的"苦难"叙事结构

在这种"非整一性"结构的板块分布上，第一部分总是展现正面或英雄人物所遭受的各种"苦难"，而其中的绝大部分并非出自历史的本真，作为一种叙事结构模式，它更多的是来自现实。

17年文学独尊颂歌话语，表现现实题材的创作除1956年前后少数干预生活的作品稍稍涉及现实生活中的阴暗面，其余的创作大多充斥着乐观向上的浪漫激情，主流意识形态话语所提倡的社会主义现实主义、革命现实主义或“两结合”等创作方法均反对作家们追求“无情的”“绝对的”真实，不提倡甚至拒绝作家们表现生活中的矛盾和阴暗面，当然也包括在新中国成立后历次政治运动中惨遭不幸的人的心灵与肉体所经历的苦难，他们的个性、自由及尊严的丧失。社会主义时期是有悲剧的，但17年文学独尊颂歌话语，从而强烈地昭示出文学在苦难面前的失重状态。

与这种洋溢着乐观情怀的现实叙事相对应的是17年历史剧创作多采用“苦难”叙事，但二者之间实为“对应”、绝非“对立”的关系，是一脉相承而非截然相反的。17年文学中，理论界一直有一种颇为流行的观点，那就是社会主义没有悲剧，尽管也有人对此提出了质疑，但影响甚微，文学中的悲剧越来越少，以至于在表现现实题材的文学中付之阙如。1961年《文汇报》和《光明日报》上曾有过一场关于悲剧问题的讨论，其中，以细言的《关于悲剧》一文的观点最具代表性。“如果产生悲剧的社会基础已经不复存在或正在消灭，悲剧恐怕也不能脱离社会生活而永生。在这个只唱赞歌的时代里，我们可以歌颂的事物是太多了；即使有应该揭露、批评的现象，也不能把它当作悲剧来处理。悲剧这种格式，在我们的文学艺术的园地里，应该是已经死亡或即将死亡的东西。”[1]虽说还有人不太同意他的社会主义悲剧消亡论，但论者大多数赞同社会主义里悲剧确实越来越少，即使有，也是像刘胡兰、董存瑞式的“乐观主义的悲剧”。那么，对历史剧中的正面人物或英雄人物来说，即使是悲剧，也会加上一个光明的亦即大团圆式的结尾。

众所周知，悲剧与人的苦难密切相关，本质而言，悲剧创作就是

---

[1] 细言：《关于悲剧》，《文汇报》1961年1月31日。

一种苦难叙事，这是它的典型形式，而这种争论的结果则意味着由于社会主义制度的优越性，人的苦难会越来越少，甚至消除，这时，苦难叙事的终极指向就完成了。这是一个由苦到甜、由苦难到幸福的过程，发生转变的原因就在于共产党建立了新中国，建立了社会主义制度，所以，在新中国及社会主义制度到来之前，文学采用苦难叙事，当然苦难是敌人强加给我们的，绝不是因革命者内部的原因而产生的，作为一种今天幸福生活的追溯或回忆，它是一种对比或印证。历史剧作为一种以历史为对象的叙事话语，在 17 年泛政治化的创作语境，为了配合宣传及阐释和演绎各种新的历史观念，也必然采用一种与革命历史题材相一致的苦难叙事，而这种叙事与 17 年文学中的颂歌叙事在内在情绪上自然是一致的，因为历史的苦难是作为今天幸福生活的对比与映衬而出现的。

一　三种不同释义向度的苦难叙事模式

戏剧历史化的历史剧创作，为了论证和说明主流意识形态话语所建构的种种新的历史观念，在运用苦难叙事的过程中，形成了三种不同释义向度的叙事结构模式。

1. 苦难—仇恨叙事。这是为了解决具有先进性、革命性的正义、进步一方之行为的起因、正当性及动力根源问题。《关汉卿》中朱小兰的冤死、赛帘秀被剜去双眼。《胆剑篇》中吴王夫差作为非正义一方对弱小的、作为正义一方的越国的侵略，给越国人民带来的深重灾难。《神拳》中土恶霸张飞龙强抢高菊香，洋恶霸西方传教士在中国土地上横行霸道，敲诈勒索，逼得多少人无家可归、家破人亡。《战斗中血的友谊》

中稽查老爷达乌特要强娶农民土尔的女儿早热汗，以及地主阿訇与官府勾结对农民的残酷剥削。《郑成功》中荷兰殖民者对台湾人民的搜刮、剥削等等。这些苦难都是为正义和进步一方的仇恨而设置的，这在17年历史剧中最为常见。别尔嘉耶夫说："革命不可缺少敌人，也不可缺少对过去的仇恨，否则革命便无法存活。"[1]苦难—仇恨叙事为正义、进步、爱国这一方确认了斗争的敌人，并初步论证了反抗的正当性与正义性，"在此，苦难成了被压迫被剥削阶级自我称义的条件；仇恨这种负面的情感也被革命的光环所笼罩，变得合理了。"[2]

2. 苦难—道德叙事。这是关于反抗或斗争所引起的苦难（或者说是斗争过程中的苦难）最主要的释义向度之一。这种叙事旨在将苦难阐释为磨炼爱国者、反抗者、起义者等正义一方的意志，增进其道德的工具。一旦正义一方屈居弱势，苦难度不断增强时，道德感也随之上扬。这种种高尚的道德包括舍己为人、舍小家保国家、舍小我为大我、意志坚定、不畏强暴、爱国爱民、不惧权势、为民请命、敢于斗争、视死如归等内容。《岳云》《岳飞》两剧中，岳氏父子在遭受种种冤屈，特别是在狱中遭受非人的肉体与精神摧残时所升华出的几近完美的斗争意志与爱国情怀。《西门豹》中，西门豹一心为民却被魏侯申斥，含冤死于贪官污吏之手，但他却始终坚持自己崇高的理想与追求，视死如归不言弃。《文成公主》中文成公主为完成和亲的使命，在赴藏途中遭受了各种磨难。《天京风雨》中李秀成对太平天国赤胆忠心，却处处被信王洪仁发陷害，还遭到洪秀全的深深猜忌，但仍忠心耿耿，绝不变节。《甲午海战》中邓世昌一心为国，却总是被投降派所排挤，终于

---

[1] 别尔嘉耶夫：《人的奴役与自由》，徐黎明译，贵州人民出版社1994年版，第109页。
[2] 汪树东：《论17年革命历史小说的苦难叙事》，《长江学术》2003年第5期。

战死疆场，为国尽忠。《武则天》为了实现一心为百姓的理想和抱负，与保守派及叛乱分子进行了殊死的搏斗。勾践卧薪尝胆，关汉卿九死一生，等等。就是在这种精神与肉体的无尽磨难，最终甚至献出生命的叙事之中，史剧家们完成了对英雄或正面人物不屈的斗争意志、高尚的道德情操、为国为民的崇高品质的表现、张扬和歌颂，以实现自己对读者或观众进行情感陶冶和道德教化的目的。

3. 苦难—审美叙事。较之上两种模式，这种叙事并不正面大肆渲染或描写苦难，而是将这一切置于背景或幕后，将叙事的重心放在被苦难所激发出来的正面人物或英雄人物的人性美、人情美的表现上，注重抒发一种浪漫情怀。《文成公主》(章本）重心不在公主赴藏途中所历经的种种困难险阻，而是描绘和渲染松赞干布假扮求婚使者在宫廷面试时的欢快轻松与充满悬念，力求与和亲的喜庆气氛相和谐。《伐竹记》则在轻松幽默的气氛中展示齐景公及其佞臣梁丘据、裔款的愚蠢、滑稽，歌颂庆云、晏婴、老丈等的勇敢、机智。至于百姓们在昏君齐景公统治下的苦难则被史剧家放到了幕后。《蔡文姬》将蔡文姬一生坎坷辛酸的经历置于梦境中交代，着重在《胡笳十八拍》的诗意中揭示女主人公缠绵悱恻、细腻复杂的内心世界及其毅然返乡、投身国家文化建设的高尚情操。使这种叙事更像是一种抒情，抒发一种美的情怀，一种对美好生活的渴望。

如果我们对17年历史剧中正面或英雄人物的行为指向加以归纳，追寻其行为之因、动作之源，就可发现，上面三种叙事说到底均是一种植根于苦难—信仰的叙事。仇恨、道德、审美均成了史剧家阐释人物行为发生的三种动力之因，亦即求真求善求美、实现自己的某种信仰是他们共同的目的。通俗而言，即他们承受各种苦难，说到底均是为了实现自己的某种信仰。尽管信仰的内在构成可能各不相同，或者是为了伸张正义，或者是为了反抗侵略、保家卫国，或者是为百姓伸冤，或者是为了美满爱情等等，不管是何种苦难，但均是由信仰赋予其意义的。在苦难—仇恨这一叙事模式中，明显潜隐着现实生活中流行的阶级斗争话语及工农兵文学，特别是革命历史题材文学模式的影响；在苦难—道德叙事中，人的苦难往往被指向了较为抽象的道德观念，缺少变化；在苦难—审美叙事中，苦难常常被悬搁或淡化。但共有的信仰使史剧家们把消除苦难的可能指向了未来，那就是 1949 年以后中国共产党的领导，其真正潜隐的终极话语就是只有社会主义才能救中国、救人民，才会使人民远离苦难，永享幸福美好的生活。这种乐观精神的贯注使 17 年历史剧中同样存在着苦难的失重状态，主导 17 年历史剧在激情形态下缺少真正意义上的悲剧。

二　历史理性的制约造成苦难叙事的“失重”

历史剧出现苦难叙事的“失重”状态，原因就在于历史理性的制约与影响，而历史理性的产生又是因为历史剧创作承载着建构主流意识形态话语、阐释或演绎新的历史观念、讲述民族寓言的重任，它迫使史剧家们在构思与创作时必须沿着权威话语指定的轨道或模式运行，灵感思维或创造思维自然也就受到了严重束缚。其实，历史理性只是一种精神取向，因为“它确信历史世界是终极存在展开自身、实现自身的世界。在历史理性主义者看来，人类历史具有某种终极目的，历史被视为有目的、有意义的，也是自我论证、自我称义的；这种现世历史的超验化是历史理性的根本特征。与终极目的相结合的是一种在矛盾斗争中或呈直线状或呈螺旋状的进步史观。而且，历史理性主义者相信，历史发展是有客观规律的，也就是历史具有客观必然性。个人只有主动地顺应历史必然性，自觉地献身于历史终极目的，才能分享到一定的价值。历史理性着眼于所谓的人类的终极目的，视历史现世目的为绝对的价值真理，在一种所谓的历史必然进步的预期中，勾销个人的立足之地，高扬着启蒙主义的乐观大旗”。[1]可以说17年历史剧的话语形态从总体上均是按照上述历史理性的原则进行建构的。

首先，历史理性使历史剧中关于历史人物的苦难叙事蜕变为关于阶级、集团、群体的苦难叙事。17年史剧中许多本应是历史人物个体的苦难，被史剧家有意无意、自觉或不自觉地上升为非个人的群体的苦难，它放弃了对所歌颂的正面人物的苦难所引起的内心世界独特性、个别性的深入挖掘与揭示，更忽视了对对立一方制造苦难及其内在原因的展示。在“1840年情结”、和亲及卧薪尝胆类史剧中，正方总是在遭受苦难，然后奋起反抗，反方如历史上的反动统治者、剥削阶级、西方殖民者、异族入侵者、投降派、破坏民族团结的人等总是在制造苦难、迫害正方，双方行为的动因总是被忽略，因为在史剧家们看来，这一个环节在历史叙事中是可有可无的，因为原因不需突出，是不证自明、人所共知的，因为主流意识形态在中国人的日常叙事中早就加以说明，被无数次反复强调过了。即使是加上这一环节，也是以所谓的历史发展的必然、人民创造历史、帝国主义的侵略本质之类的超验的、共性化的价值理性解释历史人物行为的动机。将纷繁复杂的历史超验化、简单化，把一些历史人物个人化的追求上升为绝对的真理或共同化的

[1] 汪树东：《论17年革命历史小说的苦难叙事》，《长江学术》2003年第5期。

目标，以之代表历史的趋势，人性被阶级性所代替，人性中共同的价值追求和超越性的因素被忽视，它使得岳飞、岳云、关汉卿、詹天佑、黑塔、艾买提等的苦难不再是个人的苦难，而上升为时代的集体性的苦难。

其次，历史理性使苦难合理化，甚至浪漫化。将历史人物所遭受的苦难经由历史发展的某种终极目的导引，得出合理化的解释，甚至进行浪漫化的渲染与夸饰，使人们对其所遭受苦难的同情与悲悯得到了某种心理上的平衡，情感的浓度被稀释，理想化的虚无缥缈的终极追求给人带来了安慰与希望。悲剧不悲，成了正剧，其代价便是上述历史人物个体苦难的独特的情感体验被遮蔽，也就是刘小枫所言："按照历史理性的主张，历史的发展是以历史中个体的牺牲为代价的，似乎只要历史进步了，历史发展中出现的邪恶和不义就是无疚的，无数无辜个人的苦难、不幸就是微不足道的。"[1] 17年历史剧中的这种现象其实是与整个时代张扬大我、轻视小我、泯灭自我的文化政治氛围相一致的。

其实，苦难总是与个人、个体密切相关的，无论是集体痛苦还是精神痛苦，都必须通过渺小的个人来感受和体验，如果没有个人，也就根本不会有什么苦难。但历史理性却又总是与集体主义相伴而行，对个体并不感兴趣，黑格尔曾说："特殊的事物比起普遍的事物来，大抵显得微乎其微，没有多大价值，每个个人是供牺牲的，被抛弃的……"[2] 这在几千年封建皇权统治下视人民为草芥的中国表现得尤为明显，因为它根本就没有人的概念。正是历史理性与集体主义的介入，使得17

[1] 刘小枫：《走向十字架的真》，上海三联书店1995年版，第232页。
[2] 黑格尔：《历史哲学》，王造时译，商务印书馆1963年版，第72页。

年历史剧的苦难叙事，轻个人而重阶级，轻个体而重群体，轻小我而重大我，阐明个人只有与集体的社会的历史发展趋势、与人民性等相一致才会生成价值，否则就会有被忽视的危险的道理。将个体的苦难阐释为对集体献祭，使个体的价值失重，个人的灵魂为集体理念所主宰，个人只能以集体的意志作为自己的意志，个体心灵深处的矛盾与挣扎、丰富的情感、灵动的体验、复杂的下意识等被无情地删除、遮蔽。师陀的史剧《西门豹》将他的历史小说中极为生动、独特，极具个性特点的结尾放弃，而代之以流行的套路，可谓是一个极突出的典型。西门豹的言行严格按照流行的政治理念按部就班地进行，个性化、独创性的东西消失了，公式化、概念化的东西在上升，在造成个体苦难叙事失重的同时，也使观众的欣赏兴味日渐降低，不再有出乎意料的发现与惊喜，一切都在意料之中。

这当然不符合历史的本真状态，或历史的真实。历史生活是生动复杂、丰富多元的，这种为了适应新的历史观念而削足适履，在一定程度上也降低了历史真实度和艺术真实度。苦难叙事往往意味着一种悲剧，但在颂歌话语制约下的“社会主义无悲剧”论使得17年历史剧的绝大多数悲剧并非真正意义的悲剧，但这绝不等于历史生活中没有悲剧，而是被时代的政治话语过滤了或改变了。在17年文学中，表现现实题材的创作除1956年前后少数干预生活的作品稍稍涉及现实生活中的阴暗面，其余的创作大多充斥着乐观向上的浪漫激情，主流意识形态话语所提倡的革命浪漫主义、革命现实主义或两结合等创作方法均反对作家们追求一种“无情的”“绝对的”真实，不提倡甚至拒绝作家们表现生活中的种种矛盾和阴暗面，这当然也包括在建国后历次政治运动中惨遭不幸的人的心灵与肉体所经历的苦难与创伤，他们的个性、自由及尊严的丧失，仅此一点便足以证明社会主义是有悲剧的，但 17 年文学独尊颂歌话语，从而强烈地昭示出“苦难向文字转换”时的“失重”状态。[1]仅有极个别的作品有一定的突破，如《关汉卿》以剧为剑的抗争终被流放（但仍有朱帘秀与之同行，美人相伴）；汤显祖至情至性的理想，对压抑人性的封建礼教的冲击及失败，金凤钿为情而死；《神拳》对中华民族不屈的斗争意志的张扬，让史剧家终于吐了一口压抑了几十年的气；西门豹自愿赴死以警世人的悲壮；项羽因轻视人才终落得自刎乌江留给后人的思考，等等，均昭示出在历史理性统摄下，一些史剧家对个人在自然与历史中本然的脆弱与不幸的关注，且深入到历史人物个体的生命情境之中，去发掘和表现个人的自足价值的努力。

[1] 张志扬：《创伤记忆》，上海三联书店 1999 年版，第 274 页。

■

第五章

17 年历史剧创作的人物谱系——话语构成论之四

■

历史人物在历史剧中占有非常重要的地位，因为戏剧的主要构成因素是动作与对话，而动作与对话的主体又都是人，如果史剧家重事轻人，将历史人物淹没在历史事件和历史过程中，那么，这样的历史剧是不可能激发起读者和观众的欣赏情趣的。即使历史事件本身具有戏剧性，若弱化对历史人物的刻画与描写，就等于披着华丽的外衣，却没有与之相配的主体，这样的历史剧必然是缺少光彩和精神的，当然也不会有什么吸引力。所以，历史人物对历史剧而言犹如一个磁场，是吸引读者和观众的关键。基于此，从人物形象的角度研究 17 年历史剧创作的话语构成及其内在特征就很有必要。17 年历史剧创作形成了以扁平型为主的人物形象系列，是因为史剧家对历史人物的表现其立足点不是刻画鲜明生动的性格，而是如何最大限度地寄寓时代流行的政治观念。在女性史剧家缺场的情况下，男性史剧家们运用中国古代文人的拟代女性写作传统，通过刻画历史女性形象，演绎现实政治理念，曲折而隐晦地表达自己在意识形态上的归属和对政治文化权威的臣服。

第一节 以扁平型为主的人物形象系列

从承载的历史观念与艺术成就相统一的角度而言，17 年历史剧人物形态大致可分为扁平型、准立体型和立体型三种，其中以扁平型居多，准立体型次之，立体型的屈指可数。原因就在于史剧家对历史人物的表现其立足点不是刻画鲜明生动的性格，而是如何最大限度地寄寓时代流行的政治观念。从人物关系的构成角度而言，与二元对立冲突结构模式相对应的是人物关系大多是正反对立的简单二分。根据戏剧中人物配置的一般规律及叙事学的代码 / 功能规则，17 年历史剧中人物的代码大约有五种，即主体、客体、辅助者、阻碍者、被拯救者，他们分别具有不同的功能。比如剧中的次要角色其主要功能就是为塑造主要角色和协助主要角色推动剧情服务的，即便是优秀的历史剧，也不能和不应苛求将每一个人物处理成准立体型或立体人物，基于这一创作规范，本节所讨论的人物形象大多为史剧中的主要角色。

一　屈指可数的立体型人物

所谓立体型人物是指来自原生态的历史生活并凭借史剧家丰富而微妙的艺术感觉，通过细节塑造出来的性格丰富、个性鲜明的历史人物形象。他们在个性气质、心理动因等方面具有随着情节发展而呈现出复杂性和变化性的特点。17 年历史剧中，立体型的人物屈指可数，造成这一现象的原因是多方面的，就创作主体而言，有些史剧家缺少长期深厚的历史生活积累及自身艺术功力的不足应是一个主要原因，但更为直接的原因当是史剧家们政治无意识积淀中的政治思维定势及泛政治化创作语境下主流意识形态对塑造历史人物、赋予价值观念等的规训与制约，使得许多史剧家偏离了既定的创作轨道，进入政治思维框架之中，艺术创造力的发挥受到了极大的束缚。

《神拳》中的高秀才是一个性格丰满又极具民族特色的立体型人物。他是中国封建社会晚期的一个下层知识分子，还受到过教会和神甫的欺侮，所以他与广大农民比较接近，多少懂得和体会到一些民间疾苦，亲身感受到了西方列强对大清国的欺凌，对广大老百姓的压榨。因为，自从乔神甫踢破了县衙门之后，他也像土布一样，无人问津了。但他又是一个有科举功名的文人，封建文化特别是科举文化的长期熏染，使他又有着浓重的封建意识和封建道德观念。前一个条件使他有可能参加义和团，后一个条件需要他在思想改造上经过一段苦难的历程，才能真正同农民群众站在一起。所以，他参加义和团是犹豫再三，比较勉强的。高永义要他执笔写神团告白，他怕担责任、冒风险，推说回家去写。入团结义时，大家都必须在表上签名，因他是个执笔者，被逼无奈，才勉强写上自己的名字，主要是因为害怕。进了义和团，他还是动摇不定、三心二意，一再问自己“我，我这个老秀才该怎么办呢？”甚至到了北京还问。但是，义和团力量的飞速发展，义和团员于铁子的英勇就义，打动了他，推动他下了最后的决心：“于铁子，你叫一个老秀才明白了什么是真正的义和团，你叫我的老骨头硬棒起来了！”高秀才的鲜明个性和独特性格不仅在于说话“之乎者也”，走路“慢慢腾腾”，更体现在他思想转变的真实可信、真切自然。在新时期文学中，作家们塑造了许多具有中华民族特色的民间老知识分子的形象，如贾平凹“商州系列”中的韩玄子、李准《黄河东流去》中的徐秋斋、巴人《莽秀才造反记》中的王锡彤、陈忠实《白鹿原》中的白嘉轩，等等。从这些形象所具有的性格特征及其思想发展历程所透露出的文化意识和民族品格等方面，我们不难看出《神拳》中高秀才形象的启示与影响，至少两者之间有着异曲同工之妙。

包尔汉的文学活动开始于1930年代，1938年到1944年间，他曾因与中共联系密切而被新疆军阀盛世才投入监狱，在狱中还写出了五幕历史剧《战斗中血的友谊》（又名《火焰山的怒吼》）的初稿。出狱后，因忙于其他事情，剧本被搁置起来。1950年代后期，剧作家几次访问剧本所写到的吐鲁番地区，搜集到一些新材料，并于1961年重新修改定稿。[1]该剧所刻画的维吾尔族农民起义领袖艾买提也是一个立体型的人物，剧作一开始，由尼沙汗等剧中人物的介绍、回忆，使人们知道了艾买提是一个为了穷人的利益疾恶如仇、敢于和官府王爷斗争，同时又对人民充满同情和爱护的侠义英雄。随着剧情的发展与

[1] 包尔汉：《扑不灭的星火——〈战斗中血的友谊〉序》，《剧本》1962年第2期。

深入，在尖锐的矛盾冲突中展现出艾买提多侧面的性格特征，当处于狂怒悲痛的复仇状态的沙迪克不问青红皂白欲砍杀汉族工人赵正奎和李孝时，艾买提急速制止，说“像老赵这样受苦的汉人，不是和我们一样被那些魔鬼逼得走投无路、家破人亡吗？”表明他深明大义，能够团结汉族穷苦群众共同斗争。当众乡亲被敌人围困、土尔地险遭毒手的危急关头，是艾买提挺身而出，大喝一声“住手！”并一把抓住乡约的衣领说：“艾买提在这儿，你要怎么样？！”表现出一种大无畏的自我牺牲精神，为的是乡亲们不被牵连。在狱中，他大义凛然、宁折不弯，痛斥仇敌，具有一种不屈不挠的斗争精神。但艾买提又不是一个“完人”，他对反动的阿訇认识不足，轻信叛徒塔吉，对斗争的残酷性、复杂性也缺乏充分认识，这使得他中了敌人的诡计，被叛徒杀害，起义也受到重大损失。直到临牺牲前，他才有所醒悟，他抓住李孝和依明的手，让它们紧紧握在一起，并说：“我们维汉两族兄弟的友谊是在战斗里用鲜血结成的，永远不要分开！”随后又鼓励他们“领着弟兄们继续战斗”。

田汉所塑造的关汉卿形象当是17年历史剧中最为成功、最具有艺术魅力的一个典型。剧中所写的，不是这位伟大剧作家战斗的一生，而是他一生中的一次战斗——《窦娥冤》的创作、演出及斗争。从时间上说，不过写了从元世祖忽必烈至元十八年（1281）的深秋，到至元十九年（1282）的春天，不足半年之内所发生的事情。这样的选材，有利于故事的集中，在戏剧创作中是常见的。但是，对于《关汉卿》来说，我们却不能仅仅认为这是选材、构思方面的巧妙艺术处理，还应该看到，这样表现是出于作者对关汉卿的深刻理解和由衷敬爱。因为，悲剧《窦娥冤》是黑暗荒诞的元代社会的一个缩影，是关汉卿面对残酷社会现实所发出的一声呐喊。所以，从戏一开始，关汉卿就被史剧家推到了正义与邪恶搏斗的第一线，进入了情感激荡的漩涡之中。他路遇朱小兰含冤被斩，知情者无不哀其不幸，但暴政之下，百姓如箭穿着雁口，敢怒不敢言。面对邪恶势力的欺弱凌善和贪官污吏的草菅人命，关汉卿欲借戏曲来提出控诉与抗议，但势必招来杀身之祸。况且纵然自己敢写，可又有谁敢演？所以写与不写构成了内心冲突的第一个回合；在知己朱帘秀的理解和"你敢写我就敢演"的激励之下，他通宵达旦奋笔写成，玉仙楼的演出，外部冲突白热化了，面临生死抉择的严峻考验，该如何办？阿合马之流责令改戏，改就意味着容忍暴政的存在，不改，就要杀头，改不改戏成了内心冲突的第二个回合；而关宁可掉脑袋也不改戏，情绪趋向稳定，虽死无憾。故在阿合马滥施淫威时，能临危不惧，坚持斗争，这构成了关内心冲突的第三回合。外部情节是跳跃的，但情绪线索却是完整连贯的，就在这激烈的外部冲突与内在的情感激荡交融之中，史剧完成了对关汉卿形象的塑造。至此，我们不仅看到一位坚持真理、刚强不屈，以戏剧去冲击黑暗、捍卫理想的人民戏剧家的形象，更看到了一位敢于斗争、善于斗争，以天下为己任的战士的英雄本色与浩然正气。同时在与风尘知己朱帘秀的感情历程中折射出他细腻丰富、忠贞不渝的情感世界和磊落襟怀。《关汉卿》无疑是一首撼人心魄的人民剧作家之歌，它深刻地回答了什么是真正的人民戏剧家的问题。而关汉卿的坚持正义、为民请命、英勇斗争的精神适用中外、永贯古今，正是关汉卿形象刻画的成功使历史剧《关汉卿》这部杰作获得了永恒的艺术魅力。

还有《关汉卿》中的朱帘秀、《蔡文姬》中的蔡文姬、《汤显祖》中的汤显祖、《岳云》中的岳云、《岳飞》中的岳飞、《解忧》中的解忧公主等，均是塑造得较为成功的立体型人物，达到了“较大的思想深度和意识到的历史内容”[1]的统一，体现出很高的艺术审美价值。

“扁平型人物是指围绕着某种单一的观念或品质，用粗线条勾勒出来的只具有两个维度的艺术形象。”[2]在17年历史剧中,创作主体撇开历史人物错综复杂的社会历史联系和曲折幽深的内心世界，撇开其作为一个个活生生的生存个体所具有的思想、观念、理想、意志等品质及其丰富复杂的性格多侧面，仅从政治态度或政治行为这两个维度去观摩和判断人物，并让历史人物单一地承担宣谕新的历史观念或现实的政治理念的功能。这种属于政治范畴的单一品质使得历史人物最终仅剩下单一的政治属性，个体意志淹没到了群体的倾向性之中。17年历史剧中的许多人物形象是可以归入扁平型系列的，如《朝鲜风云》中的李鸿章、《郑成功》中的郑成功、《詹天佑》(王本)中的刘老汉、《岳飞》中的梁大伯、《天京风雨》中的洪秀全等,其中,尤以曹操、武则天、苦成等形象极具代表性。

《胆剑篇》中，史剧家为了突出“人民群众是历史的创造者”这一历史观念，虚构了一个作为人民群众代表或象征的苦成的形象。他位卑未敢忘忧国，勇敢而有骨气，他敢于冒着吴军的刀剑把被敌人烧焦了的稻穗献给勾践，不怕株连九族，勇拔夫差刺在禹庙前岩石上的“镇越神剑”，坚决不吃吴国的大米，主张自耕自食，还把苦胆献给越王，要他永记国仇，发愤图强。最后，为了保全越国的刀剑兵器不被搜出而壮烈殉难。可以说人民的作用得到了突出表现，但理想化的痕迹极

[1] 恩格斯:《致斐·拉萨尔》(1859年5月18日),《马克思恩格斯选集》(第4卷),人民出版社1995年版，第557页。

[2] 施旭升主编:《中国现代戏剧重大现象研究》，北京广播学院出版社2003年版，第147页。

为明显。事实上，在封建时代，一个庶民，一个百姓与帝王甚至大臣的关系是不可能发展到苦成与勾践、文种这么接触频繁、想说就说的亲密程度的。这一形象的强调还造成了全剧笔力的分散和结构的“非整一性”。特别是从第三幕开始，中心人物勾践竟成了陪衬，苦成老人占据了舞台的中心。“卧薪尝胆”的主题也为“人民是历史的真正创造者”的主题所置换。勾践的行动线发生了断裂，对勾践形象的刻画转而为对“帝王的局限”这一历史观念的宣谕，这种断裂和错位对剧作的损害是双重的，既使勾践的形象失去了原有的生命力，又使观念化的苦成形象很难生成其历史真实性。在17年的历史剧中，苦成类的形象几乎形成了系列，绝大多数属于史剧家的虚构，性格鲜明，生动感人的几乎一个也没有，是一种观念化的产物，均属于扁平型人物，艺术感染力也很不强。

郭沫若写《蔡文姬》的主要目的是要替曹操翻案，在史剧中，郭沫若确也做到了对曹操的全面肯定，但曹操几乎被写成了一个完人，这未免有翻案过头之嫌，从一个极端走向了另一个极端，明显存在一种凭个人的主观好恶随意改动基本的历史史实，美化、粉饰和拔高曹操的倾向。事实上，如何评价历史人物本应是历史学家们的事，史剧家既然以历史剧的形式来重新评价，那就要从艺术规律的角度看他对人物形象的塑造是否成功。由此可见，史剧《蔡文姬》在人物刻画的手段上是比较单一的，首先是以偏概全，以点带面，仅表现出人物品质好上加好的一个侧面，如为了表现曹操与百姓同甘苦，剧中竟出现了曹操去打铁的细节，为了表现曹操生活俭朴，史剧家还使用了一条被面盖十年的细节。剧中有这样一段对话：

卞氏：这条被面真是经用啊，算来用了十年了，补补缝缝，已经打了好几个大补丁。

曹操：补丁愈多愈好，冬天厚实，暖和些，夏天去了棉絮，当单被盖，刚合适。

卞氏：（笑出）你真会打算。

曹操：天下人好多都还没有被盖，有被盖已经是天大的幸福了。

根据史籍记载，固然说到曹操是尚俭约，不喜奢华的，就个人作风上说，俭朴也未尝不好，但是，曹操一条被面用十年，这是否真实呢？他毕竟是一国的丞相，实为皇帝啊？在位期间还修过铜雀台。剧中还写到他一度听信谗言，错怪董祀，但他很快就加以改正，所谓“过而能改，善莫大焉”。此乃先抑后扬，缺点很快转化为优点了。史剧家坚持理想化的原则，运用“失事求似”“以似推事”等方法，对曹操形象进行“顺向叠加”。这也就是在他的重要的史剧理论文章《献给现实的蟠桃》中所说的：“我主要的并不是想写在某些时代有些什么人，而是想写这样的人在这样的时代应该怎样合理地发展。”所以对曹操进行一番美化也就很自然了。还有就是史剧家更多地依靠剧中人物之口，如董祀、周近等人的介绍来描写刻画人物，而不是依靠人物自身的行动在尖锐激烈的戏剧冲突中刻画，概念化已不可避免。所以，董祀、周近之于曹操，犹如博物馆中的解说员之于文物，介绍是枯燥的，文物是无生命的，自然谈不上生动感人。

还有，郭沫若为了表现出武则天英明果断、充满自信、睥睨一切、胸怀博大的政治家风貌，以及她要以“道德化天下”的宏大气度和磊落襟怀，歌颂她心系百姓，着眼于天下人安危的高尚品德。史剧家便遵循着为政治服务的原则，将《武则天》一剧变成了歌颂性的正剧，武则天也被描绘成一个鞠躬尽瘁、心系百姓的人民皇帝，成了为权威话语所肯定的某些政治品德和道德原则的化身。史剧家将武则天置于精心构建的情境之中，就是为了通过这些行动表现一位政治家的某些理想化品格，而将她的行为动机仅仅归诸于某些既定的抽象化品格，它使得她的内心活动失去了应有的历史生活具体性和规定性，也就是失去了应有的附丽。武则天的"以道德化天下"的政治抱负与行动，既是特定历史阶段生成的，它必然受到历史时代的制约，又是武则天作为一个现实的人源于内在生命运动并转化为意志和意识的自我实现的需要，相对而言，后者更重要。但在《武则天》一剧中，政治家的"完整的内在生命运动却被剧作家们弘扬的政治原则和道德原则净化了，而其意志和意识又被现代化了。事实上，历史上的武则天绝不是一个十全十美的完人。正因为如此，这一历史人物就失去了应有的感情的丰富性的具体性，而成为一个观念的化身"[1]，一个扁平型的人物。

准立体型人物是指介于扁平型与立体型之间的艺术形象。它虽然也源于某种较为单一的政治理念或政治品质，但又适当兼顾到性格的复杂性和变化性。17年历史剧中的勾践、文成公主、邓世昌、李秀成、西门豹便属于准立体型的人物，他们既承载着史剧家所表达的某种新的历史观念或主流意识形态话语的重任，又注意其个性化和性格化，体现出一定的审美价值。

勾践是《胆剑篇》着力刻画的中心人物，史剧家扬弃了《吴越春秋》

[1] 谭霈生：《中国当代历史剧与史剧观（中）》，《戏剧》1994年第1期。

及传统文艺中过分渲染勾践为了复仇而屈身事吴的一些下贱行为，如“尝粪疗疾”、养马吴宫石室三年“面无恨色”等，也不采用当时大量“卧薪尝胆”类剧作流行的套路，将当代人才有的种种思想意识及现行的方针、政策、经济措施等直接植进古代的故事之中，比如：“越王勾践不但会像我们的下放干部那样从事农业劳动，与人民‘三同’，而且还有今天我们所理解的‘以农业为基础’的观念；越国不但大兴水利，大搞农业，而且还大炼钢铁，还请了外国专家帮助铸造武器，改良农具；越王勾践不但自己卧薪尝胆，而且还搞三反（反贪污、反浪费、反偷工减料）运动；那时的越国不但有妥协（对吴国）分子，有恐吴病者，而且他们的言论还极像现代的修正主义者；越王勾践的十年教训居然贯穿着今天我们所说的‘劳武结合’的政策”[1]等诸如此类令人啼笑皆非的纯主观的描写，而是将勾践置于历史冲突最尖锐的时刻，集中笔墨刻画他坚忍不拔、奋发图强的性格，并在戏剧冲突的发展中，多侧面、多层次地揭示勾践性格的复杂性和变化性。在他与夫差的性格对立和对比中凸现了勾践的性格特征。在勾践返国后十年的生聚教训中，作者在第四幕着力描摹了勾践的苦身焦思，励精图治，奖励生育，犁剑并举，躬耕垄亩，与百姓同劳苦的奋发有为的精神。特别是在对待吴兵拆城、抢牛、搜剑时，多侧面地展示了勾践倔强的个性和不屈的英雄气概。同时，史剧家参考了一些史籍所提供的勾践性格的历史线索，虚构了某些细节，揭示出一个王国统治者性格中褊狭、猜忌、不能容人的一面，从而在对勾践复杂性格的展示中基本上达到历史真实与艺术真实的统一。

[1] 茅盾：《关于历史和历史剧》，《茅盾评论文集》（下），人民文学出版社 1978 年版，第 202—203 页。

在第一、二幕里，史剧家还将勾践置于极限情境之中，以刻画他在非人的凌辱中如何磨砺复仇意志，并展示其性格的内在矛盾，这种描写既生动自然，也具有一定的内在可能性。然而，正是“人民是历史的创造者”“帝王局限性”之类新历史观念阻滞了史剧家对历史生活的深切体验，影响了人物性格发展的自然线索，于是从第三幕开始，苦成便成了中心人物，至此，勾践性格发展的线索发生了断裂，他原发性的心理矛盾也被“帝王的局限”这一观念取代，这说明在新中国成立后一直纠缠在曹禺的“情”与“理”冲突中，“理”是占据上风的，它使勾践在第三幕以后的行动失去了内在有机连贯性，开始有堆砌组合之痕，勾践的行动也明显因为苦成的左右，失去了自主性，这是勾践形象成为准立体型的主要原因。

田汉的《文成公主》前后有两个本子，1959年夏的初稿本已付之排演，但未公演。1960年，根据周总理的指示，田汉对剧本进行了大规模的修改，即成为后来公演的定稿本。全剧十场，都是写文成公主入藏的过程，都是从长安请婚开始，到逻些（即拉萨）结束，都因写入了民间传说而具有神话色彩。两本前五场完全相同，真正的变化始于第六场。初稿本力图写唐朝进步的封建文明与西藏落后的奴隶制之间的冲突，它后来部分的中心情节是“抢救妮玛”。这是两种文化的冲突，同时也是文成公主造福西藏的宏愿与她所遇到的现实矛盾之间的冲突，而能否救出侍女妮玛成了考验文成公主的试金石。定稿本的意图却是写唐蕃团结的主题，后半部分的情节是迎亲地点变动的事件，实为安排一场破坏活动，以便写坚持和亲与反对和亲之间的斗争。两种写法孰优孰劣呢？从对文成公主形象刻画的角度而言，初稿本无疑优于定稿本，以“抢救妮玛”为情节中心，戏剧性强自不待言，同时文成公主始终处于矛盾的中心，经受了一次次危机的考验，她为民谋幸福的热忱，少女的急躁、意志的顽强以及学问、风度都得到了较好的展示。定稿本的下半部分，处理迎亲地点问题的是松赞干布和李道宗，文成公主被置于矛盾中心之外，她的戏只剩下怒江边打猎时与松赞干布巧遇和最后成婚了，性格失去了自主发展的可能，形象为民族团结、和亲成功的观念所左右。剧本开头时公主对父亲唐太宗曾说："儿臣此去一定遵照父皇钧旨，辅佐松赞干布，只是儿臣深宫弱女，德薄智浅，又没有人帮助，只怕壮志未酬，这颗嫩弱的心早被重重苦难给压碎了……"显然，在写完定下和亲大计后，田汉已把史剧冲突的重心落在历史使命的艰巨性和个人能力的有限性的矛盾上。初稿本将这一矛盾贯穿了始终，定稿本却从第六场开始换了中心矛盾，腰斩了原有构思，虽然从一路进藏终于成婚来看外部事件是统一的，但剧中内在的统一性却失去了，这种从权威话语出发替换剧作中心矛盾的无奈选择，不可避免地使人物成了概念的图解和化身，它使得文成公主形象成了准立体型的人物。

在师陀的笔下，西门豹形象的性格也有一个从小说中的鲜明生动到单向扁平的过程。较之《西门豹的遭遇》中人物命运的变化奇诡、出人意料，史剧《西门豹》则要循规蹈矩得多，对西门豹命运的安排也按部就班，严格按照主流意识形态话语所建构的新历史观念进行，着力刻画他的进步性、人民性，又有一定的局限性，特别是该剧的后半段已没有了小说的陌生化效果，与当时流行的创作模式并无二致，正面人物斗争失败了，但人民已经觉醒并起来进行新的战斗。权威话语的作用再明显不过了，但由于史剧家具有深厚的艺术积累和高超的艺术技巧，在刻画人物与寄寓新的历史观念的结合上力避生搬硬套，简单对接，同时注意对人物内心世界的挖掘，用以深化人物的性格，这就使得西门豹形象不至于完全滑向扁平型人物的行列。

二　阵线分明的人物关系与人物形象的代码与功能

与二元对立的冲突结构相对应的是17年历史剧也形成了正与反、好与坏、进步与落后、革命与反动等以二分法区分人物关系的形象系列，好人皆好，坏人全坏，少有中间或过渡状态的人物，这其实是1950年代初中国社会依阶级对社会成员进行的成分划分在历史剧中的折射。

新中国成立后，基于毛泽东的以政治为中心的社会分层理论，中国社会形成了"地主阶级与农民阶级""资产阶级与无产阶级"这两种基本的阶级结构体系和二元对立的阶级矛盾思维，受此影响，史剧家们在构建历史剧的人物形象体系时不可避免地使用了人物关系二元对立的冲突结构模式。在1950年代初的文学中，人物形象一般分为正面、中间、反面这三类，三类人物之间形成的错综复杂关系构成了文学作品的三分法网状结构。但到了1950年代末、1960年代初，随着中国社会政治生活中阶级斗争理论与观念的日益强化以及文艺界对"中间人物论"的批判，人物逐渐变成了正面与反面、先进与落后、进步与反动、革命与反革命的简单二分，非好即坏，非左即右，中间人物渐渐失去了生存的空间与土壤，兴盛于这一时期的历史剧受此影响，对历史人物也实行起了二分法，很少有中间人物，而是将历史原生态中错综复杂、丰富多元的人物关系简单化为阵线分明的好/坏、正/反对立的人物形象体系。革命战胜反动、先进战胜落后、带动中间势力的转变构成了历史剧中完整的历史叙事。当然，这种二元对立的人物关系构成的矛盾冲突结构非常紧凑，一般时间跨度小，中心情节突出，史剧家爱憎毁誉的审美情感与倾向也非常鲜明，从而也带来了人物性格的单纯明朗。由此可见，1950 年代的这种基于政治理念的戏剧结构内化效应及对人物的定性和编组作用，对于当时文化教育尚不发达的文盲者众的广大观众和读者来说，人物关系直观而简单，便于接受，宣传效果好，符合权威话语的工具性要求。

根据叙事学的代码 / 功能规则，17 年历史剧创作作为一种历史叙事，它的人物形象系列包含了五个代码，在历史叙事中分别占据不同的位置，有的代码控制着其他代码，具有决定性的功能，有的代码可有可无，常常被别的代码所包容。按照它们在历史叙事中的地位排列，这些代码依次为：1. 主体，2. 客体，3. 辅助者，4. 阻碍者，5. 被拯救者。其各自的功能如下：

（一）主体，即史剧中的正面人物或英雄人物。他们是命令的发出者、接受者、执行者或完成者，具体的功能包括：

1．代表功能。他 / 她们是某种主流意识形态或权威话语所建构的新的历史观念的代表和体现者。卓文君追求的是代表婚姻自主的新婚姻法的内容；郑成功形象表达的是"一定要解放台湾"的国家意志；詹天佑体现的是"自力更生""自强不息"的民族精神和特定时期权威话语所提倡的流行观念；蔡文姬的回归代表的是文化振兴的理想；关汉卿则代表了正直敢言、为民请命的人民戏剧家精神；文成公主、解忧公主、艾买提等代表的是"民族团结"政策；勾践则是"卧薪尝胆""十年生聚，十年教训"的精神。他们均具有崇高的理想与实现这种理想的坚定意志。

2．教化功能。上述主体所代表的理想、意志或精神均来自国家意识形态或权威话语的提倡，因而主体同时还具有向史剧的广大读者或观众进行宣传、演绎、阐释各种新的历史观念的功能，以达到教化的目的。

3．献身功能。他/她们往往是英雄主义、爱国精神、崇高理想、反抗压迫、婚姻自主等观念的载体，为了实现这一切，他/她们无论面对怎样的困难与险阻乃至死亡都无所畏惧，敢于献身。如岳飞、岳云、邓世昌、文成公主、关汉卿、西门豹、艾买提、李秀成、高永义等等。

4．解救功能。他/她们中的许多人还具有拯救者、救世主、施恩者的功能，如曹操与蔡文姬、郑成功与台湾人民、关汉卿与朱小兰、武则天与上官婉儿和骆宾王、文成公主与西藏农奴、勾践与越国百姓、西门豹与邺城群众、晏婴与庆云之父、解忧与乌孙国人等均具有这种关系。

（二）辅助者，此乃帮助主体完成任务的人，有三种功能：

1．协助功能。协助主体完成任务，如《卓文君》中的红箫、秦二，《1904年的枪声》中的曲贞，《詹天佑》中的刘老汉、于德胜、徐士远，《蔡文姬》中的赵四娘、董祀，《文成公主》中的李道宗、柳夫人，《武则天》中的上官婉儿，《胆剑篇》中的范蠡、文种、苦成、西施、勾践夫人，《西门豹》中的铁成，《岳飞》中的梁大伯，《解忧》中的冯嫽、肖嫣、常惠等。需要指出的是凡是史剧中虚构的人民及其代表或象征的人物均具有这种功能。

2．显恶功能。他们是显示敌人之恶的工具，是落后/反动一方直接或间接、过去或现实中的施暴对象，是苦难的当事人或见证人。如《1904年的枪声》中的曲贞、《郑成功》中受压迫的台湾人民、《关汉卿》中冤死的朱小兰和被剜去双眼的赛帘秀、《文成公主》中的女农奴妮玛、

《胆剑篇》中的苦成老人、《甲午海战》中的李仕茂等等。

3．扬善功能。他/她们称颂主体高尚或进步的行为，宣传主体行为和积极意义。如《郑成功》中台湾人民对郑成功、《关汉卿》中朱帘秀对关汉卿、《蔡文姬》中董祀对曹操、《西门豹》中铁成对西门豹、《伐竹记》中晏狗和庆云对晏婴、《岳飞》中梁大伯对岳飞等的颂扬。

（三）阻碍者，是给主体设置困难的角色，他们在历史剧中具体的功能包括：

1．犯错误功能。在历史剧中设置这样的人物，目的是显示主体的思想水平、道德境界、行为层次和战胜困难的意志与力量。如《1904年的枪声》中的立马、《武则天》中的上官婉儿、《蔡文姬》中的周近、《关汉卿》中的王和卿等等。

2．证明功能。证明主体的行为正确与意志坚定不动摇。

3．惩戒功能。犯错误后的悔恨觉醒，因此有些人物是可以由阻碍者转化为辅助者的，如立马、上官婉儿、左贤王等。

（四）客体，他/她们是主体的对立面，亦即历史剧中的反面人物的代表。如《关汉卿》中的阿合马，《胆剑篇》中非正义战争的发动者并给越国人民带来灾难的吴王夫差，《岳云》和《岳飞》两剧中的秦桧、万俟卨，《西门豹》中的公孙顽、魏侯等，《天京风雨》中的信王洪仁发，《武则天》中的裴炎，《卓文君》中的卓王孙、程郑，《郑成功》中的荷兰总督揆一，等等。17年历史剧几乎每一部作品中均有这样的人物，他们在历史叙事中只有一个功能——以自身之假恶丑反衬出主体的真善美，以自身之愚之怯，反衬主体之智之勇，以自身的低下、渺小，反衬主体的高大、崇高等。

（五）被拯救者，他/她们是主体拯救的对象，体现出拯救者或主体的恩德广被。功能有：

1. 受恩功能。因为主体的关怀与拯救而获得道德或思想境界的升华，或生活境遇的转变，或冤案得以昭雪。如朱小兰、蔡文姬（曹操是其拯救者）、妮玛、上官婉儿、小红、庆云之父，以及《郑成功》中的台湾人民、《文成公主》中的西藏农奴、《解忧》中的乌孙国人、《胆剑篇》中的越国百姓、《西门豹》中的邺城群众。

2. 崇拜功能。被拯救者对主体的忠心拥戴或真诚崇拜。

从代码与功能的角度，我们不难发现潜隐于17年历史剧创作中的一些较为一致的创作思路、叙事线索、冲突模式、共同主题等话语规则的，这些规则的产生，一方面是因为叙事主体（史剧家们）必须服从既定的主流意识形态话语，甚至为适应当时的政治需要而改造叙事客体（历史内容）；另一方面则是在泛政治化创作语境下，流行的阶级斗争观念及文学话语模式、权威话语的规训与制约形成的共谋机制，使得史剧家们自觉或不自觉地借用表现现实题材的文学，特别是话剧文学的创作模式与套路，不敢、不愿或不能进行全面的改造与突破，以致形成了17年历史剧中对人物刻画的公式化与符号化倾向。

第二节“拟代女性写作”的女性形象系列

人类世界由男人与女人组成，因此，作为“人学”的文学中就必然有男性形象，也有女性形象。17年历史剧创作对女性形象的塑造必然昭示着特定年代女性话语的形态与特征，若对此加以深入的考察，我们是可以进一步揭示并深化对17年历史剧创作话语形态内涵的理解与研究的。

在17年历史剧的创作主体中，我目前尚未发现有女性史剧家，亦即对女性意识的建构和女性话语的言说是由男性史剧家们代言并完成的。这其实就是来自中国古代文人的拟代女性写作传统，“即作家在文本中虚构一个女性形象作为自己的代言人，通过知识分子话语与女性话语的潜在转换来达到对作家自我隐秘的内在精神世界——意识层与潜意识层的曲折隐喻式表达”[1]。这种传统其实与古代文人在封建社会政治格局中的地位是紧密相连的，在“君为臣纲，夫为妻纲”的传统伦理和封建权力体系中，文人士子们的人生处境与完全依附男子而生存的女性是有相通之处的，他们若要实现自己的抱负和才能，就必须完全仰仗君王的知遇或重用。“中国文人的女性心态经过几千年的积淀已经成为中国文人的一种集体无意识，随时有可能被相似的人生境遇所激活。”[2]新中国成立后，形成了意识形态大一统局面，渐渐地封建思想中的“君统”观念也开始浮出水面，首先是许多知识分子得到国家重用，他们在政治、经济上获得了前所未有的地位与荣耀，感激之情、知遇之感油然而生。但是，一次又一次的政治运动特别是针对知识分子的，尤其是1957年的反右运动给他们以极大的打击和压制，他们终于认识到了自己在新政权政治格局和权力网络中的真实位置，开始体察到自我心灵的软弱与卑微，便通过历史女性形象隐晦而曲折地表白自己在意识形态上的归属和对政治文化权威的臣服，并以之演绎各种流行的

[1] 王春林、王晓俞：《〈月牙儿〉：女性叙事话语与中国文人心态的曲折表达》，《文艺理论研究》1996年第3期。

[2] 石万鹏、刘传霞：《〈蔡文姬〉：新中国知识分子的精神图像》，《郭沫若学刊》2004年第2期。

政治理念。

而他们赖以言说的思想资源当来自于“五四”新文化运动中对妇权旗帜的高扬，追求个性的独立和解放是其中不变的精神信仰。但在17年中，它的发展方向却被导入了某种意识形态的极端，即就表层而言是借助政府机制和行政手段提倡“时代不同了,男女都一样”的男女平等，但其深层或潜在的话语本质却是泯灭个体或男女间生理与精神的差异，将女性孜孜以求的“自我”无形中消泯混融于“非我”或“大我”之中。这种观念涵盖控制了17年整个艺术创作群体的思维空间，历史剧创作也不例外。其实，这一阶段所提倡的男女平等与“五四”时期所提出的妇女解放是有着本质区别的。后者追求个性解放，提倡大胆反抗和具有叛逆精神，要摆脱封建桎梏，是不再依附他人的一种发自内心的女性独立意识。所以，“娜拉出走”模式被图解和演绎出的深层意义是倡导妇女要获得文化思想和人格精神的解放和独立。而新中国成立后的妇女解放则承袭了解放区的妇女解放特征，也就是戴锦华和孟悦所说的：“它第一次从政治、经济而不从文化心理角度肯定了男女两性社会地位的平等，妇女有史以来第一次有了与男人一样的经济权力和政治—社会价值。从鼓励妇女离开锅台下田劳动、男女同工同酬，到提倡婚姻恋爱自由乃至妇女工作协会及各项妇女工作机构的确立，男女平等成了解放区新的社会总体秩序的一部分，成为一种制度。”[1]这种机制虽然确立了女性在政治经济上享有与男性平等的权利，但“在主观控制上片面强调妇女要跟男人们完全一样，在思想和体力行为模式上，消除了妇女选择的自由权，实则是在传统的尊卑之外又平添了一份妇女所承

[1] 戴锦华、孟悦：《浮出历史地表》，河南人民出版社1989年版，第25页。

受不起的负担。传统的妇德教化尚未经彻底打破，她们又必须承受一份走出家门、与男人一道在体力上拼杀、提篮担担、炼钢筑堤的身体艰辛。在外千般劳累，而回到家里之后，她们仍旧还要操持传统的女红，仍要洗衣烧饭伺候男人。那些不愿出门工作的妇女会遭受百般嘲笑，她们一定要被动员、说服出来承担某些社会公职。妇女们只有服从和顺应而不能有忤逆，否则就是与新政权格格不入，担当某种政治风险。被'解放'以后的妇女承受着传统角色与现实选择的双重压力。"[1]这双重压力体现的便是对人性的无视，是对权威话语的绝对遵从，是一种新的不平等。

一　以历史女性形象演绎现实政治理念

在这种意识主导下，女性在文学中同样也失去了自己的集体特性。粗糙的革命美学的导引，不仅使性别泯灭，同时也致使人性荡然无存。它折射到历史剧中，便是一种双声话语的不协调状态，即在展现文才盖世的才女蔡文姬、中国历史上仅有的女皇帝武则天、致力于传播中原文明的文成公主、解忧公主等在文化上及政治上的雄才，包括将她们"英雄化"时，史剧表现为一种黄钟大吕、激情飞扬、豪情满怀的大言，但在展现她们的感情世界特别是爱情世界时，却是细竹弱声、声若"游丝"，甚至失声。史剧家们政治无意识中对文化传统的让步，固有的男权中心意识，特别是对泛政治化语境下所谓"男女平等"话语规则的遵守、阐释与演绎尽显无遗。

[1] 陈晓明主编：《现代性与中国当代文学转型》，云南人民出版社 2003 年版，第 78 页。

在17年历史剧中，女性形象与男性形象一道，共同承担起演绎新历史观念及政治观念的重负。共同的“类”的特征遮蔽了女性的自然特征，洗尽铅华后的历史女性站在自己时代的潮头上呼风唤雨，努力弱化自己的女儿性。郭沫若是一位喜欢用女性形象来充当自己理想人格的“标本”的史剧家，如果将他史剧中的女性形象一概抽去，可以说，他的史剧必将黯然失色，甚至不复存在。他早期的史剧在女性形象的构筑上注重以女性作为真善美的化身，表现自己的人格理想，且让她们在与男性形象的对比中站立起来。但到了17年历史剧中，郭沫若更强调女性个体对社会的付出。无论是蔡文姬、武则天，还是上官婉儿，均不同于前期的女性形象以解放个体、捍卫自我的权利为中心来确认自我的人生价值，而是注重在社会的整体关系中，在自我对社会的付出中确立自我完美的人格和生命价值。郭沫若让蔡文姬在创造精神财富、帮助曹操重振文教声乐的事业中拯救自己个体的苦难，因而她的“忧以天下、乐以天下”“以国家为重”的思想倾向是极其鲜明的。武则天励精图治、兴利除弊的举动也是与以国为重、以民为本的开阔贤明的思想密切相关的。她对上官婉儿的器重、对赵道生的宽容、对骆宾王的教育、对裴炎的打击都是服从这一主旨而并非以个人的好恶作为取舍依据的。她的民本主义的人格力量感染了上官婉儿母女等人，才使她能迅速击破裴炎等的阴谋。这种巨变几乎是与从“五四”到建国后社会思潮从“个体意识”的勃兴到“群体意识”的大发展的时代主调相一致的。

除了文成公主、解忧公主、勾践夫人、孟丽君、虞姬（《楚汉春秋》）等属于帝王将相的女性人物，其余的女性人物在史剧中大多被塑造为被侮辱、被损害、被压迫的人民群众苦难的象征，同时也是反抗与斗争的象征。如《卓文君》中的卓文君、红箫,《1904 年的枪声》中曲贞对英国殖民者的反抗，终被绞死。《关汉卿》中的赛帘秀被剜去了双眼仍坚持斗争,《詹天佑》中的小梅死于洋人金达之手，还有《义和团故事组剧》中的红姑与陶五娘,《伐竹记》中的庆云,《胆剑篇》中的西施,《战斗中血的友谊》中的早热汗,《西门豹》中的琬子、琬母、西门豹的妻子庄孟,《汤显祖》中的小红,《岳飞》中的梁金凤,《神拳》中的高菊香、高大嫂,《甲午海战》中的李国英,《岳云》中的银瓶等。因为单靠男性形象不足以全面表现“人民”在主流意识形态话语中“应有”的形象，所以还必须塑造一批历史中的女性形象，使其在性别秩序关系上得以完整，这些人物除少数占据了主体地位外，大多担负辅助者或是被拯救者的功能等，不一而足。

可见，史剧家们所建构的女性话语一直是与 17 年中的阶级性、政治性、民族性等时代流行话语相伴共生的，对主流意识形态话语的亲近与认同，作为一种强大的内驱力使得他们明显淡化或弱化了对女性意识的张扬。

二　女性意识和女性话语的“缺失”

17 年历史剧中的女性意识与女性话语几乎处于一种“缺失”的状态，而这种缺失在某种意义上也是一种话语特征。即使是涉及或表现爱情题材的剧作也不例外，因为史剧家们已赋予她们以极强的政治指涉性与关联性，以之寄寓流行的政治理念或新的历史观念，爱情成为一种政治型的爱情。

我们不妨仍以《蔡文姬》和《武则天》为例，在《蔡文姬》中，史剧家的目的是通过她为曹操翻案，政治话语的力量占据了主导地位，使得剧中有关蔡文姬的感情和爱情的描写从第三幕开始迅速边缘化，直至完全消失。蔡文姬和董祀的结合是丞相赐婚，他们两人并没有感情波澜。“用小人诬告，当事人辩诬，最后丞相赐婚来一个‘大团圆’结局，这对‘五四’新文学来说是一种倒退，也表现了作家一种勇气的丧失。”[1]在《武则天》中，郭沫若干脆回避她的爱情需求，否认女人丰富的爱情或感情世界，仅从政治化的角度进行刻画，在革命的意识形态中赋予她一个英雄、正义的化身，表现她具有的雄才大略和崇高气质。其实，有意识地回避本身便表现了对女性自我主体确认的怯懦，也是对男权中心文化的默认，它使武则天形象中性化甚至于雄性化，这本身就是一种不完整。为什么不用人的正常需求，把人当作人来辩诬和对传统进行翻案呢？这说明作家自觉不自觉地把艺术形象政治化——回避她的爱情世界——从而显示出了一种传统男权的价值尺度。于是，武则天便成了一个向传统文化认同的政治化形象。

有人曾运用拉康镜像理论的三个阶段来分析郭沫若历史剧中女性形象及其主体精神的嬗变历程。《蔡文姬》和《武则天》则代表了第三个阶段，命名式，孩子牺牲自己的真实愿望，在父亲认同后获得了自己合法主体地位，孩子将在“父之法”中获得自己的名字和位置，孩子将按“父之法”来“模塑”自己，至此，自我发展终于完成。“建国后，郭沫若对《蔡文姬》这一形象的设计与他20年代最初的设想南辕北辙：蔡文姬必须为国家和民族放弃爱情和亲情，虽然她与左贤王之间情真意笃；归汉之后，文姬不仅得到了关怀，安妥了一颗饱受创伤

---

[1] 何思玉：《双声话语中的世纪梦——解放后郭沫若两部史剧解读》，《郭沫若学刊》1997年第4期。

的心灵，而且再获幸福，比以前更加圆满。难于想象，一边是真正的爱情，一边是破碎的家国，文姬会自愿为了一个空洞的国家而弃子弃夫；更匪夷所思的是，在爱情和亲情被粗暴阻断之后，文姬还会重获幸福。这种结构上的矛盾源于作者强烈的现实感受和当代意识”。“建国后，对长期配合共产党斗争的左翼人士而言，‘他们在新政权的奋斗史上和建立史上占有一席光荣之地，一种当然的胜利者的喜悦极大地支配了他们的情绪，……把新政权看作自己长期追求的理想的实现，高声歌唱新政权。’在这种情况下，蔡文姬就成了归来者的集体象征，是流离失所的孩子重回家庭，是无名的自我获得父亲给予的名字。因此，作为父亲及‘法’之象征的曹操必须有其正义性和合法性，于是我们看到了一个任人唯贤、闻过则改的圣主明君形象。当漂泊的无名的娜拉终于听到了来自父亲的召唤,她自然会义无反顾地回去,而且她也‘肯定’能获得幸福，不然，她回归的价值就会遭到怀疑。”[1]在史剧《武则天》中，长期被视为“淫妇”的武则天被塑造成了一代明君圣主，郭沫若为一位备受非议的女性正了名，“这的确是女性千载难逢的盛世福音。细细考察，我们会发现这是一个身份可疑的女性，她拥有至高无上的权力，生杀予夺，但除了被定义为女性外，我们无法区别作为女性的武则天与一个男性帝王的差异（当然，在两性关系上，武则天必须比男性帝王更为清白）。就在这种差异性消失的同时，女性与男性曾有的矛盾消失于无形，女性不再是一个身份不明的‘他者’，她已然成为男性秩序中完美的一部分。”[2]“蔡文姬参与了修汉书，这一向是男性

[1] 陈思和：《中国当代文学史教程》，复旦大学出版社 1999 年版，第 20 页。

[2] 游翠萍：《娜拉：从出走到归来——论郭沫若历史剧中女性形象及主体精神的嬗变》，《郭沫若学刊》2002 年第 1 期。

的专利，武则天获得了女性无法问津的权力。显然，在蔡文姬‘重睹芳华’的衷心感激和武则天‘人定胜天’的自我陶醉中，娜拉不仅得到‘父之法’的承认和命名，她也按照‘父之法’来塑造了自我，成为‘父之法’忠实的执行者，完完全全地融入了父亲的秩序中，从而完成确立自我的整个过程。”[1]

感情世界丰富复杂的历史女性们，在史剧家们的笔下纷纷成了一个“空洞的能指”。如在中国历史上曾被赋予了无尽想象与生动传说的西施形象，到《胆剑篇》中被史剧家按照权威话语的规则刻画成了一个越国劳动人民的优秀代表，具有强烈的爱国主义精神，机智勇敢，冒死救勾践。至于从《吴越春秋》到明代梁辰鱼的传奇《浣纱记》，乃至一些传说中的“美人计”“女间谍”的浪漫传奇情节模式，与范蠡泛舟西湖、携手归隐的美好想象等等，统统弃之不用。卓文君、孟丽君追求爱情婚姻自主，竟被指向了新中国颁布的第一部新婚姻法和权威话语所强调的“男女平等”。公主们为完成和亲使命，各自丰富真实的感情需求也可以忽略不计。据历史记载，有汉一代共有 13 位公主和亲远嫁，除解忧公主终于在晚年得以还乡，其余都默默无闻地作为政治牺牲品，在边疆塞外的孤寒里备受煎熬，终了一生。据宋金笔记《靖康稗史笺证》所载，靖康之难中许多不得不“远嫁”的公主们被粘罕如牲口般驱赶到金地为奴，她们所遭受的屈辱与凌虐，那些文字让人读来由心惊到噙泪。史剧家们选择的是主流意识形态话语所需要的历史人物和相关的历史生活片段，加以政治化的演绎，放弃了作为少女的公主们对美好生活与爱情的渴望与梦想，对远嫁后的痛苦、失望、

[1] 游翠萍：《娜拉：从出走到归来——论郭沫若历史剧中女性形象及主体精神的嬗变》，《郭沫若学刊》2002 年第 1 期。

悲愁与孤寂，对故乡的思念与绝望等丰富的情感内容和女性独特而复杂的内心世界的描写。

还有许多由史剧家们虚构出的作为人民群众的代表或象征的普通女性们，如《神拳》中的高大嫂，作为史剧中仅次于高永义的人物，不但戏少，而且精神面貌、性格特征很是模糊，她所领导的“青灯罩”究竟能起什么作用？起了什么作用？老舍交代得也很含糊。还有如高菊香（《神拳》）、梁金凤（《岳飞》）、宋秀珍（《天京风雨》）等形象，史剧家仅将她们视为权威话语的载体，竟无一人去深入开掘她们的情感世界，赋予她们以女性的主体意识。这不能不使人感到权威话语的影响与制约力量之强大。法国女作家、哲学家、伟大的女权主义者西蒙·德·波伏娃在她著名的著作《第二性》中一针见血地指出了“女人”形成的实质：“女人不是天生的，而是变成的！”站在父权话语临界点上的广大女性，一直面向中心张开欲望的翅膀蠢蠢欲飞，但是话语中心的强光吞没并消融了她们，于是在她们飞翔身影的背后留下了一个或一群变形或变态的完全异己的影像或成像。

三　回归爱情本体的历史女性话语

只有少数史剧家在刻画女性历史人物形象时尊重并赋予了她们以女性的意识与声音，表现出她们丰富感人的感情世界。《关汉卿》中的朱帘秀便是一个敢爱敢恨、追求爱情的女性。她既是关汉卿形象的映照与陪衬，又有其独立的社会意义。她作为一个受尽蒙古王爷欺凌的下等歌妓，十多年来挣扎在最底层，但她始终不屈，生活的磨难反而培养了她顽强斗争、舍己为人、光明磊落的性格。是她鼓励关汉卿用笔作刀枪，写杂剧为民请命；是她自告奋勇主演《窦娥冤》，“你敢写我就敢演！”也是她，不辞劳苦，亲自组织起演戏班子，开锣演出。当戏刺痛了统治者，他们威逼着要扼杀《窦》剧，迫害作者时，朱帘秀大义凛然，她宁愿掉脑袋也不改戏，并为关汉卿承担了性命责任：“汉卿，你走吧。这里的事由我承担，你放心，我宁可不要这颗脑袋，也不让你的戏受一点损失。”她像窦娥救她婆婆似的，把担子全给自己挑上了，真是肝胆照人。在不改再演《窦娥冤》之后，朱帘秀表现得像窦娥一样坚强。她对关汉卿说：“我从没有像这些日子这样活得有意思，我觉得我越来越跟大伙儿在一块了……窦娥不正是这样的女人吗，她至死也不向坏人低头。我喜欢这样的女人，我也愿意像她一样地死去。……我要像在台上一样，对着成千上万的看的人一点也不胆怯。……我会像窦娥那样坚强的，你放心。”她对关汉卿说：“叫他们杀了我吧，千万把你给留下……”“跟关大爷这样的人一道死，我还有什么不足呢！……就让我们俩死在一块儿吧，汉卿！”表现了朱帘秀舍己救人、视死如归的优秀品质。关汉卿赠她《双飞蝶》，朱帘秀赠关汉卿《寄生草》：“虽然沥血在须臾，同把丹心照千古。”这是她纯洁的爱情与坚贞的性格的自我写照。

《伐竹记》中的庆云也是一个敢爱敢恨、大胆泼辣、机智过人、蔑视传统的女性。为了救因砍竹而被囚的父亲，她敢于拦下晏婴的车驾，大胆陈情，敢于拉着大丑、二丑一起戏弄齐侯杵臼及其佞臣梁丘据和裔款。她不慕荣华富贵，敢于挑战晏狗的大男子主义，最终救出了父亲，也获得了爱情。相反追求她的晏狗却显得畏首畏尾，胆小怕事，好说大话，不干实事，缺少男人的气概。

《孟丽君》中的孟丽君更是个有才有貌、有胆有识、敢作敢为的女性，为了实现自己的人生价值，也为了洗刷父亲的冤狱，她敢于蔑视传统、挑战陈规、女扮男装、参加科考、官至丞相、位列三台。她不慕富贵，不惧权势，不被皇帝的诱惑所动，不被天子的权威所制，坚持自己的爱情、理想与追求，与皇甫少华真心相爱，忠贞不渝，历经磨难，终成眷属。这些爱情描写由于不负载强烈的政治意识形态使命，仅注重爱情自身的内涵挖掘与展示，刻画女主人公生动丰富的爱情心理，使得女性意识与女性话语得到了一定的复归。

新中国成立后，当以男权话语和男性价值为规范确立的“父之法”发展到极端和极致时，它们便以压倒一切的姿态覆盖了个体欲望，于是女性仅存的特征也就消失了，女性的特征仅存在于各种表格中的性别一栏，空有能指，却无所指，在中 / 西、内 / 外、男 / 女、父 / 子的矛盾和对立中，女性自我一次次逼近镜像，但又一次次无望远离。对易卜生而言，娜拉醒悟之后愤然出走就已足够，他并不打算也不需要回答“娜拉走后怎样”，但对 17 年的史剧家们，特别是表现中国历史女性的文学而言，仅仅出走是不够的，他 / 她们还须见证娜拉的新生与自我的成长。因此，较之 1920、1930 年代中，郭沫若等的史剧中如电光石火一般的女性叛逆宣言这种隆重的登场，17 年历史剧在真正的女性意识与女性话语的建构上无疑发生了断裂，一种深深的断裂。

第六章

17 年历史剧创作的语言系统——话语构成论之五

话剧文学的艺术魅力主要是通过语言来实现的。洪深便提出："话剧，是用那成片段的，剧中人的谈话，所组成的戏剧。（这类谈话，术语叫做对话。）……凡预备登场的话剧，其事实情节、人物个性、空气情调、意义问题等一切，统须间接地借剧中人在台上的对话，传达出来的。话剧的生命，就是对话。"[1]由此可见，从语言系统入手追寻 17 年历史剧创作的话语构成，可以说是极为必要和不可或缺的。相对而言，由于权威话语或主流意识形态对历史剧的语言没有设置太多的要求和规范，这就为进行语言探索提供了一个难得的空间，它使得 17 年中许

[1] 洪深：《从中国的新戏说到话剧——序〈戏剧概论〉》，《现代戏剧》第 1 卷第 1 期（1929 年 5 月）。

多历史剧的语言在实现双重超越的基础上，还形成了基于“历史 / 现代”形态的亦古亦今、化古为今的独特语言追求，曹禺无疑是其中的代表，他通过语言的探索在一定程度上回归了久已丧失的创作自我。但就总体而言，17 年历史剧的语言仍以宣传说教型为主，动作性格型和情绪宣泄型语言是少之又少。

第一节 在权威话语缝隙中探索的历史剧语言

戏剧文学文本以“语言”作为自己的存在形式，作为剧作符号学的主要研究对象，通常被分为广义与狭义两种。广义的是指以动作为基本要素的戏剧语言，包括文学、音乐、绘画和舞蹈等语言；狭义的则是单指构成剧本根本材料的文学语言，而且主要是台词。本书主要关注的是后者，即人物语言。较之普通语言符号，它在具备其最基本的功能，即语义学功能的同时，它还必须实现双重超越：一重是由普通语言符号到戏剧语言符号的超越；另一重则是由戏剧语言符号到审美戏剧语言符号的超越。前一种戏剧语言要求不但具有可进行具体分析的语义内容，而且还必须富有强烈的行动性，即富有动作性、时空性、形象性等舞台特征，从而为舞台表演奠定基础；后一种则要求在前者基础上突出诗性的审美功能，从而使语言富有韵律感、节奏感，具有鲜明的抒情意味和哲理意蕴，也就是富有诗意。“西洋古典文学，把戏剧划入诗的范畴。我国古典的或现代戏曲，也是诗。话剧一般是用散文写的,自然不必勉强列入诗类。但,它虽非是诗体,却不可没有诗意。”[1]

一 “历史/现代”形态的语言媒介系统

在上述基础上形成的历史剧语言，作为一种特殊的语言媒介系统，还有其更为独特而复杂的规定性，即“明明反映的是历史的生活内容，但却要用‘历史/现代’形态的语言加以表现，在古今之间寻找恰当的结合”[2]。历史剧表现的是已经成为过往的“历史”，按照哲学上的反映论原理，当然必须采用与之相适应的“历史化”语言，反对使用那些充满当下气息的“现代化”的语言。但是，它面临的难题却是，纯粹历史化的语言很难求得，也无法复现，退一步说，就算是史剧家们真正使用完全历史化的语言，除了少数专家、学者外，又能有几个人看得懂，听得懂？反之，这是否意味着历史剧语言可以采用纯粹的现代白话呢？结论同样是否定的。理由很简单，现代语言属于现代文化的范畴，它的语义、语感、语态、语势、语规等只是今天而不是历史的产物,它是与包括意识形态、道德观念等在内的现代生活内容相适应的。如果史剧家为了传达现实政治功利性极强的主题与思想，或宣传不经转换的主流意识形态理念，而过度使用只有当下生活中才有的、具有特定价值指向意义的真正“现代”的语言媒介，诸如“阶级斗争”“民族团结”“西方殖民统治”“美帝国主义霸权”等，甚至现今流行的网络语言，这些指向鲜明的特定词汇，那它就只能引发读者或观众将

[1] 陈刚选编:《焦菊隐戏剧论文集》，上海文艺出版社 1979 年版，第 12 页。

[2] 吴秀明:《论历史文学独特的语言媒介系统——兼谈 20 世纪现代主义历史文学的语言实验》，《文艺理论研究》2003 年第 2 期。

故事与现代生活相联，在审美心理上失去应有的历史感，造成了符号与意义、指称的截然分离，结果必然是丧失历史剧的历史感乃至历史真实性。为此，郭沫若曾在他的史剧理论建构中对历史剧的语言提出了最低的亦即原则性的要求，他说："大概历史剧的用语，特别是其中的语汇，以古今能够共通的最为理想。古语不通于今的非万不得已不能用，用时还须在口头或形象上加以解释。今语为古所无的则断断乎不能用，用了只是成为文明戏或滑稽戏而已。"[1]此乃郭沫若与自己同时代人历史剧创作的经验总结，如陈白尘也说过类似的话，他早在1937年创作史剧《金田村》的时候，就颇有意味地将历史剧的语言特点归纳为"历史剧语言 = 现代语言 - 现代术语、名词 + 农民语言的朴质、简洁 + 某一特定时期的术语、词汇"[2]。

至于最高要求，亦即审美性的要求，郭沫若认为主要应包括：高度的性格化、强烈的抒情性、人物的对话或独白必须兼有壮美和优美两种风格特色等。[3]17年中，许多历史剧的语言努力遵循了上述要求，但又不能摆脱时代流行话语的挤压和渗透，从而呈现出一种矛盾复杂的状态。

二　亦古亦今、化古为今的独特语言追求

在史剧语言风格的探索与运用上最为成功，也为学术界所公认的

[1] 郭沫若：《我怎样写〈棠棣之花〉》，中国戏剧出版社编辑部编：《郭沫若剧作全集》（1），中国戏剧出版社1983年版，第332页。

[2] 陈白尘：《历史剧的语言问题》，《语文》1937年第2卷第2期。

[3] 傅正乾：《历史·史剧·现实——郭沫若史剧理论研究》，山西人民出版社1985年版，第126、142页。

当属曹禺执笔创作的《胆剑篇》。首先，它既未使用只有我们现在才有的新词汇，也没有在使用典故、成语上出现时代的错误，然而它却在现代人能懂的范围内使用了“一些古语或文言”，突出了作品的时代性。作者采用半文半白的语言形式，但也夹杂着许多骈偶对称的句子，有的是字句上的对称，有的是文意上的对称。如第一幕伍子胥被范蠡的忠义正气打动后说的一段话：“（喟然）吉、凶、祸、福！吉常是凶的开端，福常是祸的根芽。如果不能及早消除这个致命的祸根，我怕吴国今天这场轰轰烈烈，未必不是来日一场凄凄惨惨的开头啊！”伍子胥在第五幕临死前对夫差说的一段话：“大王，就听老臣死前的一句话吧！越王勾践，爱民敬贤，肯听忠言，此人不死必成大事！越王勾践，寝不安席，食不重味，此人不死，必得其愿！越王勾践，整军经武，立志灭吴，此人不死，必为大敌！”这一段话的语言结构既学习了《史记·越王勾践世家》中伍子胥谏吴王夫差的一段话“臣闻勾践食不重味，与百姓同苦乐，此人不死，必为国患”的结构，同时又是今天观众所通俗易懂的。还巧妙地运用了“越王勾践”等三个字数相等、节拍相同的文言排比句式，使伍子胥的话顿挫有力，声调铿锵，既增强了该剧语言的历史感和节奏感，而且还突出了伍子胥那种直言快语的刚烈性格。又如第五幕中勾践拒绝将战船借给夫差的那一段话：“夫差大王，二十年来，我越国君臣，侍奉吴国，翼翼小心，年年纳贡，岁岁朝觐。凡有需索，无不从命，为的是上报大王的恩德，求得两国相安。……”如第四幕苦成决定赴义前的一段话：“生当为人杰，死也作鬼雄。宁作那笔直折断的剑，不作那弯腰屈存的钩。兵库的剑、刀是不能搜去的，越国的骨气是不能丧失的。疾风知劲草，岁寒见青松。……”又如第二幕范蠡劝勾践的一段话：“臣以为，图大事的人，应该山崩于前不动色，海啸于后不变声。……”都是写得很成功的。结构对称的语言，形象地展示出特定历史时期人物的性格、口吻和神态，又充分地烘托出历史环境的气氛，丝毫不给人以生硬别扭之感。

这在其他史剧中也有精彩的运用。如郭沫若的《蔡文姬》一剧，如果不引用《胡笳十八拍》，就很难表现出文姬那种特殊的经历所造成的内心不可遏抑的悲愤和绞肠滴血般的痛苦。但是史剧家为了让观众听懂，在引用时就采取了三种不同的处理办法：一是将古诗译成白话；二是通过剧中他人之口对所引古诗逐句解释；三是改换一些与今不通的词汇，并通过蔡文姬的自叙，使观众领会诗的内容和情绪，从形象上加以解释。

汪钺的《岳飞》第四幕朱仙镇决战前岳飞的誓词：

> ……靖康以来，金虏以强欺我，以力压我，以和议佐攻战，屡毁盟约，背信弃义，我十万锦绣河山，任凭敌骑践踏，堂堂大宋臣民，横遭金虏欺侮。我人心不泯，士卒思奋，千百豪杰，高举义旗。

文白相间，也是铿锵有力，撼人心魄。特别是《关汉卿》第八场的曲词《双飞蝶》，可算是全剧的主题歌，何等悲壮激越！煽情到了极致，将气氛渲染推向了顶峰，没有丝毫畏惧，没有半点哀伤，豪迈壮丽，气贯长虹，虽表达了爱情应有的绵绵情话，但在非常时刻，铁板铜琶，强胜那绣户娇语，既表现出关、朱坚持斗争的精神品格，也抒发了他们之间的生死恋情，其中用的就是亦古亦今、化古为今的独特语言，生动感人，堪称绝唱。

其次，通过人物的对话或抒情性的独白，曲折入微地表现出特定历史场景中人物的个性特征、错综复杂的内心活动以及人物之间的关系。如第四幕描写勾践在月夜的竹阁外徘徊沉思的大段抒情独白，从勾践痛苦地回忆他的祖先大禹治水所创立的丰功伟绩和会稽这个光灿灿的名字起，转入他继位后的“骄傲盈满，不知养民”的满腔悔恨，最后，从回忆过去转向了现实，使他咀嚼了这一天吴兵拆城、抢牛、搜剑，民受苦、君受辱的苦果，进行了深切的自我谴责。这段独白，不仅细腻地刻画了勾践感怀今昔的内心活动，也曲折地映射出勾践与范蠡、文种之间复杂微妙的关系，同时伴随着更锣和木柝声，从王孙雄楼台里传来的吴歌声，以及轰隆作响的城门倒塌声，这些都像是打在勾践心上的一鞭一道的殷红的血痕，更增强了勾践内心的极度悲愤。苦成殉剑后，勾践望着苦成献的胆所作的诵白，转而激励了他要赢得千古胜负的坚强意志，引起了一腔欢悦的情怀。在各式各样的美妙声音的鼓舞下，他激动地在月下舞起剑来。作者正是巧妙地把音响效果、诗意氛围、抒情语言和人物动作紧密结合在一起，用以刻画勾践从深夜到黎明的内心活动及其变化发展，凸现人物的性格特征，增强了艺术感染的力量。

《文成公主》第八场，支·塞乳恭顿等破坏和亲的阴谋败露后，文成公主站在怒江岸边的山岩上，面对汹涌的江流的一段独白：

> 多急的江流，多可怕的江声啊！这真是名不虚传的怒江啊！怒江，你怒的是谁呢？是文成吗？是我这万里远嫁没有能完成父皇重托的女子吗？不，倘真有江神，就该谴责那些残暴、好战、颠倒是非的小人。他们是多么混淆黑白啊！他们把璞玉

说成顽石，把香兰说成粪草，把父皇睦邻怀远的圣意说成诡谋，把文成利乐吐蕃人民的宏愿说成欺妄。怒江啊，用你滔滔的巨流，把这些奸恶的心肠给冲洗干净吧！

这段独白充分表达了公主内心的矛盾、抑郁和愤怒之情，生动可感。《蔡文姬》第三幕，文姬夜来在父亲墓前的独白更是深切感人，堪称经典。还有《汤显祖》第五幕“墓前惊梦”中汤显祖的独白，将汤显祖复杂多感、矛盾交集的内心世界尽情展现出来。包括《关汉卿》《武则天》《西门豹》《岳云》《岳飞》《天京风雨》《解忧》等剧对此均有极为成功的运用。

第三，追求历史人物语言的动作性。《解忧》第一幕写解忧公主和亲途中来到天山脚下，望着巍峨的天山的一段独白：

多么雄伟呀！天山，多么辽阔呀！大地，你给人的是什么呀？是力量！还是无穷无尽的苦难和忧伤？（走到河边，看到一朵小小的野花，把它掐下来，玩赏着）花呀！花呀！你够多么微小呀，你够多么嫩弱呀！为什么你不能开得更茂盛一些，更鲜艳一些，更顽强一些呢？难道你遇到一点风沙、一点霜雪就枯萎吗？不！你不能枯萎，你不能退缩，你要开！你一定要开！你要开遍田野，开遍山河，开遍大地。风让它吹，雨让它打，严霜酷雪让它任意侵凌吧！我要开！我要开！（走到桥头，看着流水）看！水流得够多么快，多么急，多么地平平稳稳，看！水往东流哪！一去不复返了。花呀，花呀，你这朵无依无靠的花呀！只要我这么一扔，你就会走了，你就会往东流走啦。流

到遥远，遥远，你就再也不会回到这儿来了。（才要扔，但又）

不！不！你不能走，你应该在这儿，应该在这儿……

这段独白既有浓郁的抒情味，又有强烈的动作性，通过不惧风雨狂沙和严霜酷雪的一朵小小的野花，象征着公主从一位柔弱的宫廷少女的性格转而日益坚强，抒发出她为完成和亲使命的不屈意志和坚定信心。

曹禺在《胆剑篇》中，往往运用寥寥数语，甚至片言只语，便能勾画出人物错综复杂的内心活动，展示出隐藏在语言背后的人物对立的意愿、意图或意志，具有丰富的潜台词。如第五幕夫差北上会盟前，到越国与勾践会猎的一场戏，他们两人的对话就富有强烈的动作性。一个是借会猎为名，要到越国勘察虚实；一个为了争取战机，不得不虚与委蛇。因之，夫差的语言是咄咄逼人，锋棱毕现；勾践的语言则是处处克制，深藏若虚，在表面谦虚的纱幕下，掩藏着重重杀机，闪射出刀光剑影。这场对话，实际上是一场斗机智、比策略的攻心战。夫差和勾践一碰面，夫差就意味深长地说："姑苏一别二十年了。"向勾践敲起了警钟，提醒他不要忘记过去的教训。勾践自然心领意会，赶紧表示："获释返国后，一直战战兢兢，侍奉吴国，不敢怠慢。"夫差仍不肯放松，又逼紧一步说："你不忘本就好，吴越一水之隔，朝发可以夕至啊！"语意双关，弦外之音，饱含着逼人的威胁。在勾践假作恭顺下，夫差由于没有能抓住勾践破绽，便更逼紧一步，要和勾践成为儿女亲家，对他进行突然袭击。勾践听了先是猝然一惊，沉吟不语，只吐出一个字："这……"但是，在他沉吟吐字的一刹那，完全可以想见其愤怒的内心正汹涌着万千的思绪，具有丰富的潜台词，当勾践忍痛表示允婚后，不料夫差又攻其不意，突然提出当天便要将勾践之女带回姑苏成亲。

作者这里妙在通过勾践握断玉圭的外在动作，借助于断圭，曲折入微地刻画了勾践万语千言难以表述的内心冲突。他最后忍痛说出的“好吧”这两个字，是他内心凝结的极度悲愤的回声，具有强烈的动作性、巨大的感情容量和丰富的潜台词。

第四，注重人物语言的性格化。《天京风雨》第六场，洪秀全面对岌岌可危、苦苦支撑的太平天国，急需用人之际竟无人可信，无人可用，他所信任的李秀成又是那样的敢作敢为，桀骜不驯，太过能干，流言蜚语不断，当年生死与共的战友，或战死，或出走，或背叛，一个个离他而去，此时此刻的长篇独白：

> ……而今，天朝大业，危在旦夕，而朝廷内外，人心不齐，愁肠百结，不得解脱，妖祸猖獗，不得扑灭。问苍穹，乌云密布，呼东柳，无声叹息，同胞兄弟，相对而泣……！

充分刻画出洪秀全优柔寡断、善感多疑、身处高位、苦闷无奈、面对危局、不甘失败的内心世界和性格特征。《神拳》中高秀才的语言极为生动地刻画出一个活跃在中国民间的有文才、有骨气、又有点迂腐的落魄文人的性格特征。面对西方列强对中国的侵略与掠夺，他说道：

> 难言哉！难言哉！连我这有功名的人都快吃不上饭喽！咱们是天朝，有金山银库，可架不住一轮船一轮船的，一火车一火车的，运了走，运到外洋去，洋人肥而华人瘦矣！天朝云乎哉！天朝云乎哉！
>
> 堂堂中华上邦，物华天宝，人杰地灵，读孔孟之书，明周

公之礼！到现在，竟自屈膝自卑，叫外来的居上，是可忍，孰不可忍！

等等，强烈的爱国之情与内心的不满溢于言表，语言又极为符合他的身份。《胆剑篇》在这一方面的成就也很高，第二幕写勾践在吴宫石室养马之年，强忍心中的怒火与焦虑，面对王孙雄当着各国使臣骄傲地耻笑越国君臣，他几乎压抑不住心中的躁怒，止不住在石墩上猛抽着马鞭，高呼“我为什么受这样的屈辱啊！难道我能长此忍受下去吗？我被囚在石室，让这些鸡狗猴子观看赏玩，成为笑柄，这给祖宗添了多少耻辱啊！”充分展示出勾践倔强的个性虽经几年磨炼，仍然是锋芒毕露，但在范蠡的劝谏下，又慢慢有所憬悟，很好地刻画出勾践坚韧不屈的性格及其变化发展的过程。第三幕写他回国后急于收拾民心，用吴国的白米赈济灾荒，不料却受到苦成的指责、文种的批评，他皱着眉头，独自沉吟：“人真是难用啊！正直能干的往往不驯顺，不驯顺！”很好地揭示出一个王国统治者的性格中褊狭、猜忌、不能容人的一面，表现出他性格的复杂性。

三　曹禺：在语言的探索中回归自我

《胆剑篇》这部史剧倾注了曹禺大量的心血，同年10月上演后受到了广泛的欢迎，1962年1月的《文艺报》辟专栏笔谈这部作品，对它的艺术成就进行充分肯定。但到了12月17日，在为准备“广州会议”而在京召开的剧作家座谈会上，曹禺听到了真正让他感慨，也说中他心坎的批评。一直比较关心曹禺戏剧创作的周恩来总理在会上特别指

出 :"《胆剑篇》有它的好处，主要方面是成功的，但我没有那样受感动。作者好像受了某种束缚，是新的迷信所造成的。"[1]

作为权威话语拥有者的周恩来总理对《胆剑篇》一剧提出这样的批评意见在当时是颇为耐人寻味的，周总理早年积极从事戏剧运动，长期关注党的戏剧事业，可以说是真正的戏剧内行。还有，他与曹禺同为南开中学的同学，长期关心曹禺后来的戏剧创作，对曹禺创作特征、个性、风格等了解颇深，把握亦准，所以说，他对《胆剑篇》的评价是颇为准确、中肯的，这一点已为学术界所公认。其实，在当年数以百计的"卧薪尝胆"题材的戏剧作品中，《胆剑篇》无疑是最为成功的一部，实际上能够流传至今，仍能为人们记取的也仅有这部作品了。1961 年 12 月，茅盾先生还曾撰写了一篇长达 8 万余字的文章《关于历史和历史剧——从〈卧薪尝胆〉的许多不同剧本说起》,对《胆剑篇》进行了较为全面的分析与考证，并给予了充分的肯定，即无论是在主题提炼、人物刻画，还是在剧作结构上都达到了很高的艺术水准。但上述三方面的努力与成就并不能代表曹禺的创作风格有了多大新的发展，因为曹禺长期形成的创作风格与创作个性在《胆剑篇》中并未得到较为全面的复归甚至发展，我认为这才是令周总理"不那么感动"的主要原因。

《胆剑篇》真正取得成功的探索是来自它极为独特的语言描写和对历史剧语言创作规范的建构，史剧家被压抑已久的内在"自我"通过杰出的语言艺术得到了一定的复归。因为"优秀的作品总是以其具有复杂的语气而显得突出，但它必定奏响一个唯一必不可少的贯穿始终

[1] 文化部文学艺术研究院编 :《周恩来论文艺》，人民文学出版社 1979 年版，第 107 页。

的、和谐的音响和声调，那种跟创作构思相适应的叙述基调。无论叙述、描写、对话、抒情、议论，都在这种基调中进行，使作品的每一行语句都响彻作家‘自己的声音’”[1]。因为作品的语言体系中是否形成一个统一的、独特的基调，是作家风格成熟与否的重要标志。因此，著名导演丹钦科强调："在一个好剧本里，经常总是洋溢着作者个人的语气。如果没有这种语气就说明作者没有才华。"[2]作品的语言、格调、音色是作家个人气质在审美对象上的情绪投影，感情是通过韵律来表达的，作品基调的不同便体现出不同作者内在气质上的差异。“曹禺的审美情感、审美感受和诗人气质，决定了他对描写对象所采取的审美态度，让自己的整个故事、全体人物在那种富有传情力、审美感染力的语言基调氛围中活动、展开。那是一种充满了悲愤与炽热的激情又带着深沉压抑的忧郁的语调，语气中散发出焦灼、痛苦、矛盾心理情绪的浓郁信息。然而情感信息又不是直接喷射、倾泻出来的，像郭沫若的戏剧语言那样，而总是转几个弯，绕着圈，曲曲折折地表达出来的。人物说着此话想着彼事，语言中暗示出来的要比表面说出来的，具有含蓄不尽的意蕴，浓郁激荡的情感。语言基调的范围还扩大到人物表达思想、感情的种种方式和言语词汇的选择、句法结构的安排乃至语言内在的韵律节奏的调谐。它们是如此鲜明地奏起一片和谐的声调，回荡着一种共同的语调、节奏、旋律。”[3]曹禺本质上是一位诗人，他的诗的笔调所形成的语言的旋律、音色同样流露在其他人物的语气中，

---

[1] 朱栋霖、王文英：《戏剧美学》，江苏文艺出版社1991年版，第226、227页。

[2] 赫拉普钦科：《作者的创作个性与文学的发展》，上海人民出版社编译室译，上海译文出版社1982年版，第145页。

[3] 朱栋霖、王文英：《戏剧美学》，江苏文艺出版社1991年版，第226、227页。

而性格化的人物语言又各有各的色彩、音调、风姿及表情达意的方式，色彩缤纷，八音鸣奏，这一切构成了呈现出染有曹禺审美情感气质的个人基调，形成了鲜明的语言风格，这在《胆剑篇》中得到一定程度的体现，充分展示出曹禺在继承民族传统基础上的语言艺术独创性的成就，也与他1920、1930年代话剧的语言风格及其不断追求发展是保持一致的，因而，可以说通过语言的追求，曹禺回归了自我。

难能可贵的是曹禺以《胆剑篇》这一历史剧的初试啼声之作，为17年历史剧的语言规范提供了具体实践的成功范例。历史剧创作应具有怎样的语言规范，对这一问题的思考与探索从1920年代即已开始，并延续到1940年代中后期，许多史剧家或评论家还提出了很多颇为中肯也很有见地的观点，但不可否认的是，除了郭沫若的抗战六剧，真正成功的创作实践实在少之又少，且郭沫若抗战六剧的语言也有抒情性太过强烈的个人化色彩，很难为其他史剧家们借鉴学习，可见说的和做的并不是一回事，而《胆剑篇》在广泛收集、阅读并深入领会有关史料的基础上，从故事发生的时代出发，准确掌握了古代人物语言的组织结构、修辞方法和表情达意的方式，采用本书中的语言形式，形成了独特的“历史/现代”的语言形态系统。这是曹禺在继承和发展自己业已形成的语言特色的基础上，结合历史剧的特点加以熔铸而创造的新的语言风格，为以后的历史剧创作在语言运用上提供了成功的启示和很好的范式，对此，曹禺曾作了这样的自我肯定：“我采用了半文半白的语言，在对话中夹杂了大量文言，以赋予这个剧一种历史色彩。……我认为这是我写得比较好的一个剧本，即使到现在它也经住了时间的考验。”[1]应当说作者的这个自我评价是比较确当的。

不过，对一位在戏剧创作领域已形成整体风格与个性的戏剧家来说，仅在语言上的回归并加以创造发展显然是不够的。曹禺解放后的三部话剧在整体水平上与自己解放前的那些名剧相比，显然有着巨大的落差。那么，曹禺为什么不能实现整体的回归与超越呢？况且1949年，曹禺才39岁，正值风华正茂的创作盛年。原因当然是多方面的。“曹禺创作个性的失落则反映出艺术家面临被政治强行介入的困境与悲剧。”[2]解放后左倾思潮的渐趋泛滥，使得戏剧家们不约而同地走上了一条简单化的、非艺术的道路，特别是对于从旧时代走过来的知识分子来说，思想文化界每一次对他人的批判，就如同自己受到了一次严厉的警告和批评，从而不断地否定自己，其结果是自我的不断丧失。《明朗的天》一剧最后让凌士湘大彻大悟说：“我一辈子对科学的认识，就跟他（指美帝特务贾克逊）一样。……三十年来我辛辛苦苦走的路也跟他一样，……那我就等于瞎了眼睛，在黑暗里工作了三十年！”他大喊：“我们臭了！我们这种专家臭透了！人民看我们发了霉了！人民就不要我们了！我现在痛苦极了。到了今天，我们还能糊涂么？这些年在这个医学院学了些什么呀！我们脑子里装的是什么呀！”通过剧中人之口对知识分子的过去作了粗暴简单的否定。生活中的曹禺也是如此。从1950年10月发表在《文艺报》三卷一期的《我对今后创作的初步认识》、1951年为开明书店《曹禺选集》所写的《序言》和对旧作的大幅度修改情况看来，曹禺对自己过去的剧作表示了不满与否定，并且表示要按照社会学、政治学的理论分析来进行创造。在1957年的反右运动中，他甚至发表了这样的文章：《质问吴祖光》《吴

[1] [德]乌韦·克劳特：《戏剧家曹禺》，《人物》1981年第4期。
[2] 朱栋霖、王文英：《戏剧美学》，江苏文艺出版社1991年版，第232页。

祖光向我们摸出刀来了》《灵魂的蛀虫》《斥评洋奴政客萧乾》……单是这些文章的标题就够吓人一跳的了，哪里还谈得上“自我”的存在空间。他建国后创作的三部话剧均是领导出题目、作家出技巧的主题先行的产物。只是由于史剧家对卧薪尝胆类题材有着较为强烈的现实感受，且能与领导的较为宽泛的指示精神相契合，所以，相对而言，《胆剑篇》较为成功。即使如此，“理胜于情”的问题依然存在，这就是从第三幕开始，苦成——作家为了表现“人民是历史的创造者”这一理念而虚构的人物进入了全剧的中心位置，导致勾践的性格发展失去了原本连贯的内在推动力，这正是作家创作指导思想犹豫的体现，一个情感型的剧作家由此陷入了“理胜于情”的困境，受到了“新的迷信”的束缚。其实，这也是17年中许多现代剧作家面对的共同问题。这说明权威话语及时代流行的创作范式留给史剧家们施展的空间已极为有限，但语言上的探索尚不会触犯当时的各种创作禁忌。这就是史剧《胆剑篇》仅在语言上取得较大成功的主要原因。对“理胜于情”这一问题，其实早在1962年广州会议期间曹禺即已有所认识，但却无法摆脱，以至于后来创作的历史剧《王昭君》依然存在同样的问题，也仅在语言上取得了一定的成功。

第二节 以宣传说教型为主的史剧语言

尽管17年历史剧的语言取得了较高的艺术成就，许多史剧既达到了郭沫若所说的原则性要求，更达到了审美性的高度，但不可否认的是在宣传说教型、情绪宣泄型和动作性格型这三种语言形态中，宣传说教型占了绝大多数。

一　动作—性格型和情绪宣泄型史剧语言

动作—性格型语言是一种符合话剧包括历史剧特性和标准的语言形态，它既具备推动剧情发展、揭示人物性格和深化人物内心世界的突出功能，又具有强烈的动作性，同时还能始终表征着历史人物生动鲜明的性格特征。这在上文已充分论及，这里不再重复，需说明的是在17年历史剧的动作—性格型语言中，有些史剧家会自觉不自觉地加进一些游离于剧情和性格刻画的政治议论，在《战斗中血的友谊》中，艾买提遭叛徒塔吉暗算，被打了黑枪，临牺牲前，他安慰一道起义的弟兄们："我不过是大树上的一个树枝，树枝断了，大树还在嘛！"他把小哈米提叫到身边说："要记住我们的血海深仇，要记住老赵的话：'敌人永远就是敌人！'"最后他又抓住李孝和依明的手，让他们紧紧握在一起，并说："我们维汉两族弟兄的友谊是在战斗中用鲜血结成的，永远不要分开！"这最后的话其实就是史剧家想要表达的主题，是一种政治议论，明显超越了艾买提所生活的时代和他的性格。

在《岳飞》一剧中，总体而言，岳飞的语言是属于动作—性格型的，全剧最后岳飞被逼饮毒酒前的一段独白极为感人，充分表达了他对老师、对母亲的思念，对自己壮志未酬的不平和愤懑，到此，感情表达已到了顶点，但史剧家却插入了一段对作为人民代表的梁大伯和梁金凤的寄托厚望的话：

我看得见，荒烟以外，胡尘蔽日，你的火把掌起来了，遍地烽火燃起来了。河东河北的忠义兄弟，还在太行纵马，燕云挥鞭，你们的英名，必将永垂青史，……

剧中写到当岳飞一口饮下毒酒，扔掉酒杯后，“随着扔掉的酒杯：浓烟翻滚，火光四起。闸栅上的大铁锁，‘咔嚓’一声，坠落地下。四堵狱墙，瞬间化为乌有。红光满天。梁大伯执着岳飞亲书‘还我河山’的大旗，各个忠义将士围在大旗四周，组成了一座壮丽的‘雕塑’。‘满江红’歌声随起。”这与上文悲凉凄婉的语境明显不相协调，这是因为史剧家要让读者和观众看到人民的力量。《解忧》中写解忧在战斗间隙为翁归靡缝补战袍时唱道：

鹏飞万里啊翼搏氤氲/区区黄鹤啊焉知我心/踏破了关山月冷/听惯了战鼓音沉/赴汤蹈火偿我生平愿/履险如夷感君情义深/这一针这一线缝的是江山似锦/这一丝这一缕联着万民心/看红颜翠袖补天手/问古往今来有几人。

后半段明显有流行的政治观念的影响。上述现象在一定程度上会破坏整个剧作语言系统内部审美风格的协调统一，但总体而言尚不足以妨碍其总体上的成功。

情绪宣泄型语言在浪漫主义或抒情性、情绪性较强的史剧中使用较多。所谓情绪是指主体在自己所生活的外部现实世界和内部精神世界的感受、感应和体验基础上所产生的兴奋心理状态，情绪宣泄型语言就是对这种兴奋心理的主观宣泄，它可分为普遍性意义和仅具政治含义的两种，17 年历史剧中的大多属于后者。如《西门豹》对贪官群丑的斥责："你们表面上熏香文饰，骨髓里可比虎豹更贪，比狼更狠，比蛇更毒。你们假仁义道德之名，行阴谋诡诈之实，妄想一手遮天，维护过去的淫威。可是日月运转，你们的时间、过去了，回光、只能是返照啊。"《蔡文姬》中蔡文姬对曹操的自我表白："我要控制我自己，要乐以天下，忧以天下。""我完全变成了一个新人。"《天京风雨》中洪秀全的内心独白：

> 风啊，你吹罢！任凭你狂呼暴啸，也吹不散我胸中的重重疑云……！雨啊，你快下罢！任凭你急骤滂沱，也洗不尽我心头的阵阵愁闷……！
>
> 说到今日的李秀成，如若平心而论，其才可爱，其志可敬，其勇可佩，其忠可信！可是我若把今日天朝的军政大权一起托付于他，那他又将会怎样？合朝上下又将会怎样……？东柳（指杨秀清）啊！你自己……不是也可以作为明证么？！

还有《神拳》的"吐了一口气"，《文成公主》和《解忧》对民族团结的强烈期冀，《胆剑篇》中苦成老人的语言和勾践面对"苦胆"的大段抒情，《岳飞》中梁大伯的话，等等，均属于此。这种政治表述由于是通过具有史剧家强烈个人色彩的情绪性语言实现的，所以它与直接引述流行政治术语的宣传说教型语言有着本质差异，避免了因赤裸裸的政治说教而导致语言的僵硬和枯燥。

二　普遍采用政治性语汇

宣传说教型语言是泛政治化创作语境中权威或主流意识形态话语对历史剧语言的影响达到极致或极端的表现。它通过这种语言向读者或观众发送政治宣传与政治批判的信息，其特征有三：（一）以流行的政治意识形态语言来代替历史剧的语言；（二）不惜采用大段脱离剧情发展和性格刻画的人物语言来讨论政治问题；（三）剧中人大都以群体的身份发言，或作为某一群体的代言人身份出现在史剧中。这种现象并不始于17年，早在1930、1940年代的史剧中已有运用，其重心并不在于推动剧情发展和揭示人物性格，也不源于人物的内心，而是出于政治主题先行或历史观念预设，它的思维模式与表达方式在政治功能范围内其实与政治操作者的思维模式是一致的。人物成了新历史观念的代言人或传声筒，如《蔡文姬》一剧中曹操的语言及他人对曹操的颂扬，《武则天》中武则天的许多自我表白："为了天下的长治久安，我不能有一刻的偷闲。……我要为老百姓做点事。……要使天下的人都能够安居乐业，过太平的日子，这是我日日夜夜所想办到的事。""我只知道爱天下的百姓，毫不顾恤自己的身子。""大家要知道，天下的众百姓才是天下的主人。……我们要使普天下的人都能够安居乐业，长享太平……" 很难想象一千多年前的封建皇帝会说出这样的话。史剧还通过上官婉儿之口一再赞美她："天下的事情这么多，国家大事全要靠天后陛下处理，她连吃饭睡觉的时间都是节省着的。""老百姓的家里，她都可以去访问，问寒问暖，劝耕劝织。她一心一意在替老百姓做事，对于自己的身体是全不顾恤的。" 以这些语言歌颂她的政绩。另外，还表达了老百姓对她的爱戴："天下的老百姓不都在说她好吗？天下的老百姓都在过着太平的日子，大家丰衣足食，人兴财旺，这比太宗皇帝在位时的贞观年间要富庶得多了。""谁能使老百姓过好日子，老百姓就会爱戴他。"

史剧家通过这些直白的语言告诉观众：武则天是一位时刻为百姓着想，一切从百姓利益出发，毫不顾恤自己身子，日夜为百姓辛苦操劳，既有一定民本思想，又能联系群众，具有优良作风的伟大政治家。在她的治下，人民群众丰衣足食、安居乐业，真是太平盛世，等等。至此，观众不禁会问，武则天真是这样的人吗？无怪乎江苏淮阴专区某剧团据此剧本改编为淮剧在沭阳县演出时，有些群众说："啊呀！武则天倒和共产党的干部一样了！"[1]《郑成功》一剧中郑成功竟 7 次重复"台湾是中国领土不可分割的一部分。"《詹天佑》（王本）中詹天佑说修京张铁路是"为中华民族争光，长中国人的志气"的话不少于 6 次，还有《1904 年的枪声》《甲午海战》等剧中对西方列强侵略本性的揭露和对中国人民反抗精神的歌颂，《胆剑篇》《岳飞》《甲午海战》等剧中作为人民的代表与象征的"苦成""梁大伯""李大爷"等的语言，可谓是对权威话语所建构的新的历史观念的直接阐述，几乎未加提炼和转化。而且，17 年史剧中大多数的语言受到了这种语言模式的渗透与影响，不同程度地流露出这种特征。

这种现象说明，17 年历史剧在语言上因背负过重的政治功能或因创作主体对权力话语的充分认同，普遍采用政治性语汇和政治陈述性句式，而导致了自身文学性的减弱，而作为外在于剧情自身发展需要

[1] 白坚：《评历史剧〈武则天〉——兼谈为武则天翻案问题》，《陕西师大学报》1983 年第 3 期。

以及人物性格展示的这种语言模式，自然也是游离于话剧文学语言的动作性、性格化和诗化并以动作性为主的追求的。这不仅造成17年历史剧语言的程式化、雷同化、说教化，三种语言模式的严重失衡也造成了历史剧自身的公式化、概念化，极大地影响了它经典化的进程。

■

第七章

17 年历史剧创作话语价值论

■

在我们业已考察过的意蕴、文体、结构、人物、语言等方面，我们可以看到 17 年历史剧创作话语呈现出一种极为复杂的状态。事实上，长期以来，学术界对 17 年历史剧的价值衡估也呈现出一种较为复杂的状态，或褒或贬，莫衷一是。如有人认为，17 年中“除《茶馆》《关汉卿》之外，几乎没有值得一提的好戏”[1]，几近一概否定。也有人认为，1950 年代末、1960 年代初，“作家们看到了社会中潜藏有某种危机，并对新出现的危机无法做出正面的解释而感到某种困惑，他们也试图用自己的创作来提请社会的注意，但又对这种思想是否宜于表达而产生怀疑。在这种矛盾心情的支配下，许多作家把笔触伸向了历史题材。

[1] 董健、马俊山：《戏剧艺术十五讲》，北京大学出版社 2004 年版，第 331 页。

这是 1960 年代初整个文坛出现的历史题材热的内在原因之一。”[1]“是以历史题材回应现实的一种艺术探索。”[2]“他们这样做，不仅是为了画出传统的影像，同时也是为了间接地提出现实中的问题”[3]等等，充分肯定其思想价值。

1999 年，德国海德堡大学的瓦格纳教授应邀来北京大学讲学，在与洪子诚教授谈到 17 年的历史剧时，他提出有两条不同的线索：一条是以郭沫若为代表的，就是一种配合政治的、配合主流意识形态的、歌颂性的历史剧，比如《蔡文姬》《武则天》，这都是一些“翻案”的戏，是配合当时形势的作品。他认为当代历史剧还存在另一条线索，这条线索和前面的一条构成“对抗”的关系，是以田汉、孟超、吴晗为代表的，作品有吴晗的《海瑞罢官》、孟超的《李慧娘》、田汉的《谢瑶环》，还有田汉写于 1958 年的《关汉卿》，认为这些作品是与当时的政治进行对抗。[4]亦即 17 年的历史剧中存在着“主流”与“非主流”或“主流”与“异端”这两条线索，两者之间是一种对抗的关系。所谓“非主流文学”是指一些有意或无意地偏离、摆脱甚至对抗主流意识形态或文艺规范的创作实践或文学主张。但我并不认同瓦格纳先生将 17 年历史剧泾渭分明地分为相互对立的两组作品。事实上，即便是在配合政治宣传、属于“主流”文学范畴的历史剧中，往往也自觉或不自觉地潜隐着或折射出史剧家的个人话语或内心的矛盾状态，流露出某些潜在

[1] 熊忠武：《思想倾向与艺术风格：从一种视角对 17 年文学演变的考察》，《培训与研究——湖北教育学院学报》2002 年第 1 期。

[2] 陈晓明主编：《现代性与中国当代文学转型》，云南人民出版社 2003 年版，第 177 页。

[3] [美] 爱德华 · M. 冈恩：《二十世纪的中国戏剧》，尹慧珉译，《中外文学研究参考》1985 年第 3 期。

[4] 洪子诚：《问题与方法——中国当代文学史研究讲稿》，三联书店 2002 年版，第 84 页。

的欲望或不满情绪。而在所谓的“异质”的“非主流”的历史剧作品中，时代政治风雨的侵蚀也很明显。可见对它的价值衡估绝不能仅作简单化的褒贬，它需要我们回到特定的创作语境之中，以一种科学的历史主义精神，在对 17 年历史剧创作的发展历程、作家作品的构成等进行全面、深入、仔细梳理的基础上，做出全面准确的评价，努力追寻其思想认识的意义、艺术审美的特征及文学史上的地位，从而为其进行科学的定位，把握其话语形态的总体特征。我认为其价值主要体现在三个方面，即在承载着宣谕权威和主流意识形态话语功能的同时，还努力在历史的视野中重建启蒙话语，用生命感受历史，具有独特的艺术风格和民族化追求。

第一节 在历史中重建启蒙话语

1957 年上半年的以“写真实”和“干预生活”为口号的戏剧探索，即“第四种剧本”有两大主题：一是对新社会肌体中潜隐的或已显露的疾患和危机的揭示；二是在“觉醒”的、追求精神自由和个性发展的个人与“大众”及其所代表的体制化、规范化力量的摩擦与对抗中，凸显“个体”孤立无援的处境及“启蒙者”在特定时期的悲剧性命运。简而言之，就是追求文学上批判精神的合理性和对个体价值、个体精神自由的信仰，努力赓续开始于“五四”时期的启蒙话语。但随着 1957 年反右运动的全面展开以及对“启蒙者”们的打击与批判，“第四种剧本”中的个人思想与精神的“独立性”、戏剧创造的“自主性”以及人的生活与精神上的"个人空间"不断遭到挤压、破坏直至被取消。一批曾接受了"五四"启蒙思想传统的现代剧作家们在泛政治化创作语境下受到的种种压抑，使他们在潜意识深处形成了一种渴望升华的"政治无意识"，他们不甘心放弃自己长期追求和使用的启蒙话语，创作历史剧便成了他们共同选择的一种象征行为，即借历史剧这一极具意识形态性的艺术形式，重建因反右和"大跃进"等造成断裂的启蒙话语，释放自己的"政治无意识"。具体内容包括：借历史"干预生活"，对"人"与"自我"的关注与呼唤。其中有许多内容并不一定是出自史剧家的自觉意识，往往是一种无意识的流露，或者是读者和观众的发现，但亦属难能可贵。

一 借历史"干预生活"

1950 年代末至 1960 年代初，新中国戏剧舞台涌起的这一股历史剧创作热潮，其发生的原因极为复杂，陈顺馨认为是"由于一批后来一一被打成'牛鬼蛇神'的政治家 / 文人，尝试以另一种方式向'时代'或'现实'发言。甚至协助政府，以历史剧'激励斗争'，教育群众奋发图强、共度时艰"。[1] 即反右运动使现代剧作家们难以直接表现对现实生活的认识，因此，"历史"成为一种既可以避免与现实正面冲突，又可以颠来倒去的文化资源。事实上，有许多史剧潜隐着史剧家们一种"干预生活"的愿望。

曹禺便在《胆剑篇》中反复强调一种"天高听卑"的思想，亦即

[1] 陈顺馨：《1962：夹缝中的生存》，山东教育出版社 2002 年版，第 31 页。

作为帝王将相的人物，只有具备了敢于和肯于听取“卑下”的人民群众的呼声，时刻记住人民的要求，才能振兴国家；反之，如果好大喜功、骄横跋扈，即使打得天下，也难以长存。还有勾践不满意范蠡和文种的过分能干，文种的耿直使他感到“不驯顺”，范蠡的才智时常使他有“难驾驭，不能长久居人下”的担忧，这些描写同样令人深思。徐迟在《郭沫若、屈原和蔡文姬》一文中提出：“《蔡文姬》这个历史戏，触及了更深刻的政治内容。”他不认为郭沫若是凭一时灵感写出这个戏剧的，“我们完全可以设想他是有所指而写《蔡文姬》的”。“我们已进入社会主义社会，但是封建社会的残余还在。光明的新中国，是在半封建的旧中国的废墟上建立起来的。……谗言、诬陷，令人心悸，至今心有余悸的也还是这个：‘畏谗忧讥’。《蔡文姬》剧本中的戏剧契机，可以说是一个政治的契机。《蔡文姬》这个剧本的社会意义、现实意义，就在其中了。”[1]该剧将对曹操的翻案与歌颂集中体现和落实在曹操发展祖国文化及其贡献上，这是有一定道理，也是基本符合历史史实的，特别是影响深远的建安文学就是以曹氏父子为骨干形成的，剧中描写的“芳华”景象，也基本反映了东汉末年曹操统一北方以后的社会状况，文姬归汉也史有其事。史剧家的这种主题选择内在潜隐的便是对当代文化发展的良好态势，经 1957 年反右和 1958 年“大跃进”之后遭到重创的内心的深深忧虑和对领袖应重视和发展文化事业的强烈期冀。《武则天》一剧为我们塑造出了一个开明女皇的形象，着重突出她的政治理想：“我要为天下的老百姓做点事，我要使天下有才能的人都能为天下的老百姓做点事。”撇开其真实性程度不说，史剧对武则天体察民情、

[1] 徐迟：《郭沫若、屈原和蔡文姬》，《剧本》1979 年第 1 期。

广开言路、知人善任，不论个人恩怨、胸怀宽广、重视人才，包括《蔡文姬》中对曹操知错立纠、平反冤狱、重视文化、尊重人才等的歌颂，明显寄托了史剧家们对“明君”的期待。“这些描写不能不说是在那个特定的历史背景下，作者对领袖的一种委婉的讽谏及热切的希望的表示。”[1]史剧中，武则天对“知识分子”上官婉儿的重用及对浪漫诗人骆宾王缺乏“器识”，思想糊涂、站错脚跟的批评、赦免与宽容及用其所长，均与1957年反右运动对知识分子的迫害并弃之不用形成了鲜明的对照，发人深省。在1950年代末“大搞阶段斗争（反右派）和路线斗争（批判‘彭德怀反党集团’），并以此为纲推进狂热的‘大跃进’的年代。文坛上泛起了为错误路线呐喊助阵的‘假大空’风气。这两部历史剧却发出了另一种热切的声音：珍惜人才，抓紧文化建设！‘以道德化天下’，让人民‘安居乐业’！这是非同一般的。”[2]

《天京风雨》则提出了如何保持革命队伍的团结问题：剧中所描写的太平天国内部的权力倾轧是如此的残酷激烈，正是因为无休止的内耗和争斗，才使原本轰轰烈烈、势如破竹的太平天国风雨飘摇，无人可用，这对现实的启示是何等的深刻。《楚汉春秋》一剧提出导致项羽失败的原因是轻视人才，也很有见地。师陀更是明确表明写《伐竹记》的目的就是“反对大男子主义，反对迷信，反对拍马”[3]，也有极强的现实针对性。

有人曾比较过1956至1957年“百花时代”的“干预生活”的

[1] 秦川：《郭沫若与中国三题——有关郭沫若的历史评价及相关问题》，《郭沫若学刊》2000年第2期。

[2] 吕家乡：《历史剧〈蔡文姬〉和〈武则天〉新解》，《文史哲》1993年第4期。

[3] 师陀：《从我的旧笔记而想起的及其他（代序）》，《山川·历史·人物》，上海文艺出版社1997年版，第9页。

作品与通过历史剧“干预生活”这两者之间的不同特点，发现最为明显的区别是作家背景的不同，即渴望并试图通过文学来推动社会变革的前者多属年轻一代作家，而历史剧的创作主体主要是一批在党政机关和文化机构内占有中心位置和拥有丰富人生阅历的老作家，“他们当年的焦虑、痛苦与不安的情绪，可能并不低于那批已经被打为‘右派’的年轻作家，然而，却不能跟他们一样率性地凭理想和感应来写作，不能随心所欲地‘揭露黑暗面’、‘干预生活’，而要更多地考虑形势、利益和策略。当然，相对年轻一代的‘敏锐的朝气’，这一批老作家显得老气或世故，也不排除他们在彭德怀事件后有明哲保身的倾向，但我们若能从文学形式的选择这个角度看，就不难发现两代人对文学如何更好地发挥政治功能，其实有着不同的看法，这也一定程度上决定了他们创作上的差异。”[1]所以前者采用特写、短篇小说等较直接的艺术形式，后者则选择了历史剧等，“试图通过重新编写历史故事把历史经验复活过来，即选择今人会产生共鸣的历史人物、关系和冲突，重新进行调动和安排，从而再评价他们的得与失、荣与辱，达到‘教育’人民的作用，成为老一代作家的选择。”[2]相比较而言，后者更能承载复杂的内涵，更适合作为史剧家们对现实发言的工具。“可以说，由于历史剧含义的隐晦性，或者说阐释的多义性，能有效地发挥‘讽喻’功能，为文学提供向现实政治说话的另一种形式。”[3]

---

[1] 陈顺馨：《1962：夹缝中的生存》，山东教育出版社2002年版，第33页。

[2] 同上。

[3] 同上。

二　对“人”与“自我”的关注与呼唤

新中国成立后，主流意识形态高扬阶级和阶级斗争理论，人性论和人道主义成为被批判的概念，将人性命题拱手让给资产阶级，文学表现人性就成为禁区。周扬在 1960 年第三次全国文代会上所做的报告《我国社会主义文学的道路》最具代表性："目前修正主义者在拼命鼓吹资产阶级人性论、资产阶级虚伪的人道主义，'人类之爱'和资产阶级和平主义等等谬论，来调和阶级对立，否定阶级斗争和革命，散布对帝国主义的幻想，以达到他们保持资本主义旧世界和破坏社会主义新世界的不可告人的目的。"报告虽然试图区分资产阶级人道主义和无产阶级人道主义，区分抽象人性论和马克思列宁主义人性论，但却否认历史上各种人道主义的共同点，也否认除了阶级性之外还有共同的人性，绝不给文学的人性主题以任何表现余地。此后，关于人性和人道主义的批判，便从思想问题上升到政治问题、敌我问题，从而导致这一主题在 17 年文学中的全面失落。

文学中人性的萎缩必然导致文学工具论的产生。“人在文学中很大程度上成为政治标本、阶级符号，成为传达政治思想、阶级路线的工具，而失去了‘人’作为社会关系总和的多重性、多样性、错综复杂性，失去了‘人’在文学中的‘独立’存在价值。”[1]于是，现实主义创作方法被丢弃了，戏剧人物脸谱化、概念化、类型化大量盛行，但在历史剧创作中却潜隐着史剧家们对“人”与“自我”关注和呼唤的话语，

[1] 张德祥：《现实主义当代流变史》，社会科学文献出版社 1997 年版，第 212 页。

它主要来自现代剧作家早已形成的政治无意识积淀，不过这一声音是很微弱的。

石凌鹤在《汤显祖》一剧中，舍弃了汤显祖思想中的“花花草草由人恋，生生死死随人愿，酸酸楚楚无人怨”的人生哲学，着力歌颂他一生虽为仕宦中人，却不贪不谄，疾恶如仇、刚正不阿、正直敢言的知识分子理想人格。全剧从他身为南京礼部主事，冒死上疏、弹劾太宰元戎写起，写他拼着不戴乌纱帽，也要为民除害，一生赤胆忠心却被贬谪，降任广东徐闻县典史添注。其实早在他身为考生之时，就不愿在利禄场中作攀援手。“当年岁在丁丑，张居正内定榜眼次子嗣修，为张扬儿子便罗致海内名流，邀显祖去走宰相门路，私许他三鼎甲独占鳌头；可是他不肯为狗尾续貂，是明珠怎肯向盘中走。大丈夫岂作人中狗，只落得才高落第，人称他不附权门的冷状头。”“是有骨气的男儿，端的世间少有。”“庚辰年他再会试京都，张相的三子又来利诱，他说：我岂如失身处女不知羞，入场前怒发冲冠连夜走，且由他魁星点斗，借毛驴驮载过卢沟。直等到张居正死后，方中进士，发放到留都。”[1]从广东徐闻升任遂昌县令又因秉公执法，得罪钦差矿税宦官曹金，被削去官籍，罢黜为民，永不录用。他一生仕途坎坷，屡屡获贬，但绝不放弃自己的人格与理想，终决意挂冠归乡，矢志创作，写出了名垂千古的“临川四梦”，可谓中国古代知识分子坚守“自我”，绝不与世俗和光同尘的典型。

美国学者爱德华·M.冈恩认为《关汉卿》一剧在“传达了封建制度和异族统治下老百姓生活的艰辛”这一必不可少的主题之外，还有

---

[1] 石凌鹤：《汤显祖剧作改译》，上海文艺出版社1982年版，第265–266页。

一个主题，其中心就是“艺术要说真话，要反对社会的不公。在《关汉卿》中，剧作家把窦娥冤解释为用汉代的故事批评元代的情况，这就很自然地引出如下的问题：是否可以认为田汉写《关汉卿》是借元代的故事以喻现在呢？”[1]所以陈思和先生认为：“田汉将关汉卿塑造为反抗黑暗势力的压迫、自觉为人民代言的英雄。……田汉塑造的‘关汉卿’这个人物，是应该当作身为‘剧作家’、‘作家’乃至‘知识分子’的田汉的一个理想化的自我描绘、自我认定来看待的，扩而言之，借助历史人物塑造这样一个理想化的英雄形象，实际上寄托了老左翼知识分子心目中的一种‘自我形象’、‘自我认同’与‘自我定位’。”[2]该剧借对知识分子坚守人格与操守的歌颂，以及对丧失人格操守的无耻文人叶和甫的批判，深蕴着史剧家对知识分子如何保持“自我”的关注与呼唤。它更像是一面镜子，史剧家将它置于1957年之后处于痛苦与矛盾境地的所有中国知识分子面前。

《神拳》中的高秀才虽显迂腐，但却始终不失正直爱国之心，为人善良厚道，积极投身义和团运动，以身体践行自己保家卫国的理想，身陷重围绝不投降，终战死沙场，以死报国，也是一个贫贱不能移的知识分子的代表。《西门豹》中西门豹秉公执法，正直忠诚，一心为民，屡被冤枉，但他绝不言弃，矢志不渝，终以一死警世人。这种对知识分子坚持自我理想、坚守人格节操的表现与歌颂，毫无疑问是有其强烈的现实意义的。

还有一些史剧通过对爱情、亲情的表现与描写彰显对“人”的关

[1] [美]爱德华·M. 冈恩：《二十世纪的中国戏剧》，尹慧珉译，《中外文学研究参考》1985年第3期。

[2] 陈思和主编：《中国当代文学史教程》，复旦大学出版社1999年版，第114-117页。

注。17 年文学中，回归爱情本体的爱情描写在现实生活题材中可以说是少之又少，几乎成了一个创作禁区，但在 17 年的史剧创作中却有少数作品在历史的视野下大胆触及这一题材禁区，写出了许多感人至深的爱情之歌。《关汉卿》中关汉卿与朱帘秀基于共同的理想与战斗精神而产生的爱情，生动自然，情真意切，感人肺腑。《汤显祖》一剧最为感人的当是汤显祖与两位红颜知己的真挚感情。扬州才女金凤钿因慕汤而成疾，最后又因汤而情死，年轻貌美的歌女小红甘愿牺牲自己最美好的年华陪伴已入垂老之境的汤显祖，一片痴心，忠贞不改。正如石凌鹤一首七律所言："千秋文苑风流客，玉茗堂前唱至情。"[1]汤显祖毕生讴歌的是"至情"，也真正得到了"至情"。《孟丽君》一剧对孟丽君与皇甫少华的爱情描写，《卓文君》一剧对卓文君爱情心理的揭示，《解忧》对解忧公主与翁归靡爱情产生过程的描写都做到了真切自然，细腻动人。

许多史剧还很重视对亲情的描写，《蔡文姬》第一幕通过对蔡文姬去留之间矛盾心理的描写，深切地展示出一位伟大母亲极为感人的母爱亲情。《岳云》一剧对岳飞一家父子、兄弟、兄妹、母子之间亲情的渲染，使主要人物的形象与性格更加丰满。《文成公主》中对公主面对陌生的雪域高原所产生的强烈的思乡之情的描绘也很是真切动人。

17 年历史剧创作中潜隐着的对"人"与"自我"关注与呼唤的话语在一定程度上折射出史剧家内心矛盾重重的状态，一方面是努力坚守，不愿放弃，另一方面又慑于权威话语的强大力量，不敢或不能明言说出，于是只有通过历史剧这种艺术形式或隐或显地加以寄寓，而

[1] 熊岩：《卅年作剧笔未辍 才情尽入弋阳腔——评石凌鹤建国后的戏剧创作》，《南昌大学学报》1996 年第 2 期。

他们的一些创作谈从另一个侧面印证了这一点。1993 年 3 月 10 日《文汇报》上发表的《新发现的郭沫若（致陈明远）书简》，充分流露出史剧家在特殊年代的苦恼心迹。晚年的老舍几度跃跃欲试，想要在创作上重返自我，找回自我，都惨遭迎头棒喝，他眼睁睁地看着自己为配合时政所写的大量东西，多已经成了或者肯定将要成为过眼烟云，他想写的希望能够也一定能够流传后世的作品，却被蛮不讲理地剥夺了创作权利，这是令他一想起来就撕心裂肺的事。在辞世之前大约 4 个月，他到香山脚下一条小山沟里，探望遭受了不公正待遇的老朋友、女作家王莹，老舍在安慰对方的同时，说到自己时，不禁感慨："我自己，在过去十几年中，也吃了不少亏，耽误了不少创作的时间，您是知道的，我在美国曾告诉过您，我已考虑成熟，计划回国后写以北京为背景的三部历史小说……可惜，这三部已有腹稿的书，恐怕永远不能运笔了！我可对您和谢先生（指谈话时在座的王莹丈夫谢和赓）说，这三部反映旧北京社会变迁、善恶、悲欢的小说，以后也永远无人能动笔了！"据谢和赓后来回忆："老舍先生说到这里，情绪激烈，热泪不禁夺眶而出。"[1]

晚年的曹禺回忆 1950 年代的戏剧创作时说到，他明知笔下人物的内心世界纠集着深刻的矛盾，但"在揭露这些人物的丑恶时心怀顾虑，不敢放手让人物生活在自己的生活里，让他们按照自己的发展规律去思想、行动，却由作家来支配、指使和限制他们，使他们过着四平八稳的生活"。"解放后，我和许多知识分子一样，是努力工作的。虽说组织上入了党，但是'资产阶级知识分子'这个帽子，实际上也是背

[1] 谢和赓：《老舍最后的作品》，《瞭望》1984 年第 39 期。

着的，实在叫人抬不起头来，透不过气来。这个帽子压得人怎么能畅所欲言地为社会主义创作呢？那时，也是心有顾虑啊！不只我，许多同志都是这样，深怕弄不好，就成为‘反党反社会主义的毒草’。”[1]这些话使我们深切地感受到特定时代严酷的政治形势给他们的心灵所造成的沉重压力，较之“百花时代”的干预生活，现代剧作家们所选择的历史剧创作在深度、广度，包括冲击力上可能均有所不及，但如果将作品置于特定的创作语境下，且已有大批“干预生活”的作家被划为右派这样的前车之鉴，他们仍不言弃、迎难而上，应该说这种策略与选择还是极为成功与难能可贵的。

三　对国民性弱点的揭露与反思

“五四”以来，对国民性弱点的揭露、反思与批判构成了现代文学的极重要的贯穿始终的主题和中心话语。但随着新中国成立后工农兵文学地位的确立及主流意识形态话语对“歌颂”性主题的强力提倡，文学中国民性反思类的主题一度产生了断裂，在“百花”时代，这一主题一度有所涉及，但很快受到了批判与攻击，再度中断。随着17年历史剧的渐趋繁荣，其中少数作品又开始触及国民性的话题，如《神拳》《关汉卿》《詹天佑》《天京风雨》《甲午风云》《1904年的枪声》，但这并非史剧家们自觉意识导致的结果。

《神拳》中“改造国民性”的主题集中体现在高秀才这一复杂的形象之中。高秀才参加义和团运动并英勇牺牲是经历了一条曲折而漫长

[1] 史海阳、王启和编：《文坛公案：秘闻与实录》，团结出版社1993年版，第310页。

的道路的，甚至终其一生才走到了这条道路的尽头。他是从“秀才公落价”这样一个很低的起点走到义和团运动中来的，他的爱国思想中带有浓重的儒家大一统观念，且封建儒教的观念已渗入了他的心理深层，他所幻想的义和团胜利后的前景就是重开科举仕途，折射出中国传统知识分子一种依附于当局的软弱性。他恪守封建等级观念，对待造反也是认为“见好就收，别等声名扫地，无可收拾！”有一种中庸、苟安、屈服的国民性心态。当然，剧本还极为成功地刻画出高秀才转变的过程，在他的斗争性不断增强的过程中，他逐步克服了封建正统观念和软弱性，终于成为一位立场坚定、不怕牺牲的义和团战士。他的转变过程其实也就是中国知识分子身上的国民性弱点在斗争实践中不断得到改造的过程。这一形象塑造的成功不能不归之于老舍对中国传统知识分子的心理积淀及中华民族的国民性弱点有着直接而丰富的生活与创作积累，高秀才的性格中便糅合着中国知识分子的国民性弱点以及独特的儒家自尊心与民族骨气，真实而自然。较之《茶馆》从批判、扬弃的角度切入“改造国民性”的主题，《神拳》更多的是在扬弃与批判的过程中蕴藏着对中华民族精神的歌颂。

在《关汉卿》中，作为关汉卿形象的对照，田汉还虚构了一个无耻文人、文化败类、奸臣走卒叶和甫的形象。他的人生信条是“做事说话就得把谁硬谁软好好地估量一下”。他随波逐流，看风使舵，蝇营狗苟，终其一生不识“尊严”二字为何义，是一个趋炎附势的市侩小人，只求个人名利，极端卑鄙自私。对这一文人败类形象，史剧家虽着墨不多，但几笔粗线条就清晰地勾勒出他那可耻的嘴脸。在第五场关汉卿与好友研讨《窦》剧时，叶和甫一出场就先说了些假惺惺的吹捧话：“乱头粗服，丰韵天然，这正是你的特色嘛。”接着马上指责剧中“火气不小”，不以为然地说："事隔一千多年了，你还这样兴奋，不是太替古人担忧了吗？"又装出一副关心的样子劝他“千万不要写”："人家把你看成了‘烟花粉黛’大师，你于今忽然写起公案戏来了。成功固好，一旦不中，你的盛名就要一落千丈，不值得。”在劝诱威胁关汉卿不要写《窦》不成后，他就同阿合马的亲信郝祯一起到玉仙楼凶相毕露恫吓关汉卿，要关按照阿合马的意见改唱词，被关骂为奸细。在监狱里，叶和甫奉了忽辛的面谕来劝降关汉卿，至此叶的败类丑态原形毕露，终于被关汉卿一拳打倒在地。叶和甫形象所代表的国民性中的劣根性，结合着在科举制度及封建专制文化熏染下扭曲了的古代无耻文人的性格，史剧家写来入木三分。较之高秀才的不断觉醒的顺向发展，叶和甫却越陷越深，最终成了一个不折不扣的统治者的走狗和帮凶。通过对比，田汉要在《关汉卿》中表达这样一种思想："不是任何一个写戏的人都配称为剧作家，只有当具有高度艺术性的剧作替老百姓说了话，把剧作家的尊严与人民的尊严、正义的尊严融为一体的时候，这样的人才能够得到人民的拥护和爱戴。尊严属于像关汉卿那样‘拼着性命写戏’的人民剧作家，光荣属于像《窦娥冤》那样反映人民疾苦的优秀作品。”[1]

在《1904年的枪声》《詹天佑》《甲午海战》《岳云》《岳飞》等剧中，史剧家们均刻画了一类卖国求荣、贪生怕死、苟且偷生、陷害忠良、鱼肉百姓、阿谀奉承的奸臣或卖国贼的形象，如《1904年的枪声》中的有泰，《詹天佑》中的广大人、纪贤，《甲午海战》中的李鸿章、方仁启，《岳飞》《岳云》中的秦桧、万俟卨等，在这样一群卖国贼的身上

[1] 王行之：《剧作家之歌——简论话剧〈关汉卿〉》，《戏剧艺术论丛》1979年第1辑。

同样集中体现出中国传统文化造成的失去个性的扭曲而分裂的人格特征及劣根性，忽主子，忽奴才，“对于羊显凶兽相，而对于凶兽则显羊相”[1]，以及残酷的封建专制统治和严峻的生存环境所引导产生的国民的“生存技巧”和冷漠、自私、虚伪的国民性格。

由于这些描写更多的是史剧家们在缺少自觉意识的状态下进行的，所以，较之 1920、1930 年代以鲁迅为代表的对国民性的揭露、反思与批判，它明显缺乏系统性，所揭露的各种国民性弱点多附丽于反面人物的身上，这未免显得单一，深刻性也很不够。

第二节　用生命感受历史

17 年中，现代剧作家们在历史剧创作中所取得的成就明显高于年轻剧作家们，究其原因当然是多方面的。其中，现代剧作家们新中国成立初创作转型失败所形成的“政治无意识”积淀，通过创作历史剧这一象征行为获得升华，用生命感受历史当是最重要的原因。

一　郭沫若：“蔡文姬就是我。”

任何一位史剧家在创作中首先遇到的便是如何将历史事件、历史人物创造性地转化为戏剧中的事件和人物，形成一台跌宕起伏、扣人

[1] 鲁迅：《华盖集·忽然想到》（七至九），《鲁迅全集》（第 3 卷），人民文学出版社 1981 年版，第 60 页。

心弦的戏剧作品，但不同的史剧家对“如何转化”这一问题的回答却又是言人人殊的。其中，郭沫若的诗人本性决定了他的史剧创作带有鲜明的主观性和抒情性。郭沫若说：“我是一个偏于主观的人，我的朋友每肯向我如是说，我自己也很承认，我自己觉得我的想象力实在比我的观察力强。我自幼便嗜好文学，所以我便借文学来以鸣我的存在，在文学之中更借了诗歌的这只芦笛。”[1]“我又是一个冲动性的人 Impulsivist，我的朋友每肯向我如是说，我自己也很承认。我回顾我所走过了的半生行路，都是一任我自己的冲动在那里奔驰。”[2]体现在进行历史剧创作时，他从不喜欢对历史事实作写生般的客观描绘，基于他的浪漫激情、丰富想象和个性特征，他更乐意采用诗人歌德的史剧观念，即“写历史剧可用诗经的赋、比、兴来代表。准确的历史剧是赋的体裁，用古代的历史来反映今天的事实是比的体裁，并不完全根据事实，而是我们在对某一段历史的事迹或某一历史人物，感到可喜可爱而加以同情，便随兴之所至而写成的戏剧，就是兴。我的《孔雀胆》与《屈原》二剧，就是在这个兴的条件下写成的。”[3]所以，他主张史剧不应排斥自我和表现自我的情感。当然，这个“自我”并非代表一己私利的小我，而是同民族命运、时代氛围紧密联系的生命个体，表现在历史剧中就是通过个体反映群体，通过现象反映本质。他于 1959 年创作的《蔡文姬》便最为典型地体现了他的史剧观念和创作特征：“在我的生活中同蔡文姬有过类似的经历，相似的感情。”[4]从而使他能够体会到蔡文姬的一段生活感情。

[1] 郭沫若：《文艺论集·论国内的评坛及我对于创作上的态度》，人民文学出版社 1979 年版，第 175—176 页。

[2] 同上。

[3] 郭沫若：《谈历史剧》，《文汇报》1946 年 6 月 26、28 日。

[4] 郭沫若：《蔡文姬·序》，中国戏剧出版社编辑部编：《郭沫若剧作全集》(3)，中国戏剧出版社 1983 年版，第 4 页。

“蔡文姬就是我！……是照着我写的。”[1]同时,他还主张史剧所表现的主题必须与时代精神相契合，在表现历史的同时，可以注入自我的价值判断和现实的思想因素，体现在史剧《蔡文姬》中就是“为曹操翻案”。

其实，郭沫若要把蔡文姬搬上舞台的愿望在1920年代即已产生，将她作为“三不从”的典型之一加以歌颂，表现她对于爱情自由的追求。重心放在“没有爱情的结合”上，肯定她归汉是冲破封建道德樊篱的行为,刻画一个“叛逆的女性”形象。但到了1959年的新史剧《蔡文姬》，作家的解释发生了巨大的变化，即表现的是蔡文姬“忧以天下、乐以天下”的崇高思想境界，进而歌颂曹操及其时代，将蔡文姬与“东风应律呵暖气多”“汉家天子呵布阳和”的曹操时代相适应，最后展示出一个“春兰秋菊呵竟放奇葩，薰风永驻呵吹绿天涯”的世界。发生如此之大的变化，时代的政治因素及权威话语的影响极为重要，但史剧家个人特殊的生活与感情历程影响更为深远。

抗战前夕，郭沫若从日本回国，立即从潜心学术转向为民族救亡奔走呼号，但他听从祖国召唤、顺应时代要求的结果便是抛妻别子，可以说代价惨重。但两者兼顾又是绝对不可能的，他的选择是毅然决然舍小我而从大我。但内心的痛苦是极为强烈的，1937年，诗人回国后的第二天就写了一首七律，抒发自己的内心痛苦：“又当投笔请缨时，别妇抛雏断藕丝。去国十年余泪血,登舟之宿见旌旗。欣将残骨埋诸夏，哭吐精诚赋此诗。四万万人齐蹈厉，同心同德一戎衣。”[2]于是这种愧疚之情天长日久郁积于心，渐渐地积淀为一种心理定势，一种负罪意识，

[1] 郭沫若：《蔡文姬·序》，中国戏剧出版社编辑部编：《郭沫若剧作全集》(3)，中国戏剧出版社1983年版，第4页。

[2] 魏建、宿玲编：《郭沫若自传》，江苏文艺出版社1996年版，第234页。

他创作《蔡文姬》就是为自己提供一个机会。所以，他会说："蔡文姬就是我！——是照着我写的。"这"是诗人在明己、示人；在宣泄、愧疚；在辩解、宽恕。鉴于此，《蔡文姬》中借主人公之口叙述的感情，明己大于示人，愧疚大于宣泄，辩解是为了请求宽恕。"[1]该剧最后一幕安排母亲文姬与一双儿女欢聚实际上是给自己一种艺术化了的心灵慰藉，让自己的愧疚之情在艺术领域里得到抹平，或者得到宽解。郭沫若很清楚安娜和子女对自己有不满情绪，但现实环境又不允许他对这一矛盾提供更好的解决办法或更多的补偿。面对现实无法解决的问题，他只好求助艺术了。"《蔡文姬》一剧，不仅仅是用艺术形象来进行自我愧疚的补偿，更重要的是用此来抒发诗人的情怀，诗人以《蔡文姬》为同怀来抒发在祖国多难时期而投身火热生活的情怀，文姬羁胡、鼎堂蜗目都不是两位诗人之所愿的，身处异邦、胸怀祖国，才是他们的志向所在。"[2]因而，蔡文姬形象作为史剧家"自我"的体现者，具有三方面的含义：一是作为郭沫若一段相似生活经历的再现者；二是作为郭沫若创作个性的承担者，从郭沫若在剧中表现出的对《胡笳十八拍》诗的欣赏就可看出这一点；第三则是诗人写诗人，蔡文姬是诗人，曹操是诗人，郭沫若自己也是诗人，诗人的情怀是相通的。

长期以来，学术界对《蔡文姬》一剧的主题争论不已，莫衷一是。我认为史剧家借文姬归汉这一故事浓墨重彩地渲染与刻画蔡文姬的形象，这既体现在感情浓度上，也表现在内容的安排和所占分量上，目的是表现和抒发史剧家的"自我"和情怀，是在用生命感受历史。为曹操翻案只不过是全剧的一个副产品而已，是主旋律中的一支插曲、

[1] 何思玉、马小宁：《谈〈蔡文姬〉〈王昭君〉的现代生命》，《郭沫若学刊》2003年第3期。
[2] 同上。

一段伴奏，绝不应是全剧主题的中心。对此，我们不妨换一个角度加以证明，即如果取消该剧的第四、五幕，我们就会发现并不影响全剧的完整性，主题反而会更加鲜明突出，结构更加完整统一。由此可见，“为曹操翻案”主题的嵌入完全是因为时代的权威话语的影响，甚至影响文学批评界对此剧主题的理解。

二　田汉："长与英雄共魂魄"

1958年，在“大跃进”的狂热中，60岁高龄的田汉经过一段时间的搁笔之后，重又鼓足干劲，一连创作了《关汉卿》和《十三陵水库畅想曲》两部大型话剧。《关汉卿》还在襁褓中，当时文艺界的首席代表郭沫若便大加赞赏："我一口气把您的《关汉卿》读了，写得很成功。关汉卿有知，他一定会感激您。特别是朱帘秀，她如生在今天，一定会自告奋勇，来自演自的。"[1]欧阳予倩说："除了《十三陵水库畅想曲》我还没有看，《关汉卿》我认为是到现在为止，田汉同志剧作最好的一个。""这个戏结构完整，描写细密，不像急就章。'美人细腻熨帖平，裁缝灭尽针线迹'，白居易这两句诗可以移赠。"[2]而《十三陵水库畅想曲》（原名《十三陵水库歌功记》）无疑是田汉一生戏剧创作中最大的败笔，“反映了田汉在急于表态的创作动机指导下，对现实主题难以把握，对新的题材不知所措的尴尬与无奈。”“它实际上是大场面、大气魄、大氛围、大事件的‘大活报’。”[3]在同一年中创作的两部话剧，一是历史题

[1] 郭沫若、田汉：《关于〈关汉卿〉的通信》，《剧本》1958年第6期。
[2] 欧阳予倩：《一个成功的好戏〈关汉卿〉》，《戏剧报》1958年第13期。
[3] 田本相、吴戈、宋宝珍：《田汉评传》，重庆出版社1998年版，第336页。

材，一是现实题材；一是顶峰之作，一是最大败笔。反差竟如此之大，实在是一件颇为耐人寻味的事。而在泛政治化创作语境下，戏剧家能否恰当地把握和表现自我当是最为重要的原因。《关汉卿》的成功就在于田汉能够用生命感受历史，“长与英雄共魂魄”，真实地把握并表现了自我。

第一，史剧《关汉卿》在主题表达和环境描写上，明显寄寓了史剧家的自我体验和独特经历，贯注了田汉深切的内在感受。长期以来，国内外学术界往往将《关》剧的主题定位在影射现实这一点上，“文革”中，此剧甚至被诬为“指桑骂槐”“含沙射影”，所谓直斥元朝统治者，实指社会主义中国等等，不一而足。对此，笔者不能赞同。田汉创作此剧，既非奉命，也非应景，更非影射史剧家所置身其中的现实社会，只是在准备纪念这位世界文化名人的讲话稿时，他仔细深入地研读了关汉卿留存的剧作和散曲，激起了自己强烈的感情共鸣，并产生了创作冲动。显然，剧中借元代社会所揭露和批判的“社会现实”，并非田汉当时面临的“大跃进”形势。而且，“在田汉写《关汉卿》的时代，刚刚经历过反右并且负责全国戏剧工作的田汉当然十分清楚，这个年代的阿合马根本不需要去赤裸裸地威胁剧作者，政府要禁演一个戏有的是足够多的手段，因此，剧作家和演员的胆量大小实在是无足轻重到与一个剧本的上演与否根本无关，类似的冲突也就无从谈起。”[1]在关汉卿的时代同样如此，剧中朱帘秀鼓励关汉卿写作《窦娥冤》，并且以无比刚毅的表情表示“你敢写，我就敢演”的情节，其实很缺乏历史感的。且不说无论是关汉卿还是朱帘秀或者是别的戏剧人物，优伶

[1] 傅谨：《新中国戏剧史》（1949—2000），湖南美术出版社2002年版，第71页。

的低下身份决定了他们无法和当局之间形成对抗关系，即使偶有冲突，也不可能像戏中那样一种被统治阶级对统治阶级的自觉反抗式的冲突。这种冲突真正可能发生的年代却是1930—1940年代，田汉自己的经历，史剧中为了体现关汉卿的“战斗性”所虚构的艺人与当局之间的尖锐冲突，只有在近代民主社会才有可能存在。“只有在1930—1940年代，鲁迅等文化人——当然也包括田汉——才有可能因他们与当局之间直接而持久的抗争获得巨大的社会声望，他们才有可能以知识分子的社会责任感，直率地利用艺术作品表达自己与当局的不同政见。”[1]所以，我认为史剧所隐喻和批判的是1930—1940年代国民党统治时期对进步文化事业的压制与迫害，对此，田汉将自己当年作为进步戏剧家与当局斗争与冲突的经验与感受寄寓到了《关汉卿》一剧的历史环境与主人公形象的刻画与描写之中，真可谓是在《关汉卿》中找到了当年的自我，通过自我感受的抒发表达了人类的一种共同愿望与理想。“艺术要说真话，要反对社会的不公。”[2]表现了古今贯通的具有普遍意义的人类本性的某些基本方面：坚持正义，反对邪恶。

第二，该剧通过塑造关汉卿这一成功的历史人物形象，实现了三种话语的交融，而这三种超越时代的话语均出自史剧家内在的心灵，在1958年这一特殊的年代，实在是空谷足音，它使得人们不再仅听到凌空高蹈的唯一的、单调枯燥的浮夸之音，因而显得弥足珍贵。这是该剧获得巨大成功的第二个原因。

第一种话语就是由于田汉自己的生活经历与关汉卿的生活遭遇有

---

[1] 傅谨：《新中国戏剧史》(1949—2000)，湖南美术出版社2002年版，第71页。

[2] [美]爱德华·M.冈恩著：《二十世纪的中国戏剧》，尹慧珉译，《中外文学研究参考》1985年第3期。

某些相似之处，因而史剧家努力以自己的心血与生命去挖掘并刻画关汉卿的性格，去感受与探索关汉卿的精神，并从关汉卿的身上发现并表现自己，寄寓自己独特而丰富的“自我”话语。田汉将关汉卿“铜豌豆”性格与疾恶如仇的政治品格相结合，“刻画了关汉卿在元蒙贵族的血腥统治下敢怒、敢写、敢骂、敢打、敢顶以及‘玉可碎而不可改其白，竹可焚而不可毁其节’的宁折不屈的拼命精神。对于历史上关汉卿的‘铜豌豆’性格中的庸俗因素，则坚决予以舍弃。这一艺术创造既有史实（作品）所本，又有艺术虚构，而这虚构又没有把古人现代化，从而使艺术的关汉卿比历史上的关汉卿更可爱、更真实。”[1]同时，我们还依稀认出了当代杰出的戏剧家田汉，感受到田汉那种强烈而鲜明的“自我”色彩。这个“我”是在以下几个方面与关汉卿形象产生契合的：

首先是作为戏剧家的田汉与关汉卿的契合。他们同为戏剧家，既是戏剧运动的领导，还自编自导剧目，亲自登台演出，比如田汉就扮演过自己早期名剧《名优之死》中的主角刘振声，当然关汉卿更是“偶倡优而不辞”；两人创作态度都很严肃，田汉正是从关汉卿身上发现并表现了自己，关汉卿创作《窦娥冤》以及其他杂剧，都是古为今用，面向现实的。田汉一生改编和新创作的如《武松》《岳飞》《江汉渔歌》《双忠记》等众多历史传奇剧，也都是引古征今、古为今用的，揭露和批判旧时代的反动统治者和外族入侵者，现实意义非常强烈。

其次是他们作为文化战士的契合。在《关汉卿》里，关汉卿是一位以剧为刀同元朝的残暴统治者进行坚决斗争的文化战士。在他的身

[1] 马烨荣：《论田汉笔下的关汉卿形象》，《湘潭大学社会科学学报》1982年第4期。

上同样寄托着文化战士田汉高昂的战斗激情。关汉卿出于对朱小兰冤死的激愤创作《窦娥冤》,“笔不就是你的刀吗？杂剧不就是你的刀吗？”这与1945年田汉激于美军侮辱北平女大学生沈崇以及上海小商贩受压于国民党残暴统治而创作出的中期代表作《丽人行》何其相似乃尔。剧中所写元蒙统治者对关汉卿及其他正直艺人的迫害与摧残，无疑凝聚着田汉个人大量切身的体验，因为他所遭遇的剧作被禁演及迫害可以说是不胜枚举的。田汉正是从自己屡罹文网、身系囹圄的切身体验出发，来创造关汉卿被文字狱迫害等情节和他所生活的历史环境的。

再就是关汉卿的“铜豌豆”性格与田汉“硬骨头”性格的契合。在关汉卿的性格中，最突出也是最可宝贵的是他那“响当当的铜豌豆”性格，在《关》剧中，田汉创造了大量生动的戏剧情节浓墨重彩地表现这一性格。田汉在1930年代也曾因写戏被捕入狱，但他不畏强暴，在狱中赋诗明志，与难友们唱和不绝，坚持战斗。左翼剧联的一位女演员来探监，田汉当场赋诗相赠，诗中写道：“自知处世无媚骨，相怜犹幸有娥眉。”他给难友陈家菲写了一首七律，末句有云：“乾坤硬骨余多少，莫作顽铜一例磨。”他还托人带一首诗给潘梓年，末句便是“从容拟读十年书”。正是因为田汉具有的这种“无媚骨”态度、“硬骨头”精神和知难而进的“蛮劲”，当他遇到关汉卿的“铜豌豆”性格时便自然产生了共鸣，洪深在《南国社与田汉先生》一文中就称老友田汉是一个“跌不怕，打不怕，骂不怕，穷不怕的硬汉”，这与“蒸不烂，煮不熟，捶不扁，炒不爆，响当当一粒铜豌豆”，两者之间真可谓是异曲同工。

那么，为什么诗人写诗人的郭沫若敢于公开承认“蔡文姬就是我”，田汉却从不肯以关汉卿自命呢？因为在文学史上，蔡文姬的地位远不如关汉卿，郭沫若自比于蔡文姬，世人不会以为僭越，田汉不自拟于关汉卿，实乃出于剧作家的谦虚，但这并不影响史剧家对“自我”的寄寓与表现，且已得到了学术界的公认。1959年，孟超在《漫谈建国十年来的田汉剧作》一文中就认为“由于剧作者在人民政权建立之前，曾经长期地和关汉卿那样以戏剧作为向当时国民党反动政权斗争的武器，因此关汉卿的感受，也就成为他自己的感受，他的创作，便以难以压抑的激情，让被描写的人物与自己灵魂深处的感受融化为一，喷吐而出，飞龙吸水，嘘气成云，水、云与龙的关系就是题材、作品与作者之间联系与统一的最切当的说明。”[1] 1999年,陈思和先生也认为“田汉将关汉卿塑造为反抗黑暗势力的压迫、自觉为人民代言的英雄。……田汉塑造的‘关汉卿’这个人物，是应该当作为‘剧作家’、‘作家’乃至‘知识分子’的田汉的一个理想化的自我描绘、自我认定来看待的，扩而言之，借助历史人物塑造这样一个理想化的英雄形象，实际上寄托了老左翼知识分子心目中的一种‘自我形象’、‘自我认同’与‘自我定位’”。[2]

而这种契合之所以能获得成功，相近的性格与经历仅是浅层的原因，我认为更深层的原因当是史剧家从自己的审美主体出发对客体加以“心灵化”，而塑造出了关汉卿的形象。

第二种话语是《关汉卿》一剧成功地回答了“什么是真正的人民戏剧家”这一问题。关汉卿以其不屈的斗争意志和勇敢的战斗精神，成功地谱写了一曲剧作家之歌，其实这也是田汉这位伟大的人民戏剧家的心灵之歌。田汉一生创作电影、戏剧包括历史剧近百部，而

---

[1] 孟超:《漫谈建国十年来的田汉剧作》,《戏剧研究》1959年第4期。

[2] 陈思和主编:《中国当代文学史教程》, 复旦大学出版社1999年版，第114页。

专门描写戏曲艺人的就有四部，即《梵峨璘与蔷薇》《梨园英烈》《名优之死》《关汉卿》。《梵峨璘与蔷薇》中的秦信芳信奉艺术至上，喜欢在幻想中讨生活，所以他的性格是消极软弱的；《梨园英烈》中的袁少楼虽具有一定的斗争精神，但形象稍嫌单薄；《名优之死》中的刘振声虽欲洁身自好，但步步进逼的黑暗势力使他无法做到，他只有反抗却力量太小，于是很快就被黑暗社会吞噬了；相较而言，唯有《关汉卿》一剧以关汉卿创作《窦娥冤》为中心事件和主线，全方位、多侧面展现所谓"普天下郎君领袖，盖世界浪子班头"的斗士形象，令人信服地展示了关汉卿思想发展的脉络，集中表现他以戏剧为武器，以舞台为战场，为民请命，不畏强权，不怕牺牲，反抗暴政的"铜豌豆"精神，回答了"什么是真正的人民戏剧家"这一根本问题。较之刘振声的以戏剧为生命，关汉卿则是以生命为戏剧，将自己的生命镕铸为戏剧，他的生命与才华本可以通过文、通过诗来表现，但他却选择了最适合他的本性却极不合时宜的戏剧，因为在元代，统治者是将戏剧艺人列在"七匠、八娼、九儒、十丐"之外的，将戏剧视为文人正务之外的余兴、雅事，因而，关汉卿这一选择本身就有一种反抗的意味。而且在正义与邪恶的斗争中，关汉卿以戏为刀、以剧为剑去冲击黑暗、捍卫理想的人生搏击，进一步揭示出人民戏剧家的本质特征。较之"路见不平，拔刀相助"的绿林好汉式的正义感，关汉卿则是"以天下为己任"式的，即在他的潜意识中，他终究是一个文人，一个中国传统的知识分子，有着难以动摇的文化精英、社会中坚的自我意识，所以，面对社会黑暗，他为自己不能救民于水火而悲愤难抑，他本能地要投入战斗，否则人生就没有意义，创作戏剧就体现了他的生命价值与追求。这种人民戏剧家坚持正义、英勇斗争的精神使关汉卿形象不仅是一个独特的存在，其精神价值更是贯通古今、适用中外的。

第三种话语是田汉根据自己理想的爱情模式和他内心深处的艺术与爱情情结谱写了一曲关汉卿与朱帘秀的可歌可泣、感人肺腑的爱情之歌。这一爱情话语的进入使“《关汉卿》中的英雄话语不但具有火药味，而且具有脂粉气，使话语的魅力发挥到了极致，这是剧作获得巨大成功的契机之一”[1]。在剧作开始时,关汉卿与朱帘秀仅是情投意合的尘世知己，到了剧终，他们已成为志同道合的亲密战友和爱情伴侣，从一般的男欢女爱的爱情关系，在围绕《窦娥冤》一剧的编、改、排、演的斗争中不断深化、升华，终于进入了灵肉相谐的境界。当然，如果仔细推敲，我们不难感受到其中含有的理想化、现代化的成分，以及才子佳人模式的影响，但这并不违背关汉卿的性格基调，朱帘秀的形象也明显有利于刻画和衬托关汉卿的性格特征，使之更加丰满、真切、熠熠发光。也许是因为田汉的爱情生活曾经几次陷入矛盾和苦闷的缘故，他对艺术与爱情的统一始终充满幻想和渴望。面对关汉卿的爱情生活和戏剧活动，他不禁想起了与自己感情甚笃、相濡以沫、筚路蓝缕共创南国艺术的表妹。面对自己数十年的爱情波折、人生坎坷，这里有爱人的理解和支持、创作的成功与喜悦、家庭与爱情的矛盾与纠缠、辛酸与苦痛，他产生了创作的冲动，他要在剧中实现艺术与爱情和谐统一的梦。正像荣格在研究中发现的“不是人支配着情结，而是情结支配着人”。“它们可能而且往往就是灵感的动力的源泉，而这对于事业取得显著成就是十分重要的。”[2]关汉卿与朱帘秀的爱情描写可以说就

[1] 何思玉:《英雄话语：特殊环境中的创作尴尬——谈田汉〈关汉卿〉中主人公的命运遭际》,《四川戏剧》2002 年第 3 期。

[2] 霍尔等著:《荣格心理学入门》，冯川译，三联书店 1987 年版，第 37 页。

是缘于史剧家长期郁积于心中的艺术与爱情的情结。

田汉以其独特的凝聚着“自我”情结的三种话语，在泛政治化的创作语境下，明显超越了“文学为政治服务”的狭隘工具论的局限，实现了对自我、对时代的超越。它告诉我们，一个真正的艺术家，只要他全身心地投入艺术创作，就会进入这样一种状态 :“他不依赖理念分析，不随从流行的社会学理论，不听命权威的政治说教，甚至同自己意识领域中对社会的理性观念思想相悖。他发挥自己的才华，听任感情波澜的冲击与直觉火焰的喷发。他按照美的规律去创造，就会得到缪斯女神的超值回报，《关汉卿》就是田汉自 1930 年代‘转向之后’一度失落的艺术审美主体再度回归的重大收获。”[1]

《关汉卿》一剧能获得巨大成功，其最为重要的原因当是田汉老马识途，找回自己已经失落已久的自我抒情的艺术创作个性。自我抒情剧就是在作品中“涂上了浓厚的我自己的色彩”。[2]它是田汉与郭沫若在“五四”时期突破戏剧无“我”之陈规的新创，也是田汉之所长，是田汉之所以为田汉的独特性的标志。在田汉一生大量的戏剧作品中，凡优秀之作均属此列，反之则不成功之作居多。而《关汉卿》便是一部不折不扣的自我抒情剧。

其次是《关汉卿》一剧将艺术与政治的契合在创作中达到了天衣无缝的境界。田汉一生的戏剧创作始终存在着“二元”矛盾，早期是“灵与肉”的冲突，他独钟新浪漫主义，多采用新浪漫主义手法，因为这种手法可以更充分地表现“灵与肉”的冲突和由此而生的种种情结，

[1] 张时民 :《回归与失落——戏剧本体批评语境下的〈关汉卿〉与〈蔡文姬〉》,《戏剧文学》1998 年第 10 期。

[2] 田汉 :《田汉戏曲集 · 第四集 · 自序》,《田汉文集》(第 1 卷)，中国戏剧出版社 1983 年版，第 442 页。

让他的戏剧思维在无边无际的心理世界自由遨游。这给他的早期剧作带来了鲜明的特色和很高的审美价值。从 1930 年开始，田汉的创作发生了重大转折，从抒发“心底的诗情”转向表现“身外的现实”，也就是从对“灵”的世界的关注转向关注“物”的世界，他努力摒弃小知识分子的苦闷与感伤情调，代之以工农大众的思想情感，于是，新的矛盾随之产生，即政治与艺术的矛盾，由于他在政治上向左转，导致他在艺术上的个性色彩渐趋淡薄，甚至发展到完全消灭，田汉话剧创作进入了一个困难时期，从 1931 年的《年夜饮》到 1950 年的《朝鲜风云》，19 年间共 34 部剧作，真正经得起岁月冲刷的却少之又少，许多剧作是“集团的吼叫”，粗野壮烈有余，自己的个性色彩明显不足。17 年中，就田汉而言，在政治与艺术的矛盾之外，又产生了新的“在野”与“在朝”“真自我”与“假自我”的矛盾。[1]戏剧创作进一步受到了冲击，从 1950 年《朝鲜风云》的发表到 1958 年，其话剧创作已处于一种停顿状态。《关汉卿》的发表打破了这种沉寂，也使困扰他一生的灵与肉、政治与艺术的矛盾得到很好的解决，并使二者之间实现了比较完美的统一。

“《关汉卿》的创作，最集中地体现了他有生以来对人生的体验。‘南国’精神、《义勇军进行曲》精神、‘为民请命’精神，在《关汉卿》中得到了最强烈的体现。他那蕴蓄了多少年的为真理、为正义而斗争的情感，像火山一样，在《关汉卿》的创作中喷发出来：‘将碧血、写忠烈’，‘这血儿啊，化作黄河扬子浪千叠，长与英雄共魂魄！’至此，田汉在他的花甲之年，完善了他的自我，显现出他那光芒四射的伟大

[1] 杨景辉：《在“二元”矛盾中完善自我——田汉初探》，《剧本》1998 年第 3 期。

的人格魅力！”[1]

三 《西门豹》：孤独而痛苦的灵魂

师陀作为京派代表人物，文学成就最大的是小说和散文，仅在1960年和1962年就写过两部历史剧《西门豹》和《伐竹记》。1963年，另一部历史剧《列御寇》写到一半的时候，柯庆施提出“大写十三年”的口号，此剧的创作随之中断，师陀计划创作的“一系列春秋战国的小喜剧”[2]只好被迫放弃。已发表的两部史剧风格独特，个性鲜明，在17年众多的历史剧中可算是一个独特的存在，有着很高的艺术成就与审美价值。特别是四幕历史剧《西门豹》，注重向人物的心灵深处开掘，成功地刻画出西门豹坚韧不拔、矢志为民的性格特征，孤独而痛苦的内心世界及忠而被谤、忠而被杀的悲剧命运。

在西门豹赴任之前，邺城的百姓“正像在炽炭上烤、在油锅里烹呢”，这里是“三年淹，两年旱，就是打几个粮食子儿，也给派款派去了”。百姓们“光是欠主人家的债，祖祖辈辈也休想还得清”。“官员跟绅士还弄得神，装得鬼，每年刮老百姓好几百万……”[3]陷入了生存困境的百姓纷纷逃往临近的赵国。可以说西门豹是带着救百姓于水火的宏愿赴任的。为此，出发前他还虚心向他的主上魏侯请教“立功业、成大名、布义德”的“诀窍”，“那魏侯在位二十多年，也自以为是当代的贤主了，摆出挺有学问的样子回答他三件：第一件，新官到任好比走进黑屋子，

[1] 杨景辉：《在“二元”矛盾中完善自我——田汉初探》，《剧本》1998年第3期。
[2] 师陀：《从我的旧笔记而想起的及其他（代序）》，《山川·历史·人物》，上海文艺出版社1979年版，第4页。
[3] 师陀：《西门豹》，《收获》1979年第4期。

待久了才看得清楚；第二件，莠草乍看上去挺像谷子，花牛乍看上去挺像老虎，要仔细研究了才辨得出真的假的；第三件，耳闻不如目睹，目睹不如用手摸摸可靠。”[1]忠心耿耿、善良正直但缺少官场政治斗争经验的西门豹信以为真，踌躇满志地来到邺地，一上任就宣布了三件事："一不准给河伯娶老婆，”断了奴隶主们搜刮百姓的主要财路；二是取消百姓们所欠的债，减少了奴隶主们的收入；三是把历年搜刮百姓的赃款缴公，用这笔钱修渠治水害，使贪官污吏们失去了每年用来搜刮百姓的借口，他大刀阔斧，兴利除弊，就如一个奴隶主北宫丑所说："是呀，西门豹在这儿放了一把火，百姓、疯了，绅士的威望、光了，我们祖先世世代代扎下的老根子、拔了。殷纣王的鹿台之焚，周幽王的犬戎之难，宗庙不祀，社稷倾覆，也不会比今天惨痛。”[2]

然而，令西门豹意想不到的是魏侯的口是心非、言行不一，其实他拜孔子的学生卜子复为师是为了附庸风雅；结交马贩子田子方和牙行头子段木干是为了让他们宣传自己，沽名钓誉；任命出身寒微的西门豹做邺令是为自己博取名誉，等等，目的是希图被周王封为诸侯，他的内心却根本不想让西门豹动真格的。事实上，出身奴隶主的魏侯不可能是彻底的革命派，所以当西门豹的改革越出了他许可的或能承受的程度，他竟毫不犹豫地下令将他杀害。他在给邺城奴隶主头子北宫丑的密杀令中，说西门豹“心怀叵测”，“谣惑乡民，使邺地数百里间知有西门豹，而不知有寡人”，等等，才是他内心世界的真实想法。

史剧在刻画出西门豹敢想敢干、敢作敢为、一心为公、造福百姓，哪怕搭上全家人性命也在所不惜的性格的同时，更深刻地揭示出他忠

[1] 师陀：《西门豹》，《收获》1979年第4期。
[2] 同上。

而被诬、忠而被疑、忠而被责，不被理解的痛苦而孤独的心灵。他来到邺城，改革初兴，水渠动工，当地的土豪劣绅、贪官污吏却诬他贪赃枉法，不信鬼神，一手遮天，私受贿赂。魏侯身边的夫人、太监、管家、大厨向他索贿不成，便告他贪得无厌、中饱私囊、祸国殃民，而魏侯更是不问青红皂白，听信谗言，大加责骂，摘他官印，谷子被当成了莠草，老虎成了花牛，在这是非颠倒、黑白不分的危难时刻，西门豹首先想到的不是个人安危，而是邺城的改革不能半途而废，十二渠工程尚未完工。为了邺城百姓，他虚与委蛇，假作让步，求得魏侯同意再试一年。一年后，工程竣工，水患被除，百姓欢呼，但等待他的却是魏侯的"似此奸恶，若不早除，必有大咎"，"将西门豹与肇乱百姓一律剿杀，永绝后患"的密杀令。此时此刻，西门豹内心的痛苦达到了顶点，面对豺狼环伺，他本可依靠百姓杀退敌人，但为了避免更大的灾难降临到百姓头上，因为那会招来魏侯的三军血洗邺城，自己也会背上造反的罪名，走投无路的他满含冤屈从容赴死。临死前他悲愤地自白："我有罪，因为我兴利除害；我有罪，因为我执法如山；我有罪，因为我不肯营私舞弊；我有罪，因为我不肯拍马奉承。但是我没拿走漳河一滴水，死，死得光明磊落。"[1]

史剧《西门豹》是师陀根据自己在 1958 年写的一篇历史小说《西门豹的遭遇》创作而成的，从小说到剧本，我认为至少有了四点变化：一是小说轻松幽默的笔调不见了，代之以凝重严肃的语气；二是喜剧的结局变成了悲剧；三是小说中对百姓略带调侃的叙事语言变成了热情的歌颂，是他们的行动给西门豹以支持，是他们的支持给西门豹以

[1] 师陀：《西门豹》，《收获》1979 年第 4 期。

理解，最后是百姓们拿起了武器杀向凶残的奴隶主们，为西门豹报仇。“人民性”的观念得到了彻底的贯彻和表现。特别是将小说中的西门豹试任一年里出人意料的怪异而扭曲的行为加以删除，而代之以正常普通的举止，这是很值得人思考的。小说中写西门豹受到魏侯申斥后，为了争取修渠的宝贵时光，他改变行事风格与方法，边修渠，边搜罗民财特产去进贡，以讨好魏侯身边的人，与当地的官员绅士打得火热，一度“变成了鬼，变成豺狼，变成畜生”。[1]一旦十二渠竣工，立即又恢复了本来面目，在造福百姓的同时，他的行为也得到了百姓们的理解。这一出乎人们意料又在情理之中的巨大反差行为，其实是西门豹内在矛盾心理的外化，史剧却放弃了，原因就是“既然是英雄人物，写他贪污，非但歪曲他的形象，人物性格也难以贯穿”[2]。这样做虽然适应两结合创作方法反对描写中间人物，对正面和英雄人物要做到好人皆好的理想化要求，但却失去了独特而丰富的变化和给读者和观众带来陌生化的阅读惊喜。

西门豹这种忠而被责、忠而被冤的不幸命运与孤独痛苦的内在心灵，在某种程度上与1957年反右运动后大批“右派分子”的处境与心灵是极为相似的，也许师陀的创作并无比附之意，他甚至对“右派分子们”的处境也不一定有多么深入的了解，但即使是偶然的巧合，它能发生在特殊的年代仍是难能可贵的，只有保持自己独特的创作个性，注重对生活进行深入的思考，始终能坚定内心真实的自我，积极而勇敢地干预生活的史剧家才能发生这样的“巧合”。他的另一部史剧《伐

[1] 师陀：《西门豹》，《收获》1979年第4期。
[2] 同上。

竹记》被姚文元称为是“别有用心”[1]，小说《西门豹的遭遇》被张春桥说成是“为彭德怀翻案”[2]，就是因为这些作品与“极左”思潮所鼓吹的东西不同流合污，不随波逐流，坚持对历史与生活进行独立的思考而触犯了禁忌，而这正是这些作品的独特价值之所在。

第三节 17年历史剧的艺术审美特征

17年的历史剧创作，由于创作主体多是跨越1949年的现代剧作家，具有较为相近的政治无意识积淀，创作的时间又相对集中一致，这使得他们的历史剧创作话语呈现出较为相近的美学风貌与美学特质，具有其独特的艺术审美特征。

一 对革命的政治想象与对历史的理想化

由于工农兵文学创作模式的影响及主流意识形态话语的介入，17年历史剧的大团圆模式中不约而同地出现了一种新的模式——“人民觉醒，起来斗争”式。这种对革命的政治想象与对历史的理想化构成了17年历史剧的一种乐观主义精神。就历史性文本涉及的历史时期而言，从春秋战国到辛亥革命，“人民”都在觉醒，少有例外的。

[1] 师陀：《从我的旧笔记而想起的及其他（代序）》，《山川·历史·人物》，上海文艺出版社1979年版，第16页。

[2] 同上。

对本书而言，在悲剧中采用大团圆式的结尾仅是一个方面，更重要的是史剧家们不论采用何种创作方法，均是以理想主义为底色，以英雄主义为基调，呈现出将悲剧转化为喜剧的气势，对胜利寄寓着希望，为读者和观众指出了一条斗争的前途和光明的道路。悲剧主人公的斗争虽然失败了，自己牺牲了，但他们坚信自己的斗争方向是正确的，事业是正义的，后人一定会完成他的遗愿，因为他得到了人民的支持，所以失败是暂时的，胜利的曙光已可望见，只要继续斗争，胜利一定会到来，正所谓一个人倒下去，千万个人站起来，使得这类史剧具有强烈的理想化色彩。在其所普遍采用的二元对立的冲突结构中，正义的一方虽然是现实的失败者，但却是理想上的胜利者，对手则刚好相反，英雄们的浩然正气长留天地间，英雄们的精神力量是不可战胜的，它将起到激励和鼓舞人民的作用。如《1904年的枪声》《关汉卿》《神拳》《甲午海战》《义和团故事组剧》《岳飞》《岳云》《战斗中血的友谊》《西门豹》等剧中的进步、斗争、反抗、爱国的一方虽然暂时失败了，但他们的斗争精神鼓舞了人民。

许多史剧在刻画历史人物时，对正面人物的刻画也存在着明显的理想化色彩，从理想化原则出发予以典型化，在典型化中体现理想化，让人物的“个性”体现出“共性”。史剧家们从时代精神及权威话语的要求出发，从先验的理念与规范出发，往往忽略人物所置身于其中的特定时代、历史环境及其性格发展逻辑，追求人物的应然状态，忽略人物的本真状态，只强调历史英雄应该具有哪些品质，进步人物应该反映出哪些思想，正面人物不能违反哪些规范，等等。史剧家们均从阶级的立场出发给历史人物以理想化的定位和表现，忽略的恰恰是历史人物自身的“已然”状态和独特个性，这使得史剧本身的历史真实性也被大打折扣。柳青在谈到自己对理想人物的塑造时曾如此表述："作家把他所反对的事物概括到一部分人的形象里，又把他所赞美的事物概括到另一部分人的形象里。其中有一个人物，作家把自己认为最先进的世界观、最美好的愿望和理想，以及最高尚的道德伦理观念都灌注进去了，这就是他的理想人物。"[1]历史剧同样如此。而这种从阶级的概念出发对人物加以典型化的过程其实就是一种理想化的过程。

所以说理想化归根结底是史剧家们关于政治的种种想象的折射。"20世纪中国的无产阶级政治革命本身充满着浪漫的实验色彩，无产阶级革命的理想资源来自于马克思主义的思想体系，尽管马克思经过缜密的论证，把人类思想史中的社会主义学说遗产由空想变为科学，但是科学社会主义所设定的最终目标依然充满了理想主义的色彩。革命的终极目标既然是未经现实兑现的，那么它就只能作为彼岸性的理想而存在，在此岸的现实革命实践与彼岸的未来革命理想之间，构成一种革命的时间过程，这一过程具有丰富的不确定性，正是这种不确定性，决定着政治想象的浪漫性与理想化。"[2]历史剧也以其浓郁的浪漫与激情参与了17年中的政治实验，历史剧中的理想化贯注正是这种政治话语的展开，或者说是革命的政治想象诱导了历史剧理想化特征的形成。

二　由政治出发的"现实所指"与宏大叙事

17年中，史剧家们立足于政治与时代视角选择题材，构思作品，他们的艺术创造个性也都被纳入了现实的政治理性和道德理性组成的

[1] 柳青：《关于理想人物及其他》，《柳青写作生涯》，百花文艺出版社1985年版，第98页。
[2] 雷世文：《论20世纪中国的革命文学》，《天津社会科学》2001年第1期。

规范之中，主题先行的特征极为明显，时代流行的社会文化意识及其政治分析和伦理判断决定了在艺术构思上文学的思维与认知开始日益趋同，历史剧呈现出强烈的政论色彩。

它首先体现为史剧家们追求历史剧审美价值的现实依附性和政治实效性，由于政治教化意识的长期积淀，权威话语对作家社会价值的具体要求和政治功能的定位，使得具有强烈政治意识的史剧家们从一开始就为自己规定了一个能体现现实利益的创作原则，为历史题材规定好了“现实所指”，而不管其所选择和表现的历史题材的所指是否牵强或恰当。他们自觉服从主流意识形态话语的需要，却往往会忽视或放弃对历史剧自身艺术审美价值及其独立品格的追求，将现实政治与历史题材简单直接对应，在突出教化功能的美学范畴中去圈定实效性的审美价值，将创作主体的机智与智慧消融于短暂的历史生活现象之中。《朝鲜风云》与“抗美援朝战争”，《卓文君》与《新婚姻法》，《郑成功》与“台湾是中国领土的一部分”，《1904 年的枪声》与反对分裂西藏，《蔡文姬》《武则天》与“领袖情结”，和亲类史剧与民族团结，“卧薪尝胆”类史剧与自力更生、艰苦奋斗的传统，“1840 年情结”类史剧与揭露帝国主义的侵略本质，等等。二者之间的对应关系明显而直接，且 17 年历史剧中大多数作品与主流意识形态话语中的某一种政治观念、方针、政策等之间均已建构了这种关系。有些剧作为了明晰这种关系，为了更直接地阐释，竟服从权威话语的需要进行重新结构或修改，如《关汉卿》《文成公主》《胆剑篇》《西门豹》等。“面对审美价值的多元选择，难以逃脱民族责任感的作家们仍然选择了政治化的功利性一极。社会主义现实主义理论引进中国后，特别是 1940 年代以后，传统文学观念中的‘载道’观念在新的政治要求下找到了为现实社会服务的教化坐标。作为作家，传统文学教化观念的民族心理积淀在被时代思潮激活之后，也很容易使个性意识在时代面前退居次要位置，而让时代政治观念取而代之。在这种情况下，抓取那些和时代政治倡导的精神时尚相一致的人和事，描写能够反映生活本质倾向的题材构思，从而使审美价值依附于时代的理性和激情抒发之中，就成了各方都自然认可的事情。”[1]而且，在17年泛政治化的创作语境下，不论是政治的要求，还是接受主体的要求，史剧家们是很难回避的。

其次，为了完成重大政治主题的历史寄寓，17年历史剧相应地采用了宏大叙事。“无产阶级革命造成了中国社会千百年来最深刻的历史变动与心理变动，革命文学为了完成对这种历史变动的文学叙述，建构起一种叙述方式，这就是文学的宏大叙事。这一叙述模式可以从两个方面进行简洁的描述：在空间方面，展现革命的宏阔时代背景，在此背景中完成重大历史事件的描写；在时间方面，注重历史感的抒写，这两方面都要围绕揭示历史事件和历史人物与时代精神和政治观念的对应关系而展开。”[2]17年历史剧也采用了这种叙事模式，《朝鲜风云》中，中、日、朝三国之间及与西方列强之间错综复杂的关系及其风云际会，《郑成功》收复台湾的历史过程，《1904年的战争》对第二次西藏战争的全景式描画，《詹天佑》中修路与反修路的复杂斗争，《神拳》中波澜壮阔的义和团运动，《胆剑篇》中勾践和越国人民的卧薪尝胆二十年，《西门豹》变法的全过程，等等。均是着眼于宏阔的历史背景而展开宏大叙事的。

---

[1] 刘克宽：《现实主义的时代性改造——“十七年文学沉思”之一节》，《海南师院学报》1997年第2期。

[2] 雷世文：《论20世纪中国的革命文学》，《天津社会科学》2001年第1期。

“宏大的背景可以是动态的，也可以是静态的；可以是事件式的，也可以是心理式的；可以是社会的，也可以是自然的。它的作用也是多重的，它可以是文学想象展开的场所，同时也构成审美的对象，造成一种史诗式的深沉效果。”[1]在历史剧创作过程中，在时间层面上它就是追求一种独特而深邃的历史感，在一定的时长内描述历史事件的发展历程和历史人物的命运遭际，进而寄寓史剧家们所要表达的重大政治主题，詹天佑、蔡文姬、曹操、郑成功、岳飞、岳云、西门豹、李秀成……这一系列的人物形象莫不如此，至于上述人物各自的个性心理、独特的性格特征、软性的个体情感等等，则被不自觉地放弃了。这种宏大叙事模式开始于1920年代的历史剧共同表现反封建的主题，到1930年代积极为政治服务，再到1940年代的“抗战六剧”。17年的历史剧只是将它进行了充分发挥和深化而已，并非首创。但在一定程度上它刚好契合了史剧家们强烈政治意识和崇高的使命感，及其充当“历史的书记官”的内在欲望。这也是它得以发展的一个重要原因。

新中国成立初，权威话语要求文学为无产阶级的革命及新生的政权进行合法性书写，并参与主流意识形态话语的建构，这样的文学思想自然对参与其中的历史剧及其创作主体提出了格外的要求，即史剧家也必须是革命者，历史叙事必须以群体的话语展开，个人的身份、自我的话语不在提倡和鼓励之列。宏大叙事还崇尚力度和阳刚等美学风范，以及由冲突、暴力、紧张、沉重、英雄的立场坚定、意志坚强、英雄主义的豪迈气概和浩然正气、强烈的斗争激情等审美内容构成的美学风范。体现在17年历史剧中就是选择重大历史题材，表现尖锐矛

[1] 雷世文：《论20世纪中国的革命文学》，《天津社会科学》2001年第1期。

盾冲突，寄寓重大现实主题；在冲突结构上以二元对立一统天下；在人物关系上是非好即坏、你死我活、不共戴天；在情感基调上是强调崇高与壮美；在目标指向上是理想化，歌颂人民的力量；在语言风格上是力求豪迈有力，有政论色彩。仅有《关汉卿》《伐竹记》《汤显祖》《楚汉春秋》《孟丽君》等少数几部史剧略微保留了一些“非主流”文学的特征，使17年的历史剧在叙事风格上避免了宏大叙事单一化的倾向。

宏大叙事体现在语言上就是具有强烈的政论色彩，许多史剧的语言不经过滤或加工而直接用来表达史剧家的政治理念，如《朝鲜风云》中大段大段地直接引用历史史料中的人物语言，《郑成功》中郑成功的语言主要是一种政治理念的宣示，文学性的成分极淡，还有《1904年的枪声》《詹天佑》《甲午海战》《天京风雨》等剧中的人物语言与时代流行的政治话语没有多少差别。许多史剧家在历史剧内部诸要素间关系的理解上往往呈现出思想性（政治性）——真实性（历史真实性）——艺术性（艺术真实）的结构，但在创作中却有放弃中间（真实性）环节，将政治目标和意图直接地引入历史剧的趋向，所谓将“政治直接美学化”。[1]以创造更富有教诲和宣谕色彩的历史剧，缺少对人物语言进行性格化、动作化乃至诗化的加工的耐心与能力，其结果便是丧失了历史剧的艺术感染力。

三 表现“重大”历史题材与单一的崇高风格

17年历史剧的风格形态是以崇高为主调，以优美、幽默和喜剧为

[1] 洪子诚：《当代文学概说》，广西教育出版社2000年版，第43页。

变奏和补充的。崇高作为一种美学形态,古罗马的朗吉弩斯在《论崇高》一文中认为它具有两个最基本的要素：一是庄严伟大的思想，二是强烈的激动的情感。并体现在修辞、文饰、结构等方面。对历史剧而言，就是选择和表现与流行政治主题相对应的“重大”历史题材，描绘雄伟壮烈的历史斗争生活，刻画历史上能代表民族精神和民族性格的历史人物，表现他们崇高而壮烈（或壮美）的情怀（或情感）。而17年的历史剧中，除《伐竹记》《孟丽君》《卓文君》等史剧外，其他各剧所表现的历史题材几乎都与特定时期的现实政治或主流意识形态话语有着较为直接的对应关系，题材重大，所刻画和歌颂的正面或英雄人物的主导性格与情感均是以庄严崇高为主基调。岳飞、岳云、邓世昌、关汉卿、李秀成、郑成功、艾买提、西门豹……这一系列壮怀激烈的英雄人物,均以其可歌可泣的英雄业绩长存天地间。在冲突的构成上，史剧家们总是将人物置于大起大落、大悲大喜的尖锐激烈的政治斗争的激流与漩涡中，让人物打开情感的闸门，将历史的心声、时代的呼唤融合成一个完整的统一体。即使是悲剧的情节，也不使人感到悲观和绝望，坚决摒弃悲惨、凄凉、悲观、绝望等情绪，而是以崇高的悲壮使人获得一种振奋和鼓舞的力量，激发人们将悲哀的情绪转化为奋进的力量。

而《卓文君》《关汉卿》《孟丽君》《汤显祖》《解忧》等剧以其优美的爱情描写,《伐竹记》以对拍马屁者辛辣的嘲讽，为崇高这一主导风格形态增添了新的变奏。当然，这与17年文学将崇高风格确定为一种固定的美学规范是相一致的。在泛政治化的创作语境中，崇高风格的勃兴与繁盛自有其历史必然性与现实合理性，崇高以其内容的庄严激烈和形式的巨大卓越而与17年的时尚相契合，表现出了一个新的历史转型期，实践主体对客观对象的征服，引起一种英勇的、振奋的、自豪的美感。崇高显示着健康、活泼、鲜明、生动的风格特色，满足了17年间广大接受者的审美需求，并通过接受者这一审美中介完成了对社会的影响、对人生的教谕。崇高风格的此种社会学价值是不能忽略的。

历史剧创作以崇高为主导风格形态，同样具有这些价值，也包括文学史的价值。另一方面，对崇高风格的绝对化、人工化、社会化、工具化的无限推崇和对各种变奏风格的压制或排斥，则必然会造成风格的单一化倾向，17年文学包括历史剧创作便存在这种倾向，以至于存在着一定的公式化、概念化问题。它从根本上影响了历史剧的美学品位，影响了历史剧自身的发展，这样的教训是值得我们永远记取的。

第四节　17年历史剧创作的民族化追求

所谓民族化，对历史剧而言，就是在内容上要反映中华民族的历史生活、历史精神与民族气质，表现具有民族精神和性格特点的历史人物。在形式上追求具有中国特色的民族情感表达方式及民族的审美趣味特点。简言之，“其主要内涵就是民族话剧的现代化创建。”[1]实现民族化的途径很多，但归结起来却不外乎两条：一是“化”用外来的技巧；二是继承本民族的传统。在我国，历史话剧近百年的历程其实就

[1] 胡星亮：《中国话剧与中国戏曲》，学林出版社2000年版，第23页。

是不断探索和追求民族化的历程。截至十年“文革”之前，历史剧民族化的历程大致可以分为四个阶段，即“五四”时期、1930年代、抗战时期和17年时期，而这四个阶段之间是有着内在的逻辑联系的。从“五四”到抗战时期，历史剧民族化的探索与追求是一种从对外来形式的照搬照用到对民族化的自觉追求的过程。

一　17年话剧：形式重于内容的民族化

17年历史剧具体的兴盛时间是1958年以后，它与17年话剧创作涌起的追求民族化思潮在时间上其实是一致的，是“作为建国初期‘全盘西化’思潮的反拨而出现的”。[1]新中国成立之初，我国话剧主要是学习斯坦尼拉夫斯基的表演体系，其中也有话剧民族化的探索者，但却从无人公开提此口号，因为它与当时“全盘苏化”政策是相抵触的。1958年春，在北京举行第一届全国话剧会演，来自苏联及东欧共12个社会主义国家的戏剧专家应邀前来观摩，外国专家在给予充分肯定的同时，明确提出中国话剧在继承民族传统、表现民族特色方面做得很不够。他们未能看到所期望的中国话剧独特的艺术表现，亦即“民族化”方面的特色与成就。这些意见引起了我国话剧工作者们特别是国家领导人的重视，恰在会演期间，昆曲《十五贯》轰动京城，在文化部和中国剧协召开的座谈会上，周恩来指出：“《十五贯》具有强烈的民族风格，使人们更加重视民族艺术的优良系统……值得话剧界学习。我们的话剧，总不如民族戏曲具有强烈的民族风格。”[2]稍后，毛泽东在

[1]　王新民：《中国当代话剧艺术演变史》，浙江大学出版社2000年版，第102页。
[2]　周恩来：《关于昆曲〈十五贯〉的两次谈话》，《文艺研究》1980年第1期。

同音乐工作者谈话时，也非常强调中国艺术要有自己的民族风格和民族形式。[1]领袖的讲话引起戏剧界的强烈震动和深刻反省，“话剧民族化”的探讨由此展开。

需要指出的是在讨论中尽管有许多戏剧家如田汉、夏衍、欧阳予倩、焦菊隐、舒强、吴雪、胡可等均论及话剧民族化首在内容，次在形式，而且这一点在1940年代的论争中已成为戏剧界的共识，是不争之论，但落实到创作上，却是强调话剧艺术形式上的民族化追求与探索，具体而言就是向传统戏曲学习。谭霈生先生就指出：“我重新翻阅了五六十年代讨论话剧民族化问题的一些文章，其中说得最多的是‘形式’的民族化问题，给人总的印象是有些同志把‘形式’的问题看作是‘民族化’课题的重心。”[2]那么，为什么会出现这种“形式重于内容”的偏颇呢？胡星亮先生认为根本的原因在于：“从话剧内容民族化着眼去讨论新中国话剧的公式化、概念化，就必然要涉及真实地反映现实生活等理论问题，而当时中国文艺界一方面在鼓吹作家‘写政策’、‘写重大题材’，另一方面是在抡起大棒直接批判‘写真实’等现实主义文艺观。新中国成立后文艺斗争的矛盾复杂，使得戏剧家没能在话剧内容的民族化方面更多地深入思考，而只能集中精力去进行话剧艺术形式的民族化探索。”[3]

丁帆先生认为，17年文学作为一种外向型的文学，它排斥作家自我和个人内心世界，革命与政治上的要求又使得揭露、批判的作品变得非法，对革命功利性、对无产阶级特征的强调，使得爱情追求、思想苦

[1]《毛泽东同音乐工作者的谈话》，见《党和国家领导人论文艺》，文化艺术出版社1982年版，第9页。

[2] 谭霈生：《关于话剧民族化的问题》，《戏剧创作》1985年第1期。

[3] 胡星亮：《50—60年代话剧学习戏曲的探索》，《文学评论丛刊》（第3卷第1期），江苏文艺出版社2000年版，第231-232页。

闷、感伤孤独、怜悯同情等种种与“为工农兵服务”无关的主题被视为“小资产阶级情调”而渐成禁区，“这种对选材的规范化必然造成作品内容的同样规范化，于是作品中只剩下炮火硝烟，敌我仇恨，落后先进，批判讴歌等纯政治性、战争性画面，人物也被抽去了除政治性外的一切感受。”于是，对内容的各种探索与思考包括民族化的追求当然就失去了存在的必要性。另一方面，“作家的艺术表达手段也逐渐被纳入了规范化体系（为了与主题、内容的规范化相适应），‘民族化’是其代表。在实践中，‘民族化’事实上又排除了‘现代化’，隐含着与‘五四’文学传统相对抗的内在因素。因而这种民族化，又只是‘旧瓶装新酒’（为何如此酷爱‘旧瓶’？用‘新瓶’来装不是更好吗？又并不是没有合适的新瓶），‘五四’时代的作家对文学前无古人的大胆探索、创造、借鉴精神在这里停顿而衍变为对旧形式的发现与利用。”可见，虽然允许对形式进行一定的探索，但可借鉴的东西仅剩下了旧形式，即中国传统戏曲，而这种旧形式还是“有限地失却了能力的框架”[1]。

难能可贵的是，由于历史剧表现内容的特有的规定性及17年史剧家们不懈的努力与抗争，使得历史剧的民族化探索在形式和内容方面均取得了一定的成就。在一定程度上弥补了这一时期话剧民族化仅重形式（主要是演剧体系上向传统戏曲学习）的偏颇。

二　逆境下的抗争与历史剧民族化的成就

17年历史剧民族化的成就是体现在内容和形式两个方面的。

[1] 丁帆、王世沉：《17年文学：“人”和“自我”的失落》，《唯实》1999年第1期。

在内容上：

首先，在现代剧作家们政治无意识升华、讲述民族寓言时，他们共同选择历史剧这种形式本身就明显受到了我国民族传统的影响。还有一个原因就是大量被剥夺了受教育权利的中国观众，虽不识字却看得懂戏，凭借自身的耳濡目染和长期积累的中国历史知识与文化传统，他们是可以在历史剧中产生感情共鸣和观念认同的。上述原因构成了17年历史剧创作必须走民族化之路的基本的立足点和出发点。

第二，历史剧民族化最根本的审美要义、最高的审美境界当是从中国社会的历史生活出发，写出中国人特有的社会存在和历史联系，特有的历史生活形态和斗争形式，以及处于特定历史时期中国人特有的命运与灵魂。郭沫若就曾指出，历史剧在刻画人物性格时必须注意“民族的特殊性”，“不要把中国人画成金发碧眼”[1]。亦即历史剧的民族化说到底是人物塑造的如何民族化问题。而戏剧人物的塑造大致有三个审美层次：人物化层次、个性化层次、心灵化层次。17年历史剧创作中的许多作品能紧紧把握住历史人物的心灵世界，将戏剧冲突心灵化，深入展示他们的精神世界，使之具有中华民族的气质、思想、观念、道德、情感以至心理，等等，刻画出具有中国特色的历史人物的性格与灵魂。

17年历史剧中，史剧家们通过冲突的心灵化，深化和表现了历史人物的复杂命运与民族性格，较为成功的如汤显祖、关汉卿、蔡文姬、岳飞、岳云、勾践、西门豹、文成公主、高秀才、邓世昌、李秀成、解忧、艾买提等。这些形象不仅具有历史时代的特点，也符合中华民族的传统观念和审美趣味，他们的思想与性格深深地烙上了中华民族

---

[1] 郭沫若：《“民族形式”商兑》，《郭沫若全集》（文学编第19卷），人民文学出版社1992年版，第47页。

的印记，标志着 17 年历史剧的民族化探索达到了一个新的高度。郭沫若是通过对蔡文姬内心世界的揭示而赋予其民族特色的，他擅长为主人公构造尖锐复杂的戏剧情境，对人物的内心造成挤压，以强化其内在情感的流程，展现出一位中国母亲的爱国情怀。《神拳》中的高秀才形象民族化的特点最为鲜明，他长期接受传统文化特别是科举文化的熏染，正直爱国、急公好义，又优柔寡断、胆小怕事，略有文墨，处处不忘显露，但又迂腐难化。就是这么一个可笑可叹、可敬可爱的民间落魄秀才，在时代风雨的冲击下，终于拿起武器，投身到了抗击外侮的战斗之中，并献出了宝贵的生命，其心灵转变的历程真实自然，真切感人。

第三，历史剧内容民族化的程度，还体现在它反映中华民族历史生活的深度和广度上，体现在史剧家们所代表的思想感情、精神气质的高度与强度。果戈理说："真正的民族性不在于描绘农妇穿的无袖长衫，而在于表现民族精神本身。即使诗人描写完全生疏的世界，只要他用含有自己的民族要素的眼睛来看它，用整个民族的眼睛来看它，只要诗人这样感受和说话时，能使他的同胞们感觉到，似乎就是他们自己在感受和说话，那么，他在这时候也可能是民族的。"[1]这段话不仅说明真正的民族性在于具有民族的精神，更指出了民族性内容只能是经过本民族艺术家的眼睛观察和筛选过的本民族真实的现实生活。以历史剧为例，我们考察其民族性特征，就不应该仅关注和寻找它与外国文学之间某些个别的、枝节的不同，也不能仅从它的结构形式和表现手法等方面去寻找。所以，郭沫若说："文艺是现实的反映、生活的

[1] 别林斯基：《别林斯基选集》第 3 卷，满涛译，上海译文出版社 1980 年版，第 280 页。

批判。各个民族因为有他们内在的遗传因素和外在的自然条件的不同，便会形成一些有特殊性的现实生活。由这些有特殊性的现实生活，产生出各种特殊性的意识形态。文艺便是其中之一。各个民族的文艺在或多或少的差别性上是有他们的独特的内容和风格的。”[1]

17 年历史剧所选择和表现的历史性文本及史剧中所寄寓的当代性文本，如果置于 1958 年以后特定的政治氛围中，其无论在反映历史生活的广度，还是对当代问题思考的深度上均取得了较高的成就。可谓是题材丰富，寄托深远，许多作品还折射出史剧家们内心矛盾重重的状态和强烈的“干预生活”意识，民族特色极为鲜明。至于有些史剧中的民俗风情、地方文化的展示同样有利于凸显民族特色和文化内涵，包括一个民族的价值观念、审美心理。《神拳》《1904 的枪声》中的津味文化，《武则天》第三幕开头时孩子们唱的童谣，《1904 年的枪声》《文成公主》展示的雪域风情，《解忧》《战斗中血的友谊》中的大漠戈壁风光及维吾尔族的风土人情、传统习俗，《胆剑篇》中古老的吴越文化，《郑成功》中台湾的自然风光，等等，均极具民族特色。所以，田汉在对中国青艺同志谈话时强调“地方特色也就是民族特色的基础”，“要注意抓地方特点”，“自然环境、人民生活习惯、历史事物都是构成地方特色的东西。剧中的英雄人物本身也常有地方特征。如雪野的东北，四季如春的南方，高原与海洋，也分别给予人物以不同的气质”。至于如何认识、体验并表现早已逝去的古代社会生活，郭沫若的经验是：一、必须深入研究古代历史，对当时的制度、风俗、精神，包括人物的性格、心理、习惯做到尽可能地精确把握；二、史剧家必须设身处地地去推

[1] 郭沫若：《中苏文化之交流》，《郭沫若全集》（文学编第 19 卷），人民文学出版社 1992 年版，第 24 页。

知古人的思想感情和心理状态。一般而言，只要做到这两点，史剧家就能解决认识和体验古代社会生活问题，推动历史剧的民族化。

17 年历史剧形式方面民族化的成就首先体现在结构上，主要有四点特征：

1. 情节的传奇性。“传奇性”一直是中国传统戏曲的重要特点，17 年历史剧也很注重这一点，《文成公主》采用了许多民间传说甚至“日月宝镜”的神话，《神拳》中的义和团攻寨门、抓夜猫子、“开刀祭坛”等均有民间传说中的传奇色彩，《关汉卿》的故事情节也具有强烈的戏剧性，郭沫若的《蔡文姬》《武则天》二剧受传统戏曲的影响，“喜欢听故事”，文姬归汉、武则天当政都是中国民间广为传诵的历史故事，为了使这些故事更加精彩动人，史剧家有意识地挖掘并渲染其中具有“传奇性”的成分，让剧情发展曲折跌宕，紧张激烈，也就是使故事更加有“戏”。还有卓文君与司马相如的千古佳话，孟丽君的女扮男装、官至宰相的民间传说，勾践卧薪尝胆的离奇故事等等，传奇色彩均极为浓厚。

2. 冲突的紧张性。20 世纪上半叶是中华民族历史上民族矛盾、阶级矛盾冲突最为激烈残酷的时期，反映到戏剧中就表现为冲突的紧张性，17 年历史剧承继这一传统，在建构戏剧冲突时，也努力强化其紧张与激烈。历史人物在血与火、生与死、战与降、团结与分裂等的激烈冲突中经受着严峻的考验。在 17 年的众多历史剧中，轻松幽默类的历史剧仅有《伐竹记》一部。应当说这是 17 年现实生活中政治斗争激烈与残酷在历史剧中的折射。

3. 线索的明了性。外国话剧常用的“藏头藏尾”的结构方式，虽然紧凑集中，但不符合中国普通观众的欣赏习惯。为此，17 年历史剧对此加以民族化的改造，即一方面将众多的头绪紧凑、集中地组织在有限的时空中，另一方面又将诸多头绪的来龙去脉、交叉关系合乎情理地交代得了了分明。许多史剧尽可能地做到人、地、时三者的统一，一人一事，一线到底，前因后果，交代分明。《义和团故事组剧》将黑塔从受压迫到反抗、从胜利到牺牲的历程渲染得极为生动，《武则天》一剧“把徐敬业的叛变作为中心，围绕着这个中心事件来组织我所选择的事件和人物”[1]。《蔡文姬》紧扣“文姬归汉”的故事展开情节，很少枝蔓，《胆剑篇》更是将卧薪尝胆的故事演绎得淋漓尽致。这一特征在17年的绝大多数史剧中得到了充分的体现。

4. 大团圆结局。这是我国传统戏曲最典型的特征之一，它在17年的史剧中也得到了普遍运用。比如，在《关汉卿》一剧所保留的“蝶分飞”与“蝶双飞”这一悲一喜两个结尾中，田汉更为珍视“蝶双飞”的喜剧结尾，认为它是“符合人民的愿望的”，其实，也就是更为符合中国人的欣赏习惯。

其次是写意与抒情手法的运用。应当说结构上的民族化仅仅属于表层，对传统戏曲写意与抒情手法的借鉴与运用才真正进入了形式民族化的深层次。因为它代表了传统戏曲的基本精神和美学特征，体现出真正的民族风格。

写意是我国传统艺术处理“形”与“神”“实”与“虚”之间关系的重要法则，与西方讲究以写实的方法“摹仿”和“再现”生活形成了明显的区别。写意不拘泥于外部世界的精细描绘，而讲究气韵生动、意在言外，强调“表现”，在戏曲中体现为把“传神”和创造美的意境

[1] 郭沫若：《我怎样写〈武则天〉》，《光明日报》1962年7月8日。

作为艺术的最高理想。《汤显祖》一剧对人物心灵的揭示也是点到为止，要言不烦，重写意传神，留给观众以极大的想象空间。《伐竹记》一剧如行云流水，简洁流畅，止于当止，颇像一幅中国传统的水墨山水画。田汉的《关汉卿》和《文成公主》在结构和场面处理上明显具有单纯化和灵活性的特点，这均是出于写意的需要，他一般不搞冲突和事件高度凝聚、人物关系错综复杂的“团块式”结构，有时甚至故意制造一些停顿和“空白”，留给演员自己去发挥，以造成诗化的境界。

抒情也是中国传统艺术的一大特长，它与写意紧密关联，相辅相成。17 年历史剧中浓郁的抒情气息其实是与史剧家们对中国传统戏曲中抒情特征的理解和追求相契合的。17 年的史剧家们对此进行了多方面的探索和尝试。

1. 大胆地将音乐和诗歌的因素注入历史剧的创作，增加了剧作的音韵美。《汤显祖》一剧本就是诗剧。田汉很喜欢在史剧中插入一些朗诵诗和歌曲，并自称“那是真正的‘话剧加唱’，这种形式我以为还是有效果的”[1]。运用这种形式并不是因为田汉擅长写诗或歌词，故意卖弄，而是因为他在艺术构思上特别注重抒情。一曲《双飞蝶》堪称千古绝唱，撼人心魄，催人泪下。还有第 11 场朱帘秀唱的《沉醉东风》。这些曲词不仅是关、朱两人精神的剖白，更极大地增强了全剧的诗意和抒情性。郭沫若的史剧也喜欢在史剧中融进歌、舞的成分，如《蔡文姬》一剧以《胡笳十八拍》一诗为中心，诗意推动着剧情，剧性诠释着诗意，结合音乐、舞蹈、歌唱及历史剧独特的吟哦式说白，既丰富了剧性内容，又渲染了全剧的抒情气氛，增加了全剧的审美效果。所以，郭沫若的史剧其

[1] 田汉：《田汉剧作选·后记》，人民文学出版社 1955 年版，第 429 页。

实就是诗剧，他自称“有些诗趣在里面”，有时甚至将历史剧当作诗去写，史剧中“倒有些确实是诗”[1]。《武则天》中，武则天在看了上官婉儿影射她的《剪彩花》一诗后与上官婉儿心灵交流的场面，也是诗意葱郁，诗情醇厚，颇为感人。还有《卓文君》《岳飞》《文成公主》等剧中大量唱的成分，《胆剑篇》《岳云》《解忧》《楚汉春秋》等剧中的诗化语言，都很好地赋予了上述史剧以强烈的抒情效果。

将抒情融于情景交融的意境是传统戏曲一种独特的情感抒发方式，这在 17 年的史剧中也得到了很好的继承。蔡文姬深夜在父亲墓前抚今追昔、悲痛欲绝、抚琴悲歌的意境创造就极为成功，《关汉卿》第四场写关汉卿通宵达旦创作《窦娥冤》这一抒情场面更是历史剧意境创造的典范。整场戏没有一个对立面人物，也没有了不起的事情发生，在一般的话剧中是很难写成一场戏的。可是田汉却用恬淡的气氛描绘，反射了关汉卿写剧时的激愤心情。幕启时的舞台提示是：“汉卿对着残烛时而哦吟、构思，时而伏案狂草，时而起身伸腰，抽宝剑起舞。谯楼敲鼓三点……”接着，老家人关忠屡屡劝主人睡觉，絮絮叨叨，两位剧坛艺友登门拜访，侃侃而谈。这一个个寓动于静的场面，配上幕后传来的四次“鸡鸣”声，构成了“山雨欲来风满楼”的意境，引起了观众“于无声处听惊雷”的期待心理。《汤显祖》第五幕汤显祖在金凤钿墓前小屋的梦境描写更是情深意切，感人肺腑，催人泪下。

由此可见，较之偏于形式的话剧民族化追求，17 年历史剧的民族化探索与尝试无论在形式上还是在内容上，都较好地继承和发展了 1930、1940 年代已有的民族化经验和做法，取得了较高的艺术成就。

---

[1] 郭沫若：《序我的诗》，《郭沫若论创作》，上海文艺出版社 1983 年版，第 214 页。

三　民族化：一个具有强烈意识形态性的口号

任何一个民族的文学如果要获得发展，走向繁荣，就必须对其他民族的文学和文化做到欢迎和开放，仅靠强调对历史传统的继承肯定是不够的，也是不足取的，更为重要的当是大胆吸取外来影响以激发本民族文学的创造活力。20世纪中国文学两个最为繁荣的时期是"五四"和新时期，其获得繁荣的最重要的原因便是对外来文化与文学的全面开放与兼收并蓄。而17年中带有自觉意识地强调话剧民族化，其实是明显带有某种意识形态针对性的，即对外来强势戏剧文化的拒斥和对本民族戏剧文化特性有可能丧失的恐惧和焦虑。

如果我们仅将民族化理解为民族性，要求文艺作品，当然也包括历史剧必须体现民族风格与民族气派，那么这种担心就有点多余，正如对文学民族化理论具有杰出贡献的别林斯基经常提到的："民族性在艺术作品中不是什么了不起的功绩，而只是诗人毫不费力地达到的必不可少的创作属性而已。"[1]"果戈理君的中篇小说是极度民族性的，可是我不想对它们的民族性多加赘述，因为民族性算不得优点，而是真正艺术作品的必备的条件。"[2]但1950年代中后期所提出的民族化口号，更多的是强调本民族文学在与其他民族文学发生联系时的一种立场和态度，即如何力求"化他为我"，同时避免"化我为他"。对此，曾有学者作了这样的描述："'民族化'戏剧思潮的涌起是作为建国初期'全盘苏化'思潮的反拨而出现的。"[3]这明显体现出主流意识形态话语中潜

[1] 别林斯基：《别林斯基选集》第3卷，满涛译，上海译文出版社1980年版，第202页。
[2] 别林斯基：《别林斯基选集》第1卷，满涛译，上海译文出版社1979年版，第170页。
[3] 王新民：《中国当代话剧艺术演变史》，浙江大学出版社2000年版，第102页。

隐着对谁“化”谁的警惕与担忧，可见，民族化是一个具有防御性的政治性口号，在深层次上它隐含着自我封闭的意识，17 年历史剧的民族化探索自然不会例外。

“民族化的概念是近代历史的必然产物。”[1]文艺民族化，特别是对历史剧进行民族化探索的自觉意识开始出现在 1940 年代初，它更多的是一种对付日本帝国主义侵略的策略与手段。1950 年代，西方国家对中国内政横加干涉，对中国实行经济禁运与军事包围，加之 1960 年代初中苏交恶，种种刺激使得我们的自尊与自信心受到了极大的挑战，传统的“华夏中心论”和“反求诸己”的文化心理积淀促使权威话语重提民族化的口号，其产生的心理机制便是对外来文化怀疑、警惕的防御性与对抗性。17 年历史剧的选材就极为鲜明地体现了这一特征。在 25 部史剧中，反抗西方侵略，抗击异族入侵，弘扬民族自强精神类的作品竟有 11 部之多，且从 1950 年的《朝鲜风云》到 1964 年的《岳飞》《詹天佑》（濮本），贯穿了 17 年历史剧创作的全过程。歌颂民族团结，反对国家分裂类的史剧也有 6 部（不含 1962 年写了前两幕的《王昭君》）。

莱辛曾精辟地指出，作家“之所以需要一段历史，并非因为它曾经发生过，而是因为对于他的当前的目的来说，他无法更好地虚构一段曾经这样发生过的史实”。[2]主流意识形态话语与史剧家的构思及创作之间的运作关系是如此的直接，所以，田汉说：“历史剧照样可以反映当前现实斗争，也可能在一定情况下发挥强大的现实意义。”[3]从积极意义而言，这种对民族性的张扬与砥砺，又构成了中国人民在特定时

[1] 陈越：《民族化：一个防御性的口号》，《文学评论》1987 年第 1 期。
[2] 莱辛：《汉堡剧评》，张黎译，上海译文出版社 1998 年版，第 100 页。
[3] 田汉：《送〈关汉卿〉访朝》，《人民日报》1959 年 8 月 4 日。

期度过难关的极重要的心理支撑。1960 年，周扬在第三次文代会的报告中一再强调民族化的必要性与重要性，“革命的文艺如果不具有民族特点，不在自己民族传统的基础上创造同新内容相适应的新的民族形式，就不容易在广大群众中生根开花”[1]，“文艺的民族独创性，是人民群众的创造性的集中表现，是一个时代、一个阶级的文学艺术成熟的标志”[2]，等等。从中不难看出权威话语内在的焦虑与渴望。

所以，“‘民族化’一般说来是一个政治性的概念”[3]。而 1940 年代初毛泽东在《新民主主义论》和《中国共产党在民族战争中的地位》等文章中先后提出文艺“民族化”“民族形式”的诉求，就是他基于民族战争的特定背景，在国际共运应与被压迫民族的民族斗争结合起来的国际 / 中国关系的基础上提出的。将民族问题作为抗战时期中国共产主义运动的主导性问题，而非阶级问题，很显然是有其政治含义和历史背景的，即“通过诉诸‘民族’问题，获得共产主义内部的民族自主性或者说摆脱共产国际的支配，使中国共产党成为一个具有独立自主权的政党。这一分析是有道理的，摆脱霸权的控制，寻求中国独特的道路，是毛泽东的一贯追求，即便是在国际共运的内部，他也希望能够保有‘民族’的声音，而不至于在两大阵营的对峙中消融了自己，当民族解放的任务已经完成，阶级的问题成为突出的问题时，民族性的问题仍被强调，但是值得注意的是，它改变了原有的历史含义。这时，‘民族形式’也同时具有了‘阶级的’防卫意义。当毛泽东在新的历史时期强调‘民族形式’时，他显然含有针对西方‘资产阶级’意识形

[1] 载《文艺报》1960 年第 19 期。

[2] 同上。

[3] 张颐武：《在边缘处求索——第三世界文化与当代中国文学》，时代文艺出版社 1993 年版，第 19 页。

态的成分。也就是说，在防卫意识形态侵蚀的意义上它是阶级的，而在‘习惯、感情以至语言’等形式的意义上，它是民族的。这是他坚持‘民族形式’、反对‘全盘西化’的真正用意”。[1]

这一切在17年历史剧中得到了一定的体现，即同样是由政治性因素激活了其中的民族化追求，中西方政治话语的对立直接影响到文学的走向，历史剧中的民族化追求与强烈的反西方性甚至还被纳入到了政治上中国与西方二元对立的体系中，成为中西对抗的政治形式之一。可见它的民族化探索要想完全摆脱政治的诉求及其强烈的意识形态性，显然是不可能，这也构成了17年历史剧创作话语形态的一个重要特征。

[1] 孟繁华：《毛泽东文艺思想及其内部结构》(下)，《文艺争鸣》1998年第4期。

■

第八章

17 年历史剧创作话语消隐论

■

在 17 年的 20 余部历史剧中，创作或发表于 1962 年的历史剧竟有 8 部之多，几近三分之一，其中尚不包括曹禺构思并创作了第一、二幕的《王昭君》，而师陀的第三部史剧《列御寇》在这一年也已完成了近一半。可见经过史剧家们 4 年的探索与实践，17 年的历史剧创作开始呈现出繁盛的势头，但从 1963 年开始，除几部在 1962 年已写完的史剧在年初发表外，这种探索的势头戛然而止，历史剧创作突然发生了中断。原因当然是多方面的，但最直接的原因当是权威话语对历史剧下了逐客令。

第一节　1963："大写13年"和"两个批示"与历史剧的消失

1963年1月4日，华东区兼上海市委书记柯庆施在上海文艺界元旦联欢会上，突然提出"大写13年"的口号，在全国各地引起了强烈的反响。说他"突然"，是因为1960年代初党对文艺政策所做的调整得到了艺术家们的广泛欢迎，但尚未得到全面的贯彻执行，柯庆施的口号却公开与中央政府的上述政策，特别是戏剧政策唱起了对台戏，含有与此前党中央所号召的戏剧要"两条腿走路"及"三并举"的方针进行公开挑战的意味，它令文艺界缺少思想准备，但绝非偶然。这一口号明显是呼应权威话语及艺术界的一系列与之配套的新举动的。

首先是1962年9月，毛泽东在八届十中全会上重提"千万不要忘记阶级斗争"的口号，将党的基本路线从经济建设转到了阶级斗争，认为"阶级斗争要年年讲，月月讲，天天讲"，将思想改造与思想斗争提升到了越来越重要的高度。戏剧界开始提倡剧作家们去工厂、下农村，在参加体力劳动、接受工人阶级和贫下中农教育改造的同时，"接触实际斗争"，创作出新的、在思想观念上更符合"革命"要求的作品。同时还与对孟超《李慧娘》及廖沫沙《有鬼无害论》的批判有密切的关系。还有就是国际冷战环境及中苏论战的政治背景，也影响和推动着国内文学话语产生着相应的变化。事实上，作为地方领导的柯庆施之所以敢公开提出与中央政府的戏剧政策相对立的口号，更重要的是由于他的讲话所传递的是来自更高层，甚至足以超越中央政府的一种特殊而权威的声音。

1963年4月，在中宣部召开的文艺工作会议上，作为上海方面代表的张春桥进一步列出了“写13年”的十大好处，加以鼓吹。会议期间，江青还逼中宣部匆匆地发出了一个《关于停演鬼戏的通知》，推波助澜。对此，不明真相的正直的艺术家们对这一形而上学的“题材决定论”，否定“双百方针”的口号进行了抵制和批判。如周扬、林默涵、邵荃麟等都指出了这一口号的片面性，批驳“只有写社会主义社会的生活才是社会主义文艺”这一口号是谬论。在4月27日的全国文联委员扩大会上，周扬进一步提出“不论写什么题材都能反映时代精神”，“不要认为只描写现在，才是主导的”。[1]在8月份举行的音乐舞蹈座谈会上，周恩来总理指出：“在分量上，总是尽量提倡现代的，但不能把古代、近代的一笔勾销，那样是不许可的。”[2]旗帜鲜明地表明了自己的态度。但抵制和抗争是徒劳的，因为一场政治风暴即将来临。

从1963年下半年开始，毛泽东连续对文化特别是戏曲工作提出严厉的批评。1963年12月底，在华东话剧观摩演出大会会演前夕，柯庆施、张春桥、姚文元等对文艺界拒不贯彻执行“写13年”的口号，甚至展开争论与批判大为不满，并将这种不满写进了《柯庆施同志抓曲艺工作》这一报告中，此报告被登在中宣部编印的专呈中央领导同志的《文艺情况汇报》116号上，江青看到后非常满意，马上送毛泽东审阅，毛阅后大为震怒，便在《汇报》题前空白处批示：

各种艺术形式——戏剧、曲艺、音乐、美术、舞蹈、电影、

[1] 黎之：《回忆与思考——“大写13年”的大争论及其背景(下)》，《新文学史料》1997年第4期。
[2] 周恩来：《在音乐舞蹈座谈会上的讲话》，文化部文学艺术研究院编：《周恩来论文艺》，人民文学出版社1979年版，第182页。

诗和文学等等，问题不少，人数很多，社会主义改造在许多部门中，至今收效甚微。许多部门至今还是“死人”统治着。不能低估电影、新诗、民歌、美术、小说的成绩，但其中问题也不少。至于戏剧等部门，问题就更大了。社会经济基础已经改变了，为这个基础服务的上层建筑之一的艺术部门，至今还是大问题。这需要从调查研究着手，认真地抓起来。

许多共产党人热心提倡封建主义和资本主义的艺术，却不热心提倡社会主义的艺术，岂非咄咄怪事。[1]

这就是毛泽东“关于文学艺术的两个批示”中的第一个批示。这个措辞严厉的批示对文艺工作和文艺工作者的情况做了错误的估计，其结论显然是错误的。但江青、柯庆施等人却在华东话剧会演中据此进一步扩大宣传“写13年”的口号，他在大会讲话中说，“我们的戏剧工作和社会主义经济基础还很不相适应……对于反映社会主义的现实生活和斗争，15年来成绩寥寥，不知干了些什么事。他们热衷于资产阶级、封建阶级的戏剧，热衷提倡洋的东西、古的东西，大演‘死人’、鬼戏……所有这些，深刻地反映了我们戏剧界、文艺界存在着两条道路、两种方向的斗争”。[2]在此他公开否定历史剧，紧接着在姚文元执笔的《解放日报》社论中，他又开始鼓吹只应“写现代戏和演现代戏”。1964年初，刘少奇、邓小平于1月3日召集中央和北京部分文艺领导和著名文艺家开会，贯彻落实毛泽东去年12月的批示，当周扬提到提倡现代戏，

[1] 载《红旗》杂志1967年第9期。

[2] 柯庆施：《大力发展和繁荣社会主义戏剧，更好地为社会主义的经济基础服务》，《红旗》1964年第15期。

但对历史剧和传统戏也不能偏废时，参加会议的江青很激动地插话："对现代戏求全很难。新剧目还没有一半，就有人叫两条腿走路。14 年工夫，还是搞右的东西，就是立场问题。"说话"阴阳怪气"，口气"咄咄逼人"。[1]江青还多次宣称，她有两个"惊心动魄"的统计数字。据说当时她在中央会议上也讲过，在讲稿上毛泽东阅后批示："已阅，讲得好。"第一次数字是：据不精确统计，全国剧团三千个，"在戏曲舞台上，都是帝王将相、才子佳人，还有牛鬼蛇神。"九十几个话剧团，全演"一大、二洋、三古"，"被中外古人占据了"；第二个数字是：全国工农兵有六亿几千万，我们文艺工作者"吃着农民种的粮食，穿着工人织造的衣服，住着工人盖的房子，人民解放军为我们警卫着国防战线，但是却不去表现他们，试问，艺术家站在什么阶级立场，你们常说的艺术家'良心'何在？"[2]她讲得振振有词。她用的数字是不错的，但她的分析和结论是错误的，显然是睁着眼睛说瞎话。

面对这种不利于戏剧发展和繁荣的不利形势，身为中国戏剧家协会主席的田汉进行了顽强的抗争，在华东话剧会演期间，他向参加会演的部分人员传达"三并举"的方针，被柯庆施当面呵斥是"挡社会主义的道"。[3]1964 年 3 月，文化部给近年来的优秀话剧创作和演出授奖，规定获奖作品的题材不限于 13 年，以示对抗。但形势已越来越不利于这些抵抗者们。华东话剧会演刚结束，江青一伙就在北京制造了所谓"迎春晚会"事件，抓住中国剧协在京举办的 1964 年

---

[1] 黎之：《回忆与思考——从一月三日会议到六月批示》，《新文学史料》1998 年第 3 期。

[2] 黎之：《回忆与思考——文艺"反修"，毛泽东十二月批示和他亲订〈毛泽东诗词〉出版（下）》，《新文学史料》1998 年第 2 期。

[3] 葛一虹主编：《中国话剧通史》，文化艺术出版社 1997 年版，第 436 页。

迎春晚会中个别节目的枝节问题，上纲上线，称之为"对抗社会主义改造"，"搞和平演变"，[1]株连文联各协会，逼迫他们进行检查和整风，中宣部还向中央写了一个汇报整风情况的报告草稿，即《中央宣传部关于全国文联和所属各协会整风情况报告》。据此，1964 年 6 月 27 日，毛泽东在这份"草稿"上作了"关于文学艺术的两个批示"中的第二个批示：

> 这些协会和他们所掌握的刊物的大多数（据说有少数几个好的），十五年来，基本上（不是一切人）不执行党的政策，做官当老爷，不去接近工农兵，不去反映社会主义的革命和建设。最近几年，竟然跌到了修正主义的边缘。如不认真改造，势必在将来的某一天，要变成像匈牙利裴多菲俱乐部那样的团体。[2]

这个批示进一步对文艺界作了全面否定，而且对文艺界的领导，甚至对陆定一、周扬等领导的中宣部也表示甚为不满，为后来甩开中宣部举行"部队文艺工作座谈会"和"砸烂旧中宣部阎王殿"的非常措施埋下了伏笔。这个批示于 7 月 1 日作为中央文件下发。第二个批示对文艺界产生了更大的政治冲击，江青一伙利用它，从组织上、舆论上一齐向文艺界开刀，文化部被改组，田汉、阳翰笙等被审查，并下放农村"劳动锻炼"。所以，从 1963 年开始，在一种不断升级的话语规范中，历史剧被当成了"封、资、修"，受到了限制乃至禁演，基本丧

[1] 葛一虹主编：《中国话剧通史》，文化艺术出版社 1997 年版，第 436 页。
[2] 载《红旗》杂志 1967 年第 9 期。

失了生存的空间，迅速地退出了话剧乃至整个戏剧领域。在1963年的华东话剧观摩演出大会及1964年文化部对近年来优秀话剧创作和演出授奖大会的众多获奖作品中，已没有一部历史剧能忝列其中。

那么，毛泽东为什么对以江青、柯庆施、张春桥等为代表的文学激进思潮提供理论支持，取消历史剧并竭力提倡现代戏呢？我认为关键是毛泽东认为，戏剧舞台由什么人占领就意味着表明历史到底是由谁创造的。当年毛泽东在“两个批示”中表现出的愤怒与1944年他在延安看了平剧《逼上梁山》演出后写给杨绍萱、齐燕铭的信中所流露出的欣喜情绪其实是一脉相承的，即都在强调“历史是人民创造的”。江青在《谈京剧革命》中说：“在共产党领导的社会主义祖国舞台上占主要地位的不是工农兵，不是这些历史真正的创造者，不是这些国家真正的主人翁，那是不能设想的事。”“剧场本是教育人民的场所，如今舞台上都是帝王将相、才子佳人，是封建主义的一套，是资产阶级的一套。这种情况，不能保护我们的经济基础，而会对我们的经济基础起破坏作用。”[1]初澜进一步阐述道：“这是多么反常的现象：政治上被打倒了的地主资产阶级在文艺上却依然耀武扬威，而做了国家主人的工农兵在文艺上却照旧没有地位。这种情况，严重地破坏社会主义的经济基础，危害无产阶级和革命人民的根本利益。”[2]“从历史上看，塑造哪个阶级的英雄形象，由哪个阶级的代表人物作为文艺舞台的主人，是政治斗争在文艺上的集中反映，是文艺为哪个阶级的政治路线服务的主要标志。”[3]

[1] 江青：《谈京剧革命》，《红旗》杂志1967年第6期。

[2] 初澜：《京剧革命十年》，《红旗》杂志1974年第7期。

[3] 傅谨：《新中国戏剧史》（1949—2000），湖南美术出版社2002年版，第102、103页。

所以，到了 1962 年，历史剧创作趋于繁荣及戏曲中传统戏的不断增加，引起了文学激进思潮的激烈压制也就不难理解了。即使是利用历史剧配合政治宣传、歌颂领袖人物，甚至纷纷加进人民性的内容也不见容于权威话语,因为剧中的主要人物仍是“帝王将相”“才子佳人”，而不是“人民”。

第二节　并不“现代”的现代戏与激进文艺规范体系的形成

激进的文艺思潮认为，如果听任历史剧“泛滥”，那么，它所造成的危害是多方面的。首先会对社会主义的经济基础起到破坏作用；其次，提倡历史剧就是提倡封建主义艺术，那就会跌到修正主义的边缘，就有利于阶级敌人对我进行“和平演变”。那么,他们口口声声提倡的“现代戏”究竟有怎样的内涵呢？

1960 年，当时作为文化部副部长的齐燕铭提出现代戏创作在题材方面可以在两个大类当中选择，即“应当既歌颂‘大跃进’，也回忆革命史”。[1] 可见这一广义的概念并不与传统戏或历史剧相对立，较为符合当时的创作实际。其实，“现代戏”还应包含更为丰富的言外之意，它并不仅仅是一个时间的概念，17 年中，特别是 1963 年以后，激进思潮所反复强调的“现代”特指 1949 年以后的当代社会主义时期的社会生活，当然也包括革命历史题材。另外，“现代戏”也不是一个纯粹题

[1] 傅谨:《新中国戏剧史》(1949–2000)，湖南美术出版社 2002 年版，第 102、103 页。

材意义上的分类学概念，但在17年中，“它自从诞生以来，就形成了某种形式层面上的约定俗成的规范”[1]，包括表演手法、人物造型、音乐舞美的一些新的表现手法等等。而真正的“现代戏”，从某种意义上说，它应该“凝聚了中国戏剧界大约100年左右改造传统戏剧的理论努力，大约60年左右革新传统戏剧的实践追求”，是一种具有现代意识和探索精神，“能够切近当代人的心灵，代表民众的真实心声”[2]的戏剧。而1963年以后激进思潮所提倡的现代戏，仅是一个具有题材和时间方面具体规定性的概念，即表现1949—1962年这13年间的工农兵生活，歌颂现代历史进程中的胜利者，但真正揭示当代人的内心世界，能触动当代人心灵的内容却又被严厉禁止，由此可见这种现代戏并非真正的“现代”[3]戏，两者之间是风马牛不相及的。

1963年的“大写13年”、提倡现代戏及江青在1964年7月《谈京剧革命》中所说的“我们提倡革命的现代戏，要反映建国十周年来的现实生活，要在我们的戏曲舞台上塑造出当代的革命英雄形象”等等，其实是激进的文艺思潮贯彻和采用阶级斗争理论和两结合创作方法的体现，具体呈现出四个方面的特征：“政治的直接‘美学化’”；“对文学遗产所表现的‘决裂’和彻底批判的姿态”；“文学激进派提出了‘重新组织文艺队伍’的问题”；“在表达、修辞方式上，或者说文学风格上，体现文学激进思潮的创作，表现了一种从‘写实’向‘象征’转移的

[1] 傅谨：《新中国戏剧史》（1949–2000），湖南美术出版社2002年版，第102、103页。

[2] 同上。

[3] 杨洪承先生认为，从“现代”的概念说，意识形态的政治革命的现代性，与文学作为自身封闭的审美或形式意义的现代性，都只是一种观念形态的代言人或一种多功能实用工具的文学负载体。“现代”对于社会发展可能更多指具体的经济物质的条件，然而，对于文学史的发生发展来说，则主要指以人为主体，以精神追求为目标，以丰富创作形态为表征等。见《现象与视阈——20世纪中国文学研究纵横》，吉林教育出版社2003年版，第1、2页。

趋向。”[1]这些特征发展到样板戏中就是以“三突出”为中心的一整套的创作体系。

事实上，从1963年开始，戏剧已完全取代了其他文学样式、特别是长篇小说的中心位置，成为主流政治意识形态话语的载体。在整个1950年代特别是1957年以后，由于权威话语提出要在国内长期与资产阶级进行阶级斗争，而要进行斗争，就必须突出矛盾冲突，能最佳地表现矛盾冲突的文学样式又莫过于戏剧，因为戏剧是冲突的艺术，虽然戏剧和长篇小说都具有叙事和反映矛盾冲突的艺术特点，但相对而言，由于受时空的限制，戏剧的叙事性，特别是所讲述故事的完整性是不及长篇小说的，但长篇小说反映矛盾冲突的功能（戏剧性）则要比戏剧弱得多，戏剧能通过演员的表演，把各种政治的、思想的、道德的、感情的、心理的矛盾冲突，直观地再现于舞台上，使观众身临其境。此乃戏剧从50年代的潜中心进入1960年代的“显中心”的主要原因。其实，在中国共产党的斗争史上，戏剧一直受到特别的重视，只不过现在更为强烈而已。

根据毛泽东的无产阶级夺取政权后阶级斗争更加激烈的思想，要表现社会主义时期激烈的阶级斗争，就时间而言，当然要提倡现代戏，大写13年。事实上，在这种超越生活本真、为革命一方虚构假想敌的斗争与冲突中，为了凸显革命者的革命性与纯洁性，它必然对文学遗产和文学传统采取决裂和批判的激进姿态，不断清理革命文艺队伍中意志不坚定、立场游移、思想波动的不合格分子；在表现和修辞上，从写实向象征转移。但这种对戏剧中心位置的过分强调必然会造成其功

[1] 洪子诚：《当代文学概论》，广西教育出版社2000年版，第43—47页。

能定位的失当与扭曲，丧失文学性，突出政治性；丧失愉悦功能，突出教化功能；放弃来自性格、心灵的戏剧冲突，突出政治冲突；放弃内在冲突，突出外部冲突。这对样板戏创作规范体系的形成及阴谋文艺的泛滥起到了极大的推动作用。

结论

本书通过对17年历史剧创作话语形态的生成、构成、价值、消隐四个板块的系统考察与研究，得出以下的结论：

（1）17年的历史剧创作发生于一种泛政治化的创作语境中，其创作主体以现代剧作家为主，新中国成立之初的激情岁月对表现现实题材的强烈召唤和对历史题材的拒斥，迫使他们选择向自己并不熟悉的现实题材进行创作转型，但转型的失败和他们渴望回归文学话语的中心，以及个人化话语被压制，共同形成了强烈的政治无意识积淀，随着1957年以后创作语境的松动及权威话语对历史剧的提倡，长期形成的政治无意识积淀终于得到了升华，他们的共同选择便形成了1958—1962年间历史剧的创作热潮，也构成了一种"社会的象征性行为"。

（2）17年历史剧作为一种历史叙事，具有其独特的叙事规则。首先是通过历史剧的艺术符号体系凝聚于17年中，特别是1958至

1962年间中国社会政治文化所赖以生成的信息基因，表现特定年代人们的思维方式和话语风格，折射权威话语和主流意识形态的动机，以此构成特定社会历史时期的镜像；其次，以历史剧的形式进行话语言说，是史剧家们的一种叙事策略，体现出对17年中主流意识形态的顺应或反抗，亦即以其符号形式的建构体现出自身独特的意识形态功能，表现出现代剧作家们强烈的现实关怀，即试图通过重新叙写历史故事而把历史经验复活起来，即选择今人会产生共鸣的历史人物、关系和冲突，重新进行调动和安排，从而再评价他们的得与失、荣与辱，以达到“教育”人民的作用，也就是实现“古为今用”。

（3）17年历史剧创作是一种极为独特的话语形态体系，其独特性与构成规律在文体、结构、人物、语言这四个方面得到了最为充分的彰显。它们凝聚并折射出权威话语及时代流行的政治理念和工农兵文学创作模式对17年历史剧创作的规训、制约与影响，即一方面它承载着权威话语和主流意识形态话语所赋予的强烈的意识形态功能，许多史剧呈现出工农兵文学颂歌话语及创作模式的主体特征，观念预设、主题先行、冲突一律、结构模式化、人物扁平化、戏剧性较弱；另一方面，史剧家们选择历史剧形式，为的是曲折地寄寓或表达其他戏剧样式不能达到的思想内涵、隐晦主题。或演绎权威话语所建构的各种新的历史观念，或寄寓史剧家们对历史、对生活的独特思考。它真实地体现出特定年代中国人民的精神生态与价值向度，昭示着史剧家们内心世界潜隐着的种种矛盾的心理与欲望，在一定程度上还影响着当代中国人的精神构成。应当指出的是上述各种思想与思考往往是与时代的流行观念，甚至政治上的套话、空话交织在一起的。即便如此，我认为在1958—1962年泛政治化的创作语境下，这种话语的发生仍是极为难能可贵的。

（4）在上述三者的关系上，泛政治化的创作语境构成17年历史剧创作话语发生的具体时空与精神文化氛围，历史叙事是以现代剧作家为主的创作主体所采用的话语言说规则和策略，两者之间的相互作用与相互制约及共渗互动，形成了17年的历史剧独特的话语形态体系。

（5）17年的历史剧创作以及以田汉等为代表的史剧家们对“大写13年”的抵制与抗争，在很大程度上迟滞或减缓了戏剧配合政治任务甚至彻底沦为政治斗争工具的步伐。

从话语形态的角度考察17年历史剧创作，使本书至少具有以下六个方面的创新意义与价值：

1. 本书首次全面挖掘并收集到25部作品，并以其为研究中心，从话语形态研究切入，努力追寻并归纳其话语的内在构成与具体特征，体现出一种整体、系统和动态的研究特征。它有利于本书客观地揭示出历史剧形式自身所蕴涵的丰富的意识形态性和独特的文学史价值，并得出了许多具有一定涵盖性的结论。这在丰富17年历史剧史料价值，扩大其研究空间的同时，也为以后学术界对其进行进一步的研究奠定了坚实的基础。

2. 发现并揭示出了17年历史剧文本的“内部张力”[1]。17年历史剧是一种充满内部话语冲突的文学，这种冲突源于权威话语和主流意识形态强烈的规训与制约、知识分子写作立场对历史的个人化思考、民间社会业已形成的历史期待视野等因素的并存和作用。对此，以往单一的政治/艺术视角只能简化“话语冲突文本”的含混性、

[1] 蓝爱国：《解构十七年》，华东师范大学出版社2003年版，第2页。

多义性，使历史剧文本失去本有的内部张力。

3. 使学术界对历史剧文本中存在的“破碎性”[1]有了新的认识和评价。17年历史剧文本中的破碎性主要表现为：在承担演绎各种新的历史观念时主题先行，历史“现实观”制约“历史”的呈现方式，政治理念的侵蚀造成了结构的“非整一性”，人物形象扁平化，普遍采用政治性的语汇，等等。如果用经典文学作衡量要求的话，那么，17年历史剧中的许多作品无疑是一些“准文学”，是意识形态的“寓言文学”，面对这样的文本，如从文学完善性的角度考虑其得失，那基本上就会失去“17年历史剧”这一研究对象。如果从话语形态的角度进行考察，我们就会发现在这些“破碎性”中隐含着丰富的信息，而这一切恰恰构成了独特的研究价值，具有丰富的文学史意义。因为历史剧创作是一种特殊的话语生产，它以一定的话语形态蕴涵多重复杂意义或是将多重复杂意义蕴涵在一定的话语形态之中，历史剧文本中所存在的种种“破碎性”为人们提供了识别特定年代历史、文化和知识形态的“基本信码”和“历史先验物”。

4. 使对17年历史剧创作整体的研究有可能成为20世纪中国文学史研究的一种类型。因为，“从话语形态出发最为接近文学的言语特征、叙事特征，亦即将文学的意识形态的和思想的考察落实在形式对象或言说对象上，这就有可能防止文学史研究单一地滑向思想史研究的偏颇之路，而这种滑落现象在目前的当代文学史研究中屡屡出现，并因为一种方法论上的根本性偏差而难以得到纠正。”[2]可以说对话语形态理论的运用，正是出于一个文学研究者的焦虑。当

[1] 蓝爱国：《解构十七年》，华东师范大学出版社2003年版，第2页。
[2] 尹昌龙：《重返自身的文学》，广东人民出版社1999年版，第8、9页。

然，这一理论并非完美无缺，但相比较而言，它体现了某种适应于文学研究的专门的知识类型，本书的研究在一定程度上有效地矫正了把 17 年历史剧研究归入思想史的简单化做法。

5. “话语”这一专门的考察视角能时时提醒一种与语境相连接的考察范围。就是说，对 17 年历史剧的研究不是仅仅封闭于文本之内，或与文本的简单相遇；相反，在历史语境中，文本作为研究对象是开放的，文本因为与文本之外的文化法则和政治逻辑相连通，而使对文本的研究与超文本的研究连接起来，从而获得对于 17 年历史剧创作话语的历史性的、整体性的视野。从另一方面看，“正因为话语与语境的密切关系，就使我们进而考察存在于语境中的权力模式、话语规则和时代意志，那么，存在于文学史的牢固的真理性陈述就会因为一种历史既定性而无例外地接受考察”[1]。

6. 本书对存在于 17 年历史剧创作语境中的权力模式、话语规则和时代意志的考察，对历史剧文本的解读，所总结的各种经验与教训，对丰富和深化 17 年文学，包括 20 世纪中国文学的研究，加强文学史学科建设，无疑是具有一定推动作用的。在“戏说”“影射”类历史剧日益泛滥的今天，本研究为推动和发展我国新世纪的历史剧创作乃至文化建设提供了一定的启示，也为广大读者和观众的欣赏与判断提供参照系。

但由于回到历史现场是一个不可企及的“神话”，加之个人才情与精力的严重不足，所以在我的愿望与效果之间形成了很大的落差，我在决心进一步努力的同时，更恳请各位前辈和同行能给我以理解与宽容。

---

[1] 尹昌龙：《重返自身的文学》，广东人民出版社 1999 年版，第 8、9 页。

附录

17 年历史剧作品目录

01. 田汉：《朝鲜风云》（十一场话剧，《甲午之战》三部曲之一），《人民戏剧》1950 年第 1 卷第 4 期。
02. 冰毅改编：《卓文君》（十场历史剧），河北人民出版社 1950 年版。
03. 朱契：《郑成功》（七幕历史话剧），上海新文艺出版社 1956 年版。
04. 刘克：《1904 年的枪声》（五幕六场话剧），《人民文学》1957 年第 3 期。
05. 田汉：《关汉卿》（十三场），《剧本》1958 年第 5 期。
06. 王中和、王德仁：《詹天佑》（五幕六场）（1958），辽宁人民出版社 1958 年版。
07. 郭沫若：《蔡文姬》（五幕历史喜剧），《剧本》1959 年第 2 期。
08. 钱才松、李子敏、章甫秋、李仲达编剧，章甫秋执笔：《文成公主》（三幕），《东海》1959 年第 10 期。
09. 郭沫若：《武则天》（四幕史剧），《人民文学》1960 年第 5 期。
10. 老舍：《神拳》（四幕历史剧），《剧本》1960 年第 2、3 期。
11. 田汉：《文成公主》（十一场），《剧本》1960 年第 5 期。

12. 中国人民解放军海军政治部文工团话剧团改编，朱祖贻、李恍执笔：《甲午海战》（八场剧），《剧本》1960 年第 11 期。
13. 马少波：《岳云》（六场话剧），《剧本》1961 年第 2、3 期合刊。
14. 丁西林：《孟丽君》（六幕话剧），《剧本》1961 年第 7、8 期合刊。
15. 曹禺、梅阡、于是之编剧，曹禺执笔：《胆剑篇》（五幕话剧），《人民文学》1961 年第 7、8 期合刊。
16. 段承滨：《义和团故事组剧：黑宝塔传奇》，包括《黑塔归团》《二丑夺塔》《双塔闹衙》《烈火炼塔》四个部分，先后发表于《剧本》1961 年第 11 期和 1962 年的第 2、5、9 期。
17. 石凌鹤：《汤显祖》（五幕诗剧，亦题《玉茗花笑》），创作于 1962 年，见《凌鹤剧作选》，江西人民出版社 1981 年版。
18. [维吾尔族] 包尔汉：《战斗中血的友谊》（五幕七场话剧），《剧本》1962 年第 2 期。
19. 师陀：《西门豹》（四幕历史话剧），创作于 1962 年，发表于《收获》1979 年第 4 期。
20. 师陀：《伐竹记》（独幕喜剧），《上海文学》1962 年第 6 期。
21. 濮思温、刘振烝：《詹天佑》（七场话剧），创作于 1962 年，发表于《剧本》1981 年第 3 期。
22. 胡仲实：《楚汉春秋》（十场史剧），《广西文艺》1963 年第 2 期。
23. 汪钺；《岳飞》（六幕史剧），《甘肃文艺》1963 年第 3 期。
24. 费克、邨夫编剧，费克执笔：《天京风雨》（七场太平天国革命史剧），江苏人民出版社 1963 年版。
25. 刘肖芜：《解忧》（四幕历史话剧），创作于 1964 年，见《新疆三十年文艺创作选·剧本》，新疆人民出版社 1979 年版。

主要参考文献

01.《马克思恩格斯选集》，人民出版社 1995 年版。
02.《列宁选集》，人民出版社 1972 年版。
03.《毛泽东选集》，人民出版社 1991 年版。
04.《毛泽东文集》，人民出版社 1999 年版。
05.《邓小平文选》，人民出版社 1994 年版。
06. 向培良：《中国戏剧概评》，上海泰东图书局 1926 年版。
07. 胡乔木：《文艺工作者为什么要改造思想？》，人民文学出版社 1952 年版。
08. 田汉：《田汉剧作选》，人民文学出版社 1955 年版。
09. 新文艺出版社编辑部编：《社会主义现实主义论文集》第一集，新文艺出版社 1958 年版。
10. 文艺报编辑部编：《再批判》，作家出版社 1958 年版。
11. 田汉等编：《中国话剧运动五十年史料集》第 1 辑，中国戏剧出版社 1958 年版。
12. 北京师范大学中文系现代文学教学改革小组编：《中国现代文学史参考资料》（1949—1958），高等教育出版社 1959 年版。
13.《人民文学》编辑部编：《现实主义还是修正主义？》，作家出版社 1959 年版。
14. 上海文艺出版社编辑部编：《社会主义现实主义论文集》第二集，上海文艺出版社 1959 年版。
15. 何其芳：《关于现实主义》，上海文艺出版社 1959 年版。
16.《戏剧报》编辑部编：《历史剧论集》，上海文艺出版社 1962 年版。
17. 黑格尔著，王造时译：《历史哲学》，商务印书馆 1963 年版。
18. 中国科学院文学研究所《十年来的新中国文学》编写组：《十年来的新中国文学》，作家出版社 1963 年版。
19. 阿契尔著，吴钧燮译：《剧作法》，中国戏剧出版社 1964 年版。
20. 茅盾：《茅盾评论文集》（上、下），人民文学出版社 1978 年版。
21. 约翰·霍华德·劳逊著，邵牧君、齐宙译：《戏剧与电影的剧作理论与技巧》，中国电影出版社 1978 年版。
22. 河北大学中文系编：《文艺思想斗争史》（1942—1977）。

23. 文化部文学艺术研究院编：《周恩来论文艺》，人民文学出版社 1979 年版。
24. 郭沫若：《文艺论集》，人民文学出版社 1979 年版。
25. 师陀：《山川·历史·人物》，上海文艺出版社 1979 年版。
26. 陈刚选编：《焦菊隐戏剧论文集》，上海文艺出版社 1979 年版。
27. 别林斯基著，满涛译：《别林斯基选集》，上海译文出版社 1980 年版。
28. 黑格尔著，朱光潜译：《美学》，商务印书馆 1981 年版。
29. 鲁迅：《鲁迅全集》，人民文学出版社 1981 年版。
30. 郭志刚、董健：《中国当代文学史初稿》(下册)，人民文学出版社 1981 年版。
31. [英] 马丁·艾思林著，罗婉华译：《戏剧剖析》，中国戏剧出版社 1981 年版。
32. 谭霈生：《论戏剧性》，北京大学出版社 1981 年版。
33. 霍洛道夫著，李明琨、高士彦译：《戏剧结构》，华东师范大学出版社 1981 年版。
34. 乐黛云编：《国外鲁迅研究论集 1960—1981》，北京大学出版社 1981 年版。
35. 苏民、蒋瑞、杜澄夫编：《〈蔡文姬〉的舞台艺术》，上海文艺出版社 1981 年版。
36. 田本相著：《曹禺剧作论》，中国戏剧出版社 1981 年版。
37. 中共中央书记处研究室文化组编：《党和国家领导人论文艺》，文化艺术出版社 1982 年版。
38. 亚里士多德著，罗念生译：《诗学》，人民文学出版社 1982 年版。
39. 胡絜青、王行之编：《老舍剧作全集》，中国戏剧出版社 1982 年版。
40. 克莹、李颖编：《老舍的话剧艺术》，文化艺术出版社 1982 年版。
41. 石凌鹤：《汤显祖剧作改译》，上海文艺出版社 1982 年版。
42. 李子云编：《夏衍论创作》，上海文艺出版社 1982 版。
43. 陶立璠、吴重阳编：《中国少数民族现代作家传略》，青海人民出版社 1982 年版。
44. 彭放编：《郭沫若谈创作》，黑龙江人民出版社 1982 年版。
45. 王行之编：《老舍论剧》，中国戏剧出版社 1982 年版。
46. 赫拉普钦科著，上海人民出版社编译室译：《作者的创作个性与文学的发展》，上海译文出版社 1982 年版。
47. 普列汉诺夫著，曹葆华译：《普列汉诺夫美学论文集》第 2 卷，人民出版社 1983 年版。
48. 郭沫若：《郭沫若论创作》，上海文艺出版社 1983 年版。
49. 中国戏剧出版社编辑部编：《郭沫若剧作全集》，中国戏剧出版社 1983 年版。
50. 田汉：《田汉文集》，中国戏剧出版社 1983 年版。
51. 钱锺书：《管锥编》，中华书局 1983 年版。

52. A. 科瓦廖夫著，程正民译：《文艺创作心理学》，福建人民出版社 1983 年版。
53. 吴秀明选编：《历史小说评论选》，湖南人民出版社 1983 年版。
54. 吴怀斌、曾广灿编：《老舍研究资料》，北京十月文艺出版社 1983 年版。
55. 柏彬编选：《田汉论创作》，上海文艺出版社 1983 版。
56. 孙惠柱：《话剧结构新探》，中国戏剧出版社 1983 年版。
57. 黄侯兴：《郭沫若历史剧研究》，长江文艺出版社 1983 年版。
58. 丁罗南：《中国话剧学习外国戏剧的历史经验》，中国戏剧出版社 1983 版。
59. 郑振铎：《中国俗文学史》，上海书店 1984 年版。
60.《郭沫若研究》(1、4、5、6 学术座谈会专集)，文化艺术出版社 1985、1988、1988、1988、1984 年版。
61. 柏彬、徐景东编选：《田汉专集》，江苏人民出版社 1984 年版。
62. 张庚：《张庚戏剧论文集》，文化艺术出版社 1984 年版。
63. 刘增杰编：《师陀研究资料》，北京出版社 1984 年版。
64. 韦勒克、沃沦著，刘象愚等译：《文学理论》，三联书店 1984 年版。
65. 北京大学中文系文艺理论教研室编：《马克思恩格斯列宁斯大林论文艺》，人民文学出版社 1985 年版。
66. 程代熙编：《马克思恩格斯论文学艺术》，中国社会科学出版社 1985 年版。
67.《周扬文集》编写组：《周扬文集》，人民文学出版社 1985 年版。
68. 缪俊杰、蒋荫安编：《周扬序跋集》，湖南人民出版社 1985 年版。
69. 四川文艺出版社编辑部：《曹禺戏剧集》，四川文艺出版社 1985 年版。
70. 王兴平、刘思久、陆文璧编：《曹禺研究专集》，海峡文艺出版社 1985 年版。
71. 中国戏剧出版社编辑部：《丁西林剧作全集》(上)，中国戏剧出版社 1985 年版。
72. 柳青：《柳青写作生涯》，百花文艺出版社 1985 年版。
73. [日]浜田正秀著，陈秋峰、杨国华译：《文艺学概论》，中国戏剧出版社 1985 年版。
74. 列·谢·维戈茨基著，周新译：《艺术心理学》，上海文艺出版社 1985 年版。
75. 孙庆升：《曹禺论》，北京大学出版社 1986 年版。
76. 孙庆升编：《丁西林研究资料》，中国戏剧出版社 1986 年版。
77. 孙青纹编：《洪深研究资料》，浙江文艺出版社 1986 年版。
78. 余上沅：《余上沅戏剧论文集》，长江文艺出版社 1986 年版。
79. 谭霈生、路海波：《话剧艺术概论》，中国戏剧出版社 1986 年版。
80. 中国艺术研究院话剧研究所主编：《中国当代剧作家研究》第一辑，文化艺术出版社 1986 年版。

81. 莫·卡冈著，凌继尧、金亚娜译：《艺术形态学》，三联书店 1986 年版。
82. 苏珊·朗格著，刘大基、傅志强、周发祥译：《感情与形式》，中国社会科学出版社 1986 年版。
83. 孙党伯：《郭沫若评传》，人民文学出版社 1987 年版。
84. 吴功正：《郭沫若史剧论》，重庆出版社 1987 年版。
85. 黄侯兴编著：《郭沫若文学研究管窥》，天津教育出版社 1987 年版。
86. 老舍：《老舍文集》，人民文学出版社 1987 年版。
87. 潘克明编著：《曹禺研究五十年》，天津教育出版社 1987 年版。
88. 鲁枢元：《创作心理研究》，黄河文艺出版社 1987 版。
89. 罗伯特·休斯著，刘豫译：《文学结构主义》，三联书店 1987 年版。
90. 霍尔等著，冯川译：《荣格心理学入门》，三联书店 1987 年版。
91. [法] 罗兰·巴尔特著，董学文、王葵译：《符号学美学》，辽宁人民出版社 1987 年版。
92. R. 韦勒克著，丁泓、余徽译：《批评的诸种概念》，四川文艺出版社 1987 年版。
93. 王锦厚、伍加伦、钟德慧：《郭沫若史剧论》，山西人民出版社 1988 年版。
94. 龚济民、方仁念：《郭沫若传》，北京十月文艺出版社 1988 年版。
95. 傅正乾：《历史·史剧·现实——郭沫若史剧理论研究》，陕西人民出版社 1988 年版。
96. 高国平：《献给现实的蟠桃》，四川文艺出版社 1988 年版。
97. 冉忆桥、李振潼：《老舍剧作研究》，华东师范大学出版社 1988 年版。
98. 田本相：《曹禺传》，北京十月文艺出版社 1988 年版。
99. 刘再复、林岗：《传统与中国人》，三联书店 1988 年版。
100. 胡经之、张首映：《西方二十世纪文论史》，中国社会科学出版社 1988 年版。
101. 特里·伊格尔顿著，王逢振译：《当代西方文学理论》，中国社会科学出版社 1988 年版。
102. [美] 弗兰兹·博厄斯著，王炜译：《文化模式》，三联书店 1988 年版。
103. 戴平：《戏剧——综合的美学工程》，上海人民出版社 1988 年版。
104. 叶舒宪编选：《结构主义神话学》，陕西师范大学出版社 1988 年版。
105. 权延赤：《红墙内外：毛泽东生活实录》，昆仑出版社 1989 年版。
106. 李慧中编：《马少波剧作研究》，黄河文艺出版社 1989 年版。
107. 胡妙胜：《戏剧演出符号学引论》，中国戏剧出版社 1989 年版。
108. 中国解放区文学研究会天津分会编：《创造新世界的文学——首届中国解放区

文学研讨会论文集》，文化艺术出版社 1989 年版。
109. 童庆炳：《文学理论教程》，高等教育出版社 1989 年版。
110. 里蒙—凯南著，姚锦清等译：《叙事虚构作品》，三联书店 1989 年版。
111. 戴锦华、孟悦：《浮出历史地表》，河南人民出版社 1989 年版。
112. 李越然：《外交舞台上的新中国领袖》，解放军出版社 1989 年版。
113. [美] 莫里斯·迈斯纳著，杜蒲、李玉玲译：《毛泽东的中国及后毛泽东的中国》，四川人民出版社 1990 年版。
114. 田本相编：《曹禺文集》，中国戏剧出版社 1990 年版。
115. 中国文化书院学术委员会编：《梁漱溟全集》，山东人民出版社 1990 年版。
116. 赵毅衡：《文学符号学》，中国文联出版社 1990 年版。
117. 王永敬：《剧论》，江苏文艺出版社 1990 年版。
118. 高文升主编：《中国当代戏剧文学史》，广西人民出版社 1990 年版。
119. 黄会林：《中国现代话剧文学史略》，安徽教育出版社 1990 年版。
120. 张炯主编：《新中国话剧文学概观》，中国戏剧出版社 1990 年版。
121. 杨义：《中国现代小说史》，人民文学出版社 1991 年版。
122. 朱栋霖、王文英：《戏剧美学》，江苏文艺出版社 1991 年版。
123. 季家成主编：《西部风情与多民族色彩——甘肃文学四十年》，红旗出版社 1991 年版。
124. 许纪霖：《智者的尊严——知识分子与近代文化》，学林出版社 1991 年版。
125. 弗里德里克·詹姆逊著，唐小兵译：《后现代主义与文化理论》，北京大学出版社 1991 年版。
126. 李准、丁振海主编：《毛泽东文艺思想全书》，吉林人民出版社 1992 年版。
127. 郭沫若：《郭沫若全集》，人民文学出版社 1992 年版。
128. 王大敏：《郭沫若史剧论》，武汉出版社 1992 年版。
129. 马俊山：《曹禺：历史的突进与回旋》，中国工人出版社 1992 年版。
130. 张京媛主编：《当代女性主义文学批评》，北京大学出版社 1992 年版。
131. 崔明德：《汉唐和亲史稿》，青岛海洋大学出版社 1992 年版。
132. 蓝凡：《中西戏剧比较论稿》，学林出版社 1992 年版。
133. S. W. 道森著，艾晓明译：《论戏剧与戏剧性》，昆仑出版社 1992 年版。
134. 田本相、焦尚志：《中国话剧史研究概述》，天津古籍出版社 1993 年版。
135. 陈白尘、董健主编：《中国现代戏剧史稿》，文化艺术出版社 1993 年版。
136. 熊佛西：《写剧原理》，中华书局 1993 年版。

137. 中共中央文献研究室编：《毛泽东读文史古籍批语集》，中央文献出版社 1993 年版。
138. 陈独秀：《陈独秀著作选》，上海人民出版社 1993 年版。
139. 张京媛主编：《新历史主义与文学批评》，北京大学出版社 1993 年版。
140. 幺书仪：《元代文人心态》，文化艺术出版社 1993 年版。
141. 史海阳、王启和编：《文坛公案：秘闻与实录》，团结出版社 1993 年版。
142. 文聿：《中国"左"祸》，朝华出版社 1993 年版。
143. 王钟陵：《文学史新方法论》，苏州大学出版社 1993 年版。
144. 杨洪承：《文学史的沉思》，南海出版公司 1993 年版。
145. 张颐武：《在边缘处求索——第三世界文化与当代中国文学》，时代文艺出版社 1993 年版。
146. 程文超：《意义的诱惑——中国文学批评话语的当代转型》，时代文艺出版社 1993 年版。
147. 李扬著：《抗争宿命之路——社会主义现实主义（1942—1976）研究》，时代文艺出版社 1993 年版。
148. 孙庆升：《中国现代戏剧思潮史》，北京大学出版社 1994 年版。
149. 尤·什维多夫著，朱富扬译：《莎士比亚历史剧》，上海译文出版社 1994 年版。
150. 泰戈尔著，吴华译：《我的回忆》，北岳文艺出版社 1994 年版。
151. 王一川：《语言乌托邦》，云南人民出版社 1994 出版。
152. 苏光文：《大后方文学论稿》，西南师大出版社 1994 年版。
153. 别尔嘉耶夫著，徐黎明译：《人的奴役与自由》，贵州人民出版社 1994 年版。
154. 鲍晓兰主编：《西方女性主义研究评介》，三联书店 1995 年版。
155. 张彗珠编著：《曹禺剧评》，北京十月文艺出版社 1995 年版。
156. 朱地：《1957：大转弯之谜——整风反右实录》，山西人民出版社、书海出版社 1995 年版。
157. 徐德明编：《老舍自传》，江苏文艺出版社 1995 年版。
158. 田本相、焦尚志：《中国话剧史研究概述》，天津古籍出版社 1995 年版。
159. 胡星亮：《20 世纪中国戏剧思潮》，江苏文艺出版社 1995 年版。
160. 刘惠英：《走出男权传统的藩篱》，三联书店 1995 年版。
161. 刘小枫：《走向十字架的真》，上海三联书店 1995 年版。
162. 弗洛伊德著，孙名之、顾凯华、冯华英译：《梦的解析》，国际文化出版公司 1996 年版。

163. 李明滨、陈东主编：《文学史重构与名著重读》，北京大学出版社 1996 年版。
164. 朱栋霖编：《曹禺自传》，江苏文艺出版社 1996 年版。
165. 刘小枫：《这一代人的怕与爱》，三联书店 1996 年版。
166. 魏建、宿玲编：《郭沫若自传》，江苏文艺出版社 1996 年版。
167. 王新民：《中国当代戏剧史纲》，社科文献出版社 1997 年版。
168. 葛一虹主编：《中国话剧通史》，文化艺术出版社 1997 年版。
169. 张德祥：《现实主义当代流变史》，社会科学文献出版社 1997 年版。
170. 张柠：《叙事的智慧》，山东友谊出版社 1997 年版。
171. 李辉：《风雨中的雕像》，山东画报出版社 1997 年版。
172. 弗里德里克·詹姆逊著，陈清桥等译：《晚期资本主义的文化逻辑》，三联书店 1997 年版。
173. 王克俭：《文艺创作心理学》，中央民族大学出版社 1997 年版。
174. 萧延中主编：《外国学者评毛泽东》，中国工人出版社 1997 年版。
175. 刘彦君：《东西方戏剧进程》，文化艺术出版社 1997 年版。
176. 关纪新：《老舍评传》，重庆出版社 1998 年版。
177. 田本相、吴戈、宋宝珍：《田汉评传》，重庆出版社 1998 年版。
178. 林克欢：《戏剧表现论》，中国社会科学出版社 1998 年版。
179. 孙文辉：《戏剧哲学——人类的群体艺术》，湖南大学出版社 1998 年版。
180. [美] 史景迁著，尹庆军等译：《天安门——知识分子与中国革命》，中央编译出版社 1998 年版。
181. [法] 雅克·德里达著，赵兴国等译：《文学行动》，中国社会科学出版社 1998 年版。
182. 安尼特·T. 鲁宾斯坦著，陈安全等译：《英国文学的伟大传统（上）——从莎士比亚到奥斯丁》，上海译文出版社 1998 年版。
183. 王德威著：《想象中国的方法——历史·小说·叙事》，三联书店 1998 年版。
184. 莱辛著，张黎译：《汉堡剧评》，上海译文出版社 1998 年版。
185. 包忠文主编：《当代中国文艺理论史》，江苏教育出版社 1998 年版。
186. 王绯：《女性与阅读期待》，陕西人民教育出版社 1998 年版。
187. 李辉：《李辉文集》，花城出版社 1998 年版。
188. 杨洪承：《文学社群文化形态论——现代中国文学社团流派文化研究》，安徽文艺出版社 1998 年版。
189. 杨洪承：《文学边缘的整合——文学与文化研究初探》，海天出版社 1998 年版。
190. 杨守森主编：《二十世纪中国作家心态史》，中央编译出版社 1998 年版。

191. 丁罗男：《20 世纪中国戏剧整体观》，文汇出版社 1999 年版。
192. 朱栋霖、周安华编：《陈瘦竹戏剧论集》，江苏教育出版社 1999 年版。
193. 谢泳：《逝去的年代——中国自由知识分子的命运》，文化艺术出版社 1999 年版。
194. 李文衡：《文学结构论》，敦煌文艺出版社 1999 年版。
195. [德]恩斯特·卡西尔著，范进、杨君游、柯锦华译：《国家的神话》，华夏出版社 1999 年版。
196. 尹昌龙：《重返自身的文学》，广东人民出版社 1999 年版。
197. 丁帆、王世沉：《十七年文学："人"与"自我"的失落》，河南人民出版社 1999 年版。
198. 刘禾：《语际书写——现代思想史写作批判纲要》，上海三联书店 1999 年版。
199. 陈顺馨：《中国当代文学的叙事与性别》（增订版），北京大学出版社 1999 年版。
200. 孟繁华：《梦幻与宿命——中国当代文学的精神历程》，广东人民出版社 1999 年版。
201. 王利芬：《变化中的恒定》，广东人民出版社 1999 年版。
202. 弗里德里克·詹姆逊著，王逢振、陈永国译：《政治无意识——作为社会象征行为的叙事》，中国社会科学出版社 1999 年版。
203. 罗钢、刘象愚主编：《后殖民主义文化理论》，中国社会科学出版社 1999 年版。
204. 爱德华·W. 萨义德著，王宇根译：《东方学》，三联书店 1999 年版。
205. 张志扬：《创伤记忆》，上海三联书店 1999 年版。
206. 杨匡汉、孟繁华主编：《共和国文学五十年》，中国社会科学出版社 1999 年版。
207. 冯光廉主编：《中国近百年文学体式演变史》（上），人民文学出版社 1999 年版。
208. 洪子诚著：《中国当代文学史》，北京大学出版社 1999 年版。
209. 陈思和主编：《中国当代文学史教程》，复旦大学出版社 1999 年版。
210. 胡星亮：《中国话剧与中国戏曲》，学林出版社 2000 年版。
211. 王新民：《中国当代话剧艺术演变史》，浙江大学出版社 2000 年版。
212. 周安华：《20 世纪中国问题剧研究》，中国戏剧出版社 2000 年版。
213. 洪子诚：《当代文学概论》，广西教育出版社 2000 年版。
214. 陈顺馨：《社会主义现实主义理论在中国的接受与转化》，安徽教育出版社 2000 年版。
215. [美]柯文著，杜继东译：《历史三调：作为事件、经历和神话的义和团》，江苏人民出版社 2000 年版。

216. 陈徒手：《人有病 天知否——1949 年后中国文坛纪实》，人民文学出版社 2000 年版。
217. 罗钢：《历史汇流中的抉择——中国现代文艺思想家与西方文学理论》，中国社会科学出版社 2000 年版。
218. 洪子诚：《问题与方法：中国当代文学史研究讲稿》，三联书店 2000 年版。
219. 陈永国：《文化的政治阐释学》，中国社会科学出版社 2000 年版。
220. 温潘亚：《文学史学》，内蒙古人民出版社 2000 年版。
221. 葛红兵、温潘亚：《文学史形态学》，上海大学出版社 2001 年版。
222. 房向东编：《评说郭沫若》，大众文艺出版社 2001 年版。
223. 王晓华：《压抑与憧憬——曹禺戏剧的深层结构》，中国社会科学出版社 2001 年版。
224. 张景超：《文化批判的背反与人格——中国当代知识分子问题研究》，黑龙江人民出版社 2001 年版。
225. 徐瑞岳主编：《中国现代文学研究史纲》（上、下），江苏教育出版社 2001 年版。
226. 唐小兵：《英雄与凡人的时代——解读 20 世纪》，上海文艺出版社 2001 年版。
227. 陈平原主编：《现代中国》第一辑，湖北教育出版社 2001 年版。
228. 汪民安、陈永国、马海良编：《福柯的面孔》，文化艺术出版社 2001 年版。
229. 吴戈：《戏剧本质新论》，云南大学出版社 2001 年版。
230. 胡志毅：《神话与仪式：戏剧的原型阐释》，学林出版社 2001 年版。
231. 黄子平：《"灰阑"中的叙述》，上海文艺出版社 2001 年版。
232. 李国文：《中国文人的非正常死亡》，人民文学出版社 2002 年版。
233. 李立志：《变迁与重建——1949—1956 年的中国社会》，江西人民出版社 2002 年版。
234. 贺仲明：《中国心像——20 世纪末作家文化心态考察》，中央编译出版社 2002 年版。
235. 陈晓明：《表意的焦虑——历史祛魅与当代文学变革》，中央编译出版社 2002 年版。
236. 刘克宽：《阐释与重构——当代十七年文学沉思》，陕西人民教育出版社 2002 年版。
237. 施旭升主编：《中国现代戏剧重大现象研究》，北京广播学院出版社 2002 年版。
238. 宋宝珍：《残缺的戏剧翅膀——中国现代戏剧理论批评史稿》，北京广播学院出版社 2002 年版。

239. 周靖波:《中国现代戏剧论——冲突与发展中的戏剧》(上、下),北京广播学院出版社2002年版。
240. 陈顺馨:《1962:夹缝中的生存》,山东教育出版社2002年版。
241. [美]戴卫·赫尔曼主编,马海良译:《新叙事学》,北京大学出版社2002年版。
242. [美]J. 希利斯·米勒著,申丹译:《解读叙事》,北京大学出版社2002年版。
243. 杨莉馨:《西方女性主义文论研究》,江苏文艺出版社2002年版。
244. 洪子诚、孟繁华主编:《当代文学关键词》,广西师范大学出版社2002年版。
245. 爱德华·W. 萨义德著,单德兴译:《知识分子论》,三联书店2002年版。
246. 谢冕主编:《百年中国文学书系》(1898、1903、1921、1928、1942、1948、1956、1962、1967、1978、1985、1993),山东教育出版社2002年版。
247. 傅谨:《新中国戏剧史》(1949—2000),湖南美术出版社2002年版。
248. 周宏:《理解与批判——马克思意识形态理论的文本研究》,上海三联书店2003年版。
249. 蓝爱国:《解构十七年》,华东师范大学出版社2003年版。
250. 吴秀明主编:《中国当代文学史写真》,浙江大学出版社2003年版。
251. 李杨:《50—70年代中国文学经典再解读》,山东教育出版社2003年版。
252. 王丽丽:《在文艺与意识形态之间——胡风研究》,中国人民大学出版社2003年版。
253. 海登·怀特著,陈永国、张万娟译:《后现代历史叙事学》,中国社会科学出版社2003年版。
254. [英]马克·柯里著,宁一中译:《后现代叙事理论》,北京大学出版社2003年版。
255. [荷]米克·巴尔著,谭君强译:《叙述学——叙事理论导论》,中国社会科学出版社2003年版。
256. 复旦大学历史学系、复旦大学中外现代化进程研究中心编:《近代中国的国家形象与国家认同》,上海古籍出版社2003年版。
257. 许纪霖:《中国知识分子十论》,复旦大学出版社2003年版。
258. 贺桂梅:《转折的时代——40—50年代作家研究》,山东教育出版社2003年版。
259. 杨洪承:《现象与视阈——20世纪中国文学研究纵横》,吉林教育出版社2003年版。
260. 陈晓明主编:《现代性与中国当代文学转型》,云南人民出版社2003年版。
261. 米歇尔·福柯著,谢强、马月译:《知识考古学》,三联书店2003年版。
262. 朱晓进:《找寻中国现代文学史研究的独特角度》,中国文联出版社2003年版。

263. 王庆生主编：《中国当代文学》(上卷)，华中师范大学出版社2004年版。
264. 孟繁华、程光炜著：《中国当代文学发展史》，人民文学出版社2004年版。
265. 朱晓进、杨洪承等：《非文学的世纪——20世纪中国文学与政治文化关系史论》，南京师范大学出版社2004年版。
266. 张光芒：《中国文学史》(现代文学史卷)，太白文艺出版社2004年版。
267. [美]布莱恩·雷诺著，韩泰伦编译：《福柯十讲》，大众文艺出版社2004年版。
268. 张进：《新历史主义与历史诗学》，中国社会科学出版社2004年版。
269. 孙书磊：《中国古代历史剧研究》，南京师范大学出版社2004年版。
270. 王逢振主编：《批评理论和叙事阐释》(詹姆逊文集第2卷)，中国人民大学出版社2004年版。
271. 董健：《戏剧与时代》，人民文学出版社2004年版。
272. 董健、马俊山：《戏剧艺术十五讲》，北京大学出版社2004年版。
273. 董之林：《旧梦新知："十七年"小说论稿》，广西师范大学出版社2004年版。
274. 丁帆：《重回"五四"起跑线》，人民文学出版社2004年版。
275. 周安华主编：《戏剧艺术通论》，南京大学出版社2005年版。
276. [美]阿里夫·德里克著，翁贺凯译：《革命与历史》，江苏人民出版社2005年版。
277. 贺桂梅：《人文学的想象力——当代中国思想文化与文学问题》，河南大学出版社2005年版。
278. 杨厚均：《革命历史图景与民族国家想象》，湖北教育出版社2005年版。
279. 董健、丁帆、王彬彬主编：《中国当代文学史新稿》，人民文学出版社2005年版。
280. 吴玉杰：《新历史主义与历史剧的艺术建构》，中国社会科学出版社2005年版。
281. 刘丽文等：《历史剧的女性主义批评》，中国传媒大学出版社2005年版。
282. 陈新：《西方历史叙事学》，社会科学文献出版社2005年版。
283. 马振方：《在历史与虚构之间》，北京大学出版社2006年版。
284. 孙惠柱：《第四堵墙：戏剧的结构与解构》，上海书店出版社2006年版。
285. 李杨：《文学史写作中的现代性问题》，山西教育出版社2006年版。
286. 吕效平编著：《戏剧学研究导引》，南京大学出版社2006年版。
287. 王斑：《全球化阴影下的历史与记忆》，南京大学出版社2006年版。
288. 王文胜：《在与思："十七年文学"现实主义思潮新论》，南京师范大学出版社2006年版。
289. 陈改玲：《重建新文学史秩序》，人民文学出版社2006年版。
290. 唐小兵：《再解读——大众文艺与意识形态》(增订版)，北京大学出版社2007

年版。

291. 程倩：《历史的叙述与叙述的历史——拜厄特〈占有〉之历史性的多维研究》，人民文学出版社 2007 年版。

292. [英]安德鲁·本尼特、尼古拉·罗伊尔著，汪正龙、李永新译：《关键词：文学、琵琶与力量导论》，广西师范大学出版社 2007 年版。

293. 吴秀明主编：《"十七年"文学历史评价与人文阐释》，浙江大学出版社 2007 年版。

294. 丁帆、朱晓进主编：《中国现当代文学》，南京大学出版社 2008 年版。

295. 胡志毅：《国家的仪式：中国革命戏剧的文化透视》，广西师范大学出版社 2008 年版。

296. *Theory and Technique of Play Writing and Screen Writing.* John Howard Lawson G.P. putnam' s sons New York, 1949.

297. Jacques Lacan: *The Four Fundamental Concepts of Psycho—Analysis*, New York: Norton, 1977.

298. White, Hayden. *Tropics of Discourse: Essays in Cultural Criticism*. Baltimore: Johne Hopkins Up, 1978.

299. Edward Said, *Orientalism*, New York, Vintage Books,1979.

300. Jonathan D. Spence: *The Gate of Heavenly Peace: The Chinese and Their Revolution,1895—1980*.

301. Fredric Jameson: *The Political Unconscious——Narrative as a Socially Symbolic Activity*. Ithaca. cornell Up,1981.

302. Fredric Jameson: *Third—World Literature in the Era of Multinational Capitalism*. Social Text, Fall, 1986.

303. David Harvey, *Condition of Postmodernity: An Enquiry into the Origins of Cultural Change*.Oxford: Basil Blackwell, 1989.

304. Rudolf G.Wagner:*The Contemporary Chinese Historical Drama(Four Studies)*. University of California Press,Berkeley and Los Angeles,California, 1989.

305. Homi K. Bhabha, ed, *Nation and Narration*, London and New York, Rout Ledge, 1990.

306. *Postmodernism, or, The Cultural Logic of Late Capitalism*. Durham: Duke University Press, 1991.

后记

整整十年，从确立“17 年历史剧”为研究对象，到今天终于定稿出版，期间从确定选题到建构框架，从撰写初稿到无数次的修改，想不到我完成一个并不宏大的学术问题的研究竟是如此之难，历时竟如此之长。此时此刻，当我回顾这一历程，惭愧之余感慨竟如潮涌来，一时不知从何说起。

惭愧自不待言，在这信息化的时代，在学术快餐化的当下，一部不足 30 万字的书稿，竟让我用了整整十年之功，这说明本人学术研究能力的明显不足。十年中，我曾无数次光顾南京的先锋书店，每次都会面对大量涌出的新著，特别是我所从事的中国现当代文学研究的著作，简直叫人应接不暇，更遑论细加品读了。于是，我心中的惶惑与不安便一再滋长，惭愧的情绪也与日俱增，有时我也想痛下决心，好好学习，勤勉发愤，尽快完成书稿，可每当想到围绕该选题尚存许多问题有待解决，不能以不完整、不深刻示人时，进度又不自觉地慢了下来。

感慨无数，但细加梳理就会发现最要紧的也就两句。

我于1980年考入南京师范大学中文系，1984年毕业后即来到地处苏北的盐城师专任教，在学术风气很不浓厚的氛围里，要保持一种学术追求是很难的。1999年学校升本以后，开始重学历、重文凭、重职称、重科研，形势逼人。2002年，我在评上教授后又经一番努力考入南京师范大学，师从杨洪承老师攻读博士学位，由于缺少系统的学术研究规范训练，便增加了杨老师的指导难度。于是，从选题到开题，从构思到写作，从28万字的初稿到16万字的修改定稿，可以说杨老师投入的时间与精力实在是太多了，但杨老师的严谨学风和严格要求使我受益良多。2005年我博士毕业后又马不停蹄地来到南京大学丁帆先生的门下做博士后研究，先生宏阔的学术视野、深邃的思想力量、强烈的批判意识、严谨的学术风范深深感染和影响着我，丁帆老师建构的树立17年文学研究的"活化石"意识给我的这份博士后出站报告以直接的启示和深刻的影响，使我有信心以"话语形态"为视角完成对17年历史剧宏观与微观相结合的考察之旅，走出了传统的简单肯定或否定的研究模式，实现了自己的学术话语转型。对两位先生的关怀与指引，即便是千言万语，也难表感激之情，也许我只有在学术追求的道路上永不停步才是最好的报答。

对于我一向敬重的恩师朱晓进教授，学生最想说的也是"谢谢"二字。在我的职称与学历上，先生的关心与支持最为关键有力；在我的论文写作过程中，是朱老师提出的"从政治文化角度研究20世纪中国文学"的视角给我以具体的启示，是朱老师的指点使我不至于偏离学术研究的规范和致思的方向。

此时此刻，我更加怀念曾经对我的论文选题给以具体指导的徐瑞岳教授，他是那样的期待参加我的博士论文答辩会，可在答辩前却带着遗憾离世，我只有以加倍的努力来告慰先生了。

在此，我还要感谢南京大学中国现当代文学研究中心、南京师范大学文学院中国现当代文学教研室的诸位教授；感谢《江海学刊》吴功正研究员、江苏第二师范学院江锡铨教授；感谢国家人才局孙学玉局长、江苏省社科联徐之顺副主席、江苏省社科规划办高洪福副主任；感谢李静、徐仲佳、季桂起、范卫东、席建彬、王力、初清华等在丁帆教授、杨洪承教授门下一起学习的同门师兄师弟师姐师妹们。诸位教授和同学都为我的这部书稿付出过心血，给我指点和帮助。

此书是我以博士论文为基础撰写的博士后出站报告，在该选题的立项和研究过程中，我先后得到了江苏省2007年度博士后科研资助计划项目、中国第40批博士后科学研究项目、江苏省2008年度哲学社会科学研究规划项目、盐城师范学院教授（博士）项目、泰州学院教授（博士）项目的基金支持，在此一并说明和致谢。

十年中，我的爱人邱咏梅和儿子温欣为我的学习和研究做出了最大的支持和帮助，而我对家庭的照顾是如此之少，这一切看来只能留待以后去补偿了。

在这短短的篇幅中，要想详尽列出对我的研究曾经给予帮助的人，显然是不可能的，在此我只好一并致谢。

以上是我从文学史元理论研究向文学史实践研究转型的一个标志，同时也是我一个新学术阶段的开始，目前，我正在主持一项国家社会科学研究基金项目——“百年中国文学史写作范式的规训与突破”，我相信大家一定会继续给我更大的支持和帮助，我会努力的。

2014年4月16日于泰州学院